Veröffentlicht von
DREAMSPINNER PRESS

8219 Woodville Hwy #1245
Woodville, FL 32362 USA
www.dreamspinnerpress.com

Deutsche ISBN. 978-1-64108-774-2
Deutsche eBook Ausgabe. 978-1-64108-773-5
Deutsche Erstausgabe. Juni 2024
v 1.0

LIEBE IST HERZLOS

KIM FIELDING

DANKSAGUNG

ICH DANKE der unvergleichlichen Amy Lane, die mir einen Teil des Namens für eine bestimmte Punkband überlassen hat.

PROLOG

September 1997

DIESE VERFLUCHTEN Handschellen taten höllisch weh. Die dumme Kuh von den Bullen hätte auch Zipties benützen können. Aber nein, sie musste ihm Handschellen umlegen, die so eng waren, dass sie ihm ins Handgelenk schnitten. Und die Knöchel seiner rechten Hand brannten von dem Hieb, den er diesem Bastard versetzt hatte. Nevin trat wütend an die Tür des Polizeiautos, in dem er saß, und verzog das Gesicht. Jetzt tat ihm auch noch der Fuß weh.

Die Polizistin stand noch draußen und unterhielt sich in aller Ruhe mit seinem Pflegevater. Der Kerl hieß Price, aber Nevin nannte ihn nur *den Bastard*. Weil er einer war. Wie jetzt zum Beispiel. Jetzt stand der Bastard in der Einfahrt und seine Glatze glänzte in der Sonne. Er wedelte mit beiden Händen und erzählte wahrscheinlich in dramatischen Worten, was heute Nachmittag passiert war. Und er log, dass sich die Balken bogen. Da war sich Nevin ganz sicher.

Er zog eine Grimasse. Der Bastard hatte eine geschwollene Nase und auf seinem Polohemd waren Blutflecken. Gut so.

Der Bastard war mittlerweile wieder im Haus verschwunden und die Polizistin sprach in ihr Funkgerät. Sie seufzte, als sie sich endlich hinters Steuer setzte und die Tür zuschlug. Dann sagte sie lange Zeit nichts. Nevin wartete nervös ab.

„Mach schon", knurrte er, als er es nicht mehr aushielt. „Der Knast wartet."

Sie drehte sich zu ihm um und sah ihn durch das Metallgitter an. „Wie alt bist du, Nevin?"

„Fünfzehn." Er sah jünger aus. Wenn frühere Pflegeeltern mit ihm in ein Restaurant gegangen waren – was selten genug passierte –, hatte er immer die Speisekarte für Kinder und Buntstifte zum Malen bekommen. Nevin hasste das.

„BALD BIST du zu alt für die Jugendstrafanstalt", sagte die Polizistin.

„Na und?"

„Was glaubst du wohl, was mit einem hübschen Jungen wie dir passiert, wenn er im Gefängnis landet?"

Er bleckte die Zähne. „Wenn mir eines von diesen Arschlöchern zu nahe kommt, reiße ich ihm die Eier ab." Jawohl. Nevin konnte es locker mit Kerlen aufnehmen, die doppelt so groß waren wie er selbst.

1

Die Polizistin lachte prustend. „Du bist ein harter kleiner Kerl, wie?" Ihr Blick wurde freundlicher. „Ich mache dir einen Vorschlag. Lass uns kurz essen gehen, damit wir uns in Ruhe unterhalten können."

„Du willst mir einen Burger spendieren, bevor du mich einsperren lässt?"

„Ich dachte an etwas Besseres als einen Burger. Und wenn alles gut geht, muss ich dich nicht einsperren lassen."

Nevin kniff die Augen zusammen. „Das sagst du nur, damit ich Ruhe gebe. Ich weiß genau, dass dieser Bastard Anzeige erstattet."

„Das ist ganz allein meine Entscheidung. Diesem B… Mr. Price bleibt nichts anderes übrig, als sich damit abzufinden. Und wenn ich dich anzeige, wirst du dem Jugendstrafanwalt vorgeführt, der darüber entscheidet, wie es mit dir weitergeht." Sie schaute wieder nach vorne, legte sich den Sicherheitsgurt um und ließ den Motor an.

Nevin schmerzten immer noch die Handgelenke, aber wenigstens hatte er jetzt etwas zum Nachdenken. Er wusste nicht, ob sie ihm die Wahrheit gesagt hatte. Er wusste auch nicht, was sie damit erreichen wollte. Was zum Teufel dachte sich diese Frau? Er überlegte hin und her, aber nichts machte Sinn.

Die Polizistin bog in die Macadam ab, was ihn überraschte. Normalerweise hätte er damit gerechnet, dass sie die I-5 nach Nordosten nahm, wo sich die Jugendstrafanstalt befand. Stattdessen fuhr sie auf den Parkplatz eines kleinen Einkaufszentrums und hielt an. Sie stieg aus, öffnete für ihn die Tür und musterte ihn von oben.

„Kann ich dir die Handschellen abnehmen, ohne dass du wegläufst?"

„Mit den Dingern kann ich nicht essen, Lady."

„Ich könnte dich füttern. Aber so mütterlich bin ich nicht veranlagt. Na gut, ich nehme sie ab. Aber ich warne dich – wenn du Reißaus nimmst, erwische ich dich. Und dann wirst du sehr lange sehr schlecht auf Staatskosten essen."

„Ich hasse den Fraß dort."

Sie grinste. „Dann lauf nicht weg."

Er dachte kurz über Flucht nach, als sie die Handschellen öffnete. Aber sie machte einen sportlichen Eindruck und hatte sehr lange Beine. Außerdem waren sie hier nicht in einer Gegend, in der man sich gut verstecken konnte. Und Hunger hatte er auch. Also folgte er ihr über den Parkplatz.

Sie gingen zu einem mexikanischen Restaurant, in dem man *vollwertig* essen konnte. Merkwürdig. Nun, es gab Enchiladas und er durfte sich sogar zusätzlich Pommes und Guacamole bestellen, also schlug er zu, sobald das Essen geliefert wurde. Die Frau hielt den Löffel in der Hand und sah ihn über ihren Teller mit Bohnen und Reis an.

„Dafür, dass du so klein bist, hast du einen ziemlichen Appetit."

Er warf ihr einen ärgerlichen Blick zu. „Lady …"

„Für dich Officer Pender. Oder Ma'am."

Nevin verdrehte die Augen und schob sich ein großes Stück Enchilada in den Mund. Officer Pender sah nicht schlecht aus. Etwas alt zwar – mindestens dreißig –, aber mit glatter, brauner Haut und kurzen schwarzen Haaren. Vielleicht sollte er lieber flirten, als sich bockig zu stellen. Könnte ja sein, dass sie darauf hereinfiel, obwohl sie ein Bulle war.

Bevor er seinen Charme auspacken konnte, zeigte sie mit dem Löffel auf ihn. „Wieso hast du Price gedeckt?"

Nevin lächelte schwach. Er musste daran denken, wie sich die Nase des Bastards angefühlt hatte, als sie mit seiner Faust Kontakt bekam. Als Officer Pender die Augenbrauen hochzog, runzelte er die Stirn. „Sie haben mich nicht über meine Rechte informiert."

„Weil ich dich nicht festgenommen habe und dich nicht verhöre."

„Warum fragen Sie dann?"

„Weil ich glaube, dass Mr. Price mich angelogen hat."

Das überraschte ihn. Er griff nach seiner Cola und überlegte kurz. „Ja? Wieso?"

„Er hat mir gesagt, du hättest deine Hausaufgaben nicht machen wollen, ihn beschimpft und dann zugeschlagen. Und ich habe einen verdammt guten Lügendetektor, mein Junge. Bei Price hat er mächtig ausgeschlagen. Außerdem habe ich mit deiner Sozialarbeiterin gesprochen. Sie hat mir gesagt, du hättest zwar Probleme mit Autorität, aber obwohl du ständig die Schule wechseln musst, hast du nur die besten Noten."

Er zuckte mit den Schultern. Die Hausaufgaben fielen ihm leicht. Sie machten ihm sogar Spaß. Vielleicht, weil sie ihn von seinem beschissenen Leben ablenkten.

„Warum hast du zugeschlagen?", fragte Officer Pender.

„Das würden Sie mir nie glauben."

„Versuch's doch."

Er schob den leeren Teller weg und verschränkte die Arme. Dieses Spiel kannte er nur zu gut. Er würde ihr alles sagen, aber sie würde in ihm nur den kleinen Rotzbengel sehen, der schon in so vielen Pflegefamilien und Heimen gewesen war, dass er sich nicht mehr an alle erinnern konnte. Für sie war er nur das Problemkind, der Junge, den keiner wollte und der früher oder später sowieso im Knast landen würde. So war es ihm jedes Mal gegangen, wenn er jemandem über diesen Bastard erzählt hatte. Officer Pender würde ihn in die Jugendstrafanstalt bringen – oder wohin auch immer, Hauptsache, er wurde weggeschlossen – und der einzige Vorteil daran war, dass er nicht mehr zu Price zurück musste. Was allerdings den Nachteil hatte, dass Becka jetzt mit dem Bastard allein war und niemand mehr auf sie aufpasste.

Mist. Er musste es wenigstens versuchen.

„Der Bastard hat noch ein Pflegekind", sagte er. „Becka. Sie ist ... ich weiß auch nicht. Elf oder zwölf. Aber sie denkt wie ein kleines Kind. Sie kann noch nicht einmal das ABC aufsagen. Und sie ist trotzdem lieb." Becka konnte seinen Namen nicht aussprechen und nannte ihn immer Nin. Und wenn er aus der Schule kam, wollte sie mit ihm Zeichentrickfilme sehen. Sie hatte Haarspangen mit kleinen Plastikblumen. Die brachte sie ihm jeden Morgen und er musste sie ihr in die blonden Locken stecken.

Officer Penders warme braune Augen wurden plötzlich kalt. „Was ist mit ihr?"

„Der Bastard hat … Becka sagt, er hätte sie angefasst. Sie kennt die richtigen Worte nicht, also weiß ich nicht genau, was er getan hat." Nevin schüttelte den Kopf. „Ich weiß nur, dass es ihr nicht gefallen hat."

„Hast du das schon gemeldet?"

„Ich habe es versucht. Ich habe es der Sozialarbeiterin gesagt. Sie meint, ich würde mir den Mist ausdenken, weil Price zu streng wäre und ich von ihm weg wollte." Nevin hatte nicht damit gerechnet, dass die dumme Kuh ihm glauben würde. Als er vor einigen Jahren von einem anderen Pflegevater verprügelt worden war, hatte sie ihm auch nicht geglaubt. Weil er keine blauen Flecken hatte oder so.

Die Polizistin kniff die Lippen zusammen. „Was hast du dann getan?"

„Ich wollte mit der Frau des Bastards reden, aber sie hat mich nicht aussprechen lassen. Die kümmert sich nur um sich selbst, die alte Fotze."

„Lass das. Ein junger Mann sollte respektvoll mit Frauen umgehen."

„Wie soll ich vor ihr Respekt haben, wenn ihr Alter ein solches Arschloch ist und sie nichts dagegen tut? Außerdem habe ich dem Bastard gesagt, wenn er Becka noch einmal anrührt, schneide ich ihm die Eier ab, wenn er schläft. Er wollte mich packen und ich habe zugeschlagen."

„Du hast ihn mächtig erwischt", sagte sie und ihre Mundwinkel zuckten. „Klein, aber oho."

Nevin schlürfte an seiner Cola, weil er nicht wusste, was er von der Bemerkung halten sollte.

Officer Pender aß endlich ihren Reis mit Bohnen. Sie schwieg und sagte auch nichts, als er mit seinem Strohhalm spielte und mit den Beinen wackelte. Als sie alles aufgegessen hatte, wischte sie sich mit der Serviette den Mund ab und sah ihn durchdringend an. „Du hast Becka gern."

„Ich denke schon."

„Du kennst sie erst seit ein paar Monaten."

„Na und?"

„Warum verteidigst du sie?"

Er schaute zur Seite. Drei junge Frauen – um die zwanzig – kamen in das Restaurant und nahmen einige Tische weiter Platz. Sie machten einen glücklichen Eindruck. Es war so verdammt unfair. Vor Jahren hatte er noch davon geträumt, eines Tages auch glücklich zu werden. Auch wenn er nie die richtigen Pflegeeltern fand – so hatte er gedacht –, würde er doch eine eigene Familie gründen und glücklich werden können, wenn er erst erwachsen war. Jetzt wusste Nevin es besser. Was waren Träume schon wert? Träume waren was für Idioten.

„Sie ist noch ein kleines Kind", sagte er leise. „Ich weiß nicht, was mit ihrer Familie passiert ist, aber niemand kümmert sich um sie."

„Außer dir."

Nevin zuckte mit den Schultern.

Officer Pender setzte sich gerade auf und wischte sich einen eingebildeten Krümel vom Revers. Wenn man eine so schicke Uniform trug, musste man sie vermutlich sauber halten.

„Du stehst an einem Scheideweg, Nevin Ng", sagte sie.

Er schaute durchs Fenster auf den Parkplatz. „Hä?"

„Metaphorisch gesprochen. Das Leben hat dir schlechte Karten gegeben. Ich kann verstehen, dass dich das nervt, mein Junge. Du kannst dich in der Scheiße wälzen, bis sie dich von oben bis unten bedeckt. Bis du selbst zu Scheiße wirst. Und du kannst ein noch so harter Knochen sein, wenn das passiert, landest du im Knast. Falls du überhaupt so lange lebst."

„Und weiter?", fragte er und biss die Zähne zusammen.

„Aber das musst du nicht tun. Wenn du wirklich so hart bist, wie du denkst, kannst du diese Scheiße besiegen. Anstatt dein Leben zu vergeuden, kannst du versuchen, den Beckas dieser Welt zu helfen. Weil es verdammt viele von ihnen gibt, nicht wahr? Glaub mir, ich kenne mich damit aus."

Es schnürte ihm die Kehle zu. „Ich kann niemandem helfen."

„Unsinn. Heute – in genau diesem Moment – kannst du etwas tun, um dir selbst zu helfen. Damit musst du anfangen. Und es wird leichter, wenn *dir* jemand dabei hilft. Und ich glaube auch, dass ich weiß, wo du die richtigen Leute findest. Wenn du einige Jahre mehr auf dem Buckel hast – und vielleicht einige Zentimeter größer bist –, kannst du ausziehen und die Welt retten." Sie grinste und polierte mit einer Hand ihre Dienstmarke. „Kostüm und Maske optional."

Nevin warf ihr einen düsteren Blick zu, aber sie lächelte nur freundlich. Was dann passierte, war seltsam. Er musterte sie kritisch und sah die Wahrheit, nichts als die Wahrheit in ihren Augen. Sie meinte es wirklich ernst. Sie glaubte sogar an das, was sie gesagt hatte. Vielleicht ... vielleicht glaubte sie sogar an ihn. Ein kleines bisschen jedenfalls.

Nevin beugte sich seufzend vor. „Wer sind diese Leute, von denen du sprichst?"

1

NEVIN STAND, einen Pappbecher Kaffee in den Händen, auf der kleinen Veranda und sah zu, wie der Regen fiel. Juni in Oregon. Ein Polizist in Uniform kam über den Rasen gelaufen und trampelte die Treppe zur Veranda hoch. Wenn Nevin nicht die Hand gehoben und ihn zurückgehalten hätte, wäre er direkt ins Haus gelaufen.

„Füße abtreten, du Trampel."

Der Polizist öffnete den Mund, um zu protestieren, überlegte es sich dann aber anders und trat sich sorgfältig die Schuhe ab.

„Seid ihr Gorillas da drin fertig?", erkundigte sich Nevin.

Die Polizisten waren daran gewöhnt, dass Nevin sie so adressierte. Wenn sie befördert wurden und ihre Uniform loswurden, konnten und würden sie es sich auch leisten.

Dieser schüttelte den Kopf. „Es dauert noch eine Weile."

„Mist. Schick den Vermieter raus. Ich will mit ihm reden."

Ein oder zwei Minuten später tauchte der Vermieter auf, sein Gesicht bleich und die blauen Augen weit aufgerissen. Er fuhr sich mit den Fingern durch die sandfarbenen Locken, was dazu führte, dass sie wild in alle Himmelsrichtungen abstanden. Dann zog er an der Fliege um seinen Hals – sie war getüpfelt –, die daraufhin schief saß. „Sie wollten mit mir reden, Herr Polizist?"

„Detective. Nevin Ng. Ja."

„Colin Westwood." Der Mann hielt ihm die fein manikürte Hand hin. Nevin schüttelte sie. Westwoods Hand fühlte sich feucht an, was gut zu seiner grünlichen Gesichtsfarbe passte. Er sah aus wie der Typ Mann, der sich laut schreiend auf einem Stuhl in Sicherheit brachte, wenn er in der Badewanne eine Spinne entdeckte. Man musste ihm allerdings lassen, dass er geduldig auf das Eintreffen von Nevins uniformierten Kollegen gewartet hatte, bevor er aus dem Haus lief und sich hinter einem Rhododendronbusch übergab. Davor hatte er sich um das Opfer gekümmert und dabei sogar darauf geachtet, der Spurensicherung keine Probleme zu machen.

Die Veranda war, von einer Fußmatte und einigen leeren Blumentöpfen abgesehen, leer. Nevin hatte keine Lust mehr, hier rumzustehen. „Folgen Sie mir." Er ging zum Bürgersteig, wo er seinen Wagen geparkt hatte.

Obwohl die Lage ernst war, lächelte Westwood, als er das Auto sah. „Ich wusste nicht, dass die Polizei in Portland so attraktive Dienstfahrzeuge hat."

Nevin streichelte über die Kühlerhaube und wischte einige Regentropfen ab, die auf dem Lack glitzerten. „Diese Schönheit gehört nur mir allein. Baujahr 1967, ein 4004er Achtzylinder mit 335 PS unter der Haube."

„Er ist … lila."

„Die Originalfarbe. Pflaume im Nebel. Sie heißt Julie."

Westwood blinzelte. „Julie? Warum?"

„Julie war das erste Mädchen, das ich gefickt habe. Steigen Sie ein, bevor wir ertrinken." Er folgte seinem eigenen Ratschlag und setzte sich auf den bequemen Fahrersitz. Was er Westwood verschwiegen hatte – aber das ging ihn auch nichts an – war, dass er der weniger auffälligen, aber zuverlässigen 2008er Camaro, den er vor Julie gefahren hatte, Luis genannt hatte. Nach dem ersten *Jungen*, den er gefickt hatte.

NACHDEM SICH Westwood auf den Beifahrersitz gesetzt und die Tür geschlossen hatten, streichelte er über die holzverkleidete Konsole. „Ist das auch noch original?"

„Teilweise. Die Lederbezüge nicht, aber mit gefällt das dunkle Grau. Das meiste restauriert oder mit Originalteilen ersetzt."

„Wow. Ich, äh … kenne mich mit Autos nicht sonderlich gut aus."

Das überraschte Nevin nicht. Vermutlich fuhr Colin den langweiligen BMW, der in der Einfahrt stand. „Ich wollte nicht mit Ihnen über Autos reden, Mr. Westwood. Erzählen Sie mir, was hier heute passiert ist."

„Colin. Und ich habe das alles schon …"

„Tu mir den Gefallen, Colin."

„Na gut." Colin seufzte. „Ich bin gekommen, um nach ihrer Toilette zu sehen. Mrs. Ruskin hat mich gestern angerufen und gesagt, sie wäre kaputt."

„Du hast einen ganzen Tag gebraucht, um einer alten Dame die Toilette zu reparieren.?"

Colin rollte mit den Augen. „Es war die Gästetoilette. Sie hat noch eine andere. Und außerdem ruft sie jede Woche an, weil etwas repariert werden muss. Es sind immer nur Kleinigkeiten. Letzte Woche war ihr Fenster kaputt, aber sie hatte nur die Schnüre der Jalousie verheddert und konnte sie nicht mehr erreichen. Sie sucht nur Gesellschaft."

„Keine Familie?"

„Eine Nichte, aber die lebt in Delaware."

Nevin zog einen Notizblock und einen Stift aus der Tasche, schlug eine leere Seite auf und notierte sich einige Worte. „Jemand muss die Nichte benachrichtigen."

„Das habe ich schon getan. Mrs. Ruskin hat mir vor Jahren ihre Kontaktinformationen gegeben."

„Ich brauche ihren Namen und die Telefonnummer."

Colin klopfte an die Brusttasche und verzog das Gesicht. „Verdammt. Ich habe mein Handy im Haus gelassen." Er griff zur Wagentür, aber Nevin hielt ihn zurück.

„Nicht jetzt", sagte er. „Das hat Zeit. Die Nichte ist die einzige Verwandte?"

„Ja. Mrs. Ruskin hat noch einige Freunde, aber die sind alle in ihrem Alter. Die meisten fahren nicht mehr, also sehen sie sich nur noch selten. Ich sage ihr oft, sie sollte darüber nachdenken, in ein Seniorenheim zu ziehen."

„Du willst sie loswerden, damit du die Miete erhöhen kannst. Oder das Haus abreißen und Eigentumswohnungen bauen."

Colin hatte eines dieser Gesichter, denen man jedes Gefühl ansah. Und jetzt sah er verletzt aus. „Nein. Ich dachte nur, dort wäre sie nicht so einsam. Und sicherer."

Das interessierte Nevin. „Du wusstest, dass sie hier in Gefahr war?"

„Nicht … so." Colin schüttelte sich. „Nur, weil sie so alt ist. Sie könnte stürzen oder so."

„Oder so."

Colin drückte die Hände im Schoß so fest zusammen, dass seine Knöchel weiß wurden. Er sah Nevin verzweifelt an. „Detective Ng … sie wird doch überleben, nicht wahr?"

Der Mann sorgte sich offensichtlich wirklich um die alte Frau. Nevin wurde sofort freundlicher. „Nevin. Ich weiß es nicht." Das stimmte nicht ganz. Nevin war zwar erst eingetroffen, als die alte Frau schon abtransportiert worden war, aber er hatte die Gesichter seiner Kollegen gesehen. Mrs. Ruskin würde sich wahrscheinlich nicht mehr über den Schlamm ärgern können, den sie ins Haus geschleppt hatten. Was noch lange nicht hieß, dass diese Idioten sich nicht ihre verdammten Füße hätten abputzen können.

Colin atmete erleichtert aus. „Sie ist eine so nette alte Dame. Ich repariere oft Sachen für sie, die gar nicht repariert werden müssen. Das Haus ist immer sauber und ordentlich. Ich glaube fast, dass sie extra putzt, bevor ich komme. Wir trinken zusammen Tee und reden über Filme oder das Theater. Sie war früher Maskenbildnerin und hat viele berühmte Leute kennengelernt." Er lächelte schwach.

Der Regen trommelte aufs Dach und malte seine Muster auf die Windschutzscheibe. Nevin fühlte sich wie benommen und nahm sich vor, Joggen zu gehen, um wieder einen klaren Kopf zu bekommen. Vielleicht hatte Jeremy Lust, ihn zu begleiten. Jeremy war muskulös und abgehärtet und kümmerte sich nicht ums Wetter. Er war so groß, dass er vermutlich sein eigenes Mikroklima verursachte.

„Du bist also gekommen, um ihre Toilette zu reparieren und von alten Musicalstars zu schwärmen. Was ist passiert, als du hier angekommen bist?"

„Die Haustür war nicht verschlossen. Das ist immer so, wenn sie mich erwartet. Sie lässt die Tür auf, damit sie meinetwegen nicht aufstehen muss, wenn sie es sich schon im Wohnzimmer bequem gemacht hat. Es fällt ihr manchmal schwer." Er schluckte hörbar.

„Dann bist du also einfach ins Haus gegangen?"

„Nein. Ich habe vorher geklingelt, damit sie weiß, dass ich komme. Dann … habe ich sie gefunden." Er wurde noch blasser, als er sowieso schon war.

„Kotz mir nicht ins Auto!"

Colin kniff die Lippen zusammen und schüttelte den Kopf. Nevin ließ ihm einige Sekunden Zeit, sich wieder zu erholen. Colin war Zivilist und solche Szenen nicht gewöhnt. Außerdem machte er keinen sehr robusten Eindruck – gelbkariertes Hemd, Fliege und ein hübsches Jungengesicht, obwohl er wahrscheinlich schon Ende zwanzig war. Er war schlank und zierlich mit bescheidenen Muskeln, die er – wie Nevin vermutete – seiner Mitgliedschaft in einem Fitnessstudio verdankte. Und er war ungefähr zehn Zentimeter größer als Nevin, was ihn aber auch nicht gerade zu einem Riesen machte. Nevin war nämlich nur gut Eins sechzig groß. Colins sanfte Stimme hatte ihn wahrscheinlich während seiner Schulzeit – natürlich in einer teuren Privatschule – sowohl zu einem begehrten Mitglied der Theatergruppe als auch zum bevorzugten Opfer von Mobbing und Schikanen gemacht.

„Tut mir leid", flüsterte Colin und kratzte an einem eingetrockneten Blutfleck auf seinem Hemd.

„Lass das. Wir brauchen das noch für die Spurensicherung."

Colin sah ihn erschrocken an. „Spurensicherung?"

„Ja." Nevin musste jemanden darum bitten, ihm saubere Ersatzkleidung zu besorgen. Mrs. Ruskins Kleider waren dazu nicht geeignet. „Was hast du getan, nachdem du sie entdeckt hast?"

„Ich … ich bin zu ihr gelaufen. Ich dachte erst, sie wäre tot. Dann habe ich gesehen, dass sie noch atmet. Ich habe es mit erster Hilfe versucht, aber es ist lange her, seit ich es gelernt habe und ich wusste nicht, wie …"

Nevin nickte. In den Erste-Hilfe-Kursen der Schule lernte man normalerweise nicht, wie man sich um ältere Gewaltopfer kümmerte. „Du warst es, der 911 angerufen hat?"

„Ja."

„Ist dir etwas Ungewöhnliches aufgefallen, als du vor dem Haus angekommen bist? Hast du jemanden gesehen?"

Colin überlegte kurz und schüttelte dann den Kopf. „Nein. Aber ich war abgelenkt. Ich habe nicht sehr gut aufgepasst."

„Wodurch warst du abgelenkt?"

Colin warf ihm einen resignierten Blick zu. „Mein Freund hat gestern Abend mit mir Schluss gemacht." Er drückte die Schultern durch. Vermutlich erwartete er eine abfällige Bemerkung.

Nevin zuckte mit den Schultern. „Es ist wirklich nicht deine Woche, Mann."

„Das kann man wohl sagen." Colin lehnte sich zurück und schloss die Augen.

Nevin kritzelte in seinem Notizblock. Er malte eine Burg – klein, aber mit festen Mauern. Er stellte sich vor, dass sie einem Prinzen gehörte, dessen Familie sicher hinter diesen Mauern lebte, während er unterwegs war, um die Geschichte von drei seltenen Drachenarten zu erforschen. Nachdem er das letzte Türmchen gemalt hatte – gekrönt von einer kleinen Fahne –, summte er zufrieden ein Liedchen vor sich hin.

Colin drehte sich zu ihm um und sah ihn überrascht an. „Ist das etwa Neil Sedaka?"

„Breaking up *is* hard to do."

„Das …" Colin schnaubte. „Du bist ganz anders, als ich mir einen Detective immer vorgestellt habe."

„Wieso?"

„Es fängt schon mit dem Auto an. Und dann dein Anzug! Ich dachte immer, ein Detective müsste einen schwarzen Polyesteranzug tragen. Aber deiner ist richtig schick."

„Anzüge von der Stange passen mir nicht." Er hatte schon erlebt, dass Verkäufer ihn in die Kinderabteilung schicken wollten. Danach hatte er sich einen Schneider gesucht, der gelegentlich – aus Hongkong! - nach Portland kam, Nevin von oben bis unten vermaß und mit ihm über Stoffe, Farben und Stile sprach. Einige Wochen später kam dann ein Paket mit neuen Anzügen, Hemden und allem, was er brauchte. Und es passte und stand ihm verdammt gut.

Zu Nevins Überraschung musste Colin lachen. „Guter Gott. Musicals und Maßanzüge. Wenn wir jetzt noch über Inneneinrichtung und Haarstile reden, haben wir beide eine Medaille verdient. Für das schwulste Gespräch, dass wir in dieser Woche geführt haben."

Nevin musste an den heißen Twink denken, den er vor einigen Tagen getroffen hatte. „Sorry, Colin, aber da müsstest du dich noch etwas anstrengen."

„Soll das heißen, ich bin nicht schwul genug?" Colin schüttelte den Kopf. „Schade. Normalerweise bin ich darin recht gut."

„Du kannst nachher noch ins *Silverado* gehen, um deinen Ruf wieder aufzupolieren."

Colin schnaubte. „In einen Stripclub? Polierst du so dein Selbstbewusstsein wieder auf, wenn du dich von einem Mann getrennt hast?"

„Ich habe mich noch nie von einem Mann getrennt."

„Ehrlich?"

Nevin fragte sich, warum er mit dem Mann über sein Sexualleben diskutierte, anstatt ihn zu verhören. Aber immer noch besser, als draußen im Regen zu stehen. „Ich komme und gehe und wenn jemand einen Nachschlag will, kann er den bekommen. Mehr aber nicht. Das ist mein Motto." Das und *vertraue niemandem dein Herz an, der darauf rumtrampeln könnte.* Manche Männer waren an Beziehungen interessiert – wahre Liebe und ein strahlender Regenbogen und so –, aber Nevin wusste, was es mit ihnen anrichten konnte. Jeremy hatte sich von

10

der letzten Katastrophe immer noch nicht erholt, obwohl es Jahre zurücklag und der Kerl sowieso ein Arschloch gewesen war.

Colin schüttelte den Kopf. „Ich nicht. Ich bin das Gegenteil von … wie nennt man das? Beziehungsscheu? Als ich noch zur Schule ging, habe ich schon stundenlang meine Hochzeit geplant, obwohl mir alle sagten, ich dürfte gar nicht heiraten. Ich wollte einen weißen Anzug tragen mit einer schwarzen Fliege. Und es würde Erdbeeren mit Schokolade geben und B-52 und David Bowie zum Empfang."

„Lad mich ein", sagte Nevin. „Ich tanze gern."

„Wird gemacht. Sobald ich jemanden finde, der mich heiraten will." Das Lächeln verschwand aus Colins Gesicht. „Aber darüber sollten wir jetzt nicht reden. Mrs. Ruskin …"

„Vergiss es. Das Leben geht weiter."

„Sie ist eine nette alte Dame. Wir sind sogar Freunde. Glaube ich."

Es war Zeit, wieder zum Thema zu kommen. „Kannst du dir vorstellen, warum ihr das jemand antun würde?"

Colin verzog das Gesicht. „Ob sie Feinde hat, meinst du? Das bezweifle ich. Sie ist wirklich sehr nett. Sie hat eine Sammlung mit kleinen Löffeln aus jedem Bundesstaat und bis ihre Knie nicht mehr mitgemacht haben, hat sie im Garten gearbeitet."

„Keine Verflossenen?", fragte Nevin sicherheitshalber nach.

„Ihr Mann ist im Koreakrieg ums Leben gekommen. Keine Kinder. Sie hat danach nicht wieder geheiratet und mir gesagt, sie hätte sich sowieso immer mehr für Frauen interessiert als für Männer, aber damals nicht den Mut gehabt, dazu zu stehen. Ich habe ihr versichert, dreiundachtzig wäre doch kein Alter und sie wäre noch jung genug, um es zu versuchen."

„Du bist wirklich ein unverbesserlicher Romantiker."

„Schon möglich."

Nevin wollte Colin Westwood mit seiner lächerlichen Fliege, seinen Miethäusern, seinen Ex-Freunden und dem verdammten BMW hassen. Der Mann hatte ein Innenleben, das nur so von kleinen Engeln und regenbogenfarbenen Hochzeitsplanern wimmelte. Aber wie konnte man einen Mann hassen, der sich jede Woche mit einer alten Dame zum Tee traf und sich so sehr um sie sorgte?

Er klappte seinen Notizblock zu und steckte ihn weg. „Lass uns die Adresse der Nichte holen, ja?"

„WICHSER!" NEVIN machte einige passende Gesten, die der Busfahrer, der ihnen den Weg abgeschnitten hatte, glücklicherweise nicht sehen konnte. Er sehnte sich nicht oft nach der alten Zeit zurück, als er noch einen Dienstwagen fuhr und Strafzettel verteilte. Jetzt war allerdings ein solcher Moment. Am liebsten hätte er das Arschloch rechts rangewinkt und ihm einen Strafzettel verpasst, dass ihm hören und sehen verging. So blieb ihm nichts anderes übrig, als fluchend hinter dem Bus herzufahren.

Er grummelte immer noch vor sich hin, als er in die Tiefgarage fuhr. Und Hunger hatte er auch. Er war nach seinem Gespräch mit Colin noch ins Providence Medical Center gefahren in Hoffnung, dass Mrs. Ruskin vielleicht bei Bewusstsein wäre und ihm mehr über den Überfall sagen konnte. Danach wollte er ursprünglich mit Jeremy zum Joggen, sich einige Tacos besorgen, essen und duschen und sich dann auf die Suche nach einem Mann machen. Aber als er im Krankenhaus ankam, hatten ihm die Ärzte gesagt, Mrs. Ruskin hätte nicht überlebt. Er würde nichts mehr von ihr erfahren, ohne sich vorher ein Ouijabrett zu besorgen. Danach war er bei Frankl und Blake von der Mordkommission hängengeblieben, die beschlossen hatten, dass es er wäre, der Mrs. Ruskins Nichte über das Ableben ihrer Tante informieren sollte. Schließlich, so sagten sie, hätte er den Fall zuerst aufgenommen. Arschlöcher. Und die Nichte? Schien sich mehr darüber zu ärgern, dass sie sich jetzt um die Beerdigung kümmern musste. Der Tod ihrer Tante ging ihr offensichtlich nicht sonderlich nahe.

Jetzt war es schon dunkel und zu spät, um noch Joggen zu gehen. Außerdem knurrte ihm der Magen, aber er hatte keine Lust mehr, sich noch Tacos zu besorgen. Mist. Hoffentlich gab es im Kühlschrank noch was, das er sich in die Mikrowelle schieben konnte.

Seine Wohnung lag im vierten Stock. Sie hatte ein Schlafzimmer und eine kleine Küche mit Blick auf den Hinterhof. Dafür war man von hier schnell in der Innenstadt oder auf der Autobahn, Julie fühlte sich wohl und es gab einen kleinen Fitnessraum im Keller, in dem trainieren konnte, wenn er keine Zeit hatte, um in ein Studio zu gehen. An den Wänden hingen einige seiner besseren Zeichnungen und an der Kühlschranktür Dankeskarten von Opfern, denen er in der Vergangenheit geholfen hatte.

Nevin warf sein Jackett über einen Sessel und ging in die Küche, um sich auf die Suche nach etwas Essbarem zu begeben. Was er fand, war eine Schachtel mit einem chinesischen Fertiggericht. Sie lag schon so lange im Gefrierfach, dass sie über und über vereist war.

„Hühnchen von General Tso. So chinesisch wie ich", grummelte er und schob den Inhalt in die Mikrowelle.

Als es endlich klingelte, hatte er eine Jogginghose und ein T-Shirt angezogen. Er kippte das angeblich chinesische Essen auf einen Teller, holte sich eine Gabel aus der Schublade und öffnete eine Flasche Bier. Dann ließ er sich in seinen Lieblingssessel fallen – den vor dem Fernseher – und schlug zu.

Am ersten Bissen verbrannte er sich die Zunge, der zweite war noch halb gefroren. Ein interessantes Geschmackserlebnis. Es war fast wie russisches Roulette, aber das war ihm egal. Es schmeckte sowieso beschissen. Selbst das Bier – normalerweise schmeckte ihm Full Sail recht gut – war heute schal. Nevin musste immer wieder an Colin Westwood denken, wie er in dem karierten Hemd mit den Blutflecken vor ihm gestanden hatte. Die alte Dame war totgeschlagen worden und der einzige Mensch, dem es naheging, war ihr Vermieter.

Mist.

Er war zu jung, um sich schon so ausgebrannt zu fühlen. An Tagen wie diesem dachte er oft darüber nach, seinen Job zu kündigen. Aber was wäre die Alternative? Nevin hatte bei der Polizei arbeiten wollen, seit er fünfzehn Jahre alt war. Er hatte sich nie eine andere Arbeit vorstellen können – abgesehen von seiner jugendlichen Spinnerei, eine Gaunerlaufbahn einzuschlagen. Aber das war davor gewesen. Jetzt hatte er einen Collegeabschluss in Strafrecht. Mehr hatte er nicht vorzuweisen. Es war sein einziges Talent.

Er stocherte resigniert in den Resten des Hühnchens, als sein Handy klingelte.

Bin in 15 da. Dress code = Punk. Die Nachricht kam von Ford Ott. Ford war der einzige Mensch, den er als so etwas wie Familie bezeichnen konnte.

Heute nicht, schickte er zurück, obwohl er wusste, dass es vergeblich war.

Nicht verhandelbar.

Leck mich.

15 Minuten.

Nevin stellte den Teller und die leere Bierflasche weg und schlurfte ins Schlafzimmer, um im Schrank nach schwarzen Klamotten zu suchen.

„DU SIEHST höllisch aus", sagte Ford, als Nevin zu ihm in den Truck stieg.

„Du hast doch selbst gesagt, dass sich schwarz tragen soll."

„Mann, ich rede nicht von deinen Klamotten. Obwohl sie eher an FBI erinnern als an NOFX."

Nevin zeigt ihm den Vogel. „Wir können einen kurzen Abstecher machen. Dann lasse ich mir noch schnell ein Anarcho-Symbol auf die Stirn tätowieren."

„Zu extrem. Aber ein Mohawk wäre nicht schlecht. Steht dir." Ford rubbelte ihm über den Kopf.

Nevin boxte ihn an den Arm. „Idiot. Wenn du nicht fahren müsstest, hätte ich jetzt härter zugeschlagen."

„Ja, ja. Angeber." Ford fuhr los und fädelte sich in den Verkehr ein. Er trug das Übliche – Stiefel, ausgewaschene Jeans und ein altes T-Shirt mit dem Logo einer Heavy Metal-Band. Seine Glatze glänzte. Als Ford die erste kahle Stelle entdeckte, hatte er sich sofort eine Glatze rasiert. Der Truck roch nach Erde und Dünger, aber bis auf einige leere Fast-Food-Tüten war er einigermaßen sauber.

Nevin versuchte es noch einmal mit einem Protest, obwohl es dazu schon längst zu spät war. „Ich bin heute nicht in der Stimmung, um auszugehen."

„Langweiler."

„Ford …"

„Ich bin jedenfalls in der Stimmung nach weiblicher Gesellschaft und wir wissen beide, dass wir als Team erfolgreicher sind. Also halt den Mund und vergiss, was die bei der Arbeit über die Leber gelaufen ist. Du wirst dich betrinken, wir tanzen und wenn wir Glück haben, finden wir Gesellschaft für den Abend."

Nevin lehnte sich zurück und schmollte.

Ford fuhr in eine Kellerbar, die etwas außerhalb an der Division Street lag. Die Hipster hatten sie offensichtlich noch nicht entdeckt oder wenn, waren sie inkognito – mit alten Lederjacken und Piercings – gekommen. Die meisten Besucher waren jünger als Nevin und Ford. Nur eine Handvoll sah aus, als hätten sie noch alte Schallplatten von den Ramones zuhause.

Während die Band sich aufwärmte, trank Nevin ein Bier und sah sich um. Ford hielt sich an Cola. Seine biologischen Eltern waren Alkoholiker gewesen, also ging er dem Zeug aus dem Weg, auch wenn er nicht fahren musste. Für Nevin war das höchst praktisch, weil er so immer einen sicheren Fahrer hatte und sich betrinken konnte, wann immer er wollte.

Er zeigte mit der Bierflasche zur Bühne. „Wie heißt die Band?"

„Dick Zipper and the Jizz Parade."

„Wirklich? Gefällt mir. Einprägsam und kultiviert."

„Niemand kennt sich da besser aus als du, Brüderchen."

Wie sich herausstellte, war Dick Zipper musikalisch gesehen eine Katastrophe. Aber die Band spielte laut und schnell, sodass es kaum auffiel. Nevin trank noch ein Bier, dann ging er auf die Tanzfläche und schob sich zwischen die anderen verschwitzten Leiber. Gelegentlich legte er eine Pause ein und trank noch ein Bier, damit die Wirkung nicht nachließ. Er fühlte sich nicht sonderlich gut, aber immerhin war er noch am Leben. Halleluja aber auch!

Irgendwann ließ seine Energie dann nach. Er nahm Ford, der gerade mit einer Wasserstoffblonden tanzte, am Arm und zog ihn von der Tanzfläche in eine ruhige Ecke.

„Ich muss morgen früh arbeiten", schrie er ihm ins Ohr. Es war schon nach Mitternacht.

„Das nennst du Arbeit? Ich muss morgen in aller Herrgottsfrühe Rosenbüsche umpflanzen!"

„Rutsch mir den Buckel runter mit deinen Rosenbüschen, Fordor. Ich nehme ein Taxi."

Aber Ford folgte ihm nach draußen auf den Parkplatz. „Ich habe Hunger", verkündete er und zeigte auf das Schnellrestaurant auf der anderen Straßenseite. „Komm mit, ich lade dich ein."

Nevin nahm das Angebot an. Es konnte nicht schaden, den Alkohol mit etwas fester Nahrung zu unterfüttern. Auf unsicheren Beinen folgte er Ford über die Straße.

Er war noch nie hier gewesen, aber es roch vertraut nach Kaffee, Würstchen und falschem Ahornsirup. Als Bulle verbrachte man viel Zeit in solchen

Restaurants, besonders während der Nachtschicht. Etwa ein Viertel der Tische war mit den üblichen Verdächtigen besetzt – Lastwagenfahrer, Stoner, Studenten und Leute, die erst spät von der Arbeit kamen. Einige der Gäste kamen aus dem Club gegenüber. Sie waren an ihren absichtlich zerrissenen Klamotten und kunstvoll gegelten Haaren leicht zu erkennen.

Sie wurden von einer müde aussehenden, jungen Frau bedient, die ihre Haare zu einem Pferdeschwanz zusammengebunden hatte. Kaum hatten Ford und er Platz genommen, schenkte sie ihnen Kaffee ein. Nevin lächelte sie dankbar an.

„Meinst du, sie hätten hier Köche?", fragte er, während er die Speisekarte studierte. „Oder kommt alles aus der gleichen Fertigmischung? Vielleicht müssen sie nur auf den richtigen Knopf drücken, und eine Maschine spuckt Waffeln oder Rührei aus."

„Du bist betrunken."

„Na und? War das nicht dein Plan?"

Ford öffnete den Mund, schloss ihn aber wieder in fing zu winken an. Nevin drehte sich zur Tür um. Es war die Wasserstoffblonde. Sie wurde von einer etwas pummeligen, hübschen Frau mit feuerroten Haaren begleitet. Die Frauen winkten zurück und kamen auf ihren Tisch zu. Ford rutschte zur Seite – die Blonde setzte sich sofort zu ihm – und Nevin blieb nichts anderes übrig, als es ihm nachzumachen. Die Rothaarige grinste ihn an und setzte sich ebenfalls zu ihnen an den Tisch.

Ford stellte sie vor. „Nevin, das ist Cat und das, äh …"

„Riley", sagte die Rothaarige.

„Meine Damen, das ist Nevin, mein kleiner Bruder."

„Bruder?", fragte Riley und schaute zwischen ihnen hin und her.

„So gut wie."

Das schien ihr zu reichen, was ein gutes Zeichen war. Nevin hatte keine Lust, ihr die Hintergründe zu erklären. Es ging sie nichts an, dass Ford und er zwei Jahre lang in derselben Pflegefamilie gelebt hatten. Dann war Ford achtzehn geworden, einige Monate vor Nevin. Sie hatten in einer ganzen Reihe beschissener Aushilfsjobs gearbeitet und sich eine billige Wohnung geteilt, während Nevin aufs College ging.

Die Kellnerin kam an ihren Tisch zurück und schenkte den beiden Frauen Kaffee ein. Dann nahm sie ihre Bestellungen auf. Ford entschied sich für einen riesigen Frühstücksteller, die Frauen bestellten Heidelbeerpfannkuchen und Nevin beließ es bei Obstsalat mit Toast.

Nachdem die Kellnerin wieder gegangen war, drehte Riley sich zu Nevin um. „Wo kommst du her?", fragte sie strahlend. Sie roch nach Nelkenzigaretten.

„Portland."

„Nein, ich meinte *vorher*."

Oh Gott. Nicht schon wieder das. Nevin seufzte. „Ich bin von hier."

Sie nickte und kräuselte ihre süße kleine Stupsnase. „Was bist du?"

Manchmal hatte er auf diese Frage eine kluge Antwort. Manchmal dachte er sich auch irgendwelchen Unsinn aus und erzählte, seine Eltern wären mongolische Hirten gewesen, die ihn für eine Waschmaschine an einen Missionar verkauft hätten. Heute hatte er zu beidem keine Lust mehr, also sagte er ihr die Wahrheit. „Ein halber Chinese, der Rest ist unbekannt." Sollte seine Mutter mehr darüber gewusst haben, hatte sie das verschwiegen. Auf seiner Geburtsurkunde war die betreffende Zeile jedenfalls leer geblieben. Und dann hatte sie ihn sitzenlassen, bevor er alt genug war, um sie danach zu fragen.

„ICH BIN irisch, schottisch, deutsch und französisch", informierte ihn Riley. „Und ein Sechszehntel Cherokee."

„Wie interessant", log Nevin.

Sie rutschte näher, bis sich ihre Beine berührten. „Und was arbeitest du?"

Normalerweise sprach er nicht über seinen Beruf. Die meisten Leute reagierten darauf entweder verschreckt und zogen sich zurück oder es setzte ein Kopfkino in Gange, in dem schlechte Pornos liefen. Nicht, dass er etwas gegen Pornos hätte, aber er hatte seine Ansprüche. Und die Geschichten mit dem Mann-in-Uniform hatten ihn noch nie angemacht.

Nevin lächelte. „Ich bin professioneller Kung Fu-Kämpfer." Gab es das überhaupt?

Riley brach in ein bewunderndes *Ohh...* aus und Ford trat ihm ans Schienbein. Nevin hätte beinahe laut aufgeschrien und nahm sich fest vor, es Ford später heimzuzahlen.

Dann kam das Essen. Riley unterhielt sie mit Geschichten über Jimbo, ihren Corgi, ihren Job in einer Fahrradwerkstatt und die Bands, die sie in den letzten drei Jahren live gesehen hatte. Sie war recht lustig und nachdem Nevin seine Vorbehalte über sie abgelegt hatte, stellte er fest, dass sie auch nett war. Er bekam ein schlechtes Gewissen, weil er sie angelogen hatte. Glücklicherweise war es nicht schlimm genug, um ihr die Wahrheit zu sagen.

Die Kellnerin brachte frischen Kaffee und als Nevin das nächste Mal aufs Handy schaute, war es schon zwei Uhr nachts. „Mist. Ich habe morgen tonnenweise Berichte zu schreiben."

„Müssen Kung Fu-Kämpfer Berichte schreiben?"

Er zuckte mit den Schultern. „Äh, ja. Über die Wettkämpfe."

Sie kuschelte sich an ihn. „Schade. Ich hätte dir zu gerne Jimbo vorgestellt. Ich wette, ihr hättet euch gut verstanden."

Nevin warf Ford einen fragenden Blick zu, aber der wackelte nur mit den Augenbrauen und drückte Cat an sich. Wie es aussah, würde er heute Nacht Cat nach Hause fahren, nicht ihn.

„Weißt du was?", sagte er und hoffte, es würde sich einigermaßen begeistert anhören. „Ich würde Jimbo gerne kennenlernen. Bist du mit dem Auto hier?"

16

2

COLIN LAG nackt im Bett. Es war brütend heiß. Wenn man bedachte, was die Wohnung ihn kostete, sollte man eigentlich eine funktionierende Klimaanlage erwarten können. Aber sie funktionierte eben nicht und jedes Mal, wenn er deswegen einen Handwerker anrief, wurde er vertröstet. Sie würden gerne vorbeikommen und sich um das Problem kümmern. Irgendwann im nächsten Monat oder so. Offensichtlich fielen überall in der Stadt gerade die Klimaanlagen aus. Es musste daran liegen, dass der Juli der heißeste Monat des Jahres war und die Dinger überall auf Hochtouren liefen. Colin hätte sich liebend gern beim Vermieter beschwert, aber dummerweise war er das selbst.

Er griff in die kleine Schale auf dem Nachttisch und fischte sich einen Eiswürfel heraus, den er sich auf den Bauch legte. Es war ein angenehmes Gefühl, wenn das Eis schmolz. Colin schüttelte sich leicht.

Er hätte sich der Hitzefolter in der Wohnung nicht aussetzen müssen. Es war zwar Samstag, aber er hätte ins Büro gehen können, wo es immer Arbeit gab. Oder ins Kino oder zum Einkaufen oder in ein gemütliches kleines Café. Er hätte sogar seine Eltern in ihrem riesigen Haus im Westen der Stadt besuchen können. Dort würde keine Klimaanlage der Welt es wagen, nicht zu funktionieren. Dafür würde seine Mutter schon sorgen. Dummerweise kam das alles nicht in Frage, weil er Legolas nicht allein zuhause lassen wollte. Also schmachtete er aus Solidarität in der Hitze vor sich hin. Leg schien sich nicht um das Opfer zu kümmern, das Colin ihm brachte. Er lag im Badezimmerwaschbecken und schlummerte zufrieden.

Von dem Eiswürfel auf seinem Bauch war nur noch eine warme Pfütze übrig. Das Wasser lief an ihm herab, als er sich umdrehte, um sich einen neuen Eiswürfel aus der Schale zu holen. Dieses Mal legte er ihn auf seine Brust, direkt zwischen die Nippel. Der Eiswürfel blieb in der Narbe liegen und das Wasser floss über die längliche Vertiefung nach unten ab. Er stellte sich vor, dass ein kleines Boot über seinen Körper segelte und der Kapitän dem Steuermann zurief, vorsichtig zu sein, damit ihr Boot nicht an den Brusthaaren auf Grund lief. Captain Hook vielleicht. Nein, doch nicht. Lieber Jack Sparrow.

„Jo-hoo", sang er, hörte aber schnell wieder auf. Er fühlte sich einfach zu schlaff. Er gähnte und versuchte es noch einmal: „Ahoi!" Dann streichelte er sich versuchsweise über den Schwanz, aber es dauerte eine Weile, bis sein Körper Interesse zeigte. Obwohl Colins Freunde sich schon lange abmühten, ihn wieder zu verkuppeln – selbst seine Mutter hatte schon den zweiten Anlauf hinter sich –, war solo und keusch geblieben, nachdem Trent ihm vor sechs Wochen den Laufpass gegeben hatte. Er seufzte und gab auf. Es war einfach zu heiß, um sich einen runterzuholen. Vielleicht sollte er sich Leg zum Vorbild nehmen und ein Nickerchen machen.

Seine Augenlider schlossen sich gerade, als ein Klingeln ertönte. Er tastete blind nach dem Handy, warf es dabei vom Nachttisch auf den Boden und schaffte gerade noch, das Ding wieder aufzuheben, bevor sich die Mailbox einschalten konnte.

„Hallo?"

„Hey, Colin. Hier ist Manuel. Meinst du, du könntest mir einen großen Gefallen tun?" Manual Ceja hörte sich aufgeregt an, aber das war bei ihm fast immer der Fall. Er führte *Bright Hope*, eine Wohltätigkeitseinrichtung, die ältere und kranke Menschen der LGBT-Community versorgte. Manuel machte diese Arbeit hervorragend, aber Colin befürchtete manchmal, er würde sich zu viel zumuten.

„Für dich immer", sagte er beruhigend.

„Du bist ein Schatz, Colin Baby. Debbie sollte heute Roger Grey besuchen, aber sie hat gerade angerufen und gesagt, dass ihr Auto auf dem Heimweg von Lincoln City zusammengebrochen ist und sie es zeitlich nicht schafft, und ich weiß, dass du ihn dienstags immer besuchst und mache mir Sorgen um ihn, weil es heute so heiß ist und wenn du ihn besuchen könntest, wäre ich dir fürchterlich dankbar."

Colin bekam Mitleid mit Manuels überforderter Lunge und atmete aus Solidarität einige Male tief durch. „Sicher. Kein Problem", sagte er dann. Obwohl Roger ziemlich weit weg wohnte.

„Du bist mein Prinz."

„Sie kauft auch für ihn ein, nicht wahr?"

„Ja. Ich schicke dir die Liste. Wenn du das Geld vorlegen kannst, gebe ich es dir ..."

„Ich kümmere mich um alles. Sieh es als zusätzliche Spende für *Bright Hope* an."

Manuel summte einige Takte von *God save the Queen* und lachte. „Du bist gerade vom Prinzen zum Monarchen befördert worden."

„Na prima. Ich wollte schon immer ein Krönchen."

Es kostete ihn Überwindung, aufzustehen und sich anzuziehen. Die alten Menschen, die *Bright Hope* betreute, bekamen nicht oft Besuch. Deshalb zog er sich meistens schick an. Sie fühlten sich geschätzt, wenn man sich ihretwegen etwas Mühe gab. Außerdem – so hatte ihm schon mehr als einer gestanden – freuten sie sich besonders, wenn sie von einem gut aussehenden Mann umsorgt wurden. Heute allerdings konnte sich Colin nicht dazu überwinden. Er beschränkte sich auf enge Shorts und ein Tanktop. Wenigstens hatten die Kunden im Supermarkt dann einen Grund, ihn anzustarren.

Legolas miaute verschlafen, machte sich aber nicht die Mühe, das kühle Waschbecken zu verlassen, als Colin sich von ihm verabschiedete. Vielleicht sollte er sich einen Hund zulegen. Hunde wussten ihr Herrchen wenigstens zu schätzen. Andererseits hatte Legolas immer in Trents Schuhe geschissen, wenn das Arschloch bei ihm übernachtete. Rückblickend gesehen, hatte Legolas also bessere Menschenkenntnis bewiesen als er selbst. Das war auch nicht zu verachten.

In seinem Auto war es mindestens zehn Grad wärmer als draußen. Er drehte die Klimaanlage auf, wischte sich den Schweiß aus den Augen und wartete ab, bis das Lenkrad abgekühlt war. Er zog eine Grimasse. Nicht wegen der Hitze, sondern wegen dem Auto. Er hatte noch nie viel über Autos nachgedacht. Sein erstes Auto hatten ihm seine Eltern geschenkt – einen zuverlässigen Pkw. Und dann, nachdem er in die Firma seines Vaters eingestiegen war, löste ein BMW den anderen ab. Sein Vater meinte, es wäre wichtig, bei ihren Kunden den Eindruck von Erfolg und Klasse zu erwecken. Damit mochte er recht haben. Aber Colin beneidete plötzlich Menschen, die es sich leisten konnten, einen lilafarbenen Wagen zu fahren. Wie Nevin Ng.

Colin lächelte, als er an Nevin dachte. Dieser Detective Ng war ein verdammt interessanter Mann. Und nach dem Schock über den Überfall auf Mrs. Ruskin war Nevin sogar unerwartet tröstend gewesen.

Die Fahrt dauerte ewig. Die ganze Stadt schien sich in Zeitlupe zu bewegen. Aber dafür war der Supermarkt himmlisch. Besonders die Kühlregale waren eine willkommene Erfrischung. Colin schlich um sie herum, bis er eine Gänsehaut bekam und einer der Angestellten ihn misstrauisch beäugte.

„Kann ich Ihnen helfen?", fragte er Colin und stützte sich auf seinen Besen.

„Ich, äh … bewundere nur das Joghurt."

Damit wurde er den jungen Mann schnell los.

Natürlich hatte sich das Auto, während Colin im Supermarkt seine Zeit vergeudete, wieder in einen Brutofen verwandelt. Der kurze Weg zu Roger Grey reichte nicht aus, um es wieder abzukühlen. Als Colin endlich an die Wohnungstür klopfte, lief ihm der Schweiß in Strömen übers Gesicht.

„Du bist nicht Debbie", begrüßte ihn Roger, als er die Tür öffnete.

„Enttäuscht?"

„Nicht im Geringsten. Debbie ist eine nette junge Frau, aber du, mein Junge, bist eine Augenweide."

Colin hob die Einkaufstüten hoch. „Kann ich das erst wegräumen?"

„Sicher."

Rogers Wohnung war nicht viel größer als ein Hotelzimmer. Sie enthielt ein Schrankbett, eine kleine Küchenzeile, einen Tisch mit zwei Metallstühlen und einen Polstersessel. Colin hatte den Verdacht, dass Roger oft in dem Sessel schlief. An der Wand stand noch ein Bücherregal, das den Rest des freien Platzes dominierte. Es war vollgestopft mit Büchern, vor allem Taschenbüchern, aber auch einigen gebundenen Ausgaben. Überall im Zimmer lagen Zeitungen und Magazine herum.

Die Hängeschränke über der Küchenzeile waren klein, aber trotzdem nahezu leer. Auch im Kühlschrank gab es nicht viel. Während Colin die Lebensmittel verstaute, nahm er sich vor, Manuel zu bitten, öfter nach Rogers Vorräten zu schauen. „Ich habe Brathähnchen mitgebracht", sagte er zu Roger, der es sich im Sessel bequem gemacht hatte. „Und Kartoffelpüree mit Soße. Willst du dazu Salat oder Gemüse?" Er hielt die beiden Plastikbehälter hoch, die er an der Delikatessentheke gekauft hatte. „Grüne Bohnen."

„Du musst mir nicht das Essen machen."

„Will ich aber. Meine Katze mag keine grünen Bohnen. Es wäre eine schöne Abwechslung."

Roger lachte krächzend. „Dann will ich dir dein Vergnügen nicht nehmen. Leg los."

Während Colin alles vorbereitete, berichtete er Roger von Debbies Autopanne. Debbie war auf dem Rückweg von der Küste gewesen und die Geschichte löste in Roger Erinnerungen aus. Er wurde nostalgisch und erzählte Colin von einem Urlaub mit fünf Freunden in einem Ferienhaus bei Cannon Beach. Es musste die reinste Orgie gewesen sein. „Sie sind jetzt alle tot", sagte Roger und starrte auf sein Tablett. „AIDS. Bis auf Emmett. Emmett hat Neunundachtzig Selbstmord begangen. Gleich nach dem Tod seines Partners."

Colin drehte einen Stuhl zu Roger um und setzte sich. „War das eure erste Party?", fragte er freundlich.

Die Geschichten, die Roger ihm daraufhin erzählte, waren so wild, dass Colin nicht wusste, was davon stimmte und was nicht. Er hörte aufmerksam zu, war aber in Gedanken woanders. Er war nach der Trennung von Trent in Selbstmitleid verfallen, ganz anders als Roger. Und was hatten der alte Mann und seine Generation alles mitgemacht! Roger hatte seine Eltern Geschwister schon vor Jahrzehnten verloren, weil sie sich weigerten, seine Homosexualität zu akzeptieren. Er hatte hilflos zusehen müssen, wie seine Freunde starben und sein Geliebter. Er war selbst HIV-positiv, aber er lebte schon seit zwanzig Jahren damit. Der Virus, die Behandlungen und die Medikamente hatten seine Gesundheit und sein Bankkonto mächtig angegriffen. Für einen Mann Anfang siebzig war er schon sehr gebrechlich, lebte in einem Schuhkarton von Wohnung und war auf Hilfe angewiesen, um genug zu essen und gelegentlich menschliche Gesellschaft zu haben.

„Ich nehme an, heute hat sich das alles geändert", sagte Roger nachdenklich und riss Colin damit aus seinen Gedanken. „Apps und Gummis und alles das."

„Wahrscheinlich. Ich kenne mich damit nicht sehr gut aus."

„Hast du mir nicht gesagt, du wärst single?"

„Ja." Colin stand auf, sammelte das Geschirr ein und stellte es in die Spüle.

„Du bist doch ein so attraktiver Mann. Ich kann mir nicht vorstellen, dass sich das männliche Schönheitsideal seit meiner Zeit so verändert haben kann."

Colin grinste. „Danke. Aber ich habe deine Fotos gesehen und du hast wesentlich besser ausgesehen als ich."

„Ich war ein Herzensbrecher. Doch das habe ich nicht gemeint. Was hält dich davon ab, deine Jugend zu genießen?"

Um ehrlich zu sein, war sich Colin nicht sicher, jemals eine Jugend gehabt zu haben. Jedenfalls nicht so, wie Roger es meinte. Manchmal kam er sich vor, als wäre er schon alt geboren. „Ich bin mehr der Typ, der von einem Häuschen mit Gartenzaun träumt. Und ich habe noch nicht den richtigen Mann dafür gefunden."

„Was spricht dagegen, dir die Zeit bis dahin mit einem anderen Mann zu überbrücken?" Roger grinste kopfschüttelnd. „Es ist alles so fremd für mich. Diese Sache mit der Heirat …"

„Hättet ihr geheiratet, wenn es möglich gewesen wäre? Frank und du?"

„Ich weiß es nicht. Wir haben uns geliebt, daran besteht kein Zweifel. Aber heiraten … Das ist alles so *normal*. Wir haben nicht in diesen Kategorien von Normalität gedacht und ich kann nicht sagen, ob wir es gewollt hätten."

Colin nickte, stellte das gespülte Geschirr auf den Ablauf und drehte sich um. Roger sah ihn nachdenklich an. „Du bist noch nicht lange als Freiwilliger bei *Bright Hope*, nicht wahr?"

„Erst seit einigen Wochen." Colin hatte damit angefangen, um sich von Trent abzulenken und weil er Mrs. Ruskins Andenken Tribut zollen wollte. Sie hätte sich vermutlich köstlich darüber amüsiert, dass er jetzt schwule Senioren besuchte.

„Warum verbringst du deine Zeit mit einem klapprigen alten Gaul wie mir, anstatt mit einem Mann deines Alters auszugehen?"

„Ich besuche dich gerne", erwiderte Colin wahrheitsgemäß. „Du bist ein interessanter Mann und es macht mir Spaß."

Roger schmunzelte. „Und die Jugend weiß ihre Jugend nicht zu schätzen." Er winkte ab. „Mach dich aus dem Staub. An einem Abend wie diesem wimmelt es in der Stadt bestimmt nur so von jungen Männern. Es ist bestimmt einer dabei für dich. Und denk an mich, wenn du die Aussicht genießt."

Colin wischte sich die Hände am Geschirrtuch ab und hängte es auf. Er überzeugte sich davon, alles weggeräumt und nicht mehr Unordnung hinterlassen zu haben, als er vorgefunden hatte. Dann kam ihm eine Idee. „Wie wäre es, wenn du sie selbst genießt? Die Aussicht, meine ich. Wir könnten einen Ausflug zum Fluss machen oder so. Ich bin mit dem Auto hier."

„Das wäre schön, aber ich fürchte, ich muss ablehnen. Meine Kräfte …" Er zuckte mit den Schultern.

So leicht ließ sich Colin allerdings nicht entmutigen. Er hatte das Glänzen in Rogers Augen gesehen. „Dann morgen. Morgen soll es nicht so heiß werden wie heute. Ich besorge uns etwas zu essen und wir können irgendwo ein Picknick einlegen. Wo immer du willst."

„Vielleicht … im Rosengarten? Frank und ich haben ihn früher oft besucht. Er war ein begeisterter Gärtner und ich war seit Jahren nicht mehr dort." Sein Blick wurde leer und er schaute in die Ferne.

„Das ist eine wunderbare Idee. Ich komme gegen elf Uhr vorbei, ja?"

„Du hast bestimmt Besseres zu tun!"

„Nein, habe ich nicht", sagte Colin lachend.

„Dann erwarte ich dich um elf. Darf ich mir vorstellen, es wäre ein Date?"
Colin zwinkerte ihm zu. „Das ist es doch, oder?"

ALS COLIN nach Hause kam, fütterte er Legolas, nahm eine Dusche – die zweite
des Tages – und zog sich etwas Bequemes an, in dem er nicht ganz so vulgär aussah.
Dann entschuldigte er sich bei Legolas für die serielle Vernachlässigung und ging
wieder hinaus in die Hitze. Dieses Mal ging er zu Fuß. Sein Lieblingsrestaurant –
ein Libanese – war nur wenige Straßenzüge entfernt. Da er keinen großen Hunger
hatte, bestellte er sich nur eine kleine Portion Tabouleh und Baba Ghanoush. Da er
hier bekannt war, musste er sich nicht an die Speisekarte halten. Nachdem die Teller
wieder abgeräumt waren, saß er noch lange hinter seinem Minztee, genoss die Kühle
der Klimaanlage und beobachtete die Fußgänger, die draußen vorbeigingen.

Er machte sich erst auf den Heimweg, als die Sonne schon untergegangen war
und die Temperaturen erträglicher. Wenn er die Fenster öffnete und einige Ventilatoren
strategisch in der Wohnung verteilte, sollte es zuhause auszuhalten sein.

Sein Handy klingelte. Er stöhnte, als er die Melodie erkannte. „Hi, Mom."

„Dein Vater sagt, dass eure Klimaanlage immer noch nicht funktioniert.
Warum bist du nicht zu uns gekommen?"

„Ich hatte zu tun." Es war gelogen. Und das wusste sie wahrscheinlich auch.

„Liebling, diese Hitze ist nicht gut für deine Gesundheit."

Er hätte beinahe laut aufgestöhnt. „Es ist alles in Ordnung. Ich habe
geschwitzt, genug getrunken und bin nicht tot umgefallen."

Paula Westwood schnalzte mit der Zunge, wechselte aber das Thema. „Wo
bist du? Ich höre Verkehrslärm."

„Auf dem Heimweg vom Abendessen."

„Mit wem warst du essen?"

„Allein."

„An einem Samstagabend? Laura Dalrymple … du erinnerst dich doch
an sie, nicht wahr? Sie sitzt im Aufsichtsrat des Kunstinstituts. Nun, ihr Sohn ist
Zahnarzt und …"

„Guter Gott, Mom! Wenn du mich noch einmal auf ein Blind Date schickst,
tauche ich in Yogahose und Netzhemd auf und rede den ganzen Abend nur über
mein totes Frettchen, das verspreche ich dir."

„Du hattest nie ein Frettchen." Sie seufzte theatralisch. „Na gut. Aber du
solltest wenigstens versuchen, dir etwas Mühe zu geben."

Colin wartete darauf, dass die Fußgängerampel grün zeigte. Er sollte es ihr
nicht übel nehmen. Roger Grey wäre wahrscheinlich vor Dankbarkeit auf die Knie
gefallen, wenn er eine solche Mutter gehabt hätte. „Mom, ich muss mir keine Mühe
geben. Es ist alles bestens. Ich brauche keinen Mann, um glücklich zu sein. Ich

22

habe einen guten Job, wunderbare Freunde und ein ausgefülltes Leben durch meine Tätigkeit bei *Bright Hope*." Er grinste boshaft. „Was mich daran erinnert, dass ich morgen nicht kommen kann. Leider."

Es war Familientradition, schon seit seiner frühesten Kindheit. An jedem dritten Sonntag des Monats traf sich die Familie zum Brunch. Die Lokalität wechselte – je nachdem, welches Restaurant seine Eltern ausprobieren wollten –, aber der Rest blieb gleich. Seine Mutter trank Mimosas und sein Vater beschwerte sich darüber, dass das Essen hier nicht so gut wäre wie in einem der anderen Restaurants. Miranda, Colins Schwester, stritt sich mit ihrem Vater über Politik und ihr Mann mit Hannah, Colins dreizehnjähriger Nichte, weil sie während des Essens ihr Handy nicht wegstecken wollte. Colin lehnte sich grinsend zurück und genoss die Vorstellung. Er liebte seine Familie, auch wenn sie ihm manchmal höllisch auf die Nerven ging.

Trotzdem hatte er kein Problem damit, für diesen Monat eine Ausrede gefunden zu haben, um nicht am Brunch teilnehmen zu müssen. Besonders deshalb, weil seine Mutter zurzeit im Kuppelmodus war.

„Warum kannst du nicht kommen?", fragte sie.

„Ich gehe mit einem der alten Männer, die von *Bright Hope* betreut werden, zum Picknick. Er kommt nicht oft aus dem Haus." Außer zu Arztterminen.

„Oh, das ist lieb von dir. Na gut. Aber wir werden dich vermissen. Vielleicht kannst du irgendwann nächste Woche zum Dinner kommen?"

„Sicher. Ich melde mich." Er meinte es ernst. Er besuchte seine Eltern gern. Meistens jedenfalls.

Er stand vor seiner Haustür, als sie ihr Gespräch beendeten. *Samstagabend*, dachte er, während er mit dem Aufzug nach oben fuhr. Zeit für Nacktheit, Eiscreme und eine Dauersession *Firefly*. Weil er nämlich glücklich war, verdammt aber auch.

AM NÄCHSTEN Morgen war es sonnig, aber einige Grad kühler als am Samstag. Colin pfiff unter der Dusche fröhlich vor sich hin. Er rasierte sich, zähmte seine Haare und zog eine Khakishorts an, dazu *Ich habe nichts Gutes vor*-T-Shirt. Legolas lag neben dem Sofa in der Sonne, als Colin sich von ihm verabschiedete. Colin holte noch die Kühlbox mit dem Eis aus der Küche und machte sich auf den Weg.

Er legte einen Stopp beim *Elephants Deli* ein, wo er viel zu viel Sandwiches, Chips und Salate kaufte, dazu noch Torte – Schokolade und Zitrone –, Mineralwasser und mehrere Fruchtsäfte. Was immer davon nach ihrem Picknick übrig blieb, wollte er Rogers mageren Vorräten hinzufügen. Pappteller und Plastikgeschirr gab es umsonst.

Glücklicherweise war heute Sonntagvormittag und die Straßen relativ frei. Colin machte sich singend auf den Weg nach Banfield und überlegte, ob er in diesem Sommer einen Roadtrip unternehmen sollte. Vielleicht hätte einer seiner Freunde – oder zwei oder drei – Lust, ihn zu begleiten. Seine Schwester und seine

Nichte würden sich bestimmt gerne um Legolas kümmern. Er könnte vielleicht für einige Tage nach Vancouver fahren oder nach Victoria. Oder nach Süden, immer an der Pazifikküste entlang, bis er schließlich nach San Francisco kam. Colin hatte schon lange keinen Urlaub mehr gemacht. Trent war immer zu beschäftigt gewesen für richtigen Urlaub und an einem Kurzurlaub in der Nähe hatte er kein Interesse gezeigt. Arschloch. Aber damit war jetzt Schluss. Colin war frei!

Selbst der Parkplatz von Rogers schäbigem Apartmentkomplex machte einen hellen und fröhlichen Eindruck. Vögel zwitscherten und auf dem angrenzenden Rasen spielten zwei Kinder Fußball. Colin ließ die Kühlbox im Auto zurück und lief zum Haus. Als er zu Rogers Tür kam, klopfte er einige Male an.

Niemand antwortete.

Er versuchte es wieder, dieses Mal lauter. Vielleicht konnte Roger nicht mehr so gut hören. Oder er war im Badezimmer. Colin wartete einige Minuten und versuchte es wieder, aber es nutzte nichts. Roger antwortete nicht und die Tür blieb geschlossen.

Colin stellte sich vor, Roger wäre gestürzt und würde zwischen seinen Büchern und Zeitschriften hilflos auf dem Boden liegen.

Der Hausmeister wohnte nur einige Türen weiter und ging sofort an die Tür, als Colin anklopfte. Er war ein großer Mann unbestimmten Alters mit dünnen Haaren, die ihm bis auf die Schultern hingen. Und der Mann war sehr hager – von einem beträchtlichen Bierbauch abgesehen. Es sah aus, als hätte er einen Volleyball verschluckt. Die abgeschnittenen Jeans rutschten ihm fast über die Hüften und seinem grauen T-Shirt war deutlich anzusehen, was er zuletzt gegessen hatte.

„Ja?", fragte er und musterte Colin mit seinen rot unterlaufenen Augen.

„Ich wollte Roger Gray besuchen. Ich arbeite für *Bright Hope*?" Colin war nicht sicher, ob der Zottel über die regelmäßigen Besuche bei Roger informiert war. „Wir waren für heute verabredet, aber er geht nicht an die Tür."

Zottel runzelte die Stirn und kratzte sich am Kinn. „Der geht nie aus dem Haus, Mann."

„Ich weiß. Deshalb mache ich mir ja Sorgen. Könnten Sie mir die Tür aufschließen?"

„Äh …" Zottel überlegte angestrengt. „Ja, ich denke schon. Aber ich muss dabei sein, wegen der Sicherheit und so."

Colin widersprach ihm nicht, obwohl Legolas wahrscheinlich besser auf Roger aufgepasst hätte als dieser Kerl. „Ja, natürlich. Können Sie sich beeilen?"

Nein, das konnte Zottel nicht. In der Wohnung schepperte und krachte es, während er nach dem Generalschlüssel und passenden Schuhen suchte. Den Schlüssel fand er, aber von seinen Flipflops nur einen. Der andere hatte wahrscheinlich die Flucht ergriffen. Als sie zu Rogers Wohnung gingen, klatschte die vereinsamte Gummisohle bei jedem – zweiten – Schritt auf den Beton.

Zottel fummelte eine Ewigkeit mit dem Schlüssel am Schloss rum. Colin steckte die Hände in die Taschen, weil sie zu zittern anfingen. In seinem Kopf lag Roger immer noch in einer Blutlache auf dem Boden. Oder er hatte eine leere Pillenflasche in der Hand oder ein Messer. Vor zwei Wochen hatte Roger ganz nebenbei über Selbstmord gesprochen.

Endlich klickte es und die Tür öffnete sich quietschend. Colin schloss die Augen und bereitete sich innerlich aufs Schlimmste vor.

„Hmm…", brummte Zottel. „Sieht aus, als wäre niemand da."

3

COLIN HATTE vielleicht zu viele Krimiserien gesehen. Er erwartete nämlich, die Polizei würde nichts unternehmen, bevor Roger nicht mindestens vierundzwanzig Stunden vermisst wurde. Glücklicherweise hatte er sich getäuscht. Oder Manuel Ceja war ein Überredungskünstler. Wie auch immer – kaum hatte er das Gespräch mit dem Vorsitzenden von *Bright Hope* beendet, rief Manuel auch schon zurück. „Sie schicken jemanden vorbei", informierte er Colin mit angespannter Stimme. Colin konnte seine Nervosität verstehen. Er hatte auch einen Stein im Magen. „Warte dort auf sie."

„Ich hatte nicht vor, nach Hause zu fahren", erwiderte Colin.

„Ich weiß, ich weiß. Tut mir leid."

„Schon gut. Du machst dir Sorgen um ihn. Ich halte dich auf dem Laufenden, ja?"

„Danke, Colin. Du bist ein Schatz."

Zottel saß auf der Bordsteinkante und rauchte eine Zigarette. Ihn schien das Ganze kalt zu lassen, was aber kein Wunder war. Wahrscheinlich brauchte es erst eine Zombieattacke, um in seinen benebelten Verstand vorzudringen. Die Tür zu Rogers Wohnung stand weit offen und man konnte deutlich sehen, dass niemand zuhause war. Sogar das kleine Badezimmer mit seinen schief angeschraubten Handtuchhaltern war leer. Die Wohnung wirkte nicht unaufgeräumter als normal. Auf dem Sessel lag eine Wolldecke und auf der Küchenzeile stand eine grüne Tasse, in der ein Teebeutel hing.

Colin ging auf dem Bürgersteig auf und ab.

Als ein lilafarbener GTO auf den Parkplatz abbog und anhielt, machte sich Panik und Aufregung in ihm breit. Ihm wurde schwindelig.

Dann kam Detective Ng auf ihn zu. Ja, Nevin war umwerfend mit seiner warmen, braunen Haut, den vollen Lippen und den Wangenknochen, um die ihn jedes Model beneidet hätte. Obwohl es ein warmer Tag war, trug er einen perfekt sitzenden, dunkelgrauen Anzug. Der oberste Knopf seines orangefarbenen Hemdes stand offen. Damit hätte er jeden Laufsteg dominiert, obwohl er offiziell zu klein war, um als Model zu arbeiten. Aber seine Schönheit und seine Kleidung waren nicht das Ausschlaggebende. Wichtiger war seine Haltung. Jeder Muskel war einsatzbereit. Er war wie eine angespannte Feder, wie ein Finger, der jeden Moment auf den Auslöser drücken konnte. Nicht bedrohlich, aber einsatzbereit. Und scharf. Colin erwartete fast, dass sich hinter seinen vollen Lippen Haifischzähne verbargen, aber als Nevin ihm zulächelte, waren es ganz normale, sehr weiße Zähne.

„Oh Gott. Ist Roger tot?"

Nevin blinzelte ihn an. „Das weiß ich nicht. Ich bin doch gerade erst gekommen. Und wo hast du deine Fliege gelassen?"

Colin schaute an sich herab. Das T-Shirt war angesichts der Umstände vermutlich keine gute Wahl gewesen. „Wieso bist du hier, wenn er nicht tot ist?"

„Weil jemand die Polizei verständigt hat, du Schwachkopf." Dann weiteten sich seine Augen. „Du glaubst, ich wäre bei der Mordkommission, nicht wahr? Keine Sorge, ich gehöre nicht zu diesen Idioten."

„Aber …"

„Sag mir jetzt nicht, dass diese Bruchbude auch dir gehört. Was bist du eigentlich? Ein Slumlord?"

„Nein, es gehört nicht mir. Ich bin nur zu Besuch gekommen. Ich arbeite ehrenamtlich für *Bright Hope*, eine Gruppe, die …"

„Ich kenne *Bright Hope*." Nevin musterte ihn von oben bis unten. „Ich sag dir was. Warum fangen wir nicht ganz von vorne an? Wer ist der Kerl dort?" Er zeigte auf Zottel, der mit unbeteiligt ins Nichts starrte.

„Der Hausmeister. Als Roger nicht an die Tür kam, habe ich ihn überredet, mich in die Wohnung zu lassen."

„Und ich nehme an, er ist uns keine große Hilfe. Außer, wir wollen ihm ein Gramm Mary Jane abkaufen."

Colin verschluckte sich, weil er lachen musste. „Äh, nein. Das hast du wohl recht."

„Warte hier auf mich, Fliege. Ich rede kurz mit ihm und danach nehmen wir uns Zeit für ein nettes Gespräch."

Colin nickte, nervös und erfreut gleichzeitig. Er sah sich nach einem Sitzplatz um. Die Bordsteinkante schied aus, weil er keine Lust hatte, Zottels Zigarettenrauch einzuatmen. Der Rasen ebenfalls, weil er keine Grasflecken auf seinen Shorts riskieren wollte. Er setzte sich schließlich auf die Kühlerhaube seines Autos. Das Metall war so heiß, dass es ihm durch den Stoff seiner Hose den Arsch wärmte. Von hier beobachtete er, wie Nevin seinen Notizblock zückte und sich mit Zottel unterhielt. Nevin musste sich in dem Anzug unangenehm fühlen, aber davon merkte man ihm nichts an. Er notierte sich sorgfältig Zottels Antworten. Der Mann war gut in seinem Job.

Nach einigen Minuten zog Nevin das Handy aus der Tasche und telefonierte. Danach steckte er es wieder weg und kam auf Colin zu. Drei Polizeiautos und ein einfaches, weißes Auto der gleichen Marke kamen auf den Parkplatz gefahren. Einige uniformierte Männer und Frauen stiegen aus und gingen zu ihm. Es war interessant. Obwohl selbst die Frauen wesentlich größer waren als Nevin, bestand kein Zweifel daran, wer von ihnen das Sagen hatte. Ihre Körpersprache war eindeutig – Nevin erteilte die Befehle, die anderen gehorchten.

Kurz darauf gingen die Uniformierten in Rogers Wohnung und Nevin machte sich wieder auf den Weg zu Colin, der von der Kühlerhaube sprang, ums Auto herumging und den Kofferraum öffnete.

„Gut, dass du kein Verdächtiger bist", sagte Nevin.

„Warum?"

„Wenn du verdächtig wärst, hätte ich dich jetzt erschossen, du Nimrod."

Colin, der gerade etwas aus dem Kofferraum holen wollte, erstarrte. „Hä?"

„Ich habe eine tote alte Dame und einen alten Mann, der vermisst wird. Woher soll ich wissen, dass du keine Waffe hast?" Er hörte sich genervt, aber nicht beunruhigt an.

„Es ist nur eine Kühlbox."

Nevin schnaubte. „Ich wette, du hattest noch nie einen ernsthaften Zusammenstoß mit der Polizei, weißer Junge. Du musst sie mit deinen blauen Augen nur unschuldig ansehen und niemand erwartet etwas Böses von dir."

„Hey!" Wenn Nevin nicht recht hätte, wäre Colin jetzt beleidigt gewesen. Nicht, dass er jemals etwas Kriminelles getan hätte, aber er war schon während seiner Schulzeit bevorzugt behandelt worden. Wenn er seine Hausaufgaben vergessen hatte, konnte sich immer mit einer lahmen Ausrede rausreden. Und dann – in der Oberschule – hatten er und Jay den Unterricht geschwänzt und waren in die Stadt gegangen. Ein Wachmann hatte sie in einer Hintergasse aufgegriffen, wo sie den Joint rauchten, den Jay seiner älteren Schwester geklaut hatte. Als Colin dem Mann eine lächerliche Geschichte über einen verlorenen Schlüssel auftischte, hatte er ihnen sofort geglaubt. Aber es war Colins erster und letzter Joint gewesen. Nicht, weil er Angst vor der Polizei hatte, sondern weil er sich die Reaktion seiner Eltern vorstellte, wenn sie ihn erwischt hätten.

Er zog eine Grimasse und holte eine Flasche Wasser aus der Kühlbox. „Ich wollte dir nur eine Erfrischung anbieten. Du siehst heiß aus."

Nevin ignorierte das Angebot und schon ihn zur Seite. „Ich bin immer heiß." Er schaute in den Kofferraum. „Wolltest du ihm das Essen bringen?"

„Roger und ich waren zu einem Picknick verabredet."

Nevin sah ihn von der Seite an und nahm ihm die Wasserflasche ab. „Und wie viele Leute wolltest du noch zu dem Picknick mitnehmen?" Er schraubte die Flasche auf und trank einen tiefen Schluck.

Colin senkte schnell den Blick, als Nevins Lippen sich um die Flaschenöffnung schlossen. „Äh … nur Roger. Er isst nicht sehr gut und ich wollte ihn in Versuchung führen? Ich dachte mir, die Reste könnte ich dann in seinen Kühlschrank packen." Sein Magen knurrte, als er an das Essen dachte. „Und jetzt habe ich Hunger. Kann ich mir ein Sandwich nehmen?"

„Sicher. Wenn du mir eins abgibst. Ich überlasse es meinen Gorillas, die Spuren aufzunehmen. Wir können uns derweil unterhalten und dabei essen."

„Spuren aufnehmen? Heißt das …"

„Es heißt, dass ich nach allem, was ich von dir und dem Hausmeister gehört habe, von einem Tatort ausgehe. Das ist alles. Wir werden sehen, was die Jungs in Blau zutage fördern."

Colin war erleichtert, dass die Polizei so schnell reagierte. Er reichte Nevin ein Sandwich, nahm sich ebenfalls eine Flasche Wasser und ein Sandwich aus der Kühlbox und folgte Nevin dann zu einem schmalen Pfad an der Seite des Gebäudes. Hinter dem Haus, in dem sich Rogers Wohnung befand, stand noch ein zweites. Dazwischen lag ein schmaler Rasenstreifen mit einem einfachen Spielplatz und einem Picknicktisch aus Beton. Es war schattig. Nevin setzte sich auf an den Tisch und winkte Colin zu, ihm gegenüber Platz zu nehmen.

„Woher wusstest du, dass man sich hier setzen kann?", fragte Colin, während er sein Sandwich auspackte.

„Ich bin bei der Polizei. Hast du das vergessen?"

„Und du bist darauf spezialisiert, Picknicktische aufzuspüren?"

„Nein. Aber ich bin clever genug, den Hausmeister nach einem kühlen Sitzplatz zu fragen."

Sie aßen einige Bissen. Colin musste sich sehr zusammenreißen, um den Mann auf der anderen Seite des Tisches nicht anzustarren. Nevin konzentrierte sich – entweder auf sein Sandwich oder auf den Fall. Irgendwo fing ein Baby zu schreien an, hörte aber bald wieder auf.

„Okay", sagte Nevin nach einer Weile kauend und holte seinen Notizblock und einen Stift aus der Tasche. „Lass uns ganz am Anfang beginnen."

„Der Anfang ist immer ein guter Start", erwiderte Colin amüsiert.

Nevin sah ihn an und schüttelte den Kopf. „Du bist also hier, weil du für *Bright Hope* arbeitest?"

„Ja. Ich habe damit vor einigen Wochen angefangen."

„Nach dem Tod von Mrs. Ruskin?"

„Ja." Colin runzelte die Stirn. „Wisst ihr schon, wer es war?"

„Es ist nicht mein Fall. Ich habe dir doch gesagt, dass ich nicht für die Mordkommission arbeite."

„Für wen arbeitest du dann?", fragte Colin mit schneidender Stimme. Es war keine Absicht, aber dieser Mann ging ihm unter die Haut. Er war irritierend.

„Abteilung für Familienangelegenheit, Unterabteilung für Senioren und hilflose Personen."

„Das ist … wow. Du ermittelst also bei Verbrechen gegen ältere und hilflose Menschen?"

Nevin klopfte mit dem Stift auf seinen Notizblock. „Ja. Senioren und Menschen, die einem besonderen Risiko ausgesetzt sind. Auch Behinderte."

„Wie cool." Colin hatte nicht gewusst, dass es dafür eine Spezialabteilung gab. Er war offensichtlich ziemlich ignorant, was sein Wissen über die Polizei anging.

Nevin zuckte mit den Schultern. „Es ist auch nur ein Job", sagte er, aber Colin nahm ihm seine Lässigkeit nicht ab. „Und lenk mich nicht ab, Colin. Wir reden über dich und *Bright Hope* und Roger Grey. Ich will alle Zusammenhänge wissen."

Colin erklärte ihm kurz, warum er für *Bright Hope* arbeitete, wie lange er Roger schon kannte und worüber sie gestern gesprochen hatten. Nevin stellte ihm einige zusätzlich Fragen, machte sich aber meistens nur Notizen. Als Colin mit seinem Bericht zu Ende war, klopfte Nevin wieder auf seinen Notizblock. „Hat Roger Anzeichen von Demenz?"

„Mir ist nichts aufgefallen. Er ist sogar ziemlich klug."

„Aber er ist schon lange HIV-positiv, ja? Manchmal führt das zu mentalen Problemen. Gedächtnisverlust. Depression. Wie war seine Stimmung gestern?"

Colin überlegte. „Ich kenne ihn noch nicht sehr gut, aber es schien ihm gut zu gehen", sagte er dann. „Wenn man davon absieht, dass seine Lebensumstände beschissen sind. Er ist so einsam."

„Es gibt Menschen, die sind gerne einsam", sagte Nevin scharf.

„Ja. Wenn sie sich selbst dazu entscheiden. Aber es ist eine andere Sache, wenn sämtliche Freunde und Familienangehörigen entweder tot sind oder man von ihnen verlassen wurde."

„Ich wollte wissen, wie *er* sich deswegen fühlt."

Colin konnte Nevins mühsam unterdrückte Verärgerung nicht verstehen. Er senkte die Stimme. „Ich weiß es nicht. Ich glaube, es macht ihn... traurig. Vor einigen Wochen hat er über Selbstmord gesprochen."

„Ja? Und das sagst du mir erst jetzt? Hast du das wirklich für so unwichtig gehalten?"

„Er hat gesagt, dass er es nicht tun würde. Er hat gesagt, er hätte dem Tod schon so lange ein Schnippchen geschlagen, dass er ihn jetzt nicht gewinnen lassen würde."

Zu seiner Überraschung brach Nevin in lautes Lachen aus. „Ich glaube, ich mag Roger Grey. Okay. Gibt es sonst noch etwas, was dir aufgefallen ist?"

„Im Moment fällt mir nichts mehr ein. Nur..." Er räusperte sich. „Wir wollten heute in den Rosengarten gehen, weil er früher oft mit seinem Partner dort war. Er hat früher Orgien gefeiert und wurde einige Male bei Protestveranstaltungen verhaftet. Ich glaube, er war ein recht wilder, cooler Typ. Und jetzt ..." Colin verstummte. Er hatte plötzlich Tränen in den Augen. Warum wusste er so wenig über Roger?

Nevin schwieg. Dann schlug er seinen Block zu und steckte den Stift weg. „Ich kenne Roger nicht, aber ich behandle jeden Fall gleich", sagte er bedächtig. „Für mich ist jedes Opfer eines Verbrechens wichtig. Sie zählen alle gleich. Weil sie das sind."

„Danke."

Nachdem er Colin seine Kontaktinformationen gegeben hatte, sammelte Nevin das Papier und die leeren Flaschen ein. „Ich muss jetzt nach meinen Gorillas sehen", sagte er und ging.

4

AM MONTAGMORGEN gab es immer noch kein Zeichen von Roger Grey und Nevin wusste, dass der Fall verloren war. Vielleicht hatte Roger einen Aussetzer gehabt, war einfach losgelaufen und nicht mehr zurückgekommen. Oder er hatte sich – trotz seiner Worte zu Colin – umgebracht und das nicht zuhause tun wollen, weil seine kleine Wohnung einfach zu deprimierend war oder er Colin den Anblick ersparen wollte. Wie auch immer – früher oder später würde seine Leiche unter einer Brücke oder in einem Fluss auftauchen.

Mist.

„Hey! Nicht so schnell!"

Nevin drehte sich zu Jeremy um, der hinter ihm lief. „Leg einen Gang zu, alter Mann. Du hast doch längere Beine als ich." Er lief trotzdem etwas – etwas! – langsamer, weil seine Muskeln zu brennen anfingen.

Als Jeremy ihn eingeholt hatte, hielt er sich keuchend an Nevins Schulter fest. „Du … du kannst nicht weglaufen. Vor deinen Problemen", japste er. Jeremy war gut in Form, aber zehn Jahre älter als Nevin. Außerdem schleppte er das doppelte Gewicht mit sich rum.

„Ich laufe vor nichts davon, Germy."

Jeremy schlug ihm auf den Rücken. „Lüg mich nicht an."

Es war noch nicht richtig hell, als sie Jeremys Wohnhaus zurückkamen. Der Wellness-Bereich im ersten Stock war noch geschlossen und die Büros im zweiten Stock leer. Sie mussten also keine Rücksicht nehmen, polterten die Treppe hoch und riefen sich dabei Beleidigungen zu. Jeremy kam als Erster oben an – aber nur, weil er Nevin im zweiten Stock zu Seite stieß. Nevin zeigte ihm den Vogel. „Das war gemogelt, du Pfadfinder."

„Ich habe nie das Gelübde abgelegt." Jeremy öffnete seine Wohnungstür und ließ ihm mit einer lächerlich übertriebenen Verbeugung den Vortritt.

Auf dem Weg zum Badezimmer zogen sie sich ihre verschwitzten Klamotten aus.

Jeremy sah umwerfend aus – harte Muskeln, kantiges Kinn, sturmgraue Augen und goldblonde Haare. Und er war ein lieber, freundlicher Mensch mit einem Herzen so groß wie der gesamte Mittelwesten. Wenn er nicht gerade mit Nevin um die Wette lief. Jeremy war schwul und stolz darauf. Auch, als er noch bei der Polizei arbeitete, hatte er daraus nie ein Hehl gemacht. Und das, obwohl man es als schwuler Polizist nicht leicht hatte.

Nevin, der sonst nicht sehr wählerisch war, hatte nie eine Affäre mit ihm gehabt. Er wollte ihre Freundschaft nicht gefährden. Sie scheuten sich allerdings nicht, sich voreinander splitterfasernackt auszuziehen. Nevin neigte dazu, ihn übertrieben bewundernd anzustarren. Jeremy rollte nur mit den Augen, wenn er ihn dabei erwischte.

Sein Badezimmer war größer als Nevins erste eigene Wohnung. Die beiden hatten genug Platz, um sich schnell abzuduschen.

Jeremy war zuerst fertig und warf Nevin ein Handtuch zu. „Komm jetzt. Der Kaffee wartet."

Während Nevin den Anzug anzog, den er vorhin bei Jeremy zwischengelagert hatte, holte Jeremy seine grüne Uniform aus dem Schrank. Er war Park Ranger, hätte aber als Chief auf die Uniform verzichten und einen Anzug tragen können. Doch dazu war er nicht der Typ. Außerdem wusste er wahrscheinlich ganz genau, wie heiß er in der Uniform aussah.

Sie verließen das Haus und gingen zu Julie, die Nevin nicht weit davon geparkt hatte. Dort packte er seine Tasche in den Kofferraum, bevor sie weitergingen zum *P-Town*, Jeremys Lieblingscafé. So früh am Tag war hier viel los, aber der Barista hatte alles im Griff. Ptolemy – er war genderfluid – trug heute ein blaues Hemd, schwarze Weste und Jeans. Er begrüßte sie lächelnd. „Frühsteher schnappen die bösen Buben?"

„Und die Parkverschmutzer", stimmte Jeremy ihm zu. „Hast du dein Auto mittlerweile reparieren lassen?"

Ptolemy zog eine Grimasse. „Das ist hinüber. Ich bin jetzt auf öffentliche Verkehrsmittel angewiesen."

„Aber nur noch, bis du deinen Doktor in der Tasche hast. Danach eroberst du die Welt."

„Ja. Und dann kaufe ich mir einen von diesen entsetzlichen SUVs, damit ich keinen Meter mehr zu Fuß gehen muss." Ptolemy zwinkerte ihm grinsend zu.

Jeremy kam so oft ins P-Town, dass er seine eigene Tasse hatte. Sie war genauso überdimensioniert wie er selbst. Ptolemy füllte sie bis zum Rand. Nevin bekam seinen üblichen doppelten Espresso.

Ptolemy war faszinierend. Er – oder sie, je nachdem – war brillant, lebhaft und amüsant. Nevin war, nachdem er ihn kennenlernte, so begeistert von ihm gewesen, dass er ihn sofort angebaggert hatte.

„Du willst ja nur sehen, was ich zwischen den Beinen habe", hatte Ptolemy gesagt.

„Schätzchen, was immer es auch sein mag, es kann nur verdammt gut sein. Aber das, was du in deinem Kopf hast, macht mich noch mehr an. Außerdem will ich nicht meine Neugier befriedigen, sondern habe nur Lust auf Sex."

Danach war nie etwas aus ihnen geworden, aber Ptolemy mochte Nevin offensichtlich gern. Jeremy hatte ihm später verraten, es läge vor allem daran, dass Nevin sich nicht für Ptolemys Geschlecht oder Gender interessiert hätte und ihn nicht für einen Freak hielt. Und das war auf eine ganz eigene Weise bemerkenswert. Nevin war nämlich normalerweise nicht gerade für seine Sensibilität berühmt.

Nachdem sie ihren Kuchen bekommen und bezahlt hatten, setzten sie sich an einen Tisch am Fenster und schwiegen.

„Welche Laus ist dir den über die Leber gelaufen?", fragte Jeremy nach einigen Minuten.

„Ich will nicht darüber reden."

Jeremy zuckte mit einer seiner riesigen Schultern. „Na gut."

Während im Hintergrund Pink Martini ein französisches Lied sang, verschlang Jeremy sein Frühstück. Nevin pikste nur an seinem Kuchen und beobachtete einen süßen Twink, der am Fenster vorbeijoggte. „Ein Vermisstenfall."

„Alzheimer oder Autismus?"

„Nein. Seit zwanzig Jahren oder so HIV-positiv. Er hat alle seine Freunde überlebt und seine Familie hat sich schon vor Jahrzehnten von ihm losgesagt."

Jeremy schnalzte mit der Zunge und trank einen Schluck Kaffee. „Hast du ein Foto von ihm?"

„Kein neueres."

„Schick mir, was du hast. Ich sage meinen Leuten, sie sollen die Augen aufhalten."

Nevin nickte dankbar, zog sein Handy aus der Tasche und schickte Jeremy die Informationen. „Wenn er sich fit gefühlt hat, kann er bis in den Rocky Butte gekommen sein."

„Ich sehe mich nachher dort um. Ich muss um neun Uhr im Laurelhurst Park sein, aber bis dahin ist genug Zeit."

„Danke, Germy." Nevin glaubte nicht, dass Jeremy Roger Grey finden würde, aber es war ein tröstliches Gefühl, dass er sich auch um den Fall kümmern wollte. Jeremy war sehr selbstbewusst und wenn er die Chance hätte, würde er vermutlich die ganze Welt retten. Leider war es für viele Menschen schon zu spät, aber trotzdem. Jeremy war eine wertvolle Hilfe.

„Hey, Nev? Vielleicht nimmst du deinen Job zu ernst. Tu dir das nicht an."

„Soll ich etwa Park Ranger werden? Grün steht mir nicht."

Jeremy lachte. „Und ich kann mir beim besten Willen nicht vorstellen, wie du dich durch den Forest Park schleichst. Dein Anzug könnte schließlich schmutzig werden. Aber es gibt noch viele andere Möglichkeiten, wie man seinen Mitmenschen helfen kann."

„Ja, sicher. Ich könnte freiwillig für Bright Hope arbeiten, wie der arme Kerl, der Greys Verschwinden gemeldet hat. Er ist deswegen vollkommen mit den Nerven am Ende." Nevin seufzte. „Und er macht keinen sehr robusten Eindruck."

„Kein so zäher Knochen wie du."

„Leck mich", knurrte Nevin nicht allzu überzeugend. Jeremy grinste nur.

„ENTSCHULDIGE DAS Chaos hier", sagte Manuel Ceja und suchte nach einem Platz, an dem er Karton abstellen konnte.

„Wollt ihr umziehen?", fragte Nevin. Überall im Büro standen offene Kartons. Sie waren grün beschriftet.

Manuel stellte den Karton, den er in den Händen hielt, seufzend auf den Stuhl zurück. „Ich arbeite gerne hier im Zentrum, aber die Miete ist schon wieder erhöht worden. Wir haben nicht unbegrenzt Mittel, weißt du? Ich bezahle Crystal schon viel zu wenig. Sie und ihr Freund wollen heiraten, ein Haus kaufen und eine Familie gründen." Crystal, die außer ihm die einzige bezahlte Mitarbeiterin von *Bright Hope* war, schaute von ihrem Bildschirm auf. Sie lächelte nicht, was Nevin aber nicht verwunderte. Vermutlich hatte sie etwas gegen Bullen. Daran war er gewöhnt.

„Wohin zieht ihr um?", erkundigte er sich bei Manuel.

„Nach Beaverton." Seinem Tonfall nach zu urteilen, könnten auch die Tore zur Hölle sein. „Der Cousin meines Mannes gibt uns Rabatt für das neue Büro. Es ist unpraktisch, weil die meisten unserer Kunden hier in Portland leben. Einige unserer Freiwilligen sind auch nicht allzu begeistert, aber wir haben schon unter schlimmeren Bedingungen gearbeitet."

Was stimmte. Als Manuel vor einigen Jahren *Bright Hope* gründete, hatte er noch alles aus seiner eigenen Tasche bezahlt. Er hatte von zuhause gearbeitet, neben seinem eigentlichen Job. Mit der Zeit kamen mehr und mehr Spenden und Unterstützungsgelder zusammen und *Bright Hope* war gewachsen. Einmal im Jahr fand eine große Veranstaltung statt, um zusätzlich Mittel zu sammeln. Nevin besuchte sie schon seit drei Jahren und spendete ebenfalls einen Teil seins bescheidenen Einkommens. Manuel konnte sich jetzt ein kleines Gehalt auszahlen und hatte Crystal eingestellt, die sich um die täglichen Geschäfte kümmerte. Aber sie arbeiteten immer noch hart an der Grenze ihrer Möglichkeiten und mussten mit ihrem Geld sparsam umgehen.

„Ich muss dir einige Fragen über Roger Grey stellen", sagte Nevin.

Manuel traten Tränen in die Augen. „Natürlich. Tut mir leid …" Er wedelte mit den Händen.

„Wie wäre es, wenn wir einen Kaffee trinken gehen?" Der doppelte Espresso hatte ihn noch nicht richtig wach gemacht. Außerdem wollte er nicht zwischen Umzugskartons sitzen und ständig Crystals missbilligendem Blick ausweichen müssen.

„Klar, sicher. Crystal, hältst du die Stellung? Ich bringe dir einen Eiskaffee mit." Sie winkte zustimmend.

Manuel war ein klein gewachsener, birnenförmiger Mann mit schütteren dunklen Haaren und einem Hang zu beschrifteten T-Shirts. Heute feierte er damit die eheliche Gleichstellung. Auf ihrem Weg zum *Peet's* redete er über die Schwierigkeiten, die der bevorstehende Umzug mit sich brachte. Er machte sich offensichtlich Sorgen um die Veränderungen, die damit einhergingen.

„Kannst du Hilfe brauchen?", fragte Nevin. „Ich habe einen Freund, der hat nicht nur Muskeln, sondern auch einen riesigen SUV." Nevin hatte kein schlechtes

Gewissen dabei, über Jeremys Zeit und Auto zu verfügen. Jeremy lebte dafür, anderen auszuhelfen. Er verbrachte seine Wochenenden und Abende ständig damit, für Obdachlose Spenden zu sammeln, Nachbarschaftsprojekte zu unterstützen oder im Kinderheim Nachhilfe zu geben.

Manuel strahlte ihn an. „Wirklich? Es wäre wunderbar, wenn du uns helfen könntest. Der Umzug ist für Samstag in einer Woche geplant."

Nevin hatte eigentlich nicht von sich selbst gesprochen, aber jetzt konnte er keinen Rückzieher mehr machen, ohne sich zu blamieren. „Klar doch."

Der übliche Morgenansturm war schon vorbei und im *Peet's* war nicht viel los. Die meisten Besuche hatten Namenschilder um den Hals hängen, die sie als Teilnehmer einer Konferenz auswiesen, die im benachbarten Marriott-Hotel stattfand. Es wären überwiegend mittelalte Männer in Anzügen. Nevin überlegte, worum es bei der Konferenz wohl gehen mochte.

Sie setzten sich an einen freien Tisch. Nevin zog seinen Notizblock und einen Stift hervor und wartete ab, bis Manuel einige Schlucke Eistee getrunken hatte. Er selbst hatte wieder einen doppelten Espresso vor sich stehen. Es würde nicht sein letzter an diesem Tag sein. „Was kannst du mir über Roger Grey erzählen?"

Manuel wusste zwar mehr über Roger als Colin, aber das meiste war nicht sehr hilfreich. Roger hatte einen Universitätsabschluss – welchen, wusste Manuel nicht –, seine Jugendjahre aber vor allem auf Partys und Demos verbracht. Danach arbeitete er in einem Buchladen, bis seine gesundheitlichen Probleme es nicht mehr zuließen. Obwohl er seine HIV-Infektion dank der Medikamente gut im Griff hatte, gab es noch andere Gesundheitsprobleme, mit denen er zu kämpfen hatte, darunter ein schwaches Herz und eine Fettleber. Soweit Manuel es beurteilen konnte, war er geistig allerdings noch vollkommen fit.

„Und du kennst niemandem, mit dem er das Haus verlassen haben könnte?", hakte Nevin nach. Er hatte sich kaum Notizen gemacht. Stattdessen zierte jetzt eine Zeichnung von Julie das leere Blatt. Sie stand unter einer Eiche mit weit ausladenden Ästen.

„Niemanden. Er war sehr einsam."

Nevin runzelte die Stirn. Er sollte nicht so empfindlich sein. *Er* war nicht einsam. Er hatte Ford, seinen Bruder. Er hatte Freund. Jeremy und einige der anderen Jungs. Seine Arbeitskollegen. Manchmal trafen sie sich und schauten Basketball. Außerdem war er freiwillig allein, verdammt aber auch. Solange er hier und da einen Mann fürs Bett fand, brauchte er niemanden sonst.

„Detective? Was ist los?"

„Ich denke nach." Er lehnte sich in seinem Stuhl zurück. „Erzähl mir über Colin Westwood."

Manuel riss die Augen auf und schlug sich die Hände vor die Brust. „Colin? Colin hat Mr. Grey bestimmt nichts angetan."

„Ich verdächtige ihn nicht, aber er war der letzte Mensch, der ihn gesehen hat. Deshalb ist er von Interesse." Mrs. Ruskin erwähnte Nevin nicht.

„Nun, ich kenne Colin schon seit einigen Jahren. Einige meiner Kunden leben in Häusern, die seiner Firma gehören. Die Firma ist ein großzügiger Spender."

Sicher, dachte Nevin. *Das Geld kann er von der Steuer absetzen.* „Er arbeitet aber auch ehrenamtlich für *Bright Hope*."

„Erst seit einigen Wochen."

„Was genau tut er?"

„Nichts Besonderes. Er besucht einige unserer Kunden. Dienstags Mr. Grey und donnerstags … Bob und Ivan Thomas. Er unterhält sich mit ihnen und sorgt dafür, dass sie regelmäßig essen und ihre Medikamente nehmen. Meistens leistet er ihnen nur Gesellschaft und bringt etwas Abwechslung in ihr Leben."

„Aber bei Roger war er vorgestern, an einem Samstag", sagte Nevin.

„Normalerweise wird er samstags von einer anderen freiwilligen Helferin besucht. Sie kauft auch für ihn ein. Aber sie musste absagen, weil sie Probleme mit ihrem Auto hatte. Deshalb habe ich Colin angerufen und ihn gebeten, für sie einzuspringen."

Das war interessant. Colin hatte offensichtlich nicht geplant, Roger am Samstagabend zu besuchen. Und am Sonntag musste er nicht arbeiten und konnte einfach alles stehen- und liegenlassen und für den alten Mann ein Picknick organisieren. Hatten diese reichen Kerle am Wochenende nichts zu tun? In den Club gehen? Ihr Geld verspielen? Was auch immer.

„Colin sagte, dass er mit Roger zum Picknick verabredet war. Ist das normal?"

Manual schüttelte den Kopf und lächelte leicht. „Nein. Ich habe ihn nicht darum gebeten. Ich glaube, er wollte einfach nur nett sein und hat Roger deshalb eingeladen."

Oder er hatte einen bösen Plan geschmiedet. Nur wusste Nevin nicht, was dieser böse Plan sein könnte. Und wenn Colin dem alten Mann etwas angetan hätte, wäre es dumm von ihm gewesen, Roger vermisst zu melden. Nevin hatte, wie jeder gute Bulle, ein Gefühl für solche Sachen. Und Colin mochte ein verwöhnter, reicher Kerl sein, der sofort in Ohnmacht viel, wenn er von der Wirklichkeit eingeholt wurde, aber er war nicht gefährlich. Da war sich Nevin sicher.

Colin konnte keiner Menschenseele etwas antun.

Nevin hatte keine Fragen mehr. Sie tranken ihren Kaffee und schwiegen. In diesem Moment klingelte Nevins Handy. Es war eine Nachricht von seinem Chef. Ein älterer Mann war ins Krankenhaus eingeliefert worden. Übel zugerichtet und mit gebrochenen Knochen. Die Ärzte vermuteten, dass er misshandelt worden war. Na toll.

Nevin steckte seinen Block und den Stift weg und reichte Manuel eine Visitenkarte. „Für den Fall, dass meine Adresse in einem der Umzugskartons verschwunden ist. Ruf mich an, wenn dir noch etwas einfällt."

„Auf jeden Fall. Und danke für deine Arbeit. Ich weiß, dass du dein Bestes gibst für Mr. Grey. Vielleicht hat er nur einen Mann kennengelernt und ist wieder jung geworden …" Manuel glaubte daran genauso wenig wie Nevin, aber Nevin sagte kein Wort.

„Ich muss dann los. Ein neuer Einsatz."

„Sicher. Wir sehen dich und deinen Freund dann am Samstag, ja? Wir fangen früh an."

Nevin stöhnte in Gedanken, während er sich verabschiedete.

5

AUCH AM Dienstag gab es keine Neuigkeiten über Roger Grey. Wenigstens konnte Nevin den Fall des misshandelten alten Mannes abschließen. Er wurde jetzt im Krankenhaus behandelt und würde überleben, während sein Arschloch von Sohn hinter Gittern saß und wahrscheinlich immer noch bittere Tränen darüber vergoss, dass ihm niemand abnahm, was für ein Arschloch sein lieber alter Daddy doch wäre. Als Nevin an diesem Abend vor dem Fernseher saß und die Pasta aß, die er sich auf dem Heimweg besorgt hatte, dachte er über den Fall nach. Möglicherweise war der alte Mann wirklich ein Arschloch. Möglicherweise war er sogar das größte Arschloch der ganzen Stadt. Aber das gab seinem Sohn noch lange nicht das Recht, ihn halb tot zu schlagen.

Nevin fragte sich nicht zum ersten Mal, ob der Sohn als Kind wohl von seinem Vater auch misshandelt worden war. Die meisten Missbrauchstäter waren früher selbst Opfer und lernten ihr Verhalten von ihren Eltern. Dann war es mehr als bedauerlich, dass der Vater damals seiner gerechten Strafe entgangen war. Aber es entschuldigte nicht, was der Sohn heute getan hatte.

Das war das Schlimmste an seinem Job. Selbst, wenn alles wie am Schnürchen lief, gab es fast nie ein glückliches Ende. Menschen starben. Familien lösten sich auf. Kleine Kinder wurden verprügelt und endeten als Erwachsene im Gefängnis, weil sie selbst gewalttätig wurden.

Am Mittwoch gab es immer noch keine Neuigkeiten. Nevin war jeder Spur gefolgt, die er finden konnte. Grey war in den sechziger und siebziger Jahren einige Male verhaftet worden – meistens wegen Teilnahme an Protestaktionen gegen den Krieg oder für Schwulenrechte. Dann gab es da noch eine Festnahme wegen unsittlichen Verhaltens nach einer vollkommen unangemessenen Razzia in einer Sauna. Zwei Geldstrafen für Trunkenheit am Steuer in den frühen Achtzigern und den Besitz von einigen Gramm Marihuana Mitte der Neunziger. Nevin fragte sich, ob Grey das Gras aus Spaß geraucht hatte oder weil es ihm gegen die Symptome seiner HIV-Infektion half. Wie dem auch sein mochte, sein Vorstrafenregister war vollkommen uninteressant. Es gab keinerlei Anhaltspunkte, die sein plötzliches Verschwinden erklärt hätten. Nevin hatte sich auch Versicherungsinformationen und Telefonkontakte besorgt, bezweifelte aber, dass sie ihm weiterhelfen würden.

In den nächsten Tagen kümmerte er sich um einige weitere Fälle und schrieb den üblichen Stapel an Berichten. Abends saß er vor dem Fernseher und schaute sich dämliche alte Western an, in denen die Guten stoisch waren und weiße Hüte trugen und die Frauen ehrenhaft und fleißig, während die wilden Indianer mit Federn auf dem Kopf rumliefen und sich durch Grunzlaute verständigten. Obwohl die Stereotype schauerlich waren, beruhigten ihn die Filme. Vielleicht, weil sie so simpel waren. Und weil die weißen Hüte immer siegten.

Manchmal malte er. Nichts Ernstes, weil er dazu nicht gut genug war. Aber er zeichnete einige Stadtansichten und eine Szene aus dem P-Town, in der Ptolemy hinter der Kaffeemaschine stand, eine weite, ärmellose Bluse trug und ihre Lieblingsohrringe.

Nevin dachte auch über Einsamkeit nach. Soweit er es beurteilen konnte, war Roger Grey ein sehr vitaler, faszinierender Mann gewesen. Und doch war er jetzt allein und auf die Wohltätigkeit seiner Mitmenschen angewiesen, die ihm das Essen brachten und ihm Gesellschaft leisteten.

Und Jeremy Cox? Jeremy war ein Traum von einem Mann – stark, attraktiv, klug und hilfsbereit. Er mochte nie ein Pfadfinder gewesen sein, aber er verkörperte alle ihre Ideale. Es lag schon einige Jahre zurück, seit er seinen Freund, diesen Mistkerl, losgeworden war, aber er war immer noch allein. Nevin vermutete, dass er gelegentlich eine kurze Affäre hatte, aber der Sex allein schien ihn nicht glücklicher zu machen. Jedenfalls sprach er nie darüber.

Und dann war da Colin Westwood. Colin war ein süßer Kerl, wirklich. Er hatte Geld, war aber nicht oberflächlich. Wie kam es, dass so ein Mann noch nicht den Richtigen gefunden hatte?

Wenn Männer wie Jeremy und Colin dazu verurteilt waren, ihr Leben allein zu verbringen, dann war es nur gut, dass Nevin selbst nicht an einer Beziehung interessiert war. Weil er nämlich Mitleid mit ihnen hatte. Das war alles.

Am Freitagabend parkte Ford seinen Truck in der Nähe von Nevins Wohnung und sie fuhren mit der Stadtbahn ins Zentrum. Sie besuchten einige Bars und während Ford sich an Cola hielt, wurde Nevin zusehends betrunkener. Dabei liefen sie Katie über den Weg, einer jungen Frau, mit der Ford vor einiger Zeit eine kurze Affäre hatte. Sie schien nicht nachtragend zu sein und lud ihn zu sich ein. Nevin sagte dazu nichts, weil Ford und er ein stillschweigendes Übereinkommen hatten, sich unter solchen Umständen nicht einzumischen. Ford würde wahrscheinlich irgendwann heute Nacht oder morgen früh auftauchen, um seinen Truck abzuholen.

Nevin blieb in der Bar zurück, holte sein Handy aus der Tasche und öffnete die Grindr-App. Eine Stunde später war er in einem Hotelzimmer und bekam einen Blowjob von einem Mann aus Cleveland. Der Kerl war ein richtiger Bär, aber nicht allzu begabt. Nevin war zu betrunken, um sich daran zu stören. Als es vorbei war, nahm er ein Taxi und ließ sich nach Hause bringen.

Am nächsten Morgen weckte ihn das Klingeln seines Handys. Er nahm den Anruf nur an, weil er dachte, es wäre Ford, der vor dem Haus stand und reingelassen werden wollte. Es war Jeremy.

„Lust auf Joggen?", fragte Jeremy. Er hörte sich so verdammt wach an, dass Nevin ihm am liebsten erschossen hätte. „Wir können auch ins Fitnessstudio gehen."

Nevin wurde schlecht, wenn er nur daran dachte, ins Badezimmer gehen zu müssen. Er stöhnte. „Heute nicht."

Kurze Pause. „Du hörst dich verkatert an", dröhnte es dann in Nevins Ohr. „Wie viel hast du gestern getrunken?"

„Leck mich kreuzweise", sagte Nevin und fühlte sich sofort schuldig. Jeremy war empfindlich, was Alkohol anging. Sein Ex war ein Säufer gewesen.

Jeremy sagte einen Moment nichts. „Soll ich dich in Ruhe lassen, damit du dich allein bemitleiden kannst?"

„Na ja, ich …" Nevin rieb sich übers Gesicht. Leider half es weder gegen seine Kopfschmerzen noch seinen flauen Magen, aber wenigstens bewies es ihm, dass er seine Feinmotorik noch halbwegs unter Kontrolle hatte. Dann fiel ihm etwas ein. „Wir helfen *Bright Hope* am nächsten Samstag beim Umzug."

„Mist. Ich kann am Samstag nicht. Ich habe schon eine Verabredung. Zum Wandern. Vielleicht lässt es sich noch ändern, aber …"

„Schon gut. War mein Fehler. Ich hätte dich erst fragen sollen. Wir schaffen es bestimmt auch ohne dich."

„Bist du sicher?"

Jeremy hörte sich besorgt an und Nevin stellte sich vor, wie er in seiner Wohnung saß und von einem schlechten Gewissen geplagt wurde, weil er eine Verabredung nicht wahrnehmen konnte, für die er nicht verantwortlich war. Der Mann war ein solcher Softie. Jahrelang plagte er sich schon mit den übelsten Vertretern der Gattung Menschheit herum und glaubte immer noch, er könnte etwas zum Besseren verändern und die Welt würde irgendwann nur noch nach Rosen duften …

„Geh Wandern, Germy", knurrte er.

Jeremy lachte. „Und du nimmst jetzt ein Ibuprofen. Aber mit einem großen Schluck Wasser, ja?"

GEGEN ABEND fühlte Nevin sich besser. Er rief Ford an und fragte, ob sie noch ausgehen wollten, aber Ford lehnte ab. „Erinnerst du dich an Katie von gestern Abend? Wir sind zum Kino verabredet und wollen dann essen gehen."

„Du stellst alles auf den Kopf", sagte Nevin. Normalerweise kommen Essen und Kino vor dem Ficken."

„Wir haben fast nur geredet. Sie es echt cool." Das war für Fords Verhältnisse ein nahezu überschwängliches Kompliment. Guter Gott. Es sah fast aus, als würde Ford auch abtrünnig werden. Bald würde er die Speisekarte für die Hochzeitsfeier zusammenstellen. Wie Colin.

„Viel Spaß."

„Ich melde mich später, Brüderchen."

Nevin war ruhelos. Er wollte nicht zuhause bleiben. Er erinnerte sich an eine Rettungssanitäterin, mit der er gelegentlich beruflich zu tun hatte. Sie hatten schon einmal zusammen geschlafen und obwohl sie nicht an einer Beziehung interessiert war, meinte sie damals, sie hätte nichts gegen eine Wiederholung. Er suchte ihre Telefonnummer und rief sie an. Sie verabredeten sich auf Hamburger in einer kleinen Kneipe und gingen dann zu ihr für einen schnellen Fick.

„Du bist gut", sagte sie und hielt ihm die Autoschlüssel hin, als er sich das Hemd zuknöpfte.

Er zuckte mit den Schultern. „Danke."

„Ich habe gehört, du spielst für beide Mannschaften."

„Ich spiele für jede Mannschaft, die an mir interessiert ist", sagte er grinsend. „Weil es besser ist, als allein zu spielen."

„Was gefällt dir besser? Ich meine … wenn du dich entscheiden müsstest."

„Dann käme ich mir vor, als wollte man mich erpressen. Oder betrügen."

Sie zog an ihrem T-Shirt. „Ich bleibe single, weil ich mir von niemandem in mein Leben reinreden lassen will. Ich gehe keine Kompromisse ein. Aber du? Bist du nur single, weil du dich nicht entscheiden kannst?"

Seine Kopfschmerzen meldeten sich zurück. „Dass ich bi bin, heißt noch lange nicht, dass ich nicht treu sein kann. Wenn ich was mit einer Frau hätte, würde ich sie nicht betrügen, weil ich einen Schwanz vermisse. Und umgekehrt. Wenn ich einen Menschen lieben würde, wäre ich nicht an einem anderen interessiert."

„Du hast aber nichts."

Er grinste sie lüstern an und schob die Hüften vor. „War das etwa nichts?"

„Du weißt, was ich meine."

„Pass auf … Ich bin nicht an Beziehungen interessiert, ja? Ich bin der gottverdammte *Lonesome Cowboy*. Kein Tonto. Ich reite in die Stadt ein, gebe den Leuten, was sie brauchen. Und dann reite ich wieder davon, direkt in den Sonnenuntergang. Allein." Er zog seinen imaginären Hut. „Und jetzt ist es schon weit nach Sonnenuntergang. Ich muss mich auf den Weg machen." Er drehte sich auf dem Absatz um und ging. Er brauchte dringend ein Ibuprofen.

AM NÄCHSTEN Montag war Nevin wieder mit Berichten beschäftigt. Er raunzte jeden an, der etwas von ihm wollte. Als es Mittag wurde, erinnerte er sich wieder an den Grund für seine schlechte Laune: Er hatte in der Nacht von Colin Westwood geträumt.

Sie waren im *Rocky Butte Park*, obwohl sein Traumpark mit dem wirklichen Park nicht viel zu tun hatte. Es war Colins Hochzeitstag und er trug einen weißen Anzug, ein gelbkariertes Hemd mit Fliege. Colin tänzelte durch den Park, um sich davon zu überzeugen, dass die Dekorationen perfekt waren und das kalte Buffet angerichtet. Jeremy in seiner grünen Uniform war auch da, ebenso Manuel Ceja

41

und Ford, der bekiffte Hausmeister von Roger Greys Mietwohnung und der Bär aus Cleveland.

Dream-Nevin fasste Colin am Arm und sprach ihn an. „Wo ist dein Bräutigam?", fragte er.

Colin sah ihn mitleidig an. „Was geht dich das an? Du bist nicht eingeladen."

Dann tauchten uniformierte Polizisten mit gezogener Waffe auf, die Nevin aus dem Park zu einer Klippe brachten.

Nevin stand am Rand der Klippe und schaute in die Tiefe. „Du hast gesagt, ich dürfte kommen, du Arschloch!", schrie er Colin an. „Du hast es gesagt!"

Dann kam Colins Bräutigam. Er trug einen schwarzen Anzug und die gleiche Fliege wie Colin. Er grinste Nevin boshaft an und Nevin erkannte ihn sofort: Es war Dwayne Price, der Pflegevater, dem er vor Jahren die Nase gebrochen hatte. „Du hast hier nichts verloren, Nevin. Verschwinde. Niemand vermisst dich."

Und dann fiel Nevin in die Tiefe …

Es war also kein Wunder, dass er heute schlechte Laune hatte. Er ging seinen Kollegen so gut wie möglich aus dem Weg, erledigte seine Papierarbeit und trank literweise Kaffee. Nur einmal verließ er das Büro, um sich an einem Imbissstand etwas zu essen zu besorgen. Im Flur begegnete er einem seiner uniformierten Kollegen.

„Warum zum Teufel habe ich noch nicht die Liste von Roger Greys Anrufern? Und wo bleiben seine Bankunterlagen?", bellte er den Pechvogel an. „Ich habe sie schon vor einer Woche angefordert. Müssen die erst jemanden in die östliche Mongolei schicken, um sich den Mist zu besorgen?"

Der Polizist schüttelte den Kopf. „Ich kümmere mich darum."

„Vielen Dank aber auch", knurrte Nevin und schob sich an ihm vorbei. Er sollte sich entschuldigen, aber das musste bis später warten. Im Moment wollte ihm kein freundliches Wort über die Lippen kommen.

Er stapfte mürrisch einige Straßen weiter zu dem Imbissstand, bestellte Lamm Tagine und setzte sich an einen der hölzernen Picknicktische. Das Zeug schmeckte normalerweise verdammt gut, aber heute war es falsch gewürzt und das Fleisch fühlte sich komisch an. Nevin aß einige Bissen und kippte den Rest weg. Er hatte sowieso keinen richtigen Hunger.

Da er noch Zeit hatte, schlenderte er in die Innenstadt und setzte sich auf eine Bank. Er wünschte, er hätte gelernt zu meditieren. Dann könnte er jetzt wenigstens für kurze Zeit seinen Kopf abschalten.

Die Pflegemutter, bei der er als kleiner Junge – er war damals sechs oder sieben Jahre alt – untergebracht war, hatte viel Zeit bei Gericht verbracht. Nevin wusste den Grund dafür nicht und auch nicht, ob es mit ihm zu tun hatte. Er konnte sich noch nicht einmal an ihren Namen erinnern. Sie war etwas überfordert gewesen, aber sehr nett. Eines Tages, es musste im Sommer gewesen sein, wartete er mit ihrer etwas älteren Tochter im Flur des Gerichts auf sie. Sie hatte ihn versprochen, ein Eis zu spendieren, wenn sie brav waren. Nevin saß auf dem Boden und las oder malte. Als die Pflegemutter zurückkam, ging sie mit ihnen zu McDonalds, wo sie ihnen Softeis kaufte. Damit gingen sie dann in den Park, wo sie sich auf eine Bank setzten und die Tauben beobachteten.

Eines Tages war eine Sozialarbeiterin aufgetaucht, hatte Nevins Sachen gepackt und ihn mitgenommen. Er sah die Frau und ihre Tochter nie wieder. Manchmal, wenn er hier im Park saß, glaubte ein Teil von ihm immer noch, dass sie vielleicht zufällig vorbeikommen und ihn wiedererkennen würden.

Oh … um Gottes willen.

Als er wieder ins Büro kam, wartete sein Kollege schon auf ihn. „Ich habe die Unterlagen von der Bank", sagte er lächelnd.

Nevin brauchte nur wenige Minuten, um zu erkennen, dass Roger Grey nicht sehr betucht war. Er war sehr sparsam und gab sein Geld nur für das Nötigste aus. Es gab nur ein interessantes Muster, und das hatte vor einigen Monaten begonnen. Damals hatte Roger angefangen, an einem der Geldautomaten in seiner Nähe regelmäßig Geld abzuheben. Es hatte dazu geführt, dass sein Bankkonto rasch abnahm.

Und die letzte Abhebung wurde an dem Tag getätigt, als er verschwunden war. Morgens um 9:17 Uhr.

Nevin beauftragte seinen Kollegen, bei der Bank Überwachungsvideos zu besorgen. Vielleicht hatte sein Temperamentsausbruch gewirkt, denn am nächsten Tag warteten die Videos schon auf ihn. Zusammen mit einem neugierigen Publikum – Frankl und Blake von der Mordkommission –, die einen müden Eindruck machten und sich an ihrem Kaffee festhielten.

„Harte Nacht?", fragte Nevin.

„Eine Schießerei auf der Northeast Alberta", sagte Frankl. „Die Opfer haben überlebt, aber die halbe Nachbarschaft ist unter Feuer genommen worden."

„Ein Bandenkrieg?"

„Vermutlich."

Nevin seufzte. „Warum seid ihr dann nicht nach Hause gefahren, um euch auszuschlafen? Grey ist mein Fall."

„Vermisste Personen betreffen uns auch", erwiderte Blake. Er sah immer aus, als hätte er sich die Haare bei einem blinden Frisör schneiden lassen.

Nevin gab nach und ließ sie mitspielen. Er schob das Video ein und spulte zu dem Zeitpunkt, an dem die Abhebung getätigt worden war. Wenigstens mussten sie sich nicht stundenlang nichts ansehen, um etwas zu finden. Die Aufnahmequalität war nicht sehr gut, weil die Sonne schien. Trotzdem war deutlich ein Mann zu erkennen, der sich dem Geldautomaten näherte.

„Ist er das?", fragte Frankl.

Nevin hielt das Video an und schaute sich die Szene genauer an. Der Mann hatte schüttere graue Haare, trug eine Brille und ein langärmeliges Hemd. Nevin hatte kein aktuelles Foto von Roger Grey, erkannte aber das schmale Gesicht und das knorrige Kinn. „Ja, sieht so aus." Er studierte Rogers Gesichtsausdruck.

Nicht sehr glücklich. Andererseits machte niemand einen sonderlich ekstatischen Eindruck, wenn er Geld abhob. War Roger verängstigt oder gestresst? Das Bild war nicht klar genug, um es eindeutig zu beurteilen.

Nevin schaute sich das Video noch einmal an. Roger nahm ein Portemonnaie aus der Tasche und steckte es wieder weg, nachdem er die Kreditkarte herausgezogen hatte. Seine Hand wirkte etwas zittrig. Alter, Krankheit oder Angst?

Nach einem kurzen Moment griff Roger wieder nach vorne, drehte sich dann um und ging davon. Nevin sah sich noch die nächsten Sekunden an, aber es passierte nichts Auffälliges mehr. Er hielt das Video an.

„Er hat das Geld nicht eingesteckt", sagte er nachdenklich. „Nicht ins Portemonnaie und nicht in die Tasche. Seine Kreditkarte auch nicht." Wenn Nevin Geld aus einem Automaten zog, steckte er es immer sofort weg. Außer, es stand jemand hinter ihm an, den er nicht aufhalten wollte. Aber hinter Roger hatte niemand angestanden.

„Vielleicht wollte er sich sofort etwas kaufen", überlegte Blake. „Nebenan ist ein kleiner Lebensmittelladen, der sonntags geöffnet hat."

Vielleicht. Aber Colin hatte ihm erst am Abend vorher Lebensmittel gebracht. Hatte Roger etwas Besonderes kaufen wollen, um sich an ihrem geplanten Picknick zu beteiligen? Möglich war es. Aber dann hätte er bestimmt auf Colin gewartet und sich von ihm zu dem Laden fahren lassen. Nach allem, was Manuel ihm gesagt hatte, wurde Roger schnell müde. Er hätte vor ihrem Ausflug bestimmt nicht den Fußweg zu dem Geldautomaten auf sich genommen, wenn es dafür keinen triftigen Grund gegeben hätte.

Irgendwas an dem Video nagte an ihm. Er spulte wieder zu dem Punkt zurück, an dem Roger zum ersten Mal zu sehen war. Wieder und wieder schaute er sich die folgenden Minuten an. Bei der fünften Wiederholung fiel es ihm auf. „Halt!", rief er und drückte auf Pause.

Frankl, der gerade seinen leeren Kaffeebecher entsorgte, kam zum Schreibtisch zurück. „Was?", fragte er und schaute Nevin über die Schulter.

„Pass genau auf. Auf der linken Seite." Nevin spulte einige Sekunden zurück. Dann ließ er kurze Standbilder ablaufen. „Da!"

„Ja, da ist irgendwas", sagte Frankl und beugte sich weiter vor. Blake schob sich zwischen sie. Die beiden überragten Nevin wie zwei Türme. Er hasste das.

Aber jetzt war nicht der Zeitpunkt, die Diva zu spielen. Er suchte nach der Szene, die ihm aufgefallen war, und hielt das Video wieder an. „Da ist ein Arm", sagte er. Es war ein Ellbogen und den dunklen Haaren nach war er männlich. Nevin erkannte erleichtert – wie er sich zu seiner Schande eingestehen musste –, dass es unmöglich Colins Arm sein konnte. Colin hatte feine, blonde Haare. Einen potenziellen Verdächtigen konnte er also ausschließen. Gott sei Dank.

„Wer könnte das sein?", fragte Frankl.

„Keine Ahnung." Er schüttelte den Kopf. „Leider sammeln wir keine Fotos von Ellbogen."

Sie schauten sich das Video noch einige Male an, konnten aber keine weiteren Hinweise mehr finden, die ihnen weitergeholfen hätten. Es war frustrierend – als würde man eine Unterhaltung hören, könnte sie aber nicht verstehen. Und es war besorgniserregend, weil es Nevins Verdacht bestätigte, dass Roger nicht einfach von sich aus verschwunden war. Jemand hatte nur darauf gewartet, dass er das Geld abhob. Dieser Jemand hatte ihn vielleicht sogar zu dem Geldautomaten gebracht, damit Roger genau das tun konnte. Und dann war er – *mit* Roger – wieder gegangen.

Nevin sah seine Kollegen ausdruckslos an. „Ich brauche die Aufnahmen von Greys früheren Abhebungen an diesem Geldautomaten. Ich muss wissen, ob der Unbekannte darauf auch zu sehen ist. Ich nehme nicht an, ihr stellt euch freiwillig zur Verfügung, oder?"

Blake klopfte ihm auf den Rücken. „Nein, tun wir nicht. Wir wollen uns schließlich nicht in deinen Fall einmischen, Ng."

„Arschlöcher."

Frankl machte ein verlegenes Gesicht, aber Blake grinste nur. Nevin scheuchte sie mit einer Handbewegung weg und zückte seinen Notizblock.

6

COLIN HATTE versehentlich über seine Pläne für den nächsten Samstag gesprochen und seine Mutter ließ ihn die ganze Woche nicht in Ruhe. Sie versuchte ihm beharrlich auszureden, beim Umzug von *Bright Hope* mitzuhelfen. Sogar seinen Vater hatte sie schon als Schützenhilfe rekrutiert. „Deine Mutter meint, du hättest in letzter Zeit zu viel Stress gehabt", sagte er müde, als er Colin am Freitagnachmittag anrief. Ein Krieger hörte sich anders an.

„Um Gottes willen, Dad … Das ist doch kein Stress. Ich werde davon schon nicht tot umfallen. Und wenn, kann Mom *Ich habe es ihm gleich gesagt* auf meinen Grabstein schreiben lassen."

„Mach keine Witze darüber. Jedenfalls nicht, wenn sie es hören kann. Sie findet das gar nicht komisch."

„Nein, wahrscheinlich nicht." Er streichelte Legolas über den Rücken, der sich auf seinem Schoß zusammengerollt hatte und döste. „Pass auf. Ich bin dreißig. Ich bin volljährig und bei klarem Verstand. Ich kann meine eigenen Entscheidungen fällen. Wenn Mom nicht lernt, sich zurückzuhalten, ziehe ich weg."

„Colin …"

„Ich meine es ernst. Ich weiß, dass ihr mich liebt. Aber ich bin erwachsen und ihr erdrückt mich. Außer meiner Arbeit hält mich nichts in Portland. Ich kann jederzeit woanders einen Job finden." Er hatte schon lange vorgehabt, diese kleine Rede zu halten. Sie übers Telefon zu geben, war allerdings nicht seine Absicht gewesen. Es wäre ihm auch lieber gewesen, seine Mutter hätte sie zuerst gehört. Obwohl es so wahrscheinlich immer noch besser war, als damit zu warten, bis sie sich am Sonntag bei *Salty's* zum Brunch trafen. Und er meinte es ernst. Er lebte gerne in Portland und wollte die Stadt nicht verlassen, aber wenn es die einzige Möglichkeit war, um endlich unabhängig zu werden, ließ sich das eben nicht ändern.

Sein Vater schwieg. „Du hast recht, Colin", sagte er dann. „Ich rede mit ihr. Aber du musst es ihr auch sagen."

„Ich weiß. Vielleicht kannst du sie sanft darauf vorbereiten, ja?"

„Abgemacht."

Nachdem Colin das Gespräch beendet hatte, blieb er auf dem Sofa sitzen und streichelte Legolas abwesend übers weiche Fell. Vielleicht war es Zeit für eine vorgezogene Midlife-Krise. Er war nicht unglücklich, nein. Jedenfalls nicht nach den üblichen Maßstäben. Es ging ihm sogar ziemlich gut. Er hatte eine nette Wohnung, ein schönes Auto und Eltern, die ihn liebten. Seine Arbeit war auch in Ordnung. Er hatte gute Freunde, mit denen er gerne zusammen war. Eine Katze, die momentan schnurrte wie ein Motorboot.

„Ich stagniere", teilte er Legolas mit.

Er war sein ganzes Leben mit dem Strom geschwommen. Als er noch ein Kind war, hatte seine Mutter ihn immer ihren *kleinen Kämpfer* genannt. Aber das stimmte nicht. Sie war es, die für ihn gekämpft hatte. Er war ihr nur gefolgt. Er war hier aufs College gegangen, anstatt in eine andere Stadt zu ziehen. Danach hatte er seinen Abschluss als Betriebswirt an der Portland State University gemacht, weil es sich so gehörte und weil seine Mutter – sie war Anwältin – ihn davon überzeugt hatte, dass Jura nicht das richtige Fach für ihn wäre. Er hatte für die Firma seines Vaters gearbeitet und war in eine Wohnung in einem Haus gezogen, das der Firma gehörte. Er hatte einige kurze Affären gehabt, bevor er Trent kennenlernte und es zwischen ihnen ernst wurde. Ihre Eltern gehörten demselben Club an. All das hatte Colin nie hinterfragt.

Als Trent mit ihm Schluss machte, hatte ihn das aus dem Gleichgewicht geworfen. Jetzt, nachdem einige Wochen vergangen waren, hatte er mehr Abstand dazu und fragte sich, ob ihre Trennung nicht das Beste war, was ihm hatte passieren können. Sicher, er hatte Trent sehr gemocht. Trent war vorhersehbar, bequem und sicher. Aber ihre Beziehung war nie sehr leidenschaftlich gewesen. Und der Sex? Mäh. Freitags und samstags hatten sie sich bei Colin getroffen. Sie wussten beide, wie sie den anderen am schnellsten – und ohne viel Spielerei – zum Höhepunkt brachten. Danach hatte Trent meistens bei ihm übernachtet und das war recht nett gewesen.

„Leidenschaft in einer Beziehung wird maßlos überschätzt", sagte er zu Legolas. „Sie hält nie an. Selbst wenn es mit Trent und mir leidenschaftlich begonnen hätte, die Hormone hätten sich irgendwann wieder beruhigt. Das ist immer so."

Legolas rollte sich schnurrend auf den Rücken. Colin nahm die Herausforderung an und streichelte ihm über den Bauch.

Colin war immer gesagt worden, dass Aufregung nicht gut wäre für seine Gesundheit. Jetzt war er sich da nicht mehr so sicher. Er musste an Mrs. Ruskin denken, die allein zuhause saß und Ausreden erfand, damit sie gelegentlich Besuch bekam. Und Roger Grey, ebenfalls allein in seiner kleinen Wohnung. Roger, der jetzt spurlos verschwunden war. Wie viel Jahre Einsamkeit hätten die beiden wohl für die Chance gegeben, in ihrem Leben noch ein einziges Mal so etwas wie ausgelassene Freude und Aufregung zu empfinden? Etwas, das ihr Herz zum Rasen brachte?

So wollte Colin nicht enden. Er wollte sein Leben ändern.

Aber nach drei Jahrzehnten Zurückhaltung und Vorsicht wusste er nicht, wie er es anpacken sollte.

AM SAMSTAG war der erste August. Colin wachte auf und sehnte sich nach dem Winter. Obwohl es noch lange nicht neun Uhr war, staute sich schon die Hitze in seiner

Wohnung. Legolas grummelte irritiert, als Colin ihn aus dem Waschbecken hob, um sich die Zähne zu putzen. Er zog wieder die Shorts und das Tanktop an, die er getragen hatte, als er Roger das letzte Mal besuchte. Auch dieses Mal konnte er es nicht ertragen, mehr Stoff an seiner Haut zu spüren. Eine Stimme in seinem Kopf – sie ähnelte erstaunlich der Stimme seine Mutter – erinnerte ihn daran, dass er ausreichend trinken musste. Er füllte eine große Plastikflasche mit Wasser und verließ das Haus.

Dass kaum Autos unterwegs waren, dauerte es nicht lange, bis er die Innenstadt erreichte und viel zu früh vor dem Büro von *Bright Hope* eintraf. Er riss die Augen auf. In einem kleinen, mit einem Flatterband abgesperrten Bereich vor dem Eingang parkte ein Auto. Es war der lilafarbene Sportwagen, den Colin mittlerweile schon so gut kannte.

Er überlegte, ob er wieder umdrehen und nach Hause fahren sollte. Aber er hatte Manuel seine Hilfe beim Umzug versprochen, also fiel das aus. Außerdem war er neugierig. Was wollte Detective Ng hier? Oh Gott. Wurde wieder jemand vermisst?

Colin parkte – ordnungsgemäß – und ging ins Haus. Alles schien in Ordnung zu sein. Niemand machte ein besorgtes Gesicht, im Gegenteil. Gut, dass er nicht umgekehrt war. Als er Nevin sah, wusste er nicht, was schöner war: Nevins erstauntes Gesicht oder die knallengen Shorts und das T-Shirt, das so eng anlag, dass es jeden Muskel seines Körpers betonte.

„Was ist das denn?", rief Nevin und starrte ihn an. „Wieso bist du hier?"

„Um Manuel beim Umzug zu helfen. Und du?"

„*Du* willst Umzugskisten schleppen, Fliege? Hast du für so was kein verdammtes Personal?"

Colin rollte mit den Augen. „Die haben samstags einen halben Tag frei, wenn sie die Woche über fleißig waren."

Bevor Nevin ihm antworten – beziehungsweise fluchen – konnte, kam Manuel mit einem Computerbildschirm aus dem Nachbarzimmer. „Colin, Baby! Wie schön, dass du gekommen bist!"

„Für dich immer. Was soll ich tun?"

„Oh, bring mich nicht auf schlimme Gedanken. Du weißt doch, ich bin ein verheirateter Mann!"

Colin ignorierte Nevins Prusten und zwinkerte Manuel zu. „Aber das heißt noch lange nicht, dass du blind bist, oder?" Er stemmte die linke Hand in die Hüfte, machte mit der rechten eine Faust und pumpte die Muskeln.

„Um Himmels willen …", rief Nevin. „Könnt ihr zwei Spinner jetzt endlich aufhören? Mir dreht sich schon der Magen um."

Colin drehte sich zu ihm um und funkelte ihn wütend an. „Bist du etwa eines von diesen homophoben Arschlöchern?" Diesen Eindruck hatte Nevin bisher eigentlich nicht auf ihn gemacht. Er hatte mit keiner Wimper gezuckt, als Colin die Trennung von seinem Ex erwähnte. Es hatte ihn auch nicht gestört, dass Roger schwul war. Aber vielleicht war das nur eine Maske, die Nevin aufsetzte, wenn er im Dienst war.

Manuel fing an zu kichern. Warum auch immer. Nevin verdrehte die Augen. „Reg dich wieder ab, Diva. Mir ist scheißegal, wer mit wem schläft. Hört nur einfach auf zu flirten, weil mir davon schlecht wird."

„Was ist denn am Flirten so schlimm?" Nicht, dass Colin Experte in der Kunst des Flirtens wäre. Er hatte dazu nicht oft die Gelegenheit, außer – wie jetzt – im Scherz. Aber es war harmlos und machte sogar Spaß.

„Es ist die reine Zeitvergeudung. Entweder willst du jemanden ficken oder nicht. Und umgekehrt. Wenn ihr das vorhabt, dann legt los. Aber hört mit dem kindischen Unsinn auf." Er zeigte mit dem Daumen auf Manuel. „Manny hat seinen Schwanz in Ketten gelegt und du, Prinzessin, sitzt in deinem Elfenbeinturm und wartest auf deinen Märchenprinzen. Zwischen euch läuft sowieso nichts."

„Du verwechselst da was. Elfenbeintürme sind für gelehrte Männer, nicht für Prinzessinnen. Rapunzel hatte nur einen ganz gewöhnlichen Turm aus Stein. Und der Märchenprinz hat Schneewittchen befreit, nicht Rapunzel. Jedenfalls in der Disney-Version. Da ist sie von Flynn Rider befreit worden. Ich weiß allerdings nicht, ob es im Original auch so war."

Nevin starrte ihn mit offenem Mund an. „Verdammte Scheiße. Das ist die schwulste Rede, die ich jemals gehört habe. Und ich war dabei, als jemand seine Daddys angebettelt hat, ihm die kleinen Löcher mit ihren dicken Schwänzen zu stopfen." Er machte mit den Fingern Anführungszeichen, als er *Daddys* sagte.

„Es macht mich also schwul, dass ich mich mit Märchen auskenne?"

„Oder zu einem sechsjährigen Mädchen, was du nicht bist. Ich wette, du singst sogar den Soundtrack zu *Frozen* mit."

Colin war versucht, es ihm zu beweisen, ließ es aber bleiben. Es war sowieso schon die lächerlichste Unterhaltung, die er jemals geführt hatte. Er drehte Nevin den Rücken zu und wandte sich an Manuel. „Was soll ich tun?"

„Ich habe einen Transporter gemietet. Wie wäre es, wenn ihr die Kisten rausschleppt, während ich den Rest verpacke? Aber lasst die schweren Kisten stehen, bis unsere anderen Helfer kommen."

Nevin machte kein sehr begeistertes Gesicht, als er hörte, dass er mit Colin arbeiten sollte. Colin konnte es nachvollziehen, weil es ihm genauso ging. Aber sie konnten Manuels Bitte schlecht zurückweisen, also hob er eine der Kisten auf – dummerweise eine schwere – und ging damit zur Tür.

Als er vorhin ankam, hatte er sich von Nevins Auto so ablenken lassen, dass ihm der Kleinlaster entgangen war, der vor dem Haus parkte. Kayla, eine der Freiwilligen, die Anfänger einarbeitete, lehnte an dem Laster und winkte ihm zu. „Hi, Colin!"

Die Tür zur Ladefläche war schon geöffnet und er stellte schnell die schwere Kiste ab. „Hey. Hat Manuel dich auch verpflichtet?"

„Ja. Ich bin für Sicherheit und Transport verantwortlich." Sie schlug mit der Hand an die Wagenseite. „Ich würde euch ja gerne mit euren Kisten helfen, aber ich kann das Gleichgewicht nicht halten."

Er nickte. Als er bei *Bright Hope* anfing, hatte sie ihm gesagt, dass sie unter Multipler Sklerose litt. „Sicherheit und Transport sind mindestens genauso wichtig. Ist es dir nicht zu heiß hier?"

„Der Wagen hat eine Klimaanlage. Wenn es mir zu warm wird, setzte ich mich kurz rein und schalte sie an." Sie schien noch etwas sagen zu wollen, sah dann aber Nevin, der hinter Colin aus dem Haus kam. „Nevin!"

Nevin trug eine Kiste, die fast so groß war wie er selbst. Trotzdem sah man ihm die Anstrengung nicht an, als er sie in den Laster lud. Er drehte sich zu Kayla um und umarmte sie. „Dich habe ich hier nicht erwartet", sagte er. „Musst du samstags nicht arbeiten?"

„Meine Schicht hat gewechselt. Ich habe jetzt an den Wochenenden frei."

„Das ist schön." Er grinste. „Und wie läuft es mit deinem Freund? Weil … das alles könnte noch dir gehören." Er zeigte an sich herab.

Kayla boxte ihm spielerisch an den Arm. „Das kenne ich doch alles schon!"

„Wie konnte ich das vergessen? Und wie geht es euch?"

„Gut. Larry und ich sind zusammengezogen."

„Herzlichen Glückwunsch", sagte Nevin grinsend.

Colin stand wie erstarrt dabei und verfolgte den Wortwechsel. Dann marschierte er mit Nevin wieder ins Haus zurück. „Ich dachte, Flirten wäre Zeitverschwendung."

Nevin warf ihm einen kurzen Seitenblick zu. „Das ist eine Ausnahme. Kayla und ich haben zusammen geschlafen. Zweimal." Er sagte das letzte Wort, als wäre es ein außergewöhnliches Kompliment.

Wie interessant. Colin hätte erwartet, dass attraktive, modebewusste junge Frauen, die gerne auf Partys gingen, mehr Nevins Typ entsprachen. Kayla war Ende dreißig und kleidete sich in Jeans und T-Shirts. Sie war weder jung noch modebewusst und ging auch nicht oft auf Partys.

„Warum hast du mit Kayla geschlafen?", platzte es aus ihm heraus.

Nevin blieb in der Tür stehen, drehte sich zu ihm um und sah ihn angewidert an. „Weil sie nett ist und Lust dazu hatte."

„Das ist alles?"

„Es ist Sex, Fliege. Zwei Menschen mögen sich und haben einige Stunden Spaß zusammen. Ja, das ist alles."

Colin war nicht sicher, ob er Nevins Ansicht zynisch oder praktisch finden sollte. „Ich verstehe das nicht."

„Und deshalb bin ich bei der Kripo und du der reiche Junge mit den Mietshäusern. Oh, Sherlock … da ist noch was." Nevin zeigte mit dem Finger auf ihn. „Was glaubst du wohl, warum ich in meiner Freizeit *Bright Hope* beim Umzug helfe, wenn ich wirklich ein homophobes Arschloch bin?" Er stapfte davon und verschwand im Haus.

Kurz darauf trafen noch zwei Männer und eine Frau ein, die alle helfen wollten und Colin ging Nevin so gut wie möglich aus dem Weg. Einer der Männer war riesig, hatte schulterlange Haare und einen Urwald von Bart. Er sah aus wie ein Wikingergott und hatte die nervende Angewohnheit, jedem auf den Rücken zu klopfen. Aber dafür schleppte er tonnenweise schwere Kisten.

Und es gab viel zu schleppen. Nicht nur die Büroeinrichtung und die vielen Akten, die sich in dem Büro angesammelt hatten, sondern auch eine Büchersammlung, die Manuel angelegt hatte, um sie ihren Kunden ausleihen zu können. Allein zwei Räume enthielten Spenden für Bedürftige – unverderbliche Lebensmittel, Kleidung, Haushaltsartikel, kleine Möbelstücke und Medizin. Bald war der Transporter voll. Kayla und zwei andere Freiwillige fuhren ihn nach Beaverton, um dort die Kisten zu entladen. Alle anderen packten ihre Privatautos voll und folgten ihnen.

„Wir hätten wirklich Germys Panzerwagen brauchen können", grummelte Nevin, der versuchte, noch eine kleine Kiste in seinem Kofferraum unterzubringen.

Da Colin momentan die Hände frei hatte, half er ihm dabei und schob einige der anderen Kisten zur Seite, um mehr Platz zu schaffen. „Germys Panzerwagen?", fragte er verwirrt.

„Vergiss es." Nevin drückte eine Kiste nach hinten, damit er die Klappe schließen konnte. Dann sah er Colin über die Schulter an. „Und starr mir nicht ständig auf den Hintern."

„Nur, weil ich schwul bin, muss ich dir noch lange nicht auf den Hintern starren. Warum denkt ihr Heteros eigentlich immer, ihr wärt so unwiderstehlich?" Es hörte sich selbst für seine eigenen Ohren ziemlich selbstgerecht an. Wahrscheinlich deshalb, weil er wirklich auf Nevins Hintern gestarrt hatte. Aber dagegen konnte er nichts tun. Es war nämlich ein absolut superber Hintern – die engen Shorts betonten jeden einzelnen Muskel – und er war gewissermaßen in Reichweite.

Nevin richtete sich auf, schlug die Klappe des Kofferraums zu und sah Colin amüsiert an. Dann schlenderte er zum Haus und wackelte dabei anzüglich mit besagtem Hinterteil.

„Idiot", grummelte Colin.

Der Transporter kam schon nach anderthalb Stunden leer zurück. Dieses Mal beluden sie ihn mit Möbeln und als sie fertig waren, standen nur noch einige Kleinigkeiten im Büro. Manuel sah sich um. „Das kann ich morgen noch abholen", entschied er nach kurzem Überlegen. „Lass uns jetzt nach Beaverton fahren und beim Ausladen helfen."

Sie gingen zu ihren Autos und machten sich im Konvoi auf den Weg durch die Stadt.

BRIGHT HOPES neues Zuhause war ein kleiner grauer Bungalow im Zentrum von Beaverton. Manuel gab ihnen eine kurze Führung, bevor sie mit dem Ausladen anfingen. Das ehemalige Wohnhaus war irgendwann in Büroraum umgewandelt worden, hatte aber noch eine Küche. Es hatte zwei Stockwerke mit jeweils drei Zimmern und einem Badezimmer und war damit wesentlich geräumiger als die alten Räume in Portland. Außerdem gab es auf dem Grundstück noch eine Garage und einen kleinen Garten mit Veranda und großen Bäumen.

Colin sah sich mit geschultem Auge um. „Das Haus ist noch recht gut in Schuss", versicherte er Manuel. „Nicht neu, aber in gutem Zustand."

Manuel nickte. „Sehr gut. Ich werde meine Lieblingsrestaurants vermissen, aber die Miete ist spottbillig. Vielleicht lasse ich die Wände neu streichen. Weiß ist so langweilig."

„Melde dich, wenn es soweit ist. Ich kenne einen guten Handwerker."

Was dem Haus fehlte, war eine Klimaanlage. Aber die hätte ihnen auch nicht viel geholfen, weil alle Türen offenstanden, um die Kisten und Möbel ins Haus zu bringen. Colin überlegte. Im Sommer würde Manuel hier gebraten werden. Als Kayla eine Mittagspause vorschlug, kam ihm eine Idee. „Ich besorge uns was zum Essen", bot er an.

Manuel klopfte ihm auf den Rücken. „Das ist prima. Wir packen derweil aus. Aber du solltest jemanden mitnehmen, der dir beim Tragen hilft." Er drehte sich zu Nevin um, der gerade mit einem der anderen Helfer ein Bücherregal aufstellte. „Nevin, geh du mit ihm."

„Warum ausgerechnet ich?", fragte Nevin angesäuert.

„Weil du dich in Beaverton auskennst. Geh schon."

Nevin folgte Colin widerstrebend aus dem Haus. Dann überraschte er ihn, indem er sich nicht beschwerte, als sie direkt zu Colins Auto gingen, anstatt den lila Flitzer zu benutzen. Nevin setzte sich in den Beifahrersitz und sah sich neugierig um. „Langweilige Kiste", befand er.

„Ich glaube, BMWs gibt es nicht in lila."

„Nicht nur von außen. Innen auch. Ich hätte erwartet, dass du ein Auto mit mehr Persönlichkeit fährst."

„Tut mir leid, dass es deinen Erwartungen nicht entspricht", sagte Colin und fuhr los. „Es ist ein Geschäftswagen."

„Aber es ist deine Firma. Du kannst fahren, was du willst."

„Die Firma gehört meinem Vater, also kann ich das nicht. Dad ist kein großer Freund von Veränderung oder Individualität."

„Oh", sagte Nevin, als hätte Colin ihn gerade bestätigt.

Sie blieben vor einer Ampel stehen und Colin drehte sich zu ihm um. „Kennst du dich in Beaverton wirklich aus?"

„Ich denke schon. Es gehört nicht zu meinem Bezirk, aber manchmal muss ich mit der örtlichen Polizei zusammenarbeiten. Warum?"

„Ich will eine Klimaanlage für das Haus kaufen. Ich dachte, darum könnte ich mich kümmern, bevor wir das Essen besorgen. Weißt du, wo es hier so was gibt?"

Nevin überlegte. „Ja", sagte er dann und gab ihm Anweisungen.

Sie fuhren zu *Fred Meyer*, einem großen Supermarkt, der nicht weit entfernt lag. Colin entschied sich für die stärkste Klimaanlage, die er finden konnte. Nevin half ihm, sie auf den Einkaufsladen zu wuchten. Colin starrte sie nachdenklich an.

„Was ist?", erkundigte sich Nevin.

„Ich habe überlegt, ob ich zwei davon in meinem Auto unterbringen kann."

„Eine reicht für das kleine Haus."

„Ich weiß. Aber bei uns im Haus ist die zentrale Klimaanlage ausgefallen und wird so bald nicht repariert. Ich kann manchmal kaum schlafen, so heiß wird die Wohnung." Er griff nach einer zweiten Kiste. „Ich glaube, sie passt auf den Rücksitz."

„Zwei davon kosten dich fast einen Tausender."

Colin schaute auf das Preisschild und nickte. „Ja, fast."

„Muss schön sein, wenn man so mit dem Geld um sich werfen kann."

Colin gingen Nevins spitze Bemerkungen langsam auf die Nerven. Er sah ihn ärgerlich an. „Ja, ich habe Geld. Na und? Selbst wenn ich damit um mich werfen würde – was ich nicht tue –, ginge dich das nichts an. Ich gebe es für Dinge aus, die ich für wichtig halte. Und dazu gehören auch eine gute Arbeitsatmosphäre für Manuel und mein Schlaf. Das ist alles."

Eine Kundin machte einen weiten Bogen um sie und sah sie misstrauisch an. Sie fragte sich wahrscheinlich, warum sich zwei Männer in knappen Shorts ausgerechnet in der Hauswarenabteilung von *Freddy's* streiten mussten. Nevin schien das nicht zu stören. Er machte nicht den Eindruck, dass es ihm peinlich wäre. Vermutlich war ihm gar nichts peinlich. „Du bist richtig süß, wenn du wütend wirst", sagte er.

„Um Himmels willen aber auch!"

Nevins Grinsen wurde noch breiter. Er half Colin, die zweite Klimaanlage auf den Wagen zu heben und pfiff fröhlich vor sich hin, als sie sich auf den Weg zur Kasse machten.

Nachdem sie beide Kisten in Colins BMW verstaut hatten, fuhren sie weiter. Keiner von ihnen sagte ein Wort. Colin wollte Nevin gerade daran erinnern, dass sie noch das Mittagessen für ihre Freunde besorgen müssten, als Nevin ihm zuvorkam. „Roger Grey ist tot", sagte er leise.

Colins Magen zog sich zusammen. „Habt ihr … habt ihr ihn gefunden?"

„Nein. Aber wenn er noch leben würde, wäre er mittlerweile irgendwo aufgetaucht."

„Ich, äh … ich bin der Letzte, der ihn lebend gesehen hat", sagte Colin und rutschte unbehaglich auf seinem Sitz hin und her.

„Nein, das bist du nicht. Und du stehst nicht unter Verdacht, falls du dich das gefragt haben solltest."

Auf den Gedanken war Colin noch gar nicht gekommen. Ihm wurde schwindelig, obwohl Nevin gerade ausgeschlossen hatte, ihn zu verdächtigen. „Warum sollte ich Roger etwas antun?"

Nevin seufzte. „Keine Ahnung. Menschen erfinden alle möglichen Gründe, einem anderen etwas Böses zu wünschen oder anzutun. Gier. Wut. Rache. Eifersucht. Oder einfach nur Boshaftigkeit." Er lehnte sich zurück und schloss die

Augen. Colin fragte sich, was Nevin in seiner Karriere schon Schlimmes gesehen haben mochte.

„Manche Menschen helfen sich auch gegenseitig", sagte er.

„Vielen Dank, Herr Optimist." Nevins Augen waren immer noch geschlossen.

„Es stimmt aber. Wenn auch nicht jeder und nicht immer. Schau dir nur Manuel an. Er könnte so viele Dinge mit seinem Leben anfangen, die besser bezahlt würden und für die er zur Arbeit nicht nach Beaverton fahren müsste. Trotzdem ist er hier." Nevin sagte nichts dazu. „Oder schau dir dich an", fuhr Colin leise fort. „Du bist hier und schleppst an deinem freien Wochenende Umzugskartons."

Jetzt sah Nevin ihn doch an, obwohl Colin ihm nicht ansehen konnte, was er sich dachte. „Ich habe Hunger", sagte Nevin schließlich.

Er dirigierte Colin zu einem kleinen Einkaufszentrum mit einem vietnamesischen Imbiss, wo sie ein ganzes Sortiment Banh Mi-Sandwiches, Obstsäfte, Eistees und – weil er so gut aussah – Kuchen bestellten. Colin zog sein Portemonnaie aus der Tasche und wollte bezahlen, aber Nevin stieß ihn mit der Schulter zur Seite und reichte der jungen Verkäuferin hinter der Theke seine Kreditkarte.

Als sie wieder zum kleinen Bungalow zurückkamen, wurden sie wie siegreiche Helden begrüßt. Dann machten sich alle über ihr Essen her.

„Das schmeckt köstlich", dröhnte Harry, als er sich den Rest seines dritten Sandwichs in den Mund schob. „Vielleicht ist Beaverton ja doch nicht das Ende der Welt."

Manuel rollte mit den Augen. „Beaverton ist nicht das Ende der Welt, Süßer. Es ist ein Vorort." Er hörte sich resigniert an, als würde er diese Unterhaltung nicht zum ersten Mal führen.

„Kommt aufs selbe raus. Aber wenigstens habe ich dir Vancouver ausgeredet."

„Die Miete war Mundraub."

„Weil es Vancouver ist. Ich hätte sofort gekündigt, wenn du mich dorthin verschleppt hättest."

Manuel zwickte ihm in die Wange. „Du kannst nicht kündigen, Süßer. Du bist mein Sklave und arbeitest umsonst."

„Ja, ja, schon gut. Ich schufte mir den Arsch ab und niemand erkennt, was ich wirklich wert bin."

„Ist aber ein hübscher Arsch." Manuel zwinkerte ihm zu.

Nachdem sie gegessen hatten, holten Colin und Nevin eine der Klimaanlagen aus dem Auto. Manuel wäre fast in Tränen ausgebrochen. „Ihr seid so liiieb", schniefte er und nahm sie in die Arme.

Nevin befreite sich aus seiner Umarmung. „Colin ist lieb. Es war seine Idee und sein Geld."

„Und du hast mir den Weg gezeigt, die Kisten geschleppt und das Essen gekauft", sagte Colin. Nevin verzog das Gesicht.

Als die Möbel an ihrem Platz standen und sie die Kisten ausgepackt und alles verstaut hatten, war es früher Abend und sie hatten wieder Hunger. Dieses Mal

54

bestellten sie Pizza – Manuel bezahlte – und aßen sie stehend im größten Raum des Hauses. Dank der Klimaanlage war es angenehm kühl.

„Ich habe Lust zu feiern. Aber erst muss ich die verschwitzten Klamotten loswerden", sagte Manuel und wischte sich die Hände an einer Serviette ab. „Wie wäre es, wenn wir uns in zwei Stunden im *JayJay's* treffen? Die erste Runde geht auf meinen Mann, weil er uns heute nicht helfen konnte."

Colin ging normalerweise gerne ins *JayJay's* und er mochte seine Freunde, aber er fühlte sich plötzlich müde und sehnte sich nach Ruhe. „Ich mache für heute Schluss. Ich muss noch einiges erledigen", entschuldigte er sich nicht ganz wahrheitsgemäß.

Manuel schnalzte bedauernd mit der Zunge und Kayla machte ein trauriges Gesicht. Colin drückte Manuel kurz an sich, winkte den anderen zu und ging zu seinem Auto. Bevor er den Motor anlassen konnte, tauchte Nevin an der Fahrertür auf. Colin öffnete das Fenster. „Ja?"

„Du musst heute Abend nicht mehr arbeiten."

Colin verdrehte die Augen. „Danke, Detective. Werde ich jetzt überwacht?" Wenn ja, stand Nevin eine langweilige Nacht bevor. Colin plante nämlich, den Abend mit Legolas auf dem Sofa zu verbringen und sich alte Filme anzusehen. Er war in der Stimmung für Cary Grant.

„Hast du einen starken Mann zuhause? Einen Leibwächter oder so?"

„Äh, nein." Wozu sollte er einen Leibwächter brauchen?

„Wie willst du dann deine Klimaanlage in die Wohnung schaffen?"

Oh. Daran hatte Colin nicht gedacht. Die Kiste war zu schwer für eine Person, zumal er sie vom Parkplatz über die Straße und dann durch die Lobby zum Aufzug schleppen musste. „Ich finde schon jemanden, der mir hilft."

Nevin sah ihn an, als wäre er der dämlichste Idiot der Welt. „Wo wohnst du?", fragte er.

„Warum fragst du?"

„Weil das einfacher ist, als deine Autonummer zu überprüfen, du Genie."

„Aber was willst du mit meiner Adresse?"

„Dich dort treffen und dir mit der verdammten Klimaanlage helfen." Nevin schüttelte den Kopf. „Ich habe die Adresse in meinem Notizblock. Ich kann auch dort nachsehen, wenn dir das lieber ist."

Colin war versucht, ihn genau das tun zu lassen. Dieser Nevin ging ihm höllisch auf die Nerven. Andererseits … er könnte seine Hilfe wirklich gebrauchen. Außerdem war er sich sicher, dass Nevin seine Drohung wahrmachen und ihm trotzdem folgen würde, wenn Colin nicht mit der Adresse rausrückte.

„Na gut", sagte er resigniert und nannte sie ihm.

OBWOHL COLIN früher losgefahren war, erwartete ihn der lila GTO schon vor seinem Haus. In der Feuerwehreinfahrt. Nevin hielt sich – im Gegensatz zu Colin –

offensichtlich nicht an die Geschwindigkeitsbegrenzung. Colin hielt neben Nevins GTO an und kurbelte das Fenster runter. „Du darfst hier nicht parken", sagte er.

Nevin saß noch hinterm Steuer und klopfte mit den Fingern ungeduldig ans Lenkrad. „Kann man hier vielleicht woanders parken? Nein. Und Leute wie mich lassen sie dort drüben nicht rein." Er zeigte zu dem Parkplatz auf der anderen Straßenseite, der zu dem Haus gehörte.

„Aber hier ist striktes Parkverbot."

„Und jede gottverdammte Politesse und jeder Gorilla in Blau kennt Julie. Ich bekomme keinen Strafzettel."

Okay. Es hatte offensichtlich seine Vorteile, bei den Bullen zu sein. „Und wenn ein Feuer ausbricht?"

„Dann geht dein Haus in Flammen auf, Hunderte sterben den Feuertod und du darfst ganz allein mir die Schuld geben. Zufrieden?"

Colin war noch nie so kurz davor, jemanden zu erwürgen. Glücklicherweise war Nevin zu weit weg. „Na gut. Ich warte auf dem Parkplatz auf dich." Er fuhr wieder aus der Einfahrt und direkt auf den Parkplatz.

Sie schleppten die große Kiste keuchend und grunzend über die Straße und zu Colins Wohnung. Sie mussten sie auf dem Hausflur abstellen, weil Colin erst seine Schlüssel aus der Tasche ziehen und die Tür aufschließen musste. „Lass Legolas nicht raus", warnte er Nevin, als er die Tür öffnete.

„Wen?"

„Meine Katze."

Sie brachten die Kiste in die Wohnung und Nevin trat hinter ihnen die Tür zu. „Legolas? Was ist *das* denn für ein Name?"

„Der Elf." Sie stellten die Kiste ab. „Tolkien. Orlando Bloom war mein erster Schwarm."

Nevin hatte keine Ahnung, wovon Colin sprach.

„*Herr der Ringe*", erklärte Colin.

„Nie gesehen."

„Solltest du aber. Es wird deiner Männlichkeit bestimmt nicht schaden. Es ist kein Disney-Film und gesungen wird auch nicht. Und es gibt keine Prinzessinnen." Er überlegte. „Na gut, es gibt so was ähnliches. Aber die ist eine Elfin. Und es wird viel gekämpft. Andauernd wird gekämpft. Sehr männlich alles." Die homoerotischen Untertöne in der Beziehung zwischen Frodo und Sam erwähnte er wohlweislich nicht.

„So was interessiert mich nicht."

„Und was interessiert dich? Verfolgungsjagden mit dem Auto? Explosionen?"

Nevin zuckte mit den Schultern. Anstatt sich umzudrehen und zu gehen, fing er an, die Klimaanlage auszupacken. „Hilf mir mit dem Mist hier."

Es war nicht leicht, die verdammten Dinger aus der Kiste zu holen. Aber sie schafften es, obwohl der Fußboden anschließend mit Plastikfetzen und Schaumstoff übersät war. Die Klimaanlage gab bald ihr Bestes, die drückende Hitze etwas erträglicher zu machen. Nevin ging immer noch nicht zur Tür. Colin kam sich undankbar und unhöflich vor.

„Willst du was Kaltes zu trinken?"

„Ja, Mann."

Nevin folgte ihm in die Küche und wartete ab, bis Colin ihm den Inhalt seines Kühlschranks aufgezählt hatte. „Wasser? Bier? Diät-Cola? Eistee?"

„Hast du den Laden leergekauft?" Nevin schüttelte den Kopf. „Eistee wäre prima."

Colin holte zwei Flaschen Eistee aus dem Kühlschrank und reichte eine davon Nevin. Dann trank er selbst einen Schluck und beobachtete, wie Nevin sich in der Wohnung umsah. Er schaute sich den Fernseher und die Stereoanlage an und die kleine Ecke, die Colin als Büro benutzte. Am meisten schienen ihn die Bücherregale zu interessieren. „Du hast viele Bücher. Und DVDs."

„Ja, stimmt." Colin hatte sich als Kind schon für Bücher und Filme interessiert und schaffte es nicht, seine Sammlung auszumisten. Er wollte sie schon oft sortieren, änderte aber immer wieder seine Meinung darüber, welches System das bessere wäre. Nach Genre? Zeitlich? Autor oder Regisseur? Titel? Manchmal nahm er sie aus dem Regal und schichtete sie in Stapeln auf, bis Legolas sie entdeckte und drohte, sie zum Einsturz zu bringen. Dann wanderten sie unsortiert ins Regal zurück.

Nevin stand schweigend vor dem Regal und studierte die Titel. Gelegentlich zog er ein Buch oder eine DVD heraus, las sich die Rückseite durch und stellte sie wieder weg. Er schien es nicht eilig zu haben. Seine Bewegungen waren ökonomisch und selbstbewusst, aber anmutig. Gott, war er schön. Und so gut gebaut. Aber in seiner Haltung lag auch etwas, das Colin bekannt vorkam. War Nevin einsam?

„Gehst du noch zu *JayJay's*", platzte er heraus. Als Nevin sich umdrehte und ihn überrascht ansah, flossen die Worte aus Colins Mund, als hätte jemand den Wasserhahn aufgedreht. Den mit der Aufschrift *Dummheiten und andere Peinlichkeiten*. „Weil du es vielleicht vorhast oder vielleicht nicht und du hast andere Pläne, weil heute schließlich ein Samstagabend ist. Aber …, wenn du willst, kannst du auch noch hierbleiben und wir machen uns einen gemütlichen Abend. Wir könnten uns einen Film ansehen. Ich wollte mir *Die Nacht vor der Hochzeit* ansehen, aber das muss nicht sein. Wir können uns auch einen anderen Film aussuchen. Vielleicht *Ein Amerikaner in Paris*. Oder *West Side Story*. Wenn du willst. Und ich belästige dich nicht oder so, weil ich nicht der Typ bin, der Männer anmacht, wenn sie nicht schwul sind oder so." Er kniff die Lippen zusammen, bevor es noch peinlicher werden konnte.

Zu seiner Überraschung machte sich Nevin nicht über ihn lustig. Er lehnte auch nicht ab. Er starrte Colin nur an. Dann zuckten seine Mundwinkel und er lächelte leicht. „Wer sagt denn, dass ich nicht schwul bin? Oder bi?"

„Du hast doch gesagt, du hättest mit Kayla geschlafen."

„Ich habe mit vielen Frauen geschlafen. Und mit vielen Männern. Ich habe nie eingesehen, warum ich meine Möglichkeiten einschränken sollte."

Colin riss den Mund auf. Und kniff die Augen zusammen. „Du verarschst mich."

„Was willst du? Eine beeidigte Zeugenaussage von meinen letzten Fuckbuddies?" Nevin hob die Hand, als würde er einen Schwur leisten. „Ich schwöre auf einen Stapel CDs mit Schwulenpornos, dass ich Schwänze genauso mag wie Muschis und wenn es um einen knackigen Hintern geht, nutze ich jede Chance."

Er schien es ehrlich zu meinen. Jedenfalls konnte Colin sich nicht vorstellen, warum er lügen sollte. „Okay. Das hättest du auch schon vorhin sagen können, als ich dich ein homophobes Arschloch genannt habe."

„Aber das hätte keinen Spaß gemacht."

„Weiß Manuel Bescheid?"

„Ja, sicher."

Nun, das erklärte zumindest Manuels Grinsen. Manuel hätte die Sache ruhig richtigstellen können. Aber vielleicht hatte er Nevin nicht outen wollen oder so, weil Nevin seine Bisexualität für sich behielt. Colin seufzte. „Willst du jetzt noch bleiben und einen Film ansehen oder nicht?"

„Wenn ich ihn aussuchen darf."

Und jetzt breitete sich ein ganz ungewöhnliches Gefühl in Colin aus. Er freute sich. Guter Gott. Er freute sich darüber, dass Nevin noch bleiben würde. „Lass dir Zeit. Ich bin verschwitzt und nehme eine kurze Dusche, ja?"

Nevin schaute an sich herab. „Ich auch." Er verdrehte die Augen. „Nach dir natürlich, Fliege. Nur, weil ich für dein Team spiele, halte ich dich noch lange nicht für unwiderstehlich." Er grinste. Vermutlich, weil er Colin damit seine Anschuldigungen heimgezahlt hatte.

Colin beschloss, auf Nevins Schadenfreude wie ein echter Gentleman zu reagieren. Er schwenkte den Arm zum Badezimmer. „Du zuerst."

Das Badezimmer war vom Schlafzimmer nur durch eine Wand getrennt, die nicht bis zur Decke reichte. Die Toilette war zwar in einem kleinen Extraraum, aber der Rest konnte vom Schlafzimmer eingesehen werden. Wenn man, wie Colin, allein lebte, funktionierte das recht gut. Als er noch mit Trent zusammen war, hatte es auch nicht gestört. Jetzt fühlte es sich etwas unpassend an.

Colin holte ein Handtuch und einen Waschhandschuh für Nevin aus dem Schrank. „Der Rest, äh, ist dort drin." Er zeigte auf die Dusche.

„Ich wette, du hast keine Seife, sondern benutzt Waschgel. Und Dutzende von Shampoos und Haarpflegemitteln."

Okay. Jetzt machte sich Nevin über ihn lustig, weil Colin schwul war. Und Nevin ein Idiot. Nein. Kein Idiot. Nur … kratzbürstig? Vielleicht behandelte er seine Freunde genauso. Colin lächelte liebenswürdig. „Nur drei. Aber du darfst sie gerne alle ausprobieren." Er drehte sich um und ging.

Dank der guten Akustik und der fehlenden Innenwände hörte er die Dusche auch in der Küche rauschen, wo er Legolas fütterte. Das Geräusch inspirierte seine Fantasie. Er stellte sich Nevin vor, der nackt unter der Dusche stand und sich mit seifigen Händen über die Haut fuhr. Zu wissen, dass Nevin auch auf Männer stand, reduzierte Colins Schuldgefühle beträchtlich. Trotzdem musste er seine schmutzige Fantasie für sich behalten. Sicher, Nevin wollte einige Stunden mit ihm verbringen und so, wie er sich ausgedrückt hatte, würde er vermutlich auch mit Colin schlafen. Aber das wäre nicht mehr als ein One-Night-Stand. Und daran war Colin nicht interessiert.

Richtig?

„Hey! Collie!" Nevins war nicht zu überhören, zumal er das Wasser abgedreht hatte. Aber … *Collie*?

„Was ist?"

„Komm her!"

Es hörte sich so dringend an, dass Colin beinahe rannte. Und wie angewurzelt stehen blieb, als er Nevin pudelfasernackt mitten im Schlafzimmer stehen sah.

„Äh", sagte er.

Nevin ignorierte ihn. Er rubbelte sich die Haare trocken, ging dann zur Dusche zurück und hängte das Handtuch auf. Dort stieß mit dem Fuß an seine Kleidung, die in einem unordentlichen Haufen auf dem Boden lag. „Das stinkt. Kann ich mir von dir was ausleihen?"

Da Colins Zunge vorübergehend den Dienst quittiert hatte, nickte er nur wortlos. Erleichtert drehte er sich um, ging zum Schrank und zog willkürlich einige Kleidungsstücke hervor – ein *Han Solo*-T-Shirt, eine Unterhose und graue Jogginghosen. Als er sich wieder zu Nevin umdrehte, war der immer noch nackt. Einige Wassertropfen glänzten auf seiner braunen Haut. Er war schlank, sein Körper nahezu haarlos und so perfekt, dass Colins Mund plötzlich staubtrocken wurde.

„Hier", sagte er und hielt ihm die Klamotten hin. „Das sollte passen."

Nevin nahm sie ihm amüsiert ab. Anstatt sie anzuziehen, drückte er sie sich an die Brust und schlenderte zur Tür. Dort blieb er noch kurz stehen, bevor er sie öffnete. „Ich nehme mir noch einen Eistee, ja?"

„Äh, ja. Bedien dich."

Nevin ging in die Küche. Colin zitterten die Hände, als er sich auszog und die Dusche aufdrehte. Als er endlich unterm Wasser stand, hatte er seine Entscheidung gefällt.

7

DIE KATZE beäugte Nevin misstrauisch, als er zum Kühlschrank kam. Sie war ein sehr schönes Tier. Ihr Kopf war dreieckig wie bei einer Siamkatze, ihre Augen blauviolett und ihre Fellspitzen leuchteten hellorange. „Hallo, Legolas", begrüßte Nevin sie. Sie sah ihn genauso entrüstet an wie Colin, als er ihn nackt vor sich stehen sah.

Nevin hatte nicht vorgehabt, Colin zu schockieren oder zu provozieren. Er war es gewohnt, nackt vor Männern zu stehen, auch wenn er sie nicht ficken wollte. Ob schwul oder nicht, im Fitnessstudio störte sich keiner an Nacktheit. Na gut, so ganz richtig war das nicht. Manchmal musterte sie sich verstohlen. Aber Nevin hatte noch nie erlebt, dass jemand so fassungslos reagierte wie Colin.

„Bei deinem Herrchen ist nicht viel los im Bett, wie?", sagte er zu der Katze. Legolas sah ihn immer noch missbilligend an, also stellte er den Eistee auf den Tisch und zog sich die Unterhose und das T-Shirt an. Für die Jogginghose war es zu warm und außerdem war die Unterhose mindestens so züchtig wie die Shorts, die er den ganzen Tag über getragen hatte. Das sollte reichen, um Colins strapazierte Nerven zu beruhigen.

Er ging zurück zu den Bücherregalen und fragte sich, was zum Teufel er hier eigentlich verloren hatte. Sicher, Colin war süß und komplexer, als Nevin ursprünglich erwartet hatte. Er hatte in Colin einen verwöhnten, reichen Schnösel gesehen, aber Colin hatte heute genauso zugepackt wie die anderen. Er hatte sich nicht ein einziges Mal über die Hitze oder die schwere Arbeit beschwert. Er versuchte auch nicht ständig, im Mittelpunkt zu stehen oder bevorzugt behandelt zu werden, im Gegenteil. Colin hatte von Manuel noch nicht einmal eine Spendenquittung für die Klimaanlage verlangt, um die Kosten von der Steuer absetzen zu können. Und es machte Spaß, mit ihm zu arbeiten. Er war richtig liebenswert – ein Grund mehr, warum Nevin eigentlich sofort die Flucht ergreifen sollte. Colin war an dem, was Nevin ihm bieten konnte, nicht interessiert. Wahrscheinlich hatte er sogar mehr verdient.

Und doch … Nevin war nicht nur hiergeblieben, er trug sogar Colins verdammte Unterwäsche und musste sich entscheiden zwischen *König der Löwen* und *Oben*.

Mist.

„Hakuna matata."

Nevin zuckte zusammen und hätte fast die DVD fallenlassen. „Hey! Was ist los?"

Colin lächelte ihn an. Er trug Shorts und ein frisches T-Shirt mit einem Superheldenbild auf der Brust, den Nevin nicht erkannte. Seine gelockten Haare sahen aus, als hätte er vergeblich versucht, sie mit einem Kamm zu zähmen. Und er roch gut nach exotischen Gewürzen. „Keine Sorgen", erklärte er.

„Hä?"

Colin klopfte mit dem Finger auf die DVD in Nevins Hand. „*Keine Sorgen.* Es ist ein Zitat aus dem Film."

„Hast du eine Katze unter deinen Vorfahren? Dich so anzuschleichen … Du kannst froh sein, dass ich keine Waffe hatte."

„Wo hättest du die denn tragen wollen?" Colin musterte ihn von oben bis unten. „Hmm. Ich glaube, ich bin overdressed."

„Es ist viel zu heiß für eine Hose."

Colin schien mit der Erklärung zufrieden zu sein. Er schnappte sich die DVD mit *König der Löwen*, tänzelte durchs Zimmer und steckte sie in den DVD-Player. Dann winkte er Nevin zu und zeigte aufs Sofa. „Setz dich doch. Ich komme auch gleich."

Nevin gehorchte. Das Sofa war gemütlich und stand direkt im kühlen Luftzug der Klimaanlage. Während Nevin sich setzte, holte Colin einen Beutel Popcorn aus dem Schrank, kippte es in eine Schüssel und stellte sie in die Mikrowelle. Es war irgendwie lustig. Vorhin hatte Nevin Colin noch vorgeworfen, ihm auf den Arsch zu starren. Jetzt war es umgekehrt. Weil Colin wirklich einen hübschen Arsch hatte, rund und saftig. Genau der Typ Arsch, an dem man sich gut festhalten konnte …

Aber das hatte Nevin ja nicht vor, nicht wahr?

Colin kam mit dem Popcorn zurück und stellte Nevin die Schüssel auf den Schoß. Dann ließ er sich neben ihm aufs Sofa fallen. Ein ganzes Stück näher, als Nevin erwartet hatte.

„So", sagte Colin und nahm die Fernbedienung vom Tisch. „Du darfst jede Zeit mitsingen."

„Ich kenne die Texte nicht."

„Von keinem der Lieder?"

„Ich habe den Film noch nie gesehen", gestand Nevin.

„Noch nie?" Colin sah ihn so ungläubig an, als hätte er ihm gerade gestanden, noch nie eine Toilette benutzt zu haben. „Ich meine … sicher, ich verstehe das. Du bist jetzt der große, böse Bulle. Aber als Kind auch nicht?"

Nevin hätte fast eine Grimasse gezogen. „Damals habe ich mir keine Filme angesehen."

Colin warf ihm einen merkwürdigen Blick zu, zuckte dann mit den Schultern und nahm sich eine Handvoll Popcorn aus der Schüssel. „Na gut. Dann singe ich allein mit. Vielleicht schnappst du den Refrain auf." Er drückte auf Play.

Und er sang mit. Sogar ziemlich gut. Natürlich war es nur ein schmalziger Kinderfilm, aber Colin gefiel er offensichtlich. Nevin genoss es, neben ihm zu sitzen und ihn lachen zu hören. Irgendwie wurde der Abstand zwischen ihnen immer kleiner und dann saßen sie Hüfte an Hüfte. Die feinen Haare an Colins Oberschenkel kitzelten und obwohl Nevin normal nicht der Typ für direkten Körperkontakt war, hatte er in Colins Fall nichts dagegen.

Simba unterhielt sich gerade mit dem Geist seines Vaters, als Colins Handy klingelte. Er schaute es an und runzelte die Stirn. „Mist. Sorry, ich muss den Anruf annehmen." Dann nahm er es vom Tisch und hielt den Film an. „Hi, Mom", sagte er, lächelte Nevin entschuldigend an und ging in die Küche.

„Ja, tut mir leid. Ich war den ganzen Tag beschäftigt. Wir hatten viel Arbeit mit dem Umzug … *Nein*, ich bin nicht tot umgefallen. Mom, ich kann mich nicht jedes Mal melden, wenn du dir Sorgen machst. Weil das *immer* der Fall ist. Wenn mir etwas passiert, bist du die Erste, die es erfährt … Ja, ja, es tut mir leid … Ich bin jetzt beschäftigt. Ich habe einen Freund zu Besuch und wir schauen uns einen Film an. Ich rufe dich morgen an und verspreche, bis dahin nicht tot umzufallen … Okay. Ich liebe dich auch. Gute Nacht."

Während Colin noch in der Küche telefonierte, tauchte die Katze – der *Kater* – auf, stellte sich vor Nevins Füße und sah ihn erwartungsvoll an. Kaum hatte er die Popcornschüssel zur Seite gestellt, sprang er auf seinen Schoß und rollte sich schnurrend zusammen. Das Fell hinter seinen Ohren war unglaublich weich und sanft.

„Brauchst du was?", rief Colin aus der Küche.

„Nein, danke!"

Colin kam mit einer Flasche Bier zum Sofa zurück. „Tut mir leid, dass wir unterbrochen worden sind."

„Bist du nicht zu alt, um dich noch bei deinen Eltern melden zu müssen?"

Colin seufzte resigniert und legte den Kopf auf die Lehne. „Viel zu alt. Mom ist … wie sie ist. Will mich immer beschützen. Es ist leichter, ihr nachzugeben, als sich dagegen zu wehren."

„Sag ihr doch einfach, du wärst jetzt ein großer Junge und sie soll den Mist endlich lassen."

Colin lachte. „Das kann ich mir wirklich nicht vorstellen." Er drehte sich zu Nevin um und sah ihn an. „Würdest du so mit deiner Mutter reden?"

„Ja", erwiderte Nevin knapp. Falls das Biest noch leben und er sie jemals wiedersehen würde, hätte er ihr eine ganze Menge zu sagen.

„Hmm." Colin nahm die Fernbedienung vom Tisch, schaltete aber noch nicht ein. Er zeigte mit dem Kinn auf Nevins Schoß. „Du solltest dich geehrt fühlen. Leg ist zu Fremden normalerweise nicht so freundlich."

Als wollte der Kater ihm zustimmen, miaute er und rollte sich auf den Rücken, damit Nevin ihm den Bauch kraulen konnte. Nevin hatte noch nie ein Haustier gehabt und auch noch nie darüber nachgedacht, sich eines zuzulegen. Er wusste aber, dass sie einen guten Einfluss auf Menschen ausübten, und hatte schon mehr als ein Gewaltopfer erlebt, dem ein Hund oder eine Katze geholfen hatte, sich wieder zu beruhigen.

Legolas hatte die gleiche Wirkung. Nevin fühlte sich beruhigt und entspannt. Aber vielleicht lag das auch an Colins Wohnung mit ihren Backsteinwänden und dem warmen Holz. Sie war viel schöner und gemütlicher als die langweiligen Apartments, in denen er bisher gelebt hatte. Und sie überstieg wahrscheinlich seine finanziellen Möglichkeiten bei weitem, obwohl sie lange nicht so groß oder luxuriös war, wie er erwartet hatte. Die Möbel waren von guter Qualität, aber bequem und abgenutzt. Colin hatte auch nicht jeden freien Platz mit sinnlosem Schnickschnack zugestellt. Nur an den Wänden hingen einige alte Filmplakate.

Nevin fühlte sich wohl. Er genoss die angenehme Umgebung und die Schmusekatze. Und die Gesellschaft eines netten, gut aussehenden Mannes.

Colin kraulte Legolas unterm Kinn. „Es war wirklich nett, dass du heute beim Umzug geholfen hast", sagte er.

„Manny und ich kennen uns schon seit einigen Jahren. Ich habe oft mit Gewaltopfern zu tun, die Hilfe brauchen. Die verweise ich an Manny. Manchmal mache ich mir um jemanden Sorgen – Menschen wie Roger Grey. Dann redet Manny mit ihnen und bietet ihnen Hilfe an."

„Gute Idee." Sie streichelten Legolas, der so laut schnurrte, dass Nevin die Vibrationen unter der Hand fühlte. „Wieso bist du zur Polizei gegangen?"

Manchmal gab Nevin auf diese Frage eine unverbindliche, unkomplizierte Antwort. Dass der Job gut bezahlt würde, dass er interessant wäre und er nicht den ganzen Tag hinterm Schreibtisch verbringen müsste. Dass er aufregend und abwechslungsreich wäre oder dass er nicht ständig seinen Vorgesetzten im Nacken spüren würde, sondern stattdessen selbst Leute herumkommandieren könnte. Das alles stimmte, aber die ganze Wahrheit war es nicht. Und aus irgendeinem Grund wollte er sie Colin nicht vorenthalten. „Ich wollte besser sein als die ganze Scheiße um mich herum."

Colin lachte nicht darüber und fand die Antwort auch nicht dumm. Er verlangte noch nicht einmal eine Erklärung. Er sah Nevin nur lange an und nickte schließlich. „Das ist ein sehr guter Grund, Detective Ng."

Nevin seufzte. Ein Muskel in seinem Rücken entspannte sich. „Es gibt viele Menschen, um die sich niemand kümmert. Niemand ist für sie da. Du ... du hast eine Mutter, die jede deiner Bewegungen verfolgt. Was dir bestimmt auf die Nerven geht. Aber ich wette, sie würde sofort auf der Matte stehen, wenn du sie brauchst."

„Das hat sie schon", gab ihm Colin recht, erklärte aber nicht, was er damit meinte.

„Sie stört sich nicht daran, dass du schwul bist?"

„Niemand in meiner Familie stört sich daran. Es war nie ein Thema. Ganz anders als bei Roger, hm?"

„Es gibt so viele Rogers. Und Mrs. Ruskins. Deine Familie stirbt oder wendet dir aus irgendwelchen lächerlichen Gründen den Rücken zu. Oder die Menschen, die sich um dich kümmern sollten, sind so kaputt, dass sie sich noch nicht einmal um sich selbst kümmern können." Er verstummte. Es war unglaublich einfach, sich über vertraulich Dinge zu unterhalten, wenn man gemeinsam eine Katze streichelte. Oder einen Kater. „Ich kann nicht allen helfen. Noch nicht einmal einem großen Teil von ihnen. Aber ich kann *einigen* helfen. Und das tue ich."

Colin lächelte so liebevoll, dass Nevin den Blick abwenden musste.

„Warum hast *du* heute geholfen?", fragte Nevin. „Solltest du nicht Golf spielen oder irgend so was machen, wenn du einen freien Tag hast?"

„Ich spiele nicht Golf." Colin lachte leise. „Aber mein Dad. Oft. Er hat mich einige Male überredet, ihn zu begleiten, aber es langweilt mich zu Tode. Und die Kleidung, die sie dabei tragen? Mir haben die Augen geblutet. Wie auch immer. Crystal hat angerufen und gefragt, ob ich Zeit hätte."

„*Crystal* hat dich angerufen?"

„Sicher. Warum überrascht dich das?"

Nevin schüttelte den Kopf. „Zu mir hat sie noch nie mehr als drei Worte gesagt. Sie hasst mich, wenn sie mich nur sieht."

Colin hörte auf, Legolas zu streicheln. „Wirklich? Warum denn?"

„Keine Ahnung. Ich habe sie weder beschimpft noch geschlagen oder beleidigt."

„Ich glaube, du setzt deine Waffen sehr sorgfältig ein. Aber es ist trotzdem merkwürdig. Zu mir ist sie immer sehr nett." Er kräuselte nachdenklich die Nase. „Vielleicht hat sie was gegen Bullen."

Nevin überlegte. Es wäre nicht ungewöhnlich. Das FBI war nicht sehr beliebt. Manche waren grundsätzlich dagegen, andere hatte schlechte Erfahrungen gemacht. Nevins Kollegen waren tolle Kerle, aber er wusste auch, dass es beim FBI viele Arschlöcher gab, die für den schlechten Ruf der Behörde verantwortlich waren. „Durchaus möglich", sagte er.

„Dann ist es ihr Problem, wenn sie in dir nur deine Dienstmarke sieht. Du bist nämlich ein wunderbarer Mensch."

Und bevor Nevin sich von seiner Überraschung erholen konnte, neigte sich Colin auf die Seite und küsste ihn.

Mehrere Gedanken schossen Nevin gleichzeitig durch den Kopf. *Was zum Teufel ist das denn?*, war einer von ihnen. Und *Er schmeckte nach Popcorn und Bier* und *Seine Lippen sind so weich* und *Er zerquetscht noch die verdammte Katze*. Vor allem aber dachte er: *Oh Gott, ja!*, weil Colin hervorragend küsste – fest, aber nicht aufdringlich. Da war etwas an Colin, das alles in Nevin zum Singen brachte.

Etwas? Sein Schwanz natürlich.

Nevin schob Colin vorsichtig von sich weg.

„Oh nein. Mein Gott, es tut mir so leid." Colin wollte den Rückzug antreten, aber Nevin hielt ihn am Arm fest.

„Du musst dich für diesen Kuss nicht entschuldigen", sagte er. „Zehn von zehn möglichen Punkten."

„Ich habe versprochen, dich nicht zu belästigen."

„Ich habe schon Kerle grün und blau geschlagen, die waren doppelt so groß wie du und zehnmal so bösartig. Wenn ich es nicht gewollt hätte, hättest du das gemerkt. Das kannst du mir glauben."

Colin schien darüber erleichtert zu sein, machte aber immer noch kein sehr glückliches Gesicht. „Du hast mich aber weggeschoben."

„Das war die reine Verwirrung, Collie. Warum verrätst du mir nicht, was in deinem hübschen Kopf vor sich geht?"

„Ich ..." Colin biss sich auf die Lippen. „Du hast gesagt, dass du nicht gern flirtest. Und ich, äh ... bin kein sehr guter Verführer. Also habe ich es auf dem direkten Weg versucht."

„Okay. Das erklärt das *Wie*, aber nicht das *Warum*. Warum hast du gedacht, es wäre eine gute Idee, mir die Zunge in den Hals zu stecken?"

Colin entzog ihm seinen Arm und ging auf die andere Seite des Zimmers. Dann drehte er sich zu Nevin um. „Weil ich gern Sex mit dir hätte und dachte, es wäre ein guter erster Schritt."

„Und warum willst du Sex mit mir?"

Colin hörte sich an wie ein Grundschullehrer, als er ihm antwortete. „Na ja, wenn sich zwei Männer attraktiv finden und mögen, zusammen sind und das Blut fließt ..."

„Das habe ich nicht gemeint." Nevin scheuchte Legolas von seinem Schoß und ging langsam auf Colin zu. Colin wich an die Wand zurück, aber Nevin blieb erst stehen, als sie sich fast berührten. „Ich will wissen, warum du *mich* ficken willst. Warum mich?"

Colin sah ihn mit weit aufgerissenen Augen an, zeigte aber keinerlei Angst. Nevin hatte schon oft Angst in den Augen eines Mannes gesehen. Das war keine. Es war aber auch nicht der Blick, der sein Herz zum Rasen brachte. „Ich mag dich", sagte Colin mit belegter Stimme. „Du bist lustig und klug und ... so wirklich. Und ... mein Gott, Nevin, du siehst so ..."

„Wenn du jetzt sagst, ich würde so *exotisch* aussehen, gehe ich an die Decke." Er hatte das schon viel zu oft gehört, von Männern und Frauen gleichermaßen. Und er hasste es.

Colin schüttelte den Kopf. „Das wollte ich nicht sagen. Aber du siehst so gut aus und so ... hart und fest." Er schnaubte, als Nevin die Augenbrauen hochzog. „Nein, damit meine ich nicht deinen Schwanz. Ich meine alles an dir. Wenn ich in den Spiegel schaue, finde ich Hunderte von Kleinigkeiten, die ich gerne ändern würde. Meine dummen Haare. Meine Haut, weil ich Sommersprossen und Sonnenbrand bekomme, wenn ich nur an das Wort Sonne denke. Meine Arme sind schlaksig, obwohl ich ständig trainiere. Meine kleinen Fußzehen sind seltsam geformt. Aber du? An dir ist alles perfekt. Alles."

„Ich bin nicht ..."

„Wenn ich mich malen müsste, würde ich ständig radieren und verbessern. Bei dir? Würde ich nur malen, was ich sehe." Er breitete die Arme aus und wurde rot.

Nevin hätte fast vergessen, warum er den Kuss unterbrochen hatte. Dieser Mann war nicht nur reizend, er stand auch direkt vor ihm und bettelte Nevin nahezu an, mit ihm ins Bett zu gehen. Und es wäre vollkommen unkompliziert, weil Colin single war und ...

Genau das war das Problem.

„Wir können das nicht tun", sagte Nevin und trat einen Schritt zurück.

Colin machte ein enttäuschtes Gesicht. „Weil ich ein Verdächtiger bin?"

„Nein! Hätte ich stundenlang mit dir auf dem Sofa gesessen und Trickfilme angesehen, wenn du verdächtig wärst?"

„Vielleicht, weil ..., weil du gegen mich ermittelst?"

„Um Gottes willen! Ich würde eher gegen mich selbst ermitteln als gegen dich." Und das war nicht gelogen. Nevin war normalerweise sehr verantwortungsbewusst und achtete darauf, seine Ermittlungen nicht zu gefährden. Deshalb durfte er sich auch nicht auf eine Beziehung mit einem potenziellen Zeugen einlassen. Das wäre schlampig. Aber er zweifelte daran, dass Colin viel zu den beiden Fällen – Mrs. Ruskin und Roger Grey – beitragen konnte. Dazu kam noch, dass er für den Fall Ruskin mittlerweile nicht mehr zuständig war.

„Warum willst du nicht mit mir schlafen, wenn du mich nicht verhaften musst?"

„Willst du das wirklich wissen?" Nevin kam auf ihn zu und küsste ihn – tief und drängend. Er hielt sich nicht zurück und es war, als würden elektrische Funken zwischen ihnen überspringen.

Nach einer Weile trennten sie sich keuchend. „Das ... das erklärt mir gar nichts", sagte Colin und packte Nevin an den Armen. Nevin wehrte sich nicht, als Colin ihn umdrehte und an die Wand drückte. „Ergib dich meiner Magie", flüsterte er Nevin ins Ohr.

„Was?"

„Vergiss es." Colin ließ sich an ihn fallen. „Ich verstehe dich einfach nicht."

Nevin spürte nur noch Colin. Er konnte nicht die richtigen Worte finden und musste improvisieren. „Hast du das eben auch gespürt? Als wir uns geküsst haben? Die Funken?"

„Gott, ja ..."

„Wenn wir ficken, wird daraus ein Feuerwerk."

„Ich ..."

„Und dann gehe ich wieder. Weil ich nicht dein Märchenprinz bin."

Colin leckte ihm übers Kinn. Nevin lief ein Schauer über den Rücken. „Gut. Kein Problem."

„Ich meine es ernst. Ich bin nicht dein Zukünftiger. Ich gehe nicht mit dir aus und lasse mich erst recht auf keine Verpflichtungen ein. Ich bin kein Beziehungsmaterial, ja?"

Wieder spürte er Colins Zunge am Kinn, gefolgt von seinen Zähnen, die ihm am Ohrläppchen knabberten. Nevin fühlte, wie sein Widerstand erlahmte. Er ballte die Hände und drückte sie mit aller Kraft an die Wand hinter sich, um sie nicht in Colins Hemd zu krallen.

„Ich will das alles nicht", schnurrte Colin. „Ich will dich nur wieder nackt sehen. Und dieses Mal will ich dich auch berühren dürfen. Und schmecken." Nevin stockte der Atem, als Colin ihm über den Hals leckte.

Nevins Fantasie war nicht sehr ausgeprägt. Er war ein praktisch veranlagter Mensch und hätte sich ein solches Szenario niemals vorstellen können. Genauso wenig hätte er vorhersagen können, wie sehr es ihm gefiel, Colin so besitzergreifend und selbstbewusst zu erleben. Und es gefiel ihm sehr. Aber er musste auch morgen noch mit sich selbst leben können, nicht wahr?

„Du hast es mir selbst gesagt, Fliege. Du hast gesagt, du bist nicht der Typ für Affären."

„Bisher war ich das nicht." Colin legte ihm die Finger unters Kinn und sah ihm in die Augen. „Und weißt du was? Mir haben mein Leben lang andere Menschen gesagt, was ich bin und was ich brauche. Normalerweise stört mich das nicht. Ich bin ein vorsichtiger Mensch. Aber nicht heute Nacht, Nevin. Nicht, wenn du mich auch willst. Und ich verspreche dir, dass es nur Sex ist. Ohne verborgene Haken und Ösen. Keine Versprechen und keine Erwartungen. Einfach nur Sex." Er rieb sich mit der Nase an Nevins Hals und drückte sich mit der Hüfte an ihn. Sein Schwanz war steinhart.

Nevin war auch nur ein Mensch. Er legte beide Hände auf Colins Hintern und presste ihn noch fester an sich. Dann neigte er den Kopf zur Seite, damit Colin ihn besser erreichen konnte. „Ja", hauchte er, als Colin ihn zärtlich in den Hals biss. „Ja, verdammt …"

Offensichtlich hatte Colin das mit dem nackt sein ernst gemeint, denn er riss Nevins T-Shirt einfach in der Mitte durch. „Das war *dein* T-Shirt", sagte Nevin.

„Ist mir egal. Ich wollte das schon immer mal machen." Colin fuhr ihm mit der Hand über die Brust und den Bauch. Als er den Bund seiner Boxershorts erreichte, hielt er inne. Seine Finger waren glatt und weich, aber seine Hand brannte wie Feuer an Nevins Haut. Er stöhnte und stieß die Hüften vor. Colin interpretierte Nevins Reaktion – zu Recht – als Ermutigung, neigte den Kopf und fing an, ihm an den Nippeln zu saugen.

Hätte Nevin diese Szene planen müssen, er hätte sich nie als das wimmernde Bündel Hilflosigkeit gesehen, das von Colin Westwood – dem Mann mit den spinnerten Fliegen und der Vorliebe für Musicals – um den Verstand gebracht wurde. Und das wäre verdammt schade gewesen. Er war nämlich noch nie so schnell von Null auf Hundert gekommen. Seine Libido war mittlerweile schneller unterwegs als Julie, was für ihn bisher vollkommen unvorstellbar gewesen war. Die Backsteinwand drückte ihm in den Rücken, aber Nevin spürte es kaum und wenn, kümmerte er sich nicht darum.

Colin riss ihm die Reste des zerfetzten T-Shirts vom Leib und warf sie auf den Boden.

Nevins – geliehene – Boxershorts ließ er heil, zog sie ihm aber bis zu den Knöcheln nach unten und stützte ihn, um sie ihm ganz auszuziehen. Da Colin schon kniete, nutzte er die Chance, Nevin über den Bauch zu lecken und an seinen Hüften zu knabbern. Es war höllisch sexy – Colin noch bekleidet und Nevin so splitterfasernackt wie am Tag seiner Geburt. Colin ignorierte Nevins Schwanz, was frustrierend war, aber auch eine Erleichterung. Nevin war nämlich schon so erregt, dass er sonst vermutlich vorzeitig gekommen wäre.

Was ihn auf eine Idee brachte. „Gleitgel?", fragte er keuchend. „Gummis?" Normalerweise hatte er beides dabei, aber heute hatte er nicht damit gerechnet, dass es zum Einsatz kommen könnte. Man konnte nicht immer auf alles vorbereitet sein.

„Schlafzimmer", erwiderte Colin, der offensichtlich auch keine ganzen Sätze mehr formen konnte.

Sie torkelten ins Schlafzimmer, küssend und grapschend und unfähig, sich auch nur eine Sekunde zu trennen. Es war ein kleines Wunder, dass sie heil bis zum Bett kamen. Colin stieß ihn auf die Matratze und ließ sich auf ihn fallen.

Nevin schob die Hände in Colins Shorts und traf sofort auf Haut – keine störende Unterhose. Nevin drückte ihm den Hintern, aber es ging ihm wie Colin. Er wollte mehr. „Ausziehen", befahl er.

Nach kurzem Zögern stand Colin auf und zog sich das Hemd aus. Nevin gefiel, was er sah – blasse Haut und Muskeln, die zwar nicht steinhart, aber wohldefiniert waren. Eine verblasste Narbe entlang des Brustbeins deutete auf eine schon lange zurückliegende Operation hin. Colins rosa Nippel schauten neugierig aus einem Nest aus rostroten Haaren hervor. Die Haare zogen sich als schmales Band über Colins Bauch und verschwanden im Bund der Shorts, die – wie Nevin feststellte – mächtig ausgebeult waren.

„Hast du da eine Kanone versteckt?", fragte er grinsend.

„Ich hätte mir denken können, dass du alles mit Waffen vergleichst", sagte Colin und zog unsicher am Hosenbund.

„Ich verspreche, dass ich damit aufhöre und den Mund halte, sobald du dich ausgezogen hast."

Colin rollte resigniert mit den Augen und zog die Shorts aus. Vermutlich warf er sie auf den Boden, aber davon bekam Nevin nichts mit.

„Heiliges Kanonenrohr", hauchte er atemlos, den Blick zwischen Colins Beine gerichtet.

„Es ist nur ein Schwanz."

„Und der Mount Everest nur ein Felshaufen."

„Ich dachte, du wolltest damit aufhören und den Mund halten."

Nevin grinste und zog den imaginären Reißverschluss an seinem Mund zu. Dann winkte er Colin zu sich heran. Seiner Erfahrung nach zogen Männer mit einem so dicken Schwanz es vor, ihn aktiv einzusetzen. Aber Colin kniete sich zwischen Nevins Beine und fing an, ihm den deutlich kleineren, aber durchaus respektablen Schwanz zu lecken.

Nevin wollte ihm gerade sagen, er sollte aufhören, als Colin über ihm nach oben gekrochen kam und ihn küsste. Sein Kuss schmeckte jetzt mehr nach Salz als nach Bier. „Was willst du?", flüsterte Colin, als er wieder reden konnte.

„Das überlasse ich ganz dir. Du machst das recht gut." Nevin hatte, was Positionen und Aktivitäten anging, genauso wenig spezielle Vorlieben wie hinsichtlich des Geschlechts seiner Partner. Er war sogar fest davon überzeugt, dass mit Colin alles Spaß machen würde. Um ehrlich zu sein, würde er durch eine unkomplizierte Frottage genauso schnell zum Orgasmus kommen wie durch alles andere.

Colin schien jedoch andere Vorstellungen zu haben. Er streckte den Arm aus und tastete blind in der Nachttischschublade, während er Nevins Hals küsste. Es dauerte nicht lange, dann gab er ein triumphierendes Geräusch von sich und warf etwas auf Nevins Brust. „Mach das auf."

Nevin öffnete die Flasche einhändig. Er überlegte noch, was er als nächstes machen sollte, als Colin ihm die Flasche aus der Hand nahm und Gel auf die Finger drückte. Die Flüssigkeit lief ihm kühl über die Haut. Colin fasste ihn am Handgelenk und führte die feuchten Finger an seinen Arsch. „Mach langsam. Es ist lange her."

„Ich versuche es." Aber es fiel ihm schwer. Colins Körper öffnete sich für die Finger und zog sie in die warme, weiche Enge. Nevin wollte mehr. Colin keuchte bei jeder Bewegung des Fingers und hob die Hüften, damit Nevin sie tiefer in ihn hineinschieben konnte. Sein leises Stöhnen war Musik in Nevins Ohren und seine Haare kitzelten ihn an der Schulter.

„Es ist wirklich lange her", wiederholte Colin, aber es war mehr eine Erklärung als die Aufforderung, allzu sanft zu sein. Er fuhr Nevin mit den Lippen über den Mund, packte ihn an den Armen und rollte sich unter Nevin. Nevin hatte nichts dagegen. So sehr er Colins Arsch auch bewunderte, ihm ins Gesicht sehen zu können war noch besser. Colins Pupillen waren erweitert und seine Haare standen wild ab.

Colin griff zwischen sie und rieb Nevins Schwanz. Mit der anderen Hand streichelte er ihm über den Rücken nach unten und legte sie auf seinen Hintern. Für Nevin war es nicht lange her. Einige Tage erst. Aber das änderte nichts daran, dass er sich verzweifelt nach Colin sehnte. Er brannte am ganzen Leib vor Verlangen. Colin spreizte die Beine noch weiter und hob die Hüften.

„Ja, Nevin", sagte er. „Bitte."

Es war gut – Nevin stieß in Colins Hand, während Colin die Hüften kreisen ließ und sich auf seine Finger schob. Aber es konnte noch besser werden. Nevin tastete nach dem Kondom auf dem Nachttisch und riss mit zitternden, feuchten Fingern die Verpackung auf. Als er sich den Gummi auf den Schwanz rollte, fiel ihm auf, dass er nicht für Colin gedacht war. Er passte Nevin perfekt, wäre für Colins Schwanz aber viel zu klein gewesen. Vermutlich hatte Colin die Kondome für seinen Ex gekauft. Aber warum machte ihn die Vorstellung eifersüchtig? Eifersucht gehörte nicht zu Nevins Repertoire. Er war nie eifersüchtig. Nie.

Colin erschauerte unter ihm. „Komm jetzt rein", sagte er. Nevin grinste. Er liebte nichts mehr als einen Bottom, der es nicht mehr abwarten konnte. Er hätte Colin gerne noch etwas länger auf die Folter gespannt, konnte es aber selbst auch nicht mehr aushalten. Also schob er Colin ein Kissen unter den Hintern und suchte sich die richtige Position zwischen seinen Beinen. Colin zog die Beine an und legte sie mit den Unterschenkeln auf Nevins Schultern. Und dann – mit einer Sanftheit, die er sich nie zugetraut hätte – drückte Nevin den harten Schwanz an Colins Schließmuskel und schon sich in ihn hinein.

Colin war mehr als bereit für ihn. Ihm war keinerlei Unbehaglichkeit anzusehen, im Gegenteil. Er wackelte mit den Hüften und schob sich Nevin entgegen und … guter Gott, dieses Gefühl, von seinem warmen Körper aufgenommen und umhüllt zu werden … Es war fast zu viel auf einmal.

„Willst du dich nicht bewegen?", fragte Colin grinsend.

„Wichs dich. Ich will es sehen."

Colin riss die Augen auf, zögerte aber keine Sekunde, Nevins Befehl zu folgen. Er legte die Hand um seinen dicken Schwanz und fing zu reiben an. Nevin hielt kurz inne und beobachtete fasziniert, wie Colins Vorhaut die rot glänzende Eichel bedeckte und wieder freigab. Wie würde es sich anfühlen, dieses Monster in sich zu haben, von ihm gedehnt zu werden und – vermutlich – seine Innereien komplett neu arrangiert zu bekommen? Allein bei dem Gedanken lief Nevin ein Schauer über den Rücken und seine Eier zogen sich zusammen.

Zeit, etwas zu unternehmen.

Er stieß tief und hart zu. Sie waren laut, Colin und er. Sie keuchten und stöhnten und schnappten nach Luft. Ihre verschwitzten Körper klatschten aneinander, die Matratze quietschte und das Bett knallte mit dem Kopfende bei jedem Stoß an die Wand. Colins rechte Hand bewegte sich rasend schnell auf und ab und mit der anderen krallte er sich am Laken fest. Aber er ließ Nevin nicht aus den Augen. Sein Blick war klar und messerscharf.

Hitze breitete sich in Nevin aus und erfasste ihn am ganzen Leib. Er fühlte sich schwer und voll, die Haut wurde ihm zu eng, seine Lungen kamen nicht mehr mit und sein Kopf schien sich vom Körper lösen zu wollen. Colin stieß einen langen, tiefen Schrei aus, zog sich um ihn zusammen und spritzte sich auf die Brust, bis sie über und über weiß glänzte. Nevin ließ sich gehen und dann war er für einen wunderbaren, unvergleichlichen Augenblick vollkommen verloren. Schwerelos.

8

SELBST NEVIN hatte nicht den Mut, den Gang der Schande nackt anzutreten. Er tastete sich durch das dunkle Zimmer, um nach seinen Klamotten zu suchen. Offensichtlich war er nicht leise genug. „Sie sind noch im Trockner", sagte Colin gähnend.

Nevin drehte sich zu ihm um. „Was?"

„Deine Kleidung. Ich habe sie gestern Nacht gewaschen und sie sind noch im Trockner. Und der ist in dem kleinen Schrank beim Kühlschrank versteckt."

„Oh. Nevin fuhr sich mit den Fingern durch die Haare. „Ich wollte mich rausschleichen."

„Ja, das ist mir schon aufgefallen."

„Bist du nicht sauer?"

Colin setzte sich seufzend auf und rieb sich übers Gesicht. „Ich habe dir versprochen, keine Ansprüche zu stellen. Das war ernst gemeint. Ich habe mich schon gefreut, als du neben mir eingeschlafen bist. Damit hatte ich nicht gerechnet." Er hatte erwartet, Nevin würde aufstehen, sich waschen und für den Fick bedanken und danach verschwinden. Als er stattdessen neben Colin auf die Matratze fiel und einschlief, hatte Colin noch einige Zeit wach neben ihm gelegen und dieses unerwartete Geschenk genossen.

Nevin schwieg. „Es wäre scheußlich von mir gewesen", sagte er dann. „Sich morgens vor Sonnenaufgang einfach aus dem Haus zu schleichen, meine ich."

„Dann komm wieder ins Bett. Wir haben noch einige Stunden Zeit, bevor wir aufstehen müssen. Ich mache dir sogar noch ein Frühstück, bevor du gehst. Und ich habe eine Espressomaschine."

„Das hätte ich mir fast gedacht", grummelte Nevin, kam aber wieder ins Bett zurück und zog die Decke über sich und Colin.

Sie schliefen nicht mehr ein. Für eine Weile lagen sie nur ruhig atmend nebeneinander, dann kam Legolas aufs Bett gesprungen und rollte sich neben Nevin zusammen. Colin lächelte. Nevin streichelte den Kater – Colin konnte das Schnurren hören – und drehte sich dann zu Colin um. Er machte ein nachdenkliches Gesicht.

„Woher hast du die Narbe?", fragte er und fuhr Colin mit dem Finger über die Brust.

„Die ist schon alt", sagte Colin und wandte den Kopf ab.

Nevin fuhr ihm mit dem Finger über den Bauch bis zum Nabel und schob auf dem Weg dorthin die Bettdecke nach unten. Seine Berührung ließ Colin erschauern.

„Ist dir kalt?", fragte Nevin.

„Nein." Die Wohnung war immer noch warm von gestern.

Nevins Finger wanderte weiter nach unten bis zu Colins Schwanz. Er streichelte ihn mit dem Fingern und nahm ihn dann in die Hand, als wollte er sein Gewicht abschätzen. Dem Schwanz ging es wie Colin – er wurde langsam wach.

„Mit dem Ding könntest du als Pornostar Karriere machen", befand Nevin.

„Schön zu wissen, dass mir neben dem Immobiliengeschäft noch andere Optionen bleiben."

„Ich dachte, du wärst ein Tycoon."

Colin lachte. „Nein, mein Dad ist der Tycoon. Er kauft die Häuser, obwohl er heutzutage oft auf dem Golfplatz ist. Die Routineangelegenheiten überlässt er mir."

„Hmm", brummte Nevin und drückte zärtlich Colins Schwanz. „Wenn du mit dem Monster schon kein Geld verdienst, solltest du wenigstens einige Fotos schießen und bei Grindr oder so ins Netz stellen. Die Jungs würden dir die Tür einrennen."

„Na toll." Colin hatte nicht die geringste Absicht, eine Dating-App zu benutzen. Er war froh, mit Nevin hier im Bett zu liegen – der Sex war fantastisch gewesen. Aber bohrte sich die Sehnsucht nach mehr wie ein Splitter in sein Herz. Es schmerzte. Colin war nicht sicher, ob er sich dieses Gefühl ein weiteres Mal zumuten sollte.

Sie hörten auf zu reden und Nevin widmete sich wieder der Erkundung von Colins Körper. Legolas, der sich durch das Stöhnen und Strampeln offensichtlich gestört fühlte, miaute protestierend, sprang vom Bett und stakste davon. Colin wusste nicht so recht, was er mit den Händen anfangen sollte, also vergrub er sie tief in Nevins Haaren. Und weil es immer noch zu dunkel war, um viel zu sehen, schloss er die Augen und beschränkte sich auf seine anderen vier Sinne.

Colin hatte Nevin schon in der letzten Nacht ausgiebig erkundet. Jetzt schien sich Nevin dafür revanchieren zu wollen. Er kitzelte, streichelte und zwickte, und manchmal knabberte er sogar mit seinen scharfen Zähnen. Nachdem er eine Weile gespielt hatte, konzentrierte er sich ganz auf Colins Schwanz und Eier. Als er ihn in den Mund nahm, keuchte Colin. „Ich kann …"

Nevin hob den Kopf und fiel ihm ins Wort. „Du kannst dich einfach hinlegen und es hinnehmen wie ein richtiger Mann, Baby." Dann machte er sich wieder an die Arbeit.

Die Anzahl der Männer, mit denen Colin Sex hatte, war begrenzt. Keiner von ihnen hatte es geschafft, seinen Schwanz ganz in den Mund zu nehmen. Nevin gelang es auch nicht, obwohl er sich alle Mühe gab. Er nahm ihn in die Hand, spielte mit der anderen an Colins Eiern und rieb über die empfindliche Haut dahinter. Dann schon er einen Finger in die Öffnung, die von der vergangenen Nacht noch schlüpfrig war.

Was hatte Nevin noch über Feuerwerk gesagt? Egal. Es stimmte. Hinter Colins geschlossenen Augenlidern explodierten die Farben. Zum ersten Mal seit Jahren machte er sich Sorgen über sein Herz. Aber dann machte Nevin etwas mit seiner Zunge und es war so gut, dass Colin alles vergaß. Wenn er schon ins Gras beißen musste, dann so. Besser ging es nicht.

„I-ich komme", warnte er Nevin.

Nevin verdoppelte seine Anstrengungen und schob einen zweiten Finger in ihn hinein. Das reichte. Colin schrie auf.

Als seine Haut so sensibel war, dass er keine weiteren Berührungen mehr ertragen konnte, sah er zu, wie Nevin sich aufkniete und wichste, bis er über Colins Bauch kaum. Es war kinky und vulgär und unglaublich sexy.

Nevin ließ sich stöhnend neben ihm auf die Matratze fallen. „Das war eine echte Herausforderung, Collie."

„Du hast sie angenommen und bestanden."

„Mit etwas Übung könnte ich vielleicht …" Nevin verstummte abrupt.

Die ersten Sonnenstrahlen schienen ins Zimmer. Colin bewunderte Nevins dichte, schwarze Wimpern. Er hatte eine kleine Narbe über der Augenbraue. Über der Oberlippe und am Kinn machten sich Bartstoppel bemerkbar und als Colin ihm übers Gesicht streichelte, fühlte es sich an wie eine Mischung aus Seide und Sandpapier. Nevin saugte Colins Daumen in den Mund und nuckelte leicht daran.

„Du solltest einen Waffenschein beantragen für deinen Mund", sagte Colin.

„Das höre ich nicht zum ersten Mal."

Colin glaubte ihm jedes Wort. Diese Lippen. Diese sündhafte Zunge. Diese weißen Zähne … Seufzend tätschelte er Nevins Wange. „Omelett?"

„Ja, gern. Kann ich erst duschen?"

„Selbstverständlich."

Colin stand auf und ging ins Badezimmer, um zu pinkeln und sich zu waschen. Er zog frische Unterwäsche und ein einfaches, blaues T-Shirt an. Nevin lag noch im Bett und beobachtete ihn fasziniert. Lachend wackelte Colin mit den Hüften und verließ das Schlafzimmer, um Nevins Klamotten aus dem Trockner zu holen.

Während Nevin duschte, fütterte Colin Legolas, legte Tiefkühlbrötchen in den Backofen und schnitt einige Kräuter, die er in kleinen Blumentöpfen am Küchenfenster hielt. Er rührte sie in die aufgeschlagenen Eier und fügte er Mischung noch Champignons und Reibekäse hinzu.

„Guter Gott, riecht das himmlisch", sagte Nevin, als er in die Küche kam und sich an den Tisch setzte.

„Eher nach Omelett mit Brötchen. Und du darfst mich Colin nennen". Colin stellte grinsend einen Teller vor ihm auf den Tisch und ging zur Espressomaschine. „Wie hättest du ihn gerne?"

Nevin musterte die Maschine. Sie sah edel aus und man konnte mit wenigen Knopfdrücken unzählige Varianten einstellen. „Doppelt ohne alles."

„Kommt sofort."

Nevin trank seinen Espresso in zwei großen Schlucken aus, ohne abzuwarten, bis er abgekühlt war. Colin zog eine Grimasse und nippte vorsichtig an seinem entkoffeinierten Cappuccino. Er wusste nicht, worüber er mit Nevin reden sollte. Alles, was ihm einfiel, war entweder geistlos oder hatte mit einer Zukunft zu tun, an der Nevin nicht interessiert war. Es war merkwürdig, mit einem Mann Sex zu haben, dann mit ihm im selben Bett zu schlafen, wieder Sex zu haben und anschließend gemeinsam zu frühstücken und gleichzeitig zu wissen, dass man ihn wahrscheinlich niemals wiedersehen würde.

„Ich wette, als du noch ein Kind warst, hast du nicht davon geträumt, im Immobiliengeschäft zu landen", sagte Nevin und leckte sich etwas Marmelade aus dem Mundwinkel.

„Darüber habe ich damals nicht nachgedacht."

„Unsinn. Du hast bestimmt einen Traumberuf gehabt. Vielleicht hast du ihn nur vergessen."

Colin schaute aus dem Fenster. Es würde wieder ein heißer Tag werden. Draußen waren schon die ersten Hundebesitzer und Jogger unterwegs, die der Hitze zuvorkommen wollten. Ansonsten war es relativ ruhig, wie es für einen Sonntagmorgen üblich war. „Ich wollte immer Schauspieler werden", gab er leise zu.

Nevin lachte, aber es war nicht böse gemeint. „Das hätte ich mir denken sollen. Schulaufführungen?"

„Manchmal." Wenn er nicht zu krank dafür war.

„Du kannst gut singen. Auch wenn es nur dämliche Lieder aus Zeichentrickfilmen sind."

„Danke."

„Dann hast du nie etwas unternommen, um diesen Traum zu verwirklichen?"

„Nein."

„Warum nicht?", hakte Nevin nach, als würde er einen Verdächtigen verhören.

„Es war eine dumme Idee. Unrealistisch." Jedenfalls hatten das seine Eltern gesagt, als er ihnen davon erzählte. Und sie hatten recht gehabt. Außerdem wären der Stress und die Unzuverlässigkeit des Schauspielerlebens seiner Gesundheit nicht zuträglich gewesen, wie seine Mutter betonte.

Nevin zeigte mit der Gabel auf ihn. „Deshalb nennt man es Träume. Und dann? Hast du ein irgendein langweiliges Fach studiert und brav deinen Abschluss gemacht?"

„Ja. Politikwissenschaften." Es war der Vorschlag seiner Mutter gewesen. Colin zog eine Grimasse. „Und ich habe einen Abschluss in Betriebswirtschaft." Die Idee seines Vaters.

„Ich kann mir nicht vorstellen, dass dich das sonderlich begeistert hat – über Tabellen zu brüten oder was immer man auch macht, wenn man das studiert." Nevin stand auf und brachte ihre Teller zum Spülbecken. Er schien unschlüssig, ob er sie abspülen oder in die Spülmaschine stellen sollte. Schließlich ließ er sie einfach auf der Arbeitsplatte stehen. Nachdem er Legolas, der auf dem Boden in der Sonne lag, kurz übers Fell gestreichelt hatte, kam er zum Tisch zurück.

„Du bist ein guter Mensch", sagte er lächelnd und musterte Colin intensiv. „Und ich kann das beurteilen. Es war eine wunderbare Nacht, oder?"

„Ja."

„Und es ist nur passiert, weil du deine Bedenken über den Haufen geworfen hast. Du solltest das öfter tun, Fliege. Einfach spontan sein."

Colin lächelte schwach. „Meinst du damit, ich sollte fristlos kündigen und nach Hollywood fahren?"

„Ich glaube, in Los Angeles würden sie dich bei lebendigem Leib auffressen." Er ging zu Legolas zurück und kraulte ihn hinterm Ohr. „Ich mag Katzen. Sie tun nur das, was sie wollen."

„Ich mag Katzen auch, aber persönlich bin ich wahrscheinlich mehr ein Hund. Du weißt schon ... treu und so."

Nevin schüttelte lachend den Kopf. Seine Schuhe standen an der Tür, wo er sie gestern ausgezogen hatte. Die ungewaschenen Socken steckten noch darin. Nevin ballte sie zusammen und schlüpfte barfuß in die Schuhe. Dann stand er unschlüssig da. Colin blieb regungslos auf seinem Stuhl sitzen – als hätte er Angst, dadurch den Zauber zu brechen. Der Kühlschrank brummte vor sich hin und irgendwo draußen hupte ein Auto.

„Wir hatten zweimal Sex", sagte Nevin schließlich und sah ihm in die Augen. „Das ist mein Limit."

„Ich weiß. Du hattest es schon erwähnt."

Nevin nickte. „Pass auf dich auf, Fliege." Und damit ging er.

9

September 2015

DIESES WEIB log wie gedruckt. Nevin nickte, als würde er ihr jedes Wort glauben.

„Sie sollte nicht in die Nähe des Herdes gehen", sagte Molly Gillett. „Das wusste sie. Ich habe es ihr tausend Mal gesagt." Sie nahm einen tiefen Zug von ihrer Zigarette und drückte sie dann in einem Aschenbecher aus, den sie irgendwo gestohlen hatte. Das ganze Haus roch nach Rauch und Nevin fragte sich, ob er den Gestank jemals wieder aus seinen Klamotten bekommen würde.

„Aber sie hat es trotzdem getan?", fragte er.

„Sieht so aus. Ich war im Badezimmer. Ich war dort noch keine Minute, da fing sie zu schreien an. Ich bin sofort zurückgekommen. Sie lag auf dem Boden und hielt sich das Gesicht. Aber das habe ich doch alles schon gesagt. Ich habe es Ihren Kollegen genau beschrieben, Officer."

„Detective. Und tun Sie mir den Gefallen und wiederholen Sie alles für mich. Manchmal geht ein Detail verloren."

Sie schnaubte ungeduldig und zog eine neue Zigarette aus ihrer Packung. Die meisten Mütter würden in dieser Lage sofort ins Krankenhaus fahren und am Bett ihrer Tochter sitzen wollen, die Verbrennungen dritten Grades im Gesicht hatte. Nicht so Molly Gillett. Sie schien mehr daran interessiert, die Talkshow nicht zu verpassen, die im Nebenzimmer im Fernseher lief. Nur, weil eine Frau ein Kind auf die Welt gebracht hatte, musste sie noch lange nicht als Mutter geeignet sein. Das wusste Nevin nur zu gut.

„Was haben Sie gekocht?", wollte er wissen.

„Nudel mit Käse. Das ist so ziemlich das einzige, was sie ist. Das und SpaghettiOs und Bananen. Bei allem anderen probte sie den Aufstand und fängt an zu schreien und zu treten. Also habe ich Nudeln mit Käse gekocht."

Wie interessant. Nevin sah keine Verpackung auf der Arbeitsplatte stehen. Möglicherweise hatte Mrs. Gillett abwarten wollen, bis das Nudelwasser kochte, bevor sie die Zutaten aus dem Schrank holte. Aber Nevin konnte auch sonst nichts erkennen, was darauf hinwies, dass sie am Kochen gewesen war. Kein Nudelsieb, keinen Kochlöffel und keine Schüsseln. Nur den Topf, der in einer Pfütze auf dem Boden lag.

„Was glauben Sie, könnte passiert sein, während Sie im Badezimmer waren?"

„Ich glaube, Jeanie hat am Topf gezogen und das Wasser über sich gekippt. Obwohl sie nicht in die Nähe des Herds gehen sollte."

Der Krankenwagen war schon längst weg, ebenso Nevins uniformierte Kollegen. Nevin hatte keine Ahnung, wie es dem jungen Mädchen ging. Einer der Polizisten hatte gesagt, sie hätte ziemlich schlimm ausgesehen. Auch wenn sie sich erholte, würde sie ihnen nicht viel erzählen können. Jeanie war schon über zwanzig, aber sie war schwer geistesbehindert und konnte sich kaum verständlich machen.

Er beschloss, seine Taktik zu ändern. „Tut sie das oft? Ihnen nicht gehorchen?"

„Ständig. Sie tut so, als wäre sie zu dumm, mich zu verstehen. Aber wenn sie will, weiß sie genau, was ich meine."

„Das muss sehr anstrengend für Sie sein."

Sie blies den Zigarettenrauch aus. „Oh ja. Es ist, als hätte man ein Baby, das nie erwachsen wird. Und dieses Baby ist so groß wie ich und wenn es ungehorsam ist, kann ich ihm nicht einfach einen Klaps auf den Po geben und es in sein Zimmer tragen."

Vielleicht hatte Jeanie Gillett nie die Chance zu einem guten Leben gehabt. Aber wenn sie in eine andere Familie geboren worden wäre, ginge es ihr vielleicht besser. Oder sie wäre wenigstens geliebt worden und gut versorgt und hätte die Chance bekommen, aus ihren Möglichkeiten das Beste zu machen. Oder ihre Familie hätte um Hilfe gebeten, wenn sie überfordert war. Aber Jeanie lebte hier, wo die Wände und Vorhänge vergilbt waren vom Zigarettenrauch, wo es keinerlei Spielzeug oder Bücher gab und wo ihre Mutter mit toten Augen und schlecht gefärbtem Haar rauchend in der Küche saß. Das Schicksal konnte verdammt erbarmungslos sein.

„War Jeanie heute besonders schwierig?", erkundigte er sich gespielt verständnisvoll.

Mrs. Gillett schüttelte den Kopf. „Das können Sie sich gar nicht vorstellen."

Als er die Wohnung verließ, hatte er einige Seiten voller belastender Aussagen von Molly Gillett und die Frau war festgenommen. Einer seiner Kollegen hatte sie in die Haftanstalt gefahren, während ein anderer in der Wohnung auf die Spurensicherung und Mr. Gillett wartete. Nevin fühlte sich trotzdem nicht sonderlich zufrieden. Selbst wenn die Frau angeklagt würde, lag gegen ihren Mann nichts direkt Belastendes vor. Und Jeanie würde mit den Brandnarben im Gesicht leben müssen. Falls sie überhaupt überlebte.

Die Luft war frisch, als er das Haus verließ und über den gesprungenen Asphalt zu Julie ging. Sie war staubig und er nahm sich vor, sie am Wochenende zu waschen. Jetzt bräuchte er eigentlich dringend einen Kaffee und eine Pause, aber leider war beides nicht möglich, weil noch einige Stunden Arbeit auf ihn warteten.

Als er ins Auto stieg, stank es sofort nach Zigarettenrauch. Er fuhr nach Hause, um sich umzuziehen, bevor er sich auf den Weg ins Krankenhaus machte. Wie jedes Mal, wenn er in den letzten Wochen nach Hause gekommen war, verglich er seine Wohnung innerlich mit Colins. Und wie jedes Mal, stellte er fest, dass es ihr – von den paar Zeichnungen an den Wänden abgesehen – an Persönlichkeit und Wärme fehlte. Vielleicht sollte er sich eine Katze zulegen.

Im Krankenhaus fragte er nach Jeanie und erfuhr, dass sie noch operiert wurde. Es würde mindestens einen oder zwei Tage dauern, bis er mit ihr reden konnte. „Vielleicht auch länger", sagte die Schwester mit ernstem Gesicht. „Die Verbrennungen sind sehr schwer."

„Mist."

Sie nickte zustimmend.

Schon auf dem Weg in die Haftanstalt hatte er schlechte Laune. Als er erfuhr, dass sich Mrs. Gillett schon einen Anwalt besorgt hatte, wurde es nicht besser. Vielleicht war es ja gut, dass er sich jetzt nicht mit ihr in einem Raum aufhalten konnte. Trotzdem – er hätte gerne versucht, ihr noch mehr zu entlocken.

Als er die Haftanstalt wieder verließ, rief einer seiner Kollegen an und teilte ihm mit, Mr. Gillett wäre inzwischen nach Hause gekommen und hätte sich sofort auf den Weg ins Krankenhaus gemacht. Nevin kehrte dorthin zurück und verbrachte zwei Stunden damit, eine halbwegs brauchbare Aussage aus dem Mann herauszuholen, der offensichtlich kurz vor einem Nervenzusammenbruch stand. Er verschob das Gespräch mit den Sanitätern und den Ärzten auf den nächsten Tag, besorgte sich einen Hamburger und fuhr ins Büro.

Nevin schrieb gerade an seinem Bericht, als Frankl an die offene Tür klopfte. Er sah müde und alt aus und die Tränensäcke unter seinen Augen waren noch schwerer als sonst. „Harter Tag?", fragte er.

Nevin schaute auf. „Eine Mom hat ihre behinderte Tochter mit kochendem Wasser übergossen."

Es gehörte viel dazu, einen Mitarbeiter der Mordkommission zu erschüttern, aber Frankl zuckte zusammen, als er das hörte. „Kommt sie wieder in Ordnung?"

„Mit etwas Glück überlebt sie. Aber sie verliert wahrscheinlich ein Auge und die Hautverpflanzungen werden dauern. Alles Scheiße." Von den Schmerzen gar nicht zu reden und davon, dass die arme Jeanie nicht verstehen konnte, was mit ihr geschah. Und wer sollte sie trösten? Dieses Biest, das sie so zugerichtet hatte und jetzt hinter Gittern saß? Oder der Vater, der kurz vor einem Nervenzusammenbruch stand?

„Ich habe Neuigkeiten für dich, aber vielleicht sollte ich bis morgen …"

„Raus damit."

„Wir haben Roger Greys Leiche gefunden."

Nevin hatte schon damit gerechnet. Es war nur eine Frage der Zeit gewesen. Trotzdem sackte ihm das Herz in die Magengrube, als Frankl seine Befürchtungen bestätigte. Er lehnte sich zurück. „Wo?"

„In der Nähe von Sandy auf einem Feld. Jäger haben ihn gefunden." Frankl schüttelte den Kopf. Jäger und ihre Hunde waren die besten Freunde der Mordkommission. Sie fanden früher oder später jede Leiche, auch wenn sie noch so abseits versteckt war.

„Habt ihr ihn identifiziert?"

„Die Leiche war schon ziemlich verwest, aber wir haben sein Portemonnaie gefunden und zur Sicherheit das Gebiss überprüft. Der Unterkiefer war zwar verschwunden, aber der Rest des Schädels noch da."

„Todesursache?"

„Keine Ahnung."

Nevin seufzte. Nach zwei Monaten in dieser Hitze war außer den Knochen vermutlich nicht mehr viel übrig. „Roger ist mit Sicherheit nicht zu Fuß nach Sandy gelaufen."

„Der Fundort ist nicht weit von der Straße, aber er hatte kein Auto, nicht wahr?"

„Er ist nicht gefahren."

„Okay. Ich halte dich auf dem Laufenden."

Nevin winkte ihm dankend zu und widmete sich wieder dem Fall Gillett.

Kurz nach neun klingelte sein Handy. Er drückte die Schultern durch – es knackte – und schaute auf den Bildschirm.

Drinks. Jetzt.

Es war Ford. *Bei der Arbeit.*

Die bösen Buben sind auch morgen noch da.

Damit hatte Ford nicht ganz unrecht. Außerdem verschwammen Nevin schon die Buchstaben vor den Augen und er schrieb wahrscheinlich nur noch Unsinn, den er morgen wieder korrigieren musste. Er überlegte. In der Zwischenzeit kam eine neue Nachricht an.

Bist du im Büro? Ich hole dich ab.

Warum nicht. *In einer halben Stunde.*

Er schrieb noch den Absatz zu Ende, speicherte den Text und fuhr den Computer runter. Er konnte entweder den Anzug anbehalten, mit dem er heute früh zur Arbeit gekommen war, oder die Sportkleidung anziehen, die er im Büro aufbewahrte. Beides war nicht optimal. Er entschied sich für den Anzug, zog sich den Schlips vom Hals und hängte ihn über den Stuhl. Das Jackett hätte er auch gerne hiergelassen, brauchte es aber, um sein Schulterholster zu verbergen. Portland war nicht der Wilde Westen. Er konnte seine Waffe nicht offen tragen und erwarten, in einer Bar willkommen geheißen zu werden. Dass er bei der Polizei war, änderte daran nichts.

Ford grinste, als Nevin zu ihm ins Auto stieg. „Wow, sehen wir heute aber edel aus."

„Sei froh, dass ich nicht mehr stinke wie ein verdammter Aschenbecher. Kein Punk heute, ja?" Ihm pochte jetzt schon der Schädel.

„Nein, Bruderherz, kein Punk. Heute sind wir ausnahmsweise kultiviert und klassisch."

Das Nette an Ford war, dass er Nevin nicht über die Arbeit ausfragte. Er hörte zu, wenn Nevin reden wollte, hielt sich aber ansonsten an andere Themen. Heute beschwerte er sich über einen Kunden. „Der Idiot will einen Kaktusgarten.

Ich habe versucht, ihm zu erklären, dass wir hier in Portland sind, nicht in Phoenix. Aber meinst du, er hätte zugehört? Nein."

„Und was willst du jetzt machen?"

„Keine Ahnung, Mann."

„Kündige. Wenn du kein Geld hast, kann ich …"

Ford boxte ihm freundschaftlich an die Schulter. „Ich schaffe es selbst, meine Rechnungen pünktlich zu bezahlen."

Geld war ein empfindliches Thema. Nevin wurde gut bezahlt. Nachdem er seine Miete überwiesen hatte, blieb ihm noch mehr als genug Geld für Klamotten und Julie. Fords Einkommen fluktuierte stark. Im Frühjahr und Sommer hatte er mehr Arbeit, als er bewältigen konnte, im Winter so gut wie gar keine Einnahmen. Aber er war auch stolz auf sein kleines Unternehmen und nicht der Typ, der Pflanzen einsetzte, die in diesem Klima nicht überleben würden.

Einige Straßen weiter fuhr er in die Tiefgarage eines Hotels. Sie gingen zur Bar, an der – für einen Donnerstagabend – ziemlich viel Betrieb herrschte. Die meisten Männer waren gekleidet wie Nevin. Ford fiel mit seinen Jeans und dem weißen T-Shirt, das die Tattoos an den Armen freiließ, etwas aus dem Rahmen. Sie setzten sich nebeneinander an die Bar und bestellten – Bier für Nevin, Cola für Ford.

Wenn Nevin mit Ford unterwegs war, hielt er sich normalerweise an Frauen. Ford hatte in seiner Jugend selbst einige Male mit Männern experimentiert, aber festgestellt, dass ihm Frauen mehr Spaß machten. Ihm war es also egal, mit wem Nevin flirtete oder ins Bett ging. Aber sie gingen meistens in Bar, die ein überwiegend heterosexuelles Publikum hatten. Selbst wenn es hier interessierte Männer gab, sprachen sie Nevin nicht an. Es mochte daran liegen, dass seine multiethnische Herkunft ihren Gaydar durcheinanderbrachte oder daran, dass man ihm den Bullen ansah. Wie auch immer – es endete meistens damit, dass er eine Frau aufgabelte. Was ihm letztendlich aber ziemlich egal war.

Heute war offensichtlich eine Ausnahme. Der Bartender musterte ihn einige Sekunden länger als für einen heterosexuellen Mann üblich. Als Nevins Glas leer war, kam er sofort und füllte es wieder auf. Nach dem zweiten Auffüllen war Ford schon in ein Gespräch mit der Frau vertieft, die an seiner anderen Seite saß. Der Bartender machte sich direkt vor Nevin mit einem Lappen zu schaffen und tat so, als müsste hier dringend die Theke poliert werden.

„Übernachten Sie hier im Hotel?", fragte er Nevin. Auf seinem Namensschild stand *Troy*. Troy war kein Hingucker, aber die grünen Augen kontrastierten schön mit seiner hellbraunen Haut und den dunklen Haaren. Außerdem hatte er ein hübsches Lächeln. Nevin schätzte ihn auf Mitte zwanzig.

Er überlegte, ob er Troys Frage bejahen und ihm erzählen sollte, er wäre ein Atomwissenschaftler aus Bismarck, der hier an einer Konferenz teilnahm. Es war ihm zu mühselig. „Nein, ich bin aus Portland. Nevin."

„Hi, Nevin. Ist das ein Freund von dir?" Er schaute kurz zu Ford.

„Ja. Wir hatten einen harten Arbeitstag und brauchten Entspannung."

„Was arbeitest du denn?"

„Ich bin Bulle."

Troy riss die Augen auf und beugte sich vor. „Wirklich? Wie cool! Berittene Polizei? Die habe ich als Kind immer geliebt."

„Nein", sagte Nevin lachend. Er hatte noch nie auf einem Pferd gesessen und auch nicht vor, das in Zukunft zu ändern. „Familienangelegenheiten."

Damit konnte Troy zwar nichts anfangen – nur wenige konnten das –, aber er nickte. „Das ist bestimmt nicht so stressig. Ich meine … hier kann es auch manchmal ziemlich hektisch werden. Besonders an den Wochenenden. Oder wenn jemand besoffen ist und sich wie ein Arschloch aufführt. Aber es wird nie gefährlich."

„Ich habe auch keine Lust, ständig in Deckung gehen zu müssen, weil irgendwelche Idioten auf mich schießen."

„Kann ich mir vorstellen." Troy wischte noch einige Male über die Theke. „Also, äh … ich wohne nicht weit von hier." Er leckte sich genüsslich über die Lippen.

„Musst du nicht arbeiten?"

„Wir sind heute übersetzt. Ich kann früher Schluss machen." Er musste genau wissen, wie sein Lächeln wirkte, weil er es auf volle Kraft stellte. „Und ich habe Bier zuhause. Es ist umsonst."

„Ja, gut." Nevin legte einige Scheine – drei Bier und ein großzügiges Trinkgeld – auf die Theke. Wenn es spät wurde, konnte er direkt von Troy ins Büro fahren. Er musste nicht erst in seine Wohnung zurück. Schließlich wartete dort niemand auf ihn. Er konnte sich in der Gemeinschaftsdusche waschen und frische Unterwäsche bewahrte er sicherheitshalber auch im Büro auf. Nur das Hemd konnte er nicht wechseln, aber wenn es sein musste, konnte er es gegen ein T-Shirt austauschen, das zu dem Anzug passte. Ja, das sollte funktionieren. Er konnte *Miami Vice* spielen – ohne die dämlichen Pastellfarben.

Troy strahlte, als er das Geld nahm und zur Seite warf. Dann unterhielt er sich kurz mit einem Kollegen, während Nevin aufstand und Ford auf den Rücken klopfte.

Ford drehte sich zu ihm um. „Der Bartender?"

„Ja. Alles okay bei dir?"

„Ich glaube, ich gönne mir was und übernachte heute hier. Ich wollte schon immer wissen, wie die Zimmer hier sind." Er beugte sich vor. „Vielleicht kann ich ja sogar umsonst hier übernachten", flüsterte er Nevin ins Ohr. Nach Nevins Plänen fragte er nicht, weil sie beide wussten, dass Nevin sich ein Taxi nehmen oder mit der Stadtbahn fahren konnte, wenn er noch nach Hause wollte.

Einige Minuten später trafen sich Nevin und Troy an der Tür. Troy winkte noch einer Kollegin zu, dann gingen sie. Die Nacht war kühl und Nevin war froh, dass er sein Jackett anbehalten hatte. Es waren nur noch wenige Fußgänger und Autos unterwegs, aber die Straßen waren hell beleuchtet.

Troy hakte sich bei Nevin unter. Er war schlank und nur wenig größer als Nevin. Sein lebhafter, springender Gang erinnerte Nevin an ein Kind. „Ich liebe es, hier in der Stadt zu leben", sagte Troy. „Es ist schön, wenn man alles zu Fuß erreichen kann. Ich habe kein Auto und vermisse es auch nicht."

Nevin musste an Julie denken, die noch in der Garage des Polizeihauptquartiers stand. „Der öffentliche Nahverkehr funktioniert auch recht gut."

„Ja. Und ich habe ein Fahrrad. Wenn ich frei habe, mache ich oft Radtouren. Und du?"

„Ich ziehe vier Räder vor."

„Cool."

Den Rest des Weges legten sie schweigend zurück. Was gab es auch zu sagen? Sie hatten wahrscheinlich so gut wie nichts gemeinsam und würden sich nach dieser Nacht nicht wiedersehen. Sie wussten beide, was sie voneinander wollten. Sie mussten nicht miteinander reden. Solche Gespräche wurden sowieso überschätzt. Genauso gut könnten sie sich einige Stunden aufs Sofa setzen und zuhören, wie die Hyänen heulten und die Löwen brüllten. Wenn sie beide nur an einem guten Orgasmus – oder zwei – interessiert waren, wäre das die reine Zeitvergeudung.

So war das.

Troy lebte in einem kleinen Einzimmerapartment, in dem es nach Kräutertee roch. Er schlief auf einem aufklappbaren Futonbett, das mitten im Zimmer stand. Der Rest des Raums wurde fast vollständig von einem Bildschirm mit mehreren Spielekonsolen und seinem Fahrrad eingenommen.

„Willst du ein Bier?", fragte er und zeigte auf den kleinen Kühlschrank.

Nevin hatte keinen Durst und wollte nichts mehr trinken. Er schüttelte den Kopf, nahm Troy am Arm und zog ihn an sich, um ihn zu küssen.

Troy roch angenehm nach würzigem Aftershave und sein Gesicht war schön glattrasiert. Er schmeckte nach Minze – vermutlich Tic Tac oder Kaugummi. Nevin musste sich nicht den Hals verrenken oder Troys Kopf zu sich nach unten ziehen. Und Troy küsste wunderbar. Er öffnete den Mund und nahm Nevin in die Arme. Es war wirklich schön.

Seufzend zog Nevin sich zurück. „Ich glaube, das war ein Fehler."

„Was habe ich falsch gemacht?"

„Nichts." Nevin streichelte ihm über die Wange. „Du bist süß und absolut liebenswert. Und du schmeckst gut."

„Stehst du nicht auf Männer?" Troy sah ihn unsicher an.

„Doch. Und es tut mir leid, dass du meinetwegen früher mit der Arbeit aufgehört hast. Es tut mir leid, dich zu enttäuschen, aber … ich muss jetzt gehen."

„Ich weiß, dass es hier nicht sehr gemütlich ist. Wir können auch zu dir gehen oder …"

„Daran liegt es nicht. Ich habe schon schlimmer gelebt, das kannst du mir glauben." Das stimmte. Aber was er dann sagte, war etwas weiter hergeholt. „Ich muss nach Hause. Ich hatte einen schweren Tag und muss morgen wieder früh raus." Er tätschelte Troys Wange. „Aber danke für die Einladung. Vielleicht das nächste Mal."

Troy wirkte enttäuscht, aber nicht am Boden zerstört. Er ging mit Nevin die wenigen Schritte bis zur Tür. „Na dann. Du weißt ja, wo ich arbeite. Mittwoch bis Sonntag, jeden Abend. Wenn du Lust hast …"

„Worauf du dich verlassen kannst. Danke." Er kam sich vor wie das letzte Arschloch, als er das Haus verließ.

Nevins Büro war über einen Kilometer entfernt. Er hatte also viel Zeit, um nachzudenken. Warum hatte er den armen Troy so hängenlassen? Der Mann sah gut aus und hatte nichts falsch gemacht. Er war genau der Typ Mann für einen schnellen Fick. Es hätte diesem beschissenen Tag einen angenehmen Abschluss beschert. Ganz abgesehen davon, dass es schon mindestens eine Woche her war, seit er mit einem Mann im Bett war. Aber er hatte einfach keine Lust gehabt. Nur … warum nicht? Was war mit ihm los?

Als er bei Julie ankam und sie sich gemeinsam auf den Weg auf die andere Flussseite machten, hatte er immer noch keine Antwort auf seine Fragen gefunden.

Er lag kaum im Bett, da schlief er auch schon ein. Aber er träumte schlecht und wachte immer wieder auf. Meistens konnte er sich nicht daran erinnern, was er genau geträumt hatte. Der letzte Traum war so schlimm, dass er hochschoss und erschrocken die Augen aufriss. Er war vollkommen verschwitzt und sein Herz pochte wie ein Vorschlaghammer.

An diesen Traum konnte er sich erinnern. Es ging um Becka, das Mädchen, mit dem er vor zwanzig Jahren die Pflegeeltern geteilt hatte. Das süße kleine Mädchen mit den schiefen Zähnen, das so gerne mit Barbies spielte und dem Nevin immer die verstrubbelten blonden Locken kämmen musste, weil er der Einzige war, bei dem es nicht ziepte. Er hatte sie nicht wiedergesehen, nachdem Officer Pender ihn aus dem Haus holte. Er wusste auch nicht, ob Price, dieser Bastard, der Becka belästigt hatte, jemals zur Verantwortung gezogen worden war. Officer Pender hatte ihn einige Monate später bei seiner neuen – und viel besseren – Pflegefamilie besucht und ihm versichert, dass Becka in Sicherheit wäre und dieser Kerl ihr nichts mehr antun könnte.

In seinem Traum hatte Becka in der Küche der Gilletts gestanden, die blonden Locken ungekämmt und wirr. Sie hielt sich die Hände vors Gesicht und als Nevin sie sanft nach unten zog, war da nur noch ein grinsender Schädel. „Das hat Nevin getan!", schrie Beckas fleischloser Mund. „Nevin hat mir das Gesicht weggebrannt!"

Nevin atmete zitternd durch, schaute aufs Handy und stand auf. Halb fünf. Nicht zu früh, um sich anzuziehen und joggen zu gehen.

10

JEREMY UMFASSTE seine übergroße Kaffeetasse mit beiden Händen. „Mit dir stimmt was nicht. Du warst heute richtig lahm", sagte er und musterte Nevin eindringlich.

„Ich wollte dir einen ruhigen Tag gönnen, du alter Knacker."

„Aber sicher. Du hast heute so gut wie gar nicht geflucht oder mich angepöbelt."

„Leck mich, du dämlicher Idiot. Und? Wie war ich?" Nevins Espressotasse war leer, aber er hatte noch ein Glas frischen Orangensaft und ein Mandelhörnchen. Er schob es auf dem Teller hin und her. In der letzten Woche hatte er bis über beide Ohren im Fall Gillett gesteckt und kaum gegessen. Jetzt waren sie vom Joggen zurück und er hatte immer noch keinen Hunger.

Jeremy grinste ihn an. „Deiner Ausrede fehlt es an Stil und Originalität. Das kannst du besser, mein Freund."

Nevin winkte ab, was dazu führte, dass Jeremy in lautes Gelächter ausbrach.

Im *P-Town* herrschte, wie immer am Samstagmorgen, Hochbetrieb. Alle Tische waren besetzt und die Baristas kamen mit den Bestellungen kaum nach. Ptolemy war heute offensichtlich im Grunge-Modus. Er trug eine Strickmütze, schlabbrige Jeans und ein T-Shirt. Um die Hüfte hatte er sich ein kariertes Hemd gebunden. Die Gäste waren mit ihren Handys, Tablets oder Laptops beschäftigt, andere unterhielten sich, lasen Bücher oder Zeitungen. Einige Tische weiter saß ein Paar, das Nevin kannte. Der blonde Mann spielte hier im Café gelegentlich Gitarre und der Braunhaarige mit der Augenklappe war offensichtlich sein Freund. Die beiden sahen sich so verliebt an, dass Nevin fast schlecht geworden wäre. Er rückte den Stuhl um, damit er sie nicht mehr sehen musste.

„Ich will morgen zum Cape Lookout", sagte Jeremy. „Willst du mitkommen? Es ist eine gemütliche Wanderung. Die schaffst sogar du."

Dieses Mal zeigte ihm Nevin mit beiden Händen einen Vogel, aber es war aufgesetzt. Er wollte Jeremy nicht enttäuschen. „Ich habe schon was vor. Ich will den ganzen Tag im Bett liegen, mit Pornos ansehen und dafür sorgen, dass meine rechte Hand nicht einrostet."

„Danke für das eindrucksvolle Bild."

„Gern geschehen."

Es tat gut, Jeremy lächeln zu sehen. Er war in letzter Zeit auch nicht gut drauf. Nevin konnte nicht sagen, woran es lag, aber Jeremy machte einen melancholischen Eindruck. Vermutlich hatte es mit Einsamkeit zu tun. Für Männer wie Jeremy waren kurze Affären keine Alternative zu einer festen Beziehung. Seine erste Beziehung war in die Brüche gegangen, nachdem die beiden ihr Studium beendet hatten, und seine zweite … Der Kerl war eine Katastrophe gewesen. Glücklicherweise war er vor sechs Jahren verschwunden und hatte sich seitdem nicht mehr blicken lassen. Aber seitdem hatte sich Jeremy auf keine Beziehung mehr eingelassen und war Single.

Nevin überlegte kurz, ob er versuchen sollte, Jeremy mit Colin Westwood zu verkuppeln. Die beiden hatten die gleichen Erwartungen. Sofort verdrängte er den Gedanken wieder und redete sich ein, es läge an den fünfzehn Jahren Altersunterschied zwischen Jeremy und Colin. Mit der Wahrheit hatte das allerdings wenig zu tun.

„Was machen die Parks und Gärten?", erkundigte er sich nach einigen Minuten. „Ich nehme an, du hast die verantwortungslosen Bösewichter mittlerweile alle aus dem Verkehr gezogen, die ihre Hundescheiße nicht einsammeln."

„Habe ich, ja. Und es ist wirklich verantwortungslos. Wir planen einen neuen Garten nördlich von Albina. Das Gelände muss im Frühjahr erst vorbereitet werden. Es ist total zugewuchert mit Gestrüpp und Unkraut. Meinst du, dein Bruder könnte uns ein günstiges Angebot machen?" Jeremy lächelte ihn gewinnend an. Niemand war so gut wie Jeremy, wenn es darum ging, jemandem einen Gefallen abzuschwatzen. Selbst Manuel nicht.

„Ich frage ihn. Vielleicht hilft er euch, wenn du ihm ein Ticket für die Blazers besorgst."

„Ich werde sehen, was sich tun lässt. Ich habe schon mit den Leuten von *Patty's Place* gesprochen, ob sie im nächsten Sommer nicht ein Arbeitsprogramm für die Jugendlichen anbieten wollen. Damit wäre beiden Seiten geholfen – ihnen und uns."

„Damit sie für euch die Hundescheiße aufsammeln?"

„Beispielsweise."

Nevin hatte *Patty's Place* schon einige Male besucht und eine sehr gute Meinung von der Initiative. Sie betrieb eine Unterkunft für Ausreißer und Pflegekinder, organisierte aber auch Programme für Jugendliche aus der Nachbarschaft. Der Schwerpunkt lag auf Kindern und Jugendlichen der LGBTQ-Community. Viele waren von Eltern auf die Straße gesetzt worden, die es nicht akzeptieren wollten, dass ihre Kinder schwul oder transgender waren. Patty's hatte schon viele Leben gerettet und – so hoffte Nevin – damit verhindert, dass den Jugendlichen das gleiche Schicksal drohte wie dem armen Roger.

„Was ist bei dir in letzter Zeit angefallen?", erkundigte sich Jeremy, als hätte er Nevins Gedanken gelesen.

„Dasselbe wie bei dir. Scheiße." Nevin schüttelte den Kopf. „Ich habe ein Mädchen mit schweren Verbrennungen ins Krankenhaus bringen müssen und ihre Mutter hinter Gitter."

„Stimmt. Das ist Scheiße."

„Hast du schon gehört, dass Roger Greys Leiche gefunden worden ist?", fragte Nevin leise.

Jeremy wurde ernst. „Der alte Mann, der vermisst wurde?"

„Und höchstwahrscheinlich ermordet. Sie haben ihn dreißig Kilometer von zuhause gefunden."

„Habt ihr schon Spuren?"

„Nein. Ich glaube, jemand hat ihn um sein Geld bringen wollen. Aber ich habe nicht die leiseste Ahnung, wer und warum. Wir hatten von Anfang an nicht viele Hinweise. Wer erpresst schon einen alten Mann, der außer seinen Büchern so gut wie nichts besitzt?" Er verstummte und rieb sich die Schläfen, als ihm auffiel, dass er immer lauter geworden war.

Jeremy stand auf und nahm die Espressotasse vom Tisch. „Willst du noch ein Mandelhörnchen zerlegen?"

Nevin schaute auf die kläglichen Überreste seines Frühstücks. Er hatte das arme Hörnchen komplett zerfetzt, aber keinen Bissen davon gegessen. „Besser nicht. Kaffee reicht."

Die Schlange an der Theke reichte fast bis zur Tür. Jeremy stellte sich geduldig an und unterhielt sich mit der Frau in mittleren Jahren, die vor ihm in der Schlange stand. Nevin sah sich im Café um. Dabei fiel ihm wieder das Paar auf, das ihn vorhin mit seiner Verliebtheit so irritiert hatte. Der Mann mit der Augenklappe erzählte irgendeine Geschichte und gestikuliert dabei so wild, dass er beinahe seine Kaffeetasse vom Tisch geworfen hätte. Sein Partner brachte die Tasse lachend in Sicherheit, ohne ihn zu unterbrechen.

Seine Brust zog sich zusammen bei dem Anblick. Er wollte sich wieder abwenden, konnte es aber nicht. Der Blonde machte eine Art Geste – Nevin konnte es nicht genau erkennen – und der Braunhaarige lachte prustend, streckte den Arm aus und streichelte seinem Freund zärtlich über die Wange. Nevin war noch nie von einem Mann so angesehen worden, wie der Blonde seinen Freund ansah – als wäre er das wunderbarste Geschöpf auf Gottes Erdboden.

Ja, so war das immer. Und für den Anfang mochte es reichen. Aber irgendwann würde der Mann mit der Augenklappe einen Kollegen ficken oder der Blonde wachte nachts auf und stellte fest, dass er das Schnarchen seines Freundes einfach nicht mehr aushalten konnte. Und was dann? Gebrochene Herzen. Unglück. Leiden. Es war besser, sich darauf erst gar nicht einzulassen. Alles kurz und bedeutungslos zu halten, vergänglich, aber eine süße Erinnerung.

Ja, das war besser. Viel besser.

Nevin zog das Handy aus der Tasche und scrollte durch sein Adressbuch, bis er bei *W* angelangte. Er hatte Colins Nummer eingetragen, nachdem sie sich in Mrs. Ruskins Haus zum ersten Mal begegnet waren. Natürlich nur für den Fall, dass Colin ein wichtiger Zeuge werden könnte. Aber das war nicht passiert, weil die Mordkommission in Mrs. Ruskins Fall noch keinerlei Fortschritte gemacht hatte.

Trotzdem hatte Nevin Colins Nummer nicht gelöscht. Es könnte ja sein, dass er sie für den Fall von Roger Grey noch brauchte.

Nevin starrte auf den Bildschirm, bis er wieder schwarz wurde.

Jeremy kam mit zwei Tassen Kaffee zum Tisch zurück. Rhoda, die Besitzerin des Cafés, begleitete ihn. Ihre Haare waren unnatürlich rot gefärbt. Rhoda liebte Kleidung, in der sie aussah, als wäre ein ganzer Regenbogen über ihr explodiert. Heute trug sie eine violett glitzernde Tunika, zitronengelbe Leggins und eine zitronengelbe Jacke.

„Nevin, mein Süßer! Du warst lange nicht hier. Hast du dich etwa vor mir versteckt?"

„Ich verstecke mich nie vor dir."

Sie drückte ihm lachend die Schulter. Nevin hatte vor Jahren mit ihr geflirtet. Warum auch nicht? Sie war amüsant und verwitwet und ihre Kurven saßen an den richtigen Stellen. Rhoda hatte sich vor Lachen kaum einkriegen können, als sie erkannte, dass er es ernst meinte. Dann hatte sie ihn an die zwanzig Jahre Altersunterschied erinnert und dankend abgelehnt.

„Das ist mir egal", hatte er zu ihr gesagt. „Außerdem sind Cougars doch in, oder?"

„Ich bin aber kein Cougar, Schätzchen. Außerdem ziehe ich Männer mit etwas mehr Lebenserfahrung vor. Aber danke, dass du an mich gedacht hast."

Rückblickend gesehen, war es vermutlich besser gewesen, dass nichts daraus wurde. Das *P-Town* war Nevins Lieblingscafé und wenn er Rhoda gefickt hätte, wäre es anschließend vermutlich peinlich geworden. Sie zwickte ihm manchmal in die Wange und zwinkerte ihm zu, um ihn daran zu erinnern, dass sie seinen Antrag nicht vergessen hatte. Jetzt zog sie sich einen Stuhl an den Tisch und setzte sich zu ihnen. Und sie verdeckte damit den Nevins Blick auf das zuckersüße Paar, was nicht schaden konnte.

„Hat es dir nicht geschmeckt?", fragte sie und zeigte auf das zerbröselte Mandelhörnchen.

„Das Hörnchen ist vollkommen unschuldig. Ich hatte keinen Hunger."

„Wäre es nicht schön, wenn man Hunger auf andere übertragen könnte? Oder wenigstens die Kalorien?"

„Ich bin sicher, dass irgendwo ein Wissenschaftler schon daran arbeitet", sagte Nevin.

„Gut so. Wart ihr heute beim Joggen?"

„Nevin war außer Form. Der Lahmarsch konnte kaum mithalten", sagte Jeremy schnaubend.

„Weil ich dich schonen wollte, du alter Knacker!"

Wie üblich, ignorierte Rhoda ihr Geplänkel. „Mein Fitnesstracker meint, ich würde schon ziemlich viel laufen. Kürzlich war ich bei der Vorsorgeuntersuchung und habe meine Ärztin gefragt, ob ich noch zusätzlich joggen soll. Sie wollte wissen, ob es mir Spaß machen würde. *Um Gottes willen – nein*, habe ich gesagt und sie meinte nur, dann sollte ich es eben lassen. Ich habe nie verstanden, was daran so toll sein soll."

„Bei unserer Arbeit kann es nicht schaden, wenn man gut rennen kann."

„Vermutlich."

Sie wechselten das Thema und unterhielten sich über Parker, Rhodas Sohn, der in Seattle lebte, aber vielleicht nach Portland zurückkommen wollte. „Was ist mit seinem Job?", erkundigte sich Jeremy.

Sie seufzte. „Er wechselt den Job öfter als ich den BH. Parker ist ein kluger Junge, aber er weiß nicht, was er will. Im Moment arbeitet er in einem Café, was wirklich idiotisch ist. Er hat mir früher oft hier ausgeholfen und immer geschworen, einen solchen Job würde er nie wieder annehmen." Sie zog eine Grimasse. „Und jetzt arbeitet er ausgerechnet bei Starbucks."

Nevin riss den Mund auf und schlug sich an die Brust. „Nein! Was für ein Sakrileg!" Sie lachte und boxte ihn an den Arm.

„Falls er zurückkommt … könntest du gelegentlich mit ihm ausgehen und ihm die Clubs hier zeigen?", fragte sie.

„Ich soll deinen Sohn daten?"

„Nein, natürlich nicht! Nur ab und zu dafür sorgen, dass er das Haus verlässt und Spaß hat. Ich würde Jeremy fragen, aber der geht ja auch nie aus."

„Hey!", protestierte Jeremy nicht sehr überzeugend, weil er genau wusste, dass sie recht hatte. Er verbrachte seine Freizeit mehr mit Wandern oder damit, neue Wintermäntel für seine Obdachlosen zu sammeln, als durch die Bars zu streifen.

„Dann helfe ich dir gerne", sagte Nevin. „Und du darfst gerne mitkommen, wenn du Lust dazu hast."

Sie lachte. „Aber sicher doch. Weil jeder junge Mann insgeheim davon träumt, dass seine Mutter ihn begleitet, wenn er sich auf die Suche nach einem Mann macht. Unsinn. Wenn ich das mache, muss er anschließend in Therapie und ich habe die Rechnung am Hals."

Nevin konnte sich lebhaft vorstellen, wie sie an der Theke stand und den Club nach dem richtigen Mann für ihren Sohn absuchte. Er konnte sich sogar vorstellen, wie sie ihn köderte, wenn er zögerte – mit dem Versprechen von unbegrenztem Nachschub an Kaffee und Kuchen. Vielleicht sollte er Rhoda fragen, ob sie nicht Lust hätte, stattdessen ihn zu verkuppeln. Er erinnerte sich gerade noch rechtzeitig daran, dass er nicht an einer Beziehung interessiert war.

„Idiot", murmelte er.

„Wie bitte?" Rhoda zog die Augenbrauen hoch.

„Nichts. Mir ist nur gerade aufgefallen, dass ich ein Idiot bin."

Einige Minuten später stand Rhoda wieder auf, um an der Theke auszuhelfen. Und Nevin konnte die beiden Männer wieder sehen, die immer noch an ihrem Tisch saßen. Sie waren beschäftigt. Der Blonde las ein Buch und sein Freund machte irgendwas mit dem Handy. Aber sie grinsten leicht und als Nevin unter den Tisch schaute, stellte er fest, dass sie füßelten. Das war zu viel.

„Ich muss los", sagte er und stand auf.

„Willst du deine Sachen nicht mitnehmen?", fragte Jeremy. Nevins Joggingklamotten lagen noch in Jeremys Wohnung, wo sie sich umgezogen hatten, bevor sie ins R-Town kamen.

„Später. Ich … ich muss jetzt gehen."

Jeremy nickte besorgt. „Okay. Ruf mich an, falls du deine Meinung wegen morgen noch änderst."

Nevin würde seine Meinung nicht ändern, wie sie beide nur zu gut wussten. Er winkte Jeremy zu, warf noch einen letzten Blick auf die Turteltauben am Nachbartisch und lief zur Tür.

NORMALERWEISE GING er am Wochenende nur ins Büro, wenn es einen neuen Fall gab, um den er sich kümmern musste. Aber heute war das anders. Im Büro angekommen, ging er die Unterlagen auf seinem Schreibtisch durch und starte auf den Bildschirm seines Computers, bis ihm die Augen wehtaten. Nichts. Er konnte noch nicht einmal sagen, warum er sich überhaupt die Mühe machte. Schließlich war er für Roger Grey nicht mehr zuständig. Der Fall war jetzt bei der Mordkommission. Aber Nevin hatte das merkwürdige Gefühl, dass ihm etwas entgangen war. Irgendein Hinweis, der das Puzzle lösen und zu einem Verdächtigen führen konnte.

Um acht Uhr abends fiel ihm auf, dass er das Mittagessen ausgelassen hatte. Bis auf einige Krümel Mandelhörnchen und ein Glas Orangensaft hatte er heute nur Kaffee zu sich genommen. Er überlegte, was er essen könnte, hatte aber keinen rechten Appetit. Vielleicht sollte er einfach nach Hause fahren und im Kühlschrank nachsehen, was es noch gab.

Aber als er die Tiefgarage verließ, fuhr er nicht nach Nordosten, sondern nach Nordwesten. „Verdammt, in dieser Scheißgegend gibt es einfach viel zu wenig Parkplätze", fluchte er, obwohl er gar nicht parken wollte. Er wollte hier nicht parken und er *sollte* hier nicht parken. Er sollte nach Hause fahren.

Er stellte Julie auf einem Lieferantenparkplatz ab, ging durch die Lobby des Hauses und drückte auf die Klingel mit dem Namen *Westwood*. Niemand antwortete. Er fluchte wieder. Vermutlich war Colin mit Freunden unterwegs. Oder er hatte einen neuen Mann gefunden. Oder …

„Ja?"

„Hier ist Detec… Nevin."

Die Tür zum Fahrstuhl klickte, als das Schloss freigegeben wurde.

Als Nevin oben ankam, stand Colin bereits barfuß in der Wohnungstür und hielt Legolas in den Armen. Er trug eine alte Jeans, ein T-Shirt mit einem Cartoon auf der Brust und eine Kapuzenjacke.

Sie sahen sich schweigend an. „Du bist doch nicht gekommen, um mich festzunehmen, oder?", sagte Colin schließlich lächelnd.

„Ich habe die Handschellen zuhause vergessen."

Colin trat zur Seite. „Komm rein." Er schloss hinter ihnen die Tür und fragte Nevin, ob er etwas trinken wollte.

„Eistee?" Kaffee hatte er für heute schon genug getrunken.

„Kein Problem." Colin übergab ihm die Katze, was Legolas – im Gegensatz zu Nevin – nicht im Geringsten zu überraschen schien. Legolas kuschelte sich zufrieden schnurrend in seine Arme. Als Colin mit dem Eistee zurückkam, setzte Nevin den Kater auf den Boden. Er schlängelte sich noch einige Male um Nevins Beine und verschwand.

Nevin öffnete die Flasche und trank einen Schluck Eistee. Dann sah er sich um. „Ich, äh, störe dich doch nicht?"

„Sieht es etwa so aus? Ich habe nur gefaulenzt." Colin zeigte auf den Fernseher. Auf dem Bildschirm war ein Schauspieler mit Fedora zu sehen. In Schwarz-Weiß natürlich.

„Wer ist das?"

Colin sah ihn ungläubig an. „Bogart! Sag nur, du kennst Humphrey Bogart nicht."

„Ich habe schon von ihm gehört, aber …"

„Ja, ja, ich weiß. Es ist kein Zeichentrickfilm und er singt auch nicht. Mann, er spielt in dem Film sogar einen Detektiv! Es ist zwar nur ein Privatdetektiv, aber trotzdem."

Nevin zuckte mit den Schultern.

„Bist du von Wölfen aufgezogen worden?"

„Sorry, mein Fehler." Nevin stellte die Flasche auf den Tisch und ging zur Tür. Colin lief an ihm vorbei und blockierte ihm den Weg.

„Hey, hey, immer mit der Ruhe. Du hast mir noch nicht gesagt, warum du hier bist."

Nevin hätte ihn zur Seite schieben können. Aber er zuckte nur wieder mit den Schultern. „Ich war zufällig in der Nähe. Dachte mir, du hast vielleicht Lust, essen zu gehen. Es war eine dumme Idee. Ich …"

Colin packte ihn am Arm. „Gib mir fünf Minuten Zeit, ja?" Er lächelte übers ganze Gesicht und seine Augen funkelten.

Nevin trank noch einen Schluck Eistee und starrte Humphrey Bogart an, während es hinter der Wand zu Colins Schlafzimmer krachte und rumorte. Es dauerte fast zehn Minuten, bis Colin wieder auftauchte. Er hatte seine lockigen Haare gezähmt, trug eine dunkelrote, enge Jeans und ein schwarzes T-Shirt. Nachdem er den Fernseher ausgeschaltet hatte, setzte er sich aufs Sofa und zog sich schwarze Turnschuhe an. „Geht das so?", fragte er und breitete die Arme aus.

„Ich denke schon. Ich habe mich noch nicht für ein Restaurant entschieden." Nevin trug seine übliche Samstagsgarderobe – Stoffhose, langärmliges Hemd und Jackett.

Colin nahm eine braune Lederjacke von dem Hacken an der Tür und zog sie an. „Darf ich es mir aussuchen?"

„Warum nicht."

Als sie zu Julie kamen, schnalzte Colin mit der Zunge. „Der Lieferantenparkplatz", sagte er.

„Und wie viele Lieferanten erwartest du an einem Samstagabend?"

„Gar keine. Aber man weiß nie. Es kann immer Überraschungen geben."

Sie gingen in eine Bierkneipe, was kein großes Wunder war, weil es die hier an jeder Straßenecke gab. Es war viel los und sehr laut, aber sie fanden einen kleinen Tisch in einer Ecke. Schweigend studierten sie die Speisekarte. Am Nachbartisch unterhielt sich eine Gruppe begeistert über die neuen, glutenfreien Biersorten. Nevin musste sich sehr zusammenreißen, um sich nicht einzumischen und ihnen zu sagen, was er davon hielt.

Als die Kellnerin kam, bestellte Colin ein Dunkelbier und hausgemachte Käsenudeln. Nevin musste an Jeanie Gillett denken, die so gerne Nudeln mit Käse aß. Er entschied sich für ein Sandwich mit Lachs und bestellte dazu Eistee.

„Kein Bier?", fragte Colin, als die Kellnerin wieder gegangen war.

„Ich muss noch fahren." Sah Colin ihn etwa enttäuscht an? Schwer zu sagen.

Sie schwiegen einige Minuten, dann beugte Colin sich vor. „Woher kommt eigentlich dein Name? Nevin?"

Mit dieser Frage hatte er nicht gerechnet. „Hä?"

„Ich habe noch nie einen Nevin gekannt. Ist das dein wirklicher Name oder eine Abkürzung?"

Nevin überlegte, wofür sein Name eine Abkürzung sein könnte. Ihm fiel nichts ein. „Es ist mein wirklicher Name. Nevin Ng. Sonst nichts."

„Ich heiße mit zweitem Namen Oscar. Meine Eltern haben vermutlich nicht richtig darüber nachgedacht, weil … meine Initialen? COW. Und Colin heiße ich nach dem Großonkel meines Vaters. Colin bedeutet eigentlich *kleines Hündchen*. Du hast also den Nagel auf den Kopf getroffen, als du mich Collie genannt hast." Er zog eine verlegene Grimasse, als hätte er das eigentlich nicht sagen wollen.

„Ich habe nicht den Hauch einer Ahnung, was Nevin bedeutet. Ein Name eben." Er hatte vor Jahren herausgefunden, dass es ein irischer Name war, bezweifelte aber sehr, dass seine Mutter das gewusst hatte. Nevin hatte den leisen Verdacht, dass sie ihn eigentlich Kevin oder Devin nennen wollte, aber zu dämlich oder betrunken gewesen war, es richtig zu schreiben. Colin schaute auf, als er Nevins scharfen Tonfall hörte. Nevin fühlte sich schuldig und senkte die Stimme.

„Hilfst du immer noch bei *Bright Hope* aus?"

„Ja, regelmäßig. Dienstags besuche ich eine alte Dame. Sie heißt Harriet, will aber Harry genannt werden. Während des 2. Weltkriegs hat sie Schützen ausgebildet. Jetzt lebt sie in einem Pflegeheim, in dem ich sie besuche. Sie kann wunderbar erzählen. Und donnerstags besuche ich Bob und Ivan. Die beiden sind schon seit 1963 zusammen und haben denselben Nachnamen. Ivan sagt, dass er nicht heiraten wollte, weil er sich dann zu gebunden fühlen würde." Colin schmunzelte. „Sie haben ein Haus in Nordwesten der Stadt, dass ein Vermögen wert sein könnte, und wenn es nicht kurz vorm Einstürzen wäre. Es ist viel zu groß für sie und sie können keine Treppen mehr steigen. Ich habe ihnen vorgeschlagen, in eine Eigentumswohnung zu ziehen, aber davon wollen sie nichts wissen. Bob meint, er will in seinem Haus sterben."

Nevin konnte sich nicht vorstellen, so an einem Haus zu hängen. Vier Wände und ein Dach. Was war daran schon so besonders? Er hatte immer nur zur Miete gewohnt. Das machte es viel leichter, einfach umzuziehen, wenn es ihm irgendwo nicht mehr gefiel.

Als Nevin nichts sagte, fühlte Colin sich verpflichtet, das Gespräch am Laufen zu halten. „Ich habe von Roger gehört", sagte er leise.

„Hat Manny dir Bescheid gesagt?"

„Ja. Es tut mir leid, Nevin."

„Wie meinst du das? Ich habe den Mann doch gar nicht gekannt."

„Ich weiß." Er nahm die Gabel vom Tisch und starrte sie nachdenklich an. Dann legte er sie wieder hin. „Aber du hast dir bestimmt ein besseres Ende für den Fall gewünscht. Ich habe es dir angesehen."

„In meinem Geschäft gibt es selten ein gutes Ende. Eigentlich nie."

Colin neigte den Kopf zur Seite. „Wirklich? Aber du hilfst den Menschen doch, oder? Wenn sie sonst niemanden haben, der für sie da ist?"

Nevin zuckte verlegen mit den Schultern. Colin hatte recht. Solche Fälle gab es. Es gab sogar recht viele. Aber manchmal vergaß er sie, weil die Roger Greys und Jeanie Gilletts alle guten Erinnerungen verdrängten.

Ihr Essen wurde serviert. Colin erzählte ihm über ein Bauprojekt seines Vaters und den Widerstand der Nachbarschaft, die den Imbisswagen nicht verlieren wollte, der auf dem unbebauten Grundstück stand. Nicht, dass es in Portland einen Mangel an Imbisswagen geben würde, aber sie waren sehr beliebt. Dann erwähnte Colin seine Schwester, die sich von ihrem Mann trennen wollte und damit die Familie in Aufregung versetzte. Nevin hatte noch nicht gewusst, dass Colin eine Schwester hatte.

„Und du?", wollte Colin wissen. „Hast du Geschwister?"

Soweit Nevin bekannt war, hatte seine Mutter außer ihm selbst keine Kinder bekommen. Aber es war durchaus möglich. Der Himmel wusste, wer sein Vater war und ob er noch Geschwister hatte. Aber wie sollte er das Colin erzählen, ohne die Stimmung zu vermiesen? „Ich habe einen Bruder. Aber wir sind nicht blutsverwandt."

Colin blinzelte. „Ich habe mir immer einen Bruder gewünscht. Als ich noch klein war, habe ich meine Eltern damit ständig genervt. Einmal, ich war sechs, habe ich sie sogar gefragt, ob sie mir zu Weihnachten einen schenken."

Nevins Teller hatte sich irgendwie geleert und sein Magen war angenehm voll. Er wischte sich mit der Papierserviette den Mund ab und lehnte sich zurück. „Und der Osterhase hat dir auch keinen gebracht, wie?"

„Ich glaube, meine Eltern hatten nach mir Angst, noch mehr Kinder zu bekommen. Ich, äh, hatte gesundheitliche Probleme."

Nevin musste an die Narbe an Colins Brust denken. Er nickte.

Sie bestellten sich noch ein Stück Schokoladentorte zum Nachtisch, das sie in die Tischmitte stellten. Als ihre Gabeln sich berührten, sah Colin ihn durchdringend an. „Ist das ein Date, Nevin?"

Mist. „Sieht fast so aus."

„Gut", sagte Colin grinsend. „Aber warum?"

Nevin legte die Gabel auf den Tisch. Er wünschte, er hätte sich auch ein Bier bestellt. „Weil ich einen Aussetzer hatte? Keine Ahnung. Ich dachte nur … Vielleicht haben wir ja doch nur *ein*mal gefickt. Weil zwischen dem ersten und dem zweiten Mal weniger als vierundzwanzig Stunden gelegen haben."

„Aha. Ich wusste nicht, dass es dafür eine Zeitbeschränkung gibt."

„Außerdem habe ich dir beim zweiten Mal nur einen Blowjob gegeben und du hast mich noch nicht einmal angefasst. Also zählt das zweite Mal höchstens als halber Fick."

Colin schob sich genüsslich ein Stück Torte in den Mund und leckte sich die Schokolade aus dem Mundwinkel. Dann nickte er bedächtig. „Dann schulde ich dir also noch einen halben Fick. Inklusive der Zinsen macht das summa summarum einen ganzen, wenn ich mich nicht verrechnet habe."

„Da verlasse ich mich ganz auf dich. Du hast so was studiert."

Colin leckte umständlich die Gabel ab. Es verfehlte seine Wirkung nicht. Nevin wurde sofort daran erinnert, was diese Zunge alles konnte. Er rutschte unruhig auf seinem Stuhl hin und her und verfluchte seine viel zu enge Hose.

Die Gäste am Fenster wurden plötzlich unruhig. Auch andere standen auf und gingen zum Fenster. Nevin seufzte und erhob sich ebenfalls. „Ich bin gleich zurück." Er schob sich routiniert durch die Menge, um nachzusehen, was draußen vor sich ging.

„Verdammter Mist." Ein Mann kniete auf dem Bürgersteig und brüllte unverständlich. Und er hatte die Hose runtergezogen und den steifen Schwanz in der Hand. Nevin konnte ihn nicht richtig verstehen, aber es ging um Ninjas und die TriMet-Busse. Drei bärtige Männer mit zusammengebundenen Haaren standen um den Wichser herum und feuerten ihn an.

Nevin ging sofort zur Tür. Auf dem Weg nach draußen rief er 911 an. „Hier ist Detective Ng. Schickt einen Streifenwagen." Er gab die Adresse durch. „Öffentliches Ärgernis. Ein Exhibitionist. Keine Ahnung, was mit dem Typ los ist, aber er liefert hier eine ziemliche Show ab." Er steckte das Handy in die Tasche, ignorierte den Mann auf dem Bürgersteig und ging zu den drei Hipstertypen, die um ihn herumstanden. „Ihr da. Verzieht euch."

„Was glaubst du eigentlich, wer du bist?", fragte der Rothaarige mit dem Bierbauch.

Nevin zog seine Dienstmarke und hielt sie ihm vor die Nase. „Polizei Portland. Und jetzt schert euch zum Teufel."

Der Mann schien ihm noch widersprechen zu wollen, aber als seine Kumpane Nevins Blick sahen, packten sie ihn am Arm und zogen ihn mit sich fort. Einige Glotzer blieben noch zurück, darunter die Gäste der Kneipe, die sich am Fenster drängten. Sie waren nicht Nevins Problem. Er drehte sich zu dem verwirrten Mann um, der immer noch auf dem Bürgersteig kniete. „Willst du das Ding nicht wegstecken?", fragte er ihn ruhig.

„Sie kontrollieren unsere Gedanken! Mit Satelliten! Die Busfahrer können es über Funk mithören."

„Okay. Wir unterhalten uns später darüber, was man dagegen unternehmen kann. Jetzt zieh erst deine Hose hoch."

Der Mann schaute nach unten, als wäre er überrascht über das, was er dort sah. „Ich muss erst das Rohr reinigen. Wenn alles raus ist, können sie meine Gedanken nicht mehr lesen." Er brüllte jetzt nicht mehr, sondern höre sich fast vernünftig an – als würde er dem Klempner erklären, warum sein Spülwasser nicht mehr ablief.

„Klar. Hört sich logisch an. Ich muss auch ab und zu die Rohre durchspülen. Aber es wirkt besser, wenn man ein Dach überm Kopf hat. Hier draußen können dich die Satelliten sofort sehen."

Der Mann schaute in den Nachthimmel. Er war Anfang zwanzig und machte einen gesunden Eindruck. Etwas übergewichtig, aber keine der üblichen Anzeichen von Drogenmissbrauch. Auch seine Kleidung wirkte sauber und gepflegt. Vermutlich hatte er psychische Probleme und vergessen, seine Medikamente einzunehmen. Armer Junge.

Als sich die Sirenen näherten, ging Nevin langsam auf ihn zu und hielt ihm die Hand hin. „Zieh dich wieder an, Mann. Meine Kumpels kommen gleich und bringen dich weg. Unter ein Dach, wo es ruhig und nett ist."

Der junge Mann sah ihn unsicher an, stand aber auf und zog sich die Jeans wieder hoch. „Das FBI weiß schon seit Jahren darüber Bescheid", erklärte er Nevin ernst. „Und die CIA auch."

„Das möchte ich wetten. Denen ist nicht zu trauen."

Kurz darauf fuhr der Streifenwagen vor. Nevin zeigte den Polizisten seine Dienstmarke und machte eine beruhigende Handbewegung. „Mein Freund hier macht sich Sorgen, weil Satelliten seine Gedanken lesen können", informierte er seine Kollegen, als sie aus dem Auto stiegen. „Und das FBI steckt mit drin. Könnt ihr ihn in Sicherheit bringen und seine Aussage aufnehmen?"

Der Mann schien das für eine hervorragende Idee zu halten. „Ich kann euch alles sagen! Aber ihr müsst meinen Namen geheim halten. Ich habe

Gouverneur Kitzhaber wegen seinem illegalen Fracking angezeigt und bin im Zeugenschutzprogramm. Ohne mich wäre er nicht zurückgetreten."

„Wir sorgen dafür, dass er nichts erfährt", beruhigte ihn die Polizistin. Nevin kannte sie von früheren Einsätzen, konnte sich aber nicht an ihren Namen erinnern. Er wusste aber noch, dass sie sehr vernünftig und einfühlsam war, und das war gut.

Der junge Mann murmelte immer noch vor sich hin, als er in den Streifenwagen stieg. Die Polizisten überredeten ihn behutsam, sich Handschellen anlegen zu lassen. Sie erklärten ihm, das Metall würde helfen, ihn vor den Spionagesatelliten abzuschirmen.

Nevin zog seine Kollegen zur Seite. „Seid nachsichtig mit ihm. Er ist krank, nicht kriminell."

„Ja, okay." Die Polizistin sah sich um. „Sonst alles unter Kontrolle hier?"

„Sicher. Alles im Griff."

Der Streifenwagen fuhr ohne Blaulicht davon. Nevin ging zur Kneipe zurück. Colin lehnte neben der Tür an der Wand und hielt Nevins Jacke in der Hand. „Das war beeindruckend", sagte er, als er ihm die Jacke reichte.

„Hast du erwartet, ich würde den armen Kerl erschießen?"

Colin verdrehte die Augen. „Nein, natürlich nicht. Aber die Lage hätte leicht außer Kontrolle geraten können. Du hast sie alle beruhigt."

„Der Junge konnte nichts dafür. Vermutlich schießen ihm die falschen Chemikalien durchs Gehirn oder so. Es ist vielleicht sogar eine Erbkrankheit."

„Die genetische Lotterie hat nicht nur Gewinner."

Sie schwiegen. Colin räusperte sich verlegen. „Ich habe schon bezahlt. Wollen wir gehen?"

„Ich habe dich eingeladen. Ich hätte die Rechnung übernehmen sollen." Nevin senkte den Kopf und rieb mit dem Fuß über den Asphalt. „Ich könnte …"

„Ich habe eine Idee."

„Was?"

„Der Sex, den ich dir noch schulde? Es ist kein ganzer Fick, aber wenn wir es damit verrechnen, haut es irgendwie hin."

Nevin musste grinsen. Colin war so verdammt süß. „Ja? Hast du auch eine Idee, was wir unternehmen könnten, bis die Abrechnung fällig wird?"

Colin knabberte an der Unterlippe und nickte. „Aber du musst fahren."

„Du bist nur an Julie interessiert. Wie unfair."

Colin grinste und sie machten sich auf den Rückweg.

Nevin saß gerne mit Colin im Auto. Es war intim. Fast so, als würden sie zusammen im Bett liegen. „Wohin?", fragte er, als er losfuhr.

„Hmm… Zur Burnside Bridge oder nach Hawthorne. Was ist dir lieber?"

„Burnside."

„Dann los, guter Mann."

Als sie an einer Ampel halten mussten, sah Nevin ihn von der Seite an. „Bist du es gewöhnt, einen Chauffeur zu haben?"

Colin schnaubte. „Nein. *So* reich sind wir nun auch wieder nicht."

„Aber eure Autos sind vom Feinsten."

„Ich wette, Julie hat mehr gekostet als mein BMW."

Nevin verzog das Gesicht. Colin hatte vermutlich recht. „Aber die Privatschulen", konterte er.

„Na ja, ich habe meinen Abschluss an der Portland State University gemacht."

Wo Nevin auch studiert hatte, also musste er sich wieder geschlagen geben. „Ein Anwesen in den West Hills."

„Als Anwesen würde ich es nicht gerade bezeichnen …"

Die Ampel schaltete auf Grün und Nevin trat das Gaspedal durch. „Wie viele Quadratmeter?"

Colin überlegte. „Ungefähr sechshundertfünfzig", flüsterte er.

Nevin schnaubte zufrieden. Wenigstens diese Runde hatte er gewonnen. „Ich wette, meine Wohnung passt in euren Wandschrank."

„Mag sein. Aber ich wohne nicht dort. Schon seit dem Studium nicht mehr. Ich meine … ja, meine Eltern haben Geld. Aber ich verdiene ein ganz normales Mittelklasseeinkommen."

„Und dein Apartment?"

„Gehört der Firma meines Vaters. Es ist eine Geldanlage."

„Eine nette Geldanlage."

„Pass auf …", sagte Colin. „Wenn du unbedingt ein Arschloch sein willst, halt einfach an und lass mich aussteigen. Aber es ist wirklich lächerlich. Mir ist es egal, wie viel Geld meine Familie hat. Und ich wüsste nicht, was es dich kümmern sollte."

Nevin fuhr an eine Bushaltestelle und hielt an. Als Colin die Tür öffnen wollte, hielt er ihn zurück. „Die ist es egal, weil es für dich nie ein Problem war. Du musstest nie hungern, weil der Kühlschrank immer gefüllt war. Du hast nie die ganze Nacht wach gelegen und dich gefragt, wie du die Rechnungen bezahlen sollst. Du warst auch nie froh, überhaupt ein Dach über dem Kopf zu haben, obwohl in deinem Zimmer die Kakerlaken die Wände hochkrabbeln."

Mist. Diese Rede hatte er eigentlich jetzt nicht halten wollen. Um sich wieder davon zu erholen, führte er sie noch etwas weiter aus. „Du hast dich in der Schule nie geschämt, weil deine Schuhe sich in ihre Einzelteile auflösen und deine gebrauchten Klamotten schon seit einer Ewigkeit nicht mehr gewaschen waren. Und du musstest dich an der Uni auch nie entscheiden, ob du dein Geld für Bücher oder die Heizkostenrechnung ausgibst. Oder bist drei Kilometer zu Fuß gelaufen, weil der Busfahrplan so beschissen ist. Du bist auch nicht im Unterricht eingeschlafen, weil du die ganze Nacht in einem Billigjob gearbeitet hast. Und ich wette, du hast die Ferien beim Skilaufen oder auf einem Kreuzfahrtschiff verbracht oder bist durch Europa gereist."

Colin, die Hand immer noch am Türgriff, sah ihn mit großen Augen an. „Ich bin nie viel gereist", sagte er schließlich leise.

Nevin schnaubte, ließ ihn los und lehnte sich zurück. „Ich weiß nicht, was ich mir dabei gedacht habe. Wir haben wirklich nichts gemeinsam."

„Soll ich gehen?"

„Ja. Nein. Mist, ich …" Na toll. Was war nur mit ihm los? Er hatte zu viel gearbeitet. Er brauchte mehr frische Luft. Vielleicht sollte er Jeremy helfen, im Park Primeln zu pflanzen. Oder was immer Jeremy dort auch machte.

Colin drehte sich zu ihm um und legte ihm die Hand auf die Schulter. „Trent – also mein Ex – und ich? Wir waren uns so ähnlich, dass wir fast austauschbar waren. Gute Familie, gute Schulen und alles, was sonst noch dazugehörte. Und er hat wirklich oft Skiurlaub gemacht. Seine Familie hat ein Wochenendhaus in Bend. Er war ganz anders als du. Und höllisch langweilig. Ich bin gern mit dir zusammen."

Nevin sah ihn misstrauisch an. „Auch wenn ich ausraste?"

„Wenn Trent verärgert war, hat er kein Wort mehr gesprochen. Dann musste man raten, was mit ihm los war. Oder ihm tausend Fragen stellen. Ich weiß bis heute nicht, warum er eigentlich mit mir Schluss gemacht hat. Es kam wie aus heiterem Himmel."

„Weil er ein Riesenidiot war."

Colin kicherte. „Eigentlich ist er eher … klein." Er hielt Daumen und Zeigefinger ungefähr einen Zentimeter auseinander. „Wie auch immer. Das hier? Ist nur ein Date, mehr nicht. Ich denke, wir können es beide überleben, auch wenn die sozioökonomischen Unterschiede zwischen uns zum Himmel schreien." Er zwinkerte Nevin zu.

Sie fuhren wieder los. Nachdem sie die Brücke überquert hatten, dirigierte Colin Nevin über den MLK Boulevard auf die Division, wo sie die Fahrtrichtung nach Osten einschlugen, bis die die 26. Straße erreichten. Colin grinste. „Kannst du hier irgendwo parken? Wo es erlaubt ist?"

„Erlaubt? Wie langweilig." Aber Nevin schließlich anhielt, standen sie tatsächlich nicht im Parkverbot. Sie stiegen aus und Colin nahm ihn an der Hand.

„Es ist erst elf Uhr. Lass uns vorher noch etwas trinken."

„Vorher?"

Colin lachte nur und führte ihn zu einer Bar, wo er sich einen lächerlichen Cocktail bestellte, der aus Gin und Rote-Beete-Saft bestand. Nevin hielt sich an das Übliche – ein gutes Bier. Er zeigte auf Colins Drink. „Ich glaube, so was denken sich die Bartender nur aus, um zu sehen, was ihre Idioten von Gästen sich alles andrehen lassen."

„Es schmeckt aber recht gut", meinte Colin.

„Es ist ein Wettbewerb. Wer einem Gast den unmöglichsten Drink aufschwätzt, gewinnt den Preis."

„Vor einigen Monaten habe ich einen Cocktail bestellt, der mit Meerrettich und Jalapeños gemixt wurde. Und mit Eierschaum verziert."

Nevin verzog das Gesicht. „Ich wette, damit hast du dem Bartender den Preis der Woche gesichert."

Um halb zwölf meinte Colin, dass sie jetzt gehen müssten. Nevin bezahlte die Rechnung und sie gingen – Hand in Hand – einige Straßen weiter. Nevin blieb abrupt stehen, als er erkannte, was Colins Ziel war. „Willst du mich verarschen?", fragte er.

„Nein. Warst du schon hier?"

„Warum sollte ich hierher …"

„Ich wollte schon hierherkommen, als ich noch zur Schule ging. Mom hat es nicht erlaubt. Sie meinte, es würde zu spät werden. Also musste ich bis zum College warten. Ich habe mich als Transsylvanier verkleidet. Du wärst bestimmt ein guter Frank-N-Furter. Zu schade, dass wir keine Zeit mehr hatten, uns Kostüme zu besorgen."

Colin war so begeistert, dass Nevin es nicht übers Herz brachte, ihm den Spaß zu verderben. Außerdem wollte er seinen Ausrutscher an der Ampel wieder ausbügeln. Beklommen – und vielleicht auch etwas aufgeregt – ließ er sich von Colin ins Kino führen. Wo die *Rocky Horror Picture Show* lief.

11

AUF DER Rückfahrt sang Colin lauthals seine Lieblingslieder aus der Rocky Horror Picture Show, während Nevin entsetzt das Gesicht verzog und gelegentlich eine spitze Bemerkung machte. Trotzdem, er musste lächeln. Wie er schon während des Films gelächelt und sogar einige Spielkarten in die Luft geworfen hatte, die ihm die junge Frau neben ihnen abgab. Und er hatte sich an Colins Schulter gelehnt, was wirklich schön gewesen war.

Als sie zu Colin zurückkamen, stellte er Julie sogar auf einem der ausgewiesenen Parkplätze ab.

Legolas kam ihnen sofort entgegengerannt, als sie die Wohnung betraten. Er machte ihnen mit lautem Miauen klar, dass er für sein langes Warten eine Extraportion verdient hatte, obwohl der Tierarzt meinte, er würde zu dick. Colin ließ sich allerdings nicht erweichen und Legolas musste sich damit zufriedengeben, von Nevin unterm Kinn gekrault zu werden.

Colin hängte ihre Jacken an die Garderobe. „Willst du was?", fragte er und zeigte auf die Küche.

„Nur dich." Nevin grinste ihn lüstern an. Guter Gott, Colin war so schön. Er vibrierte vor Lebensfreude.

„Ich stehe noch in deiner Schuld. Mit Zinsen und allem."

Zum ersten Mal an diesem Abend küssten sie sich. Es war merkwürdig. Obwohl sie erst eine Nacht miteinander verbracht hatten, fühlte der Kuss sich vertraut an. Nicht überwältigend und spektakulär, sondern mehr wie eine bequeme Jeans, die perfekt passte und ohne die man nicht mehr sein wollte. Nevin schmiegte sich an Colin und fasste ihn an den Haaren.

„Ins Bett", flüsterte er, als sie eine Pause machten, um Luft zu holen. Er blies Colin ins Ohr und sie schüttelten sich.

Im Schlafzimmer zogen sie sich gegenseitig aus. Nach jedem Kleidungsstück machten sie eine kurze Pause, um sich zu küssen. Colin entdeckte, dass er Nevins Geschmack noch mehr liebte als beim letzten Mal. „Du schmeckst nach Brownie mit Eiscreme und Karamellsoße", sagte er. Nevin lachte.

Während Nevin sich kurz wusch, holte Colin Gleitgel und Gummis – beide Größen – aus der Nachttischschublade. Er war schon vom Küssen hart und ließ Nevin nicht aus den Augen.

Nevin kroch ins Bett und grinste ihn an.

„Ich bin gleich zurück!", versprach Colin und verschwand ebenfalls kurz im Badezimmer, um zu pinkeln, sich zu waschen und die Zähne zu putzen. Er überlegte, ob er sich noch kämmen sollte, aber das wäre lächerlich gewesen. Also ging er ungekämmt ins Schlafzimmer zurück.

„Hey, Nev …"

Nevin lag zusammengerollt unter der Bettdecke. Legolas hatte es sich an seiner Brust bequem gemacht. Und sie schliefen beide tief und fest. Nevin sah nahezu absurd jung und unschuldig aus.

Colin schlich sich auf Zehenspitzen durchs Zimmer, schaltete das Licht aus und legte sich zu ihnen ins Bett. Nevins Haare kitzelten ihn im Gesicht, als er kurz darauf ebenfalls einschlief.

AM NÄCHSTEN Morgen sah Nevin ihn ernst an. „So hatte ich das nicht geplant", sagte er. Legolas lag hinter ihm auf dem Kissen und streckte ein Bein in die Luft, während er sich das Fell leckte.

„War es schlimm?"

Nevin schüttelte den Kopf. „Nein, es war … wir haben nicht gefickt."

„Das passiert nicht nur uns. Viele Menschen gehen aus und schlafen zusammen in einem Bett, ohne vorher Sex zu haben."

„Ich nicht."

Colin streichelte ihm über die Wange. „Jetzt doch. Einmal jedenfalls."

Nevin sah ihn so durchdringend an, als könnte er seine Gedanken lesen. Vielleicht lockte er so die Geständnisse aus seinen Verdächtigen heraus – indem er ihnen bis tief in die Seele schaute. Merkwürdigerweise war es Colin nicht unangenehm. Normalerweise wurde er so nur angesehen, wenn jemand ihn nach seinem Gesundheitszustand ausfragte. Bei Nevin fühlte es sich viel besser an. Nevin war auch nackt und seine warmen braunen Augen blickten sehr verletzlich drein.

Colin überlegte noch, was wohl als nächstes passieren würde, als Leg miaute. Er schaute an ihm vorbei und sein Blick fiel auf den Wecker, der auf dem Nachttisch stand. „Oh, Mist!", rief er und schoss hoch.

„Was ist denn los?"

„Es ist Sonntag. Brunch mit der Familie. Ich muss in weniger als einer Stunde dort sein."

Nevin streckte sich, die Decke rutschte ihm von der Brust und zeigte mehr Haut. „Sag ihnen ab."

„Das kann ich nicht. Nicht in diesem Monat. Meine Schwester lässt sich scheiden und alles ist … angespannt." Dann hatte er eine Idee. „Komm doch einfach mit."

Nevin sah ihn mit einem Ausdruck puren Entsetzens an. Dann sprang er so schnell aus dem Bett, dass er fast über seine eigenen Füße gestolpert wäre. Legolas quiekte erschrocken und ergriff die Flucht. „Niemals! Auf keinen Fall!"

„Es ist doch nur ein Brunch, keine Hinrichtung. Wir sind in einem Restaurant verabredet, das mein Vater vorgeschlagen hat. Es ist beim Flughafen, was ziemlich nervt, aber dafür hat man einen schönen Blick auf den Fluss. Und das Essen ist auch gut."

Nevin sammelte hektisch seine Kleidung ein. Colin hatte ihn noch nie so verunsichert und durcheinander erlebt. Es grenzte schon fast an Panik.

Nachdenklich stand Colin auf und stemmte die Hände in die Hüften. „Hast du eine Allergie gegen Mimosas?"

Nevin hüpfte auf einem Bein durchs Zimmer, um nicht das Gleichgewicht zu verlieren, als er sich die Unterhose anzog. Er fand einen seiner Socken unterm Bett. Dann suchte er erfolglos nach dem anderen. Colin verriet ihm nicht, dass der Ausreißer wahrscheinlich draußen beim Sofa lag. Nevin gab seine Suche schließlich auf und warf den anderen Socken resigniert weg. Er zog sich das Hemd an und knöpfte es zu, während er sich auf den Weg zur Tür machte.

Colin war schneller. Er hob Nevins Schuhe auf und schwenkte sie überm Kopf.

„Gib mir die verdammten Schuhe", knurrte Nevin.

„Erst will ich wissen, was mit dir los ist."

Nevin knirschte mit den Zähnen. „Brunch", sagte er und schnallte sich das Schulterholster um.

„Ja?"

„Mit deinen Eltern."

Aha. „Sie sind ehrenwerte Leute. Sie sind sogar richtig nett. Na gut, Mom kann manchmal zu fürsorglich sein und sich ständig einmischen und Dad ist nicht sonderlich kreativ, aber sie sind amüsant und man kann sich gut mit ihnen unterhalten. Sie mögen dich bestimmt."

„Eltern. Ich will mit Eltern nichts zu tun haben."

Colin hätte fast gelacht, aber Nevin wirkte ernstlich verstört. „Wir geben doch nicht unsere Verlobung bekannt, Nevin. Du hast keinerlei Verpflichtungen. Nichts. Nur … Rührei. Vielleicht sogar ein kleines Steak."

„Ich kann nicht."

Colin gab nach und reichte ihm die Schuhe. Er nahm sogar Nevins Jacke vom Haken und hielt sie ihm wortlos hin. Er überlegte, wie er Nevin nach einem nächsten Date fragen könnte, ohne ihm noch mehr Angst einzujagen. Während er noch nach einer unverfänglichen, flapsigen Formulierung suchte, überraschte ihn Nevin und nahm sein Gesicht zwischen die Hände. „Es tut mir leid, Collie, aber ich kann es einfach nicht."

„Schon gut."

Nevin entspannte sich wieder. Sein Blick wurde sanft. „Das meinst du ernst, nicht wahr? Du bist nicht sauer auf mich?"

„Nein, bin ich nicht. Es tut mir nur leid, dass ich gehen muss."

Nevin nickte und brummte nachdenklich. „Wenn es mir besser geht, rufe ich dich an, ja? Dann können wir über das nächste Date reden. Aber erst muss ich meine Eier wiederfinden."

„Ja, das wäre schön", sagte Colin strahlend. „Oder komm einfach vorbei."

Nevin küsste ihn tief und leidenschaftlich, dann ging er, ohne noch ein Wort zu sagen. Colin starrte auf die geschlossene Tür. Dann drehte er sich um und ging ins Badezimmer. Er musste sich beeilen.

COLIN HÄTTE sich über die bevorstehende Scheidung seiner Schwester eigentlich nicht freuen sollen. Aber die Unterhaltung drehte sich um kein anderes Thema als Miranda und darum, wie sie ihrer kleinen Tochter Hannah helfen konnte, die Familienkrise zu überstehen. Hannah war mit dem Schulchor unterwegs und heute glücklicherweise nicht anwesend. Miranda war nämlich ein Wrack und mit den Nerven total am Ende. Colin konzentrierte sich aufs Essen und ließ nur gelegentlich eine mitfühlende Bemerkung fallen.

Nach einer Weile drehte seine Mutter sich zu ihm um. „Dieses Omelett enthält sehr viel Fett und Cholesterin", sagte sie und zeigte auf seinen Teller. „Du hättest darum bitten sollen, es nur mit Eiweiß zuzubereiten."

„Ich weiß. Aber ein Omelett ohne Eigelb schmeckt beschissen."

„Colin …"

„Mom, es geht mir gut. Ich war erst vor einigen Wochen beim Arzt und er hat bestätigt, dass es mir bestens geht. Hast du das schon vergessen?"

Miranda sprang ihm ausnahmsweise bei und lenkte ihre Mom ab. „Ich habe Tickets für die Aufführung von *The Book of Mormon* im Januar. Russell fällt natürlich jetzt aus, aber ich will das Ticket nicht zurückgeben und allein gehen. Hast du Lust, mich zu begleiten?"

„Gerne. Danke, Miranda." Colins Gedanken schweiften zu Nevin ab und er fragte sich, was Nevin wohl von dem Musical halten würde. Vermutlich würde es ihm gefallen. Schließlich spielte ein *General Butt-Fucking-Naked* mit und die Lieder waren auch nicht schlecht."

„Du siehst aus, als wärst du heute gar nicht anwesend", sagte seine Mutter. Ihr entging einfach nichts.

„Ich bin noch etwas müde. Ich war gestern Nacht im Kino. *Rocky Horror Picture Show*."

„Das hast du seit Jahren nicht mehr gemacht. Warst du verkleidet?"

„Nein. Es war eine spontane Idee."

Sie sah ihn fragend an. „Mit wem warst du dort?"

Oha. Er überlegte, wie er geschickt das Thema wechseln könnte. „Miranda, meinst du, Hannah hätte Lust auf *RHPS*?"

„Ich glaube, dazu ist sie noch zu jung. Warte noch zwei oder drei Jahre. Obwohl der Mist, den sie sich auf *YouTube* ansieht, zehnmal schlimmer ist. Ihr Vater sollte ihr nicht alles erlauben."

Ihre Mutter schaute unsicher zwischen den beiden hin und her. Offensichtlich konnte sie sich nicht entscheiden, ob sie Colin weiter verhören oder Miranda Erziehungstipps geben sollte. Die kurze Pause reichte, um ihren Vater zu ermutigen, sich in die Unterhaltung einzumischen. „Der Film läuft in dem Kino in der Clinton Street, nicht wahr?"

„Ja. Schon seit über dreißig Jahren."

„Es gibt dort einige alte Häuser, über die ich schon länger nachdenke. Natürlich muss man sie abreißen, aber das Grundstück reicht für mindestens zwei neue Häuser mit jeweils drei Wohnungen. Ich würde gerne deine Meinung dazu hören. Wollen wir am Dienstag hinfahren?"

„Klar, kein Problem." Colin fiel ein, was Nevin bei ihrer ersten Begegnung über dieses Thema gesagt hatte. „Weißt du, Dad ... diese alten Häuser haben viel Charakter und eine lange Geschichte. Sie gehören zur Nachbarschaft."

Sein Vater sah ihn über den Rand seiner Kaffeetasse an. „Und?"

„Es wäre vielleicht schade, sie durch langweilige Neubauten zu ersetzen."

Harold Westwood sah seinen Sohn an, als wäre er plötzlich durch einen Alien ersetzt worden. Dann drehte er sich zu seiner Frau um, die ihn süffisant angrinste. Sie und Harold hatten über die Erhaltung und den Wert alter Bausubstanz schon oft diskutiert, konnten sich aber nicht einigen. Da ihre Diskussionen meistens in einen Streit ausarteten, hatten sie schließlich beschlossen, das Thema nicht mehr anzusprechen. Sie kritisierte seine Baupläne nicht mehr und er beschwerte sich nicht, wenn ihre Kanzlei Klienten vertrat, die gegen Bauunternehmer wie ihn klagten.

„Wir sind Geschäftsleute, Colin. Wenn wir Geld in die alten Häuser stecken, bleiben uns höchstens vier Wohnungen. Und selbst die hätten noch eine ganze Menge Macken. Wir können sie für das gleiche Geld abreißen, vollkommen neu bauen und ein drittes Stockwerk draufsetzen. Dann haben wir sechs nagelneue, moderne Wohnungen, die uns einen beachtlichen Gewinn bringen."

„Wir verdienen auch so genug, Dad."

„Bist du unter die Kommunisten gegangen? Oder in ein Kloster eingetreten?"

„Vergiss es", murmelte Colin.

ALS COLIN wieder nach Hause kam, räumte er die Wohnung auf. Er musste lächeln, als er Nevins verschollene Socke fand. Er warf die beiden Socken in seinen Wäschekorb, wo sie sich mit seiner Wäsche vermischten. Es war ein gutes Gefühl, obwohl er es nur Nevins Panik über den Brunch mit Colins Familie verdankte.

Colin konnte verstehen, warum Nevin so reagiert hatte. Es musste Nevin erschreckt haben. Zum einen, weil es eine Beziehung zwischen ihnen angedeutet hätte, die es – noch – nicht gab. Aber nach dem, was Nevin über seine Vergangenheit angedeutet hatte, war das nicht alles. Julie musste ihn ein Vermögen gekostet haben und er war immer gut gekleidet, aber Nevin war offensichtlich lange nicht so privilegiert aufgewachsen wie Colin. Das musste Spuren hinterlassen haben.

Während Colin noch darüber nachdachte, sprang Legolas zu ihm aufs Sofa und legte sich auf seinen Schoß. „Du bist ein richtiges kleines Flittchen", informierte ihn Colin und streichelte ihm über den Rücken. „Nicht, dass ich dir dafür einen Vorwurf machen würde. Er ist wirklich ein wunderbarer Mann." Wunderbar, aber auch rätselhaft.

Trent war unkompliziert. Er machte den Eindruck eines verwöhntem, reichen jungen Mannes, der sich für Kunst interessierte, aber kein Verständnis für Menschen hatte, denen es weniger gut ging als ihm. Es war schließlich ihre eigene Schuld. Und dieser Eindruck bestätigte sich, wenn man ihn besser kennenlernte. Er war nicht grausam, war noch nicht einmal ein Arschloch. Er unterhielt sich gern über Sport, Mode oder darüber, ob der regional hergestellte Käse, den es in seinem Lieblingsrestaurant gab, besser war als die importierten Käsesorten. Alle zwei Jahre kaufte er sich ein neues Cabrio, obwohl er das Dach fast nie abnahm. Seine luxuriöse Eigentumswohnung hatte ein Innenarchitekt eingerichtet und an den Wänden hingen hässliche Originale junger Künstler, die Trent zwar selbst nicht gefielen, die aber angeblich eine gute Investition wären. Aber letztendlich hatte Trent keine Verwendung für einen Partner gehabt, der mit gesundheitlichen Problemen geschlagen war und nicht genug Ehrgeiz hatte.

Aber Nevin? Je besser Colin ihn kennenlernte, umso komplizierter wurde er. Er war viel mehr als der gut aussehende, arrogante Bulle mit dem unflätigen Mundwerk, für den Colin ihn nach ihrer ersten Begegnung gehalten hatte.

„Er ist keine Zwiebel, Leg. Er ist ein Prisma. Wenn man ihn beleuchtet, findet man einen Regenbogen." Und er war auch so ungreifbar wie ein Regenbogen. Er strahlte eine Schönheit aus, die sich Colin immer wieder entzog.

Wie mochte es gewesen sein, so aufzuwachsen wie Nevin? Colin konnte es sich nicht vorstellen. Er hatte als Kind nie verlangt, dass seine Eltern ihm jeden Wunsch erfüllten, aber er wusste auch, dass sie ihm alles gaben, was er wirklich brauchte. Colin hatte sich nie für reich gehalten, sich aber auch nie Sorgen machen müssen, dass das Geld nicht reichte. Es war einfach da – wie die Luft zum Atmen. Manchmal hatte er sogar mehr Geld als Atemluft.

Okay. Nevin hatte als Kind also kein Sicherheitsnetz gehabt, dass ihn auffing, wenn er es brauchte. Jetzt war er beruflich erfolgreich und finanziell abgesichert, aber es musste ihm schwerfallen, die alten Ängste abzuwerfen. Das konnte Colin nur zu gut verstehen. Er lag manchmal auf dem Rücken und hörte sein Herz ruhig und gleichmäßig schlagen, aber die Angst, damit könnte es jeden Moment vorbei sein, hatte ihn nie ganz verlassen.

Er fuhr Legolas nachdenklich mit den Fingern durchs Fell und erkannte, dass Nevins Probleme nicht nur mit finanzieller Sicherheit zu tun hatten. Es ging auch um Familie.

Colin fiel seine Familie manchmal höllisch auf die Nerven, aber er liebte sie. Er hatte auch nie daran gezweifelt, dass sie ihn ebenfalls liebte. Sie hatten viel für ihn geopfert, hatten ihre eigenen Interessen und Verpflichtungen vernachlässigt, um ihn zum Arzt zu fahren oder – noch schlimmer – stundenlang bei ihm am Krankenbett zu sitzen. Eine seiner frühesten Erinnerungen war, mit seiner Mutter *Over the Rainbow* zu singen und dabei Mirandas Plüscheinhorn an sich zu drücken, das normalerweise außer ihr niemand auch nur anfassen durfte. Er saß im Krankenhausbett und im Fernseher lief *Der Zauberer von Oz*. Sein Vater hatte extra den Videorekorder mitgebracht und am Fernseher angeschlossen, obwohl es nicht erlaubt war. Die Krankenschwestern stellten sich blind und ignorierten den Verstoß gegen die Vorschriften, weil Colin morgen wieder operiert werden musste und fürchterliche Angst hatte.

Nevin hatte nur von einem Bruder gesprochen, mit dem er nicht blutsverwandt war. Ein Stiefbruder vielleicht? War Nevin ohne eine Familie aufgewachsen, die ihn liebte und für ihn da war? Das musste schlimmer gewesen sein als die Armut. Mit einer guten Ausbildung hatte auch ein armes Kind die Möglichkeit, später einen besser bezahlten Beruf zu ergreifen. Liebende Eltern ließen sich nicht ersetzen.

Colin war so in Gedanken, dass er Legolas zu fest an sich drückte. Legolas quiekte empört und sah ihn böse an. „Sorry, Leg."

Was wäre aus Colin geworden ohne eine Familie, die ihn liebte und mit ausreichend Geld gesegnet war? Ganz einfach – dann würde er jetzt nicht mehr leben. Und hätte er durch eine glückliche Fügung doch überlebt, wäre er jetzt ein Nichts. Mittelmäßiges Aussehen, keine besondere Begabung. Vielleicht hätte er einen beschissenen Job und eine billige Wohnung wie Roger Grey, aber mit dem Unterschied, dass Roger sich wenigstens an ein gutes Leben zurückerinnern konnte.

Nevin hatte etwas aus sich gemacht, obwohl es ihm nicht in die Wiege gelegt worden war. Er hatte einen Beruf, bei dem er Menschen helfen konnte, hatte ein heißes Auto, kleidete sich gut und hatte einen scharfen Verstand. Sogar Legolas hatte ihn sofort ins Herz geschlossen. Nevin musste nicht nur ein guter Mensch sein, er musste auch mit aller Kraft gekämpft haben, um das zu erreichen.

„Kein Wunder, dass er mir mein Leben übelnimmt." Übelnehmen war vielleicht nicht das richtige Wort, aber Colin fiel kein besseres ein. Er wusste, dass Welten zwischen ihnen lagen. Sie hatten nur eine Gemeinsamkeit – sie waren alleinstehende schwule Männer, die zufällig in derselben Stadt lebten. Na ja, dann war da natürlich noch der Sex. Der war wunderbar. Und Colin liebte Nevins Gesellschaft und Nevin schien es umgekehrt genauso zu gehen. Aber sie hatten keine Zukunft und wenn Colin sich nicht vorsah, würde es mit einem gebrochenen Herzen enden. Sein Herz war schon schwach genug. Er sollte es nicht noch zusätzlich gefährden.

12

NEVIN WAR nicht sonderlich stolz darauf, so überstürzt die Flucht ergriffen zu haben. Er war kein Feigling, ganz und gar nicht. Aber er wäre eher nackt – das Logo der Norteños auf den Arsch tätowiert – durchs Territorium der Sureños spaziert, als mit Colins Eltern zum Brunch zu gehen. Ihn schauderte immer noch bei der Vorstellung, obwohl Colins Einladung schon Stunden zurücklag und er mit Jeremy beim Joggen gewesen war.

Er war nach Hause gekommen, hatte sich umgezogen und in der Küche nach etwas Essbarem gesucht, als sein Handy klingelte. „Hey, Chief", sagte er nach einem kurzen Blick auf den Bildschirm.

„Chief? Kein Germy Cox heute?"

„Ich bin zu lasch, um dich zu ärgern."

„Hört sich an, als würde gleich die Apokalypse ausbrechen." Jeremys tiefe Stimme war klar verständlich, obwohl im Hintergrund laute Geräusche zu hören waren. „Komm ins *P-Town*. Wir füllen dich mit Kaffee ab, bis du wieder das alte Arschloch bist."

„Hattest du nicht vor, heute wandern zu gehen?"

„Abgesagt."

„Ich will gerade …"

„Reiß den Arsch hoch, sonst hole ich dich persönlich ab. Dann lese dich auf und stecke dich in die Hosentasche, wenn es sein muss."

„Du willst mich nur in der Nähe von deinem Schwanz haben. Oder deinem Arsch."

Jeremy schnaubte. „Davon träume ich schon lange."

Widerstrebend, aber auch erleichtert, fuhr Nevin ins *P-Town*. Wie an einem Sonntagnachmittag üblich, war sehr viel los. Jeremy war die Ruhe selbst. Er saß an einem Tisch am Fenster und hielt ihm einen Platz frei, während Nevin an der Schlange vor der Theke stand.

„Was macht deine Dissertation?", fragte er Ptolemy, als er an der Reihe war.

„Uff … ich sollte sie vielleicht aufgeben und mein Geld mit Kaffee verdienen."

„Dein Kaffee schmeckt köstlich. Aber mit dem *Dr.* vor dem Namen kannst du deine Arbeitssklaven besser rumscheuchen."

Ptolemy lachte und reichte ihm seinen Kaffee und einen kleinen Teller mit einem übergroßen Plätzchen.

„Süßigkeiten? Ich habe noch nicht gegessen!", protestierte Nevin.

„Es ist ein Haferflockenplätzchen, also gewissermaßen gesunde Ernährung."

Nevin bezahlte den Kaffee, nahm augenzwinkernd das Plätzchen an und ging zurück an Jeremys Tisch.

„Warum hast du Barbar mich bedroht?", fragte er, während er sich setzte. „Wir haben uns doch gestern erst getroffen. Hältst du es ohne mich nicht mehr aus?"

„So ist es. Ich bin hier vor Einsamkeit fast gestorben." Er legte sich leidend die Hand aufs Herz. Dann grinste er Nevin an und schlürfte an seinem Kaffee. „Ich musste die Wanderung absagen, weil heute früh im Park ein Notfall war. Aber dafür habe ich einige Eintrittskarten fürs Eröffnungsspiel der *Blazers* bekommen. Falls ihr Lust habt – du und Ford –, kann ich euch welche abgeben. Sie spielen gegen die *Pelicans*."

Nevin überlegte kurz, ob er Jeremy um drei Karten bitten und Colin einladen sollte, verwarf die Idee aber sofort wieder. Das Spiel war erst in mehr als vier Wochen und bis dahin wäre Colin schon längst aus seinem Leben verschwunden.

„Es sind Sitzplätze", sagte Jeremy, der Nevins Schweigen falsch deutete.

„Wem hast du einen blasen müssen, um die Karten zu bekommen?"

„Es gibt Menschen, die müssen niemandem einen blasen, damit man ihnen einen Gefallen tut."

„Wie langweilig." Nevin musste daran denken, wie schön es gewesen war, neben Colin aufzuwachen – und das, obwohl sie am Abend vorher nicht gefickt hatten. Er lächelte. „Ich nehme zwei", sagte er schnell, bevor Jeremy misstrauisch werden und ihm dumme Fragen stellen konnte.

„Alles klar. Willst du noch eine mehr, damit du jemanden mitbringen kannst?"

Nevin schüttelte entschieden den Kopf. „Nur für mich und Ford."

„Okay. Einige Kollegen kommen auch mit. Und Amy Lassiter. Die kennst du doch, oder?"

„Sicher." Amy war Staatsanwältin und er hatte schon in einigen ihrer Verfahren als Zeuge ausgesagt. Sie war richtig gut. „Das hört sich nach einer größeren Sache an."

Jeremy zuckte mit den Schultern. „Ich habe ein ganzes Bündel Karten bekommen. Rhoda will nicht mitkommen. Sie meint, sie kann es nicht ertragen, wenn die Schuhe auf dem Boden quietschen. Hmm. Ich frage mich, ob Parker wohl aus Seattle kommen würde, wenn ich ihn einlade. Eine kleine Abwechslung würde ihm bestimmt guttun."

Nevin schnaubte. Das passte zu Jeremy. Schon wieder wollte er jemandem helfen. Jeremy war richtig besessen davon, Menschen zu helfen. Aber er würde schon noch lernen, dass er nicht die ganze Welt retten konnte. Noch nicht einmal einen größeren Teil davon.

Das Gute an Jeremy war, dass er auch ruhig sein konnte. Nicht, dass eine nette Unterhaltung etwas Schlechtes wäre. Jeremy war ein kluger Kerl und kannte sich mit vielen interessanten Sachen aus. Aber er war auch zufrieden, gelegentlich den Mund zu halten und einfach nur da zu sitzen und die Leute zu beobachten. Er hatte eine beruhigende Wirkung auf Nevin. Fast so, als wäre sein riesiger Körper ein Gravitationsfeld, das alle Aufregung an sich zog und verschluckte.

Sie tranken schweigend ihren Kaffee. Nevin knabberte an seinem Plätzchen. Als draußen zwei Radfahrer beinahe zusammenstießen und sich anschrien, spannten sie sich kurz an, mussten aber nicht eingreifen. Einer der Radfahrer schüttelte den Kopf und fuhr weiter. Nevin und Jeremy lehnten sich entspannt zurück.

„Idioten", knurrte Nevin.

„So sind die Menschen. Wenn der Adrenalinspiegel hochschießt, regen sie sich auf."

„Du regst dich nie auf." Als Jeremy noch einer der wenigen offen schwulen Bullen beim FBI war, hatte er selbst unter den übelsten Umständen die Ruhe bewahrt. Sogar die homophobsten unter ihnen waren froh gewesen, diesen sanften Riesen an ihrer Seite zu wissen. Wenn es brenzlig wurde, interessierte sich niemand mehr dafür, was sein Partner nachts im Bett mit dem Schwanz machte. Dann kam es nur darauf an, ob er zuverlässig war oder nicht. Nevin hatte auch nie ein Hehl daraus gemacht, bisexuell zu sein, aber ihn ließen sie in Ruhe, weil er ihnen sonst in den Arsch treten würde.

„Ich rege mich auch oft auf oder werde wütend, Nevin. Ich versuche nur, es nicht an anderen Menschen auszulassen."

Nevin prostete ihm mit seiner Tasse zu. „Auf den heiligen Jeremy."

„Und du bist der kleine Teufel, der allen im Nacken sitzt?"

„Oh ja."

Als sich die Lage an der Theke etwas entspannte, besorgte Jeremy ihnen frischen Kaffee. „Hast du letzte Nacht überhaupt geschlafen?", fragte er, als er wieder zurückkam.

Nevin musste an Colins bequemes Bett denken und an das Morgenlicht, das sanft durch die Fenster schien. Legs Schnurren. Und Colins warmen Körper an seiner Seite. „Ja", sagte er.

„Ich dachte, nach der Sache mit Grey und dem verbrannten Mädchen …" Er verstummte lächelnd. „Ah, ich verstehe. Du hast einen Mann gefunden."

„So ist es." Jeremy musste nicht wissen, dass dazu ein Dinner, die *Rocky Horror Picture Show* und eine gemeinsame Nacht – ohne Sex – gehört hatten. Er würde nur falsche Schlussfolgerungen ziehen.

„*Whatever gets you thru the night*", zitierte Jeremy.

„Ist das nicht ein Lied von Elton John oder so?"

Jeremy schüttelte verzweifelt den Kopf, wirkte aber erleichtert. Dieser kleine Kaffeeklatsch war also auch einer seiner Rettungsversuche – nur mit dem Unterschied, dass er dieses Mal Nevin retten wollte.

„Ich brauche keinen Helden, der mich vor dem Drachen rettet, Germy. Ich kann selbst auf mich aufpassen."

Jeremy seufzte. „Wie du es schon immer getan hast, nicht wahr?"

NEVIN HATTE normalerweise kein Problem, sich auf seine Arbeit zu konzentrieren. Er musste noch einige Zeugen zu dem Fall Gillett befragen und die Berichte dazu fertigstellen. Außerdem standen in dieser Woche noch Besuche in Einrichtungen für Menschen mit Entwicklungsstörungen sowie eine Informationsveranstaltung über Internetbetrug, die in einem nahe gelegenen Seniorenzentrum stattfand, auf seinem Terminplan. Aber er musste immer wieder an Colin denken, und das zu den unpassendsten Zeiten. Nevin ging jeden Morgen zum Joggen und abends ins Fitnessstudio, um sich abzulenken. Er kam kaum zum Essen und wenn, waren es nur Kleinigkeiten, die er sich unterwegs besorgte.

Er fühlte sich nicht gut. Vielleicht war eine Grippe im Anmarsch.

Am Freitagabend arbeitete er bis lange nach Einbruch der Dunkelheit. Als er dann endlich Feierabend macht und losfuhr, hätte er beinahe den Weg in den Pearl District – dort wohnte Colin – eingeschlagen. Nevin schaffte es gerade noch, in Richtung Broadway abzubiegen, bevor es zu spät war. Er gab eine Kurzwahl ins Handy ein.

„Wir müssen uns treffen", bellte er, als Ford den Anruf annahm.

„Wo?"

„Ist mir egal. Hauptsache, es gibt Frauen und Alkohol." Er hoffte, dass Sex mit einer Frau – mit möglichst runden Kurven – ihm helfen würde, Colin endlich aus seinen Gedanken zu vertreiben.

Ford sagte einen Moment nichts, dann räusperte er sich. „Äh, wie wäre es, wenn wir uns an einem ruhigeren Ort treffen?"

Mist. Nevin schwante nichts Gutes. „Von mir aus."

Sie trafen sich schließlich in dem kleinen Diner in der Nähe von Nevins Wohnung. Das hatte zwei Vorteile – zum einen bekam er endlich eine vernünftige Mahlzeit, zum anderen lag der Fluss zwischen ihm und Colin. Natürlich war der Willamette keine ernsthafte Barriere. Dazu gab es in der Stadt viel zu viele Brücken. Aber wenigstens sorgte er psychologisch für genügend Abstand.

Nevin kam als Erster an und setzte sich in eine ruhige Nische in der Ecke des Diners. Als Ford schließlich ebenfalls eintraf, hatte Nevin schon eine Tasse Kaffee vor sich stehen und studierte die Speisekarte. Ford hatte schon gegessen und bestellte nur eine Cola. Nevin entschied sich für einen Hamburger mit Pommes.

„Du siehst beschissen aus", sagte Ford.

„Danke für das Kompliment."

„Ich meine es ernst, Bruderherz. Du hast Ringe um die Augen und ich könnte schwören, dass du auch abgenommen hast. Was zum Teufel ist mit dir los?"

„Nichts. Ich stecke nur bis zu den Ohren in Arbeit. Außerdem hast du dich vorhin am Telefon verdammt merkwürdig angehört. Die Frage ist also eher, was mit *dir* los ist."

Ford rutschte unbehaglich hin und her und starrte auf eines der langweiligen Bilder an der Wand. Er hatte sich einen Schnurrbart zugelegt und den Kopf frisch rasiert. Es stand ihm gut, war aber verdächtig. Außerdem sah er recht schick aus in seinem weißen Hemd und den neuen Jeans. Nur die Fingernägel, mit denen er auf den Tisch klopfte, verrieten ihn. Sie hatten, wie immer, schwarze Ränder von seiner Arbeit in der Erde.

Nevin beugte sich vor. „Wenn du nicht sofort freiwillig damit rausrückst, reiße ich dir die Zunge aus dem Maul."

Die Drohung schien Ford zu beruhigen. Er grinste schwach. „Ich habe ein neues Tattoo."

„Und deshalb bist du so durch den Wind geschossen? Solange es nicht mein Porträt ist, das jetzt auf deinem Arsch prangt, ist mir das vollkommen egal."

Ford knöpfte wortlos seine linke Manschette auf und rollte den Ärmel hoch. Sein Arm war über und über tätowiert und es gab kaum noch freien Platz. Er zeigte auf ein neues Tattoo auf der Innenseite des Unterarms, zwischen einem Rosenbusch und einem Ethnosymbol. Nevin kniff die Augen zusammen, um es besser zu erkennen.

„Es ist ein Herz mit dem Buchstaben K", sagte er, obwohl Ford das zweifelsohne schon wusste.

„Jawohl."

„Will heißen?"

„Du, äh … erinnerst dich doch an Katie?"

Natürlich erinnerte sich Nevin an Katie. Sie war eine alte Flamme, mit der Ford in letzter Zeit wieder ausging. „Katie ist das K?"

„Ja, und sie ist jetzt, äh … Wir haben uns verlobt."

Nevin starrte ihn mit großen Augen an. Dann schlug er die Hände vors Gesicht. „Du hast ihr ein Kind angehängt, du Idiot! Wir hatten uns doch schon immer vorgenommen, nie ohne Gummis zu ficken! Und jetzt …"

„Sie ist nicht schwanger." Ford grinste dämlich, als Nevin ihn ungläubig ansah. „Sie nimmt die Pille, aber kürzlich … na ja, da hatten wir kurz Angst, sie könnte doch schwanger sein. Ist sie aber nicht. Aber als wir es dachten, sind wir ins Gespräch gekommen …"

„Ins Gespräch? Worüber? Was seid ihr nur für Idioten!"

„Sind wir nicht!", rief Ford und sah verlegen auf, weil plötzlich die Kellnerin mit ihren Bestellungen am Tisch stand. Sie stellte wortlos die Getränke und Nevins Hamburger ab und stakste wieder davon. „Es hat uns nur nachdenklich gemacht, das ist alles. Und wir haben beide festgestellt, dass es vielleicht gar keine schlimme Sache wäre, sich endlich häuslich niederzulassen. Vielleicht sogar eine Familie zu gründen."

Nevin kippte Ketchup auf seinen Hamburger, biss einen großen Happen ab, kaute ausgiebig und schluckte dann. „Eine Erkältung ist auch keine schlimme Sache. Das heißt aber noch lange nicht, dass du dich unters Volk mischen musst, um dich anzustecken."

„Warum bist du deswegen so sauer? Du kennst Katie doch kaum. Wie willst du sie beurteilen?"

„Du kennst sie auch kaum. Ihr habt euch vor Jahren getrennt und jetzt seid ihr seit ein paar Wochen wieder zusammen. So ist es doch, oder? Und da redet ihr schon von *bis dass der Tod euch scheidet*? Und von *Babys*?" Er schüttelte sich.

„Ja, Nevin. *Babys*. Ich will Vater werden. Ich habe von dem Arschloch, das mich gezeugt hat, zwar nichts Gutes gelernt, aber ich bin mir ziemlich sicher, dass ich es besser kann als er."

Er hörte sich angespannt und traurig an. Nevin musterte ihn. Zum ersten Mal an diesem Tag dachte er nicht an sich selbst. Und er erkannte, dass sein Bruder den Tränen nah war und ihn um Verständnis bittend ansah. Nevin holte tief Luft.

„Ich bin davon überzeugt, dass du ein wunderbarer Vater sein wirst", sagte er und Ford entspannte sich sichtlich. „Aber bist du sicher, dass du es jetzt schon willst und dass Katie die Richtige ist? Oder ist es nur die biologische Uhr, die in deinen Eiern tickt?"

Ford lächelte schwach. „Das glaube ich nicht. Katie ist … wunderbar. Sie arbeite momentan bei Target, aber sie interessiert sich sehr für Gärtnerei und wir wollen Geschäftspartner werden. Sie arbeitet sehr hart und ist richtig tough. Noch tougher als du. Aber sie ist auch süß. Mit ihr macht es sogar Spaß, einfach nur vor dem Fernseher zu sitzen oder einkaufen zu gehen. Ich fühle mich bei ihr zuhause."

Nevin konnte es nicht verhindern. Er musste daran denken, wie es war, mit Colin auf dem Sofa zu sitzen und Legolas zu streicheln, während im Fernseher *König der Löwen* lief und Colin lauthals mitsang. Eine unangenehme Wärme breitete sich in seiner Brust aus. Er trampelte die aufkeimenden Flammen nieder und grinste. „Aber wehe, ich darf nicht dein Trauzeuge sein."

Sie fassten sich über den Tisch hinweg an den Händen. Dann ließ Nevin los und boxte seinen Bruder an den Arm, was dazu führte, dass Ford sein Glas umstieß und alles in Cola gebadet wurde. Die Kellnerin kam mit einem Stapel Papiertüchern angerannt. Wenn Blicke töten könnten … Ford brach in lautes Gelächter aus und Nevin stimmte ein. Kurz darauf hielten sie sich beide den Bauch und schnappten nach Luft.

KAUM WAR Nevin am Montag wieder im Büro, tauchte Frankl auf. Er wirkte ungewöhnlich lebhaft und seine Augen funkelten aufgeregt. „Wir haben eine Spur im Fall Grey", verkündete er und ließ sich in den Stuhl fallen, der vor Nevins Schreibtisch stand.

Nevin sah für den Bruchteil einer Sekunde Colin vor sich, in Handschellen und das Gesicht verzerrt vor Hass. Er schüttelte sich. „Ja?", sagte er so beiläufig wie möglich.

„Letzte Woche hat ein Mann in Boring bei der Gartenarbeit einen menschlichen Unterkiefer in seinem Blumenbeet gefunden."

„Was für eine grausame Überraschung."

„Nein, nein … Der alte Kauz hat sich gefreut, dass endlich mal was Aufregendes passiert. Man hätte fast meinen können, er hätte die sterblichen Überreste von Jimmy Hoffa gefunden."

Nevin hatte schon viele Leute dieser Art kennengelernt. „Und es war Greys Unterkiefer?"

„In der Tat."

Nevin trommelte mit den Fingern auf den Schreibtisch. Er überlegte. Er wusste, dass ein Teil von Greys Skelett gefehlt hatte. Bei einer Leiche, die mehrere Monate im Freien lag, war das nicht ungewöhnlich. Oft waren wilde Tiere dafür verantwortlich. Aber Boring lag ungefähr zehn Kilometer von Sandy, dem Fundort der Leiche, entfernt.

„Ich nehme nicht an, dass du den alten Kauz jetzt verhaften willst", sagte er.

Frankl schnaubte. „Nein. Aber der Knochen ist nicht von allein dorthin marschiert. Der Garten grenzt an drei andere Grundstücke. Wir haben Ermittlungen gegen die Nachbarn aufgenommen. Einer davon hat bisher Priorität. Er hat seine Ex-Frau verprügelt und ist wegen Drogendelikten aufgefallen. Crack."

Nevin nickte, teilte Frankls Optimismus aber nicht. Viele Menschen hatten zwielichtige Nachbarn, aber in diesem Fall war es ziemlich weit hergeholt, eine Verbindung zum Fall Grey herzustellen. Trotzdem, es musste eine Erklärung dafür geben, warum der Unterkiefer in Boring aufgetaucht war. „Glaubst du, es hilft euch weiter?"

„Keine Ahnung. Aber der Kerl hat Überwachungskameras auf seinem Grundstück installiert, weil schon öfter in seinen Schuppen eingebrochen wurde. Wir sehen uns jetzt die Aufnahmen an, aber es wird einige Zeit dauern, bis wir durch sind. Wir wissen nicht, wann in den letzten beiden Monaten der Unterkiefer in den Garten gelangt ist."

Nevin war von Herzen dankbar, dass nicht er es war, der acht Wochen Gartenidyll in Boring durchsehen musste. „Viel Glück", sagte er grinsend.

Frankl zeigte ihm den Vogel. „Sehr freundlich, Ng."

Nevin musste lachen.

Nachdem Frankl wieder gegangen war, saß Nevin noch lange vorm Computer und starrte nachdenklich auf den Bildschirm. Er gab Roger Grey die Schuld dafür, dass er immer noch an Colin Westwood denken musste.

Gegen Mittag hatte er fast nichts geschafft, war aber kurz davor, den Verstand zu verlieren. Vermutlich hatte er ihn sogar schon verloren, denn er suchte nach der Adresse von *Westwood Development*, der Firma von Colins Vater. Wie sich herausstellte, war sie nur einen Kilometer entfernt. „Scheißkram", knurrte er, als er nach seinem Jackett griff.

Es war bewölkt und Feuchtigkeit lag in der Luft, obwohl noch kein Tropfen Regen gefallen war. Die herbstlich gefärbten Blätter der Bäume warteten nur auf einen kräftigen Guss, um auf den Boden zu fallen und nur noch kahle Äste zurückzulassen. Auch die wenigen Fußgänger hatten ihre Sommerkleidung schon aufgegeben und eilten fröstelnd den Bürgersteig entlang.

Nevin machte es ihnen nach. Er achtete weder auf den Straßenlärm noch auf den appetitlichen Duft, der den vielen Imbissständen entströmte. Als er das Gebäude von *Westwood Development* betrat, warf er einen kurzen Blick auf das Metallschild mit Firmenregister, das im Foyer hing. Dann fuhr er mit dem Aufzug in den zwölften Stock. Er erwartete eine repräsentative Rezeption, fand aber nur eine Glastür mit dem Logo der Firma vor. Dahinter saß eine ältere Dame an ihrem Schreibtisch und sah überrascht auf, als er durch die Tür kam. „Kann ich Ihnen behilflich sein?"

Wahrscheinlich bekam die Firma nicht sehr oft Geschäftsbesuche. Er machte sein übliches Bullengesicht. „Ich möchte mit Colin Westwood sprechen."

Sie zog die Augenbrauen hoch und schaute auf ihren Computer. „Haben Sie einen Termin mit Mr. Westwood? Ich finde hier nichts und …"

„Nein, ich habe keinen Termin. Richten Sie ihm bitte aus, Detective Ng möchte ihn sprechen."

Sie riss die Augen auf. „Detective! Ist etwas passiert?"

Gütiger Himmel. „Nein. Ich muss nur mit ihm reden."

„Selbstverständlich." Sie nahm aufgeregt den Telefonhörer in die Hand und drückte auf einen Knopf. „Colin? Hier ist ein Detective Ng für dich." Wie interessant. Sie sprach Colin mit seinem Vornamen an und duzte ihn.

Nevin grübelte noch darüber nach und ignorierte die nervösen Blicke der Dame, als Colin auf ihn zugelaufen kam. Er trug eine Bundfaltenhose und eine gelbe Fliege zu seinem violetten Hemd. Nevins Herz schlug schneller, als er ihn sah. Verdammt aber auch.

„Nevin!" Colin kam mit quietschenden Schuhen vor ihm zum Stehen. Er war nahe genug, um das würzige Aftershave zu riechen, das er benutzte.

„Ich brauche …" Nevin verstummte. Er wusste weder, was er brauchte noch wusste er, warum er gekommen war. Er hatte keine Ahnung, was er eigentlich von Colin wollte.

Colin reagierte nicht verärgert oder ungeduldig. Er schien sogar ruhiger zu werden. Sein Mundwinkel zuckte, als er sich zu der Frau umdrehte. „Wir haben eine Besprechung. Sorge bitte dafür, dass wir nicht gestört werden." Dann sah er Nevin an. „Hier entlang, Detective."

An den Wänden hingen Fotos von Häusern. Nevin erkannte das Mietshaus, in dem Colin wohnte. Auch einige der anderen Häuser waren ihm in der Stadt schon aufgefallen. Es waren vor allem Mietshäuser und Einfamilienhäuser. Colins Büro befand sich am Ende des Flurs. Er war recht groß und aus den Fenstern konnte man den Fluss sehen. Die Möbel sahen teuer und edel aus – nicht ganz Colins Stil –, aber Nevin musste lächeln, als er die alten Filmplakate an den Wänden entdeckte.

Colin schloss hinter ihnen die Tür. Dann sprang er ohne jede Vorwarnung auf Nevin zu, drückte ihn an den übergroßen Schreibtisch und nahm sein Gesicht zwischen die Hände. „Ich hoffe doch sehr, dass du nicht gekommen bist, um mich zu verhaften."

Bevor Nevin darauf antworten konnte, küssten sie sich auch schon. Nicht sanft und zärtlich. Nicht neckend. Es war ein wilder, gieriger Kuss. Ihre Lippen drückten sich aneinander und ihre Zungen umschlangen sich. Sie atmeten keuchend und stöhnten. Als sie sich trennten, klammerte sie sich aneinander fest, als müssten sie sich vor dem Ertrinken bewahren.

„Ich arbeite hier schon, seit ich noch ein Teenager war", sagte Colin. „Und ich habe hier noch nie jemanden geküsst."

„Selbst Trent nicht?"

„Niemanden."

Es war dumm, aber Nevin triumphierte innerlich. Er klammerte sich noch fester an Colin.

Colin lachte erstickt. „Wenn das so weiter geht, haben wir in spätestens einer halben Minute Sex. Und das habe ich hier auch noch nie gemacht. Unglücklicherweise wäre es keine gute Idee, das jetzt zu ändern."

„Keine Kondome greifbar?"

„Das. Und die Möbel sind verdammt unbequem. Natürlich könnten wir uns auf den Boden legen, aber dann würde uns mein Vater hören. Sein Büro ist direkt nebenan und die Wände sind sehr dünn."

Nevin trat einen Schritt zurück. „Ich sollte …"

Colin hielt ihn fest. „Nein. Warum bist du gekommen, Nevin?"

Vielleicht lag es an dem Kuss, der ihm keine schlagfertige Antwort einfiel. Oder sein Mund hatte sich verselbstständigt. „Er verlässt mich."

Colin sah ihn erstaunt an und ließ seinen Arm los. „Du hast einen Freund?", fragte er leise.

„Nein! Um Gottes willen, *das* doch nicht." Manchmal hatte Englisch zu viele Worte und zu wenig Bedeutung. Zum Beispiel jetzt. „Ich habe keinen Freund. Ich hatte nie einen. Und auch keine Freundin, wenn man es genau nimmt. Ich … Mist." Er rieb sich übers Gesicht.

„Nie?", fragte Colin, kam wieder näher und flüsterte ihm leise ins Ohr. „Auch nicht, als du noch zur Schule gegangen bist?"

Nevin lächelte, obwohl es ihm schwerfiel. „Du warst damals bestimmt oft verschossen, oder?"

„Meine erste Liebe war Mark Oshiro, der in der zweiten Klasse neben mir saß. Er hat meine Begeisterung für ihn leider nie erwidert. Aber unser Au-pair-Mädchen hat mir immer besonders leckere Pausenbrote gemacht, weil …"

„Au-pair? Ihr hattet ein Au-pair-Mädchen?"

„Halt den Mund. Sie hieß Anna und war aus Italien. Und ich war untergewichtig, also hat sie mir immer genug eingepackt, um die halbe Schule durchzufüttern. Marks Eltern hatten diesen makrobiotischen Fimmel. Also habe ich

114

ihm von meinen Schinkenbroten und dem Kuchen abgegeben und er hat mir dafür erlaubt, dass ich allen erzählte, er wäre mein Freund."

„Mark Oshiro war ein Flittchen", sagte Nevin grinsend.

„Ja. Und er war untreu. Eines Tages habe ich ihn in den Ferien mit Jennifer Blaylock erwischt. Es hat mir das Herz gebrochen." Colin schlug sich mit einer dramatischen Geste an die Brust, aber in seinen Augen lag echte Trauer.

„Ich könnte nachsehen, ob er gesucht wird", bot ihm Nevin an. „Dann kann ich ihn für dich hinter Gitter bringen lassen."

„Nein, das wird nichts. Bis auf seine Untreue war er immer sehr brav. Ich möchte wetten, er geht noch nicht einmal bei Rot über die Straße."

„Ich könnte den Kollegen der Verkehrspolizei Bescheid sagen. Irgendwann macht jeder einen Fehler, der für einen Strafzettel reicht."

Colin grinste und küsste ihn zärtlich auf die Wange. „Das ist sehr ritterlich von dir. Aber es ist nicht nötig. Ich habe ihn schon lange vergessen."

„Richtig. Du hattest ja deinen Treuhand-Trent."

„Den habe ich auch schon vergessen." Colin schüttelte den Kopf. „Aber wir haben über dich gesprochen. Wer hat dich verlassen?"

Anstatt ihm zu antworten, löste sich Nevin von ihm und ging zum Fenster. Der Willamette River glänzte silbern in der Sonne. Die Farbe passte gut zu dem grauen Himmel, der heute über der Stadt lag. Nevin beobachtete die Schiffe und die Autos, die über die Brücken fuhren.

Colin kam ihn nach und stellte sich hinter ihn. Er sagte kein Wort, aber Nevin konnte seinen Atem hören und die Wärme fühlen, die Colin ausstrahlte. Wenn er sich zurücklehnte, würde Colin wahrscheinlich die Arme um ihn legen und ihn an sich drücken. Ihn festhalten. Aber Nevin bewegte sich stattdessen noch einige Zentimeter näher auf das kalte Fensterglas zu.

„Mein Bruder will heiraten", erklärte er der Stadt, die sich vor ihm ausbreitete. „Er ist natürlich nicht mein richtiger Bruder, aber er ist die einzige gottverdammte Familie, die ich habe. Er war immer für mich da, ja? Wenn ich irgendwo schlafen musste oder betrunken war und jemanden brauchte, der mich nach Hause fuhr. Wenn ich einen Flügelmann brauchte, weil ich eine Frau für die Nacht gesucht habe. Aber jetzt hat er eine Verlobte und … er ist bis über beide Ohren verliebt. Bald geht es nur noch um Hypothekendarlehen und das Ausbildungsgeld für die Kinder. Dann bin ich nur noch …" Er stöhnte. „Mist. Ich bin ein Jammerlappen."

Es war so verdammt beschissen. Es war ihm peinlich, Colin die Ohren voll zu jammern. Nevin schämte sich dafür. Er sollte sich für seinen Bruder freuen. Stattdessen schüttete er ausgerechnet einem Mann mit einer gelben Fliege sein Herz aus. Andererseits fühlte er sich … erleichtert. Es tat gut, mit Colin über seine Gefühle zu reden. Es war, als hätte ihm dieser tonnenschwere Stein auf der Brust gelegen, der jetzt plötzlich leichter wurde. Als ob ihm jemand gesagt hätte, er könnte die Last abwerfen. Wenigstens für eine Minute. Oder vielleicht auch, als hätte ihm jemand angeboten, sie mit ihm zu tragen. Nevin wusste es nicht so recht, weil er sich damit nicht auskannte.

„Ich weiß auch nicht, was mit mir los ist", murmelte er und meinte damit mehr als nur Fords Verlobung.

Colin legte ihm die Hand auf die Schulter. „Komm mit, ja?"

Nevin ließ sich nicht gerne Befehle erteilen – eine Angewohnheit, mit der er sich bei seinen Vorgesetzten schon mehr als einmal Ärger eingehandelt hatte –, aber jetzt folgte er Colin gehorsam zur Tür. Colin zog sich einen hellgrauen Wollmantel an, der ihm hervorragend stand. Wahrscheinlich hatte er mehr gekostet, als Nevin in einem Monat an Miete bezahlte.

Colin legte die Hand auf den Türgriff und streichelte Nevin mit der anderen über die Wange. „Komm mit", wiederholte er.

Und Nevin folgte ihm.

13

COLIN HÄTTE sich nicht gewundert, wenn Nevin auf dem Flur davongelaufen wäre. Er hätte zwar versucht, ihm die Hand zu halten, aber Nevin war stärker. Colin hätte ihn nicht aufhalten können. Doch dann tauchte sein Vater auf dem Flur auf – vermutlich auf der Suche nach etwas Essbarem – und Colin schob sich zwischen die beiden Männer. Damit blockierte er erfolgreich jeden möglichen Fluchtversuch Nevins. Nevin riss die Augen auf und Colin befürchtete für einen Moment, einfach umgerannt zu werden. Oder dass Nevin die Waffen ziehen würde. Wie auch immer. Aber Nevin drückte nur die Schultern durch und machte ein ausdrucksloses Gesicht.

„Hi, Dad." Colin in diesem Augenblick hätte alles darum gegeben, mit seinem Vater telepathisch kommunizieren zu können. Er versuchte es sogar und starrte ihn eindringlich an. *Ganz cool*, dachte er mit aller Kraft. *Erschreck ihn nicht. Bitte.*

Harold Westwood war zwar kein Gedankenleser, aber vielleicht war Colins Mimik zu ihm durchgedrungen. Harold lächelte freundlich. „Hi, Col. Willst du gehen?"

„Ja. Dad, das ist Detective Ng. Detective – mein Vater, Harold Westwood."

Nevin schoss Colin einen Blick zu, der fast dankbar wirkte. Dann reichte er Harold die Hand.

„Geht es um den Mord an Mr. Grey?", erkundigte sich Harold.

Jetzt war es Nevin, der es mit nonverbaler Kommunikation versuchte. Er sah aus, als wollte er Colin bitten, für ihn zu lügen. Und es schien ihm leidzutun. Colin nickte für sie beide. „Ja. Der Detective hat noch einige Fragen. Ich dachte mir, wir könnten uns bei einer Tasse Kaffee über den Fall unterhalten."

„Ja, das verstehe ich. Ich hoffe, Sie kommen mit dem Fall voran, Detective. Es ist eine schreckliche Sache."

„Danke", erwiderte Nevin.

„Colin sagte, Mr. Greys Familie wollte nichts mit ihm zu tun haben, weil er schwul war."

„Ja. Verdammte Arschlöcher."

Nevin machte ein Gesicht, als würde er seine Worte bereuen, aber Harold nickte nur. „Dem kann ich nur zustimmen. In einer Familie sollte man sich lieben und unterstützen. Ich kann mir nichts Wichtigeres vorstellen."

Mist. Wenn das so weiter ging, würde Colin noch zu weinen anfangen. „Nun, ich denke, wir sollten …"

„Was ist mit Ihnen?", unterbrach ihn Nevin. „Stört es Sie nicht, dass Ihr Sohn eine schwule Fee ist?"

Harold sah Colin lange an. Vielleicht wollte er herausfinden, ob Colin sich über die Frage ärgerte. Aber als Colin nur lächelte, zuckte Harold mit den Schultern. „Ich halte ihn eher für einen Elfen. Seine Ohren sind etwas spitz."

„Dad!"

Harold sah Nevin direkt an. „Ich liebe meinen Sohn", sagte er mit tiefer Stimme. „Bedingungslos. Und dass er schwul ist, gehört dazu. Wie sein Singen und sein Herz ..."

„Dad!"

Harold seufzte. „Er ist, wie er ist. Ein wunderbarer Junge ... nein. Ein wunderbarer *Mann*. Es gibt nichts an ihm, was ich ändern möchte."

Nach einer langen Pause und einer ganzen Reihe unlesbarer Emotionen, die ihm übers Gesicht huschten, nickte Nevin. „Gut."

Der Flur war zu klein für solche Gefühlsausbrüche und Colin hatte sein Arsenal an nonverbaler Kommunikation erschöpft. „Bis später, Dad!", sagte er, drehte sich um und marschierte zum Ausgang. Glücklicherweise folgte ihm Nevin auf den Fersen.

Schweigend fuhren sie mit dem Aufzug nach unten. Nevin sagte kein Wort. Er protestierte noch nicht einmal darüber, dass Colin sie zu seinem BMW führte.

„Es tut mir leid", sagte Colin, als er den Motor anließ.

„Was?"

„Mein, äh ... Dad. Tut mir leid, dass du ..." Er wusste nicht recht, wie er es formulieren sollte. Das Nevin unfreiwillig einem Elternteil ausgesetzt worden war?

Nevin knurrte ungeduldig. „Ich bin nicht spontan im Erdboden verschwunden, Collie. Außerdem mag ich ihn. Er ist kein Arschloch."

Wenn *das* kein Kompliment war ... Colin grinste und legte den Rückwärtsgang ein.

COLIN FUHR direkt zu seinem Lieblingsimbiss im Nordwesten. Die Sandwiches hier waren köstlich und er hatte einen Heidenhunger. Außerdem wusste er nicht, ob Nevin schon gegessen hatte. Er sah jedenfalls aus, als könnte er etwas vertragen. Nachdem Colin den Block dreimal umrundet und immer noch keinen Parkplatz gefunden hatte, fing Nevin zu grummeln an. „Stell das Ding einfach ab."

„Es gibt keine freien Parkplätze."

„Hier." Nevin zeigte auf einen freien Platz am Straßenrand.

„Hydrant. Den darf ich nicht zuparken. Außerdem ist es nicht Julie und den BMW schleppen sie sofort ab."

Nevin schnaubte. Colin hätte beinahe laut gelacht. Nevin war richtig süß, wenn ihm etwas gegen den Strich ging und er kratzbürstig wurde. Und es war besser als vorhin, als er aussah, als wäre seine ganze Welt zusammengebrochen. Das passte nicht zu Nevin, der es mit allem aufnehmen konnte.

„Dann park halt woanders", grummelte Nevin. „Wenn du noch einmal um den Block fährst, wird mir schwindelig."

„Wir setzen uns nicht da rein. Ich will uns nur kurz einige Sandwiches holen, die wir mitnehmen können."

„Dann halt einfach an, verdammt. Ich bleibe im Auto und beschütze dein wertvolles Stück deutscher Scheiße vor dem bösen Abschleppdienst."

Dieses Mal musste Colin wirklich lachen. Er befolgte sogar Nevins Anweisungen, obwohl er fast einen Herzanfall bekam, als er vor dem Hydranten anhielt. Er ließ den Schlüssel stecken und stieg schnell aus, ohne Nevin vorher nach seinen speziellen Wünschen zu fragen.

„Da wirst du abgeschleppt", sagte der bärtige Mann hinter der Theke.

„Mein Mitfahrer ist Bulle und hat geschworen, dass uns nichts passiert."

Der Mann lachte und Colin gab seine Bestellung auf. Er stand mit dem Rücken zum Fenster, weil er nicht sehen wollte, was da draußen vor sich ging. Als er mit seiner Tüte den Imbiss verließ, stand das Auto noch da und Nevin grinste ihn vom Beifahrersitz breit an. Colin reichte ihm die Tüte mit den Sandwiches.

„Wo fahren wir hin?", fragte Nevin, als Colin wieder hinterm Steuer saß.

„Zum Picknick."

„Collie, da draußen ist es saukalt und es regnet gleich."

„Picknick im Auto", sagte Colin fröhlich.

Er hätte einen direkteren Weg wählen können, fuhr aber über die Vista Avenue und eine Runde durch den Washington Park, bevor er auf dem Hügel anhielt. „Der Rosengarten?", fragte Nevin, als Colin den Motor abstellte.

„Jawohl."

„Die Rosen blühen nicht mehr und die Aussicht ist beschissen."

Das stimmte. Die Rosenbüsche waren ein trister Anblick und am Himmel hingen graue Wolken. Colin war es egal. Es war ihm sogar lieber so. An einem schönen Sommertag hätte es hier vor Besuchern nur so gewimmelt, aber heute hatten sie den Garten für sich allein. Nicht, dass er das Nevin gegenüber zugegeben hätte. Er zeigte auf die Tüte. „Das eine Sandwich ist mit Roastbeef belegt, das andere mit Truthahn. Du hast die Wahl."

Nevin wühlte in der Tüte rum und reichte schließlich eines der beiden eingewickelten Sandwiches an Colin weiter. Colin hatte dazu noch Pommes frites, eingelegte Gurken und zwei Flaschen Eistee mitgebracht.

„Auf dem Ding liegt genug Fleisch, um einen Bären zu ersticken", sagte Nevin mit einem Blick auf sein Sandwich.

„Ja, sie knausern nicht mit dem Belag. Und das Brot ist selbst gebacken."

Nevin hatte ihm das Truthahnsandwich überlassen, was ihm recht war. Nachdem Nevin die Hälfte gegessen hatte, tauschte er die andere gegen Colins Truthahnsandwich ein.

„Schmeckt es dir nicht?", fragte Colin.

„Doch. Es schmeckt prima", antwortete Nevin kauend. „Ich wollte nur beide ausprobieren." Er schaute aus dem Fenster. „Ich frage mich, ob Germy in der Nähe ist."

„Hä?"

„Ein Freund. Er ist der Chef der Park Ranger. Läuft hier ständig rum und spielt den Superhelden, der Idiot", erklärte Nevin gutmütig. Es war das erste Mal, dass er – von seinem Bruder abgesehen – einen Freund erwähnte.

„Er ist Park Ranger? Das hört sich nach einem interessanten Job an."

Nevin schnaubte. „Umarmt Bäume, tanzt mit den Schmetterlingen und tratscht mit den Säufern auf den Parkbänken. Jeremy glaubt, er könnte die ganze Welt retten, der Idiot."

„Na klar. Weil dir deine Mitmenschen völlig egal sind."

Nevin warf ihm einen grimmigen Blick zu.

Sie aßen schweigend weiter. „Ist Jeremy ein guter Freund?", fragte Colin nach einer Weile.

„Wir ficken nicht."

„Deine Bettgeschichten interessieren mich nicht. Ich wollte wissen, ob er ein guter Freund ist."

„Ja, vermutlich. Wir trainieren zusammen. Joggen. Schauen zusammen Basketballspiele an. Trinken Kaffee. Er ist ein guter Kerl, weißt du? Du würdest ihn mögen." Nevin lachte. „Ich habe sogar schon daran gedacht, euch beide zu verkuppeln."

Colin drehte sich zu ihm um und starrte ihn ungläubig an. „Ehrlich? Warum denn das?"

Nevin wich seinem Blick aus. „Das habe ich doch gerade gesagt: weil er ein guter Kerl ist. Und er sieht zum Anbeißen aus. Blonde Haare, kantiges Kinn. Muskeln über Muskeln. Paul Bunyan ist nichts dagegen."

„Hört sich nicht an, als wäre er mein Typ."

„Oh, er hat auch studiert. An einer Privatuniversität. Und er sucht eine feste Beziehung. Er ist genau dein Typ."

Colin knüllte das Einwickelpapier zusammen und steckte es in die Tüte, die vor Nevin auf dem Boden stand. Was sehr praktisch war, da es ihn näher zu Nevin brachte. „Ich ziehe kleinere, zierliche Männer vor", schnurrte er. „Und ... mit Dornen." Es war die reine Wahrheit. Er interessierte sich nicht im Geringsten für Nevins muskelbepackten, braven Freund. Nevin wiederum ... Für den interessierte er sich gewaltig.

Colin setzte sich wieder auf und sah zu, wie Nevin sein Papier entsorgte. Er faltete es sorgfältig zusammen – Rechteck, Quadrat, Rechteck, Quadrat, Dreieck. Dann steckte er es ebenfalls in die Tüte und wischte sich einige Brotkrümel vom Anzug. Als er sich zu Colin umdrehte, war ihm nicht anzusehen, was der dachte. „Wie viele Männer hast du schon gefickt?"

„Äh ... was?"

120

„In deinem Leben. Wie viele Männer hast du gefickt oder bist von ihnen gefickt worden? Lass es uns großzügig auslegen, ja? Blowjobs und Handjobs inklusive. Und jeden, der dir zwischen die Beine gefasst hat oder du ihm."

„Warum willst du das wissen?" Nevins Gedankengänge waren manchmal wirklich undurchschaubar. Voller Windungen und Schleichwege. Es war verwirrend.

„Tu mir den Gefallen."

Colin schaute aus dem Fenster, während er über Nevins Frage nachdachte. Im Sommer war der Rosengarten ein beliebter Hintergrund für Hochzeitsfotos. Jetzt war niemand hier und er fragte sich, was wohl die Paare machten, die im Herbst heirateten. „Zählt es auch, wenn wir uns gemeinsam einen runtergeholt haben, ohne uns zu berühren?", fragte er dann.

Nevin schnalzte mit der Zunge. „Na gut, das auch."

„Okay. Dann waren es … zehn."

„Zehn."

„Denke ich jedenfalls. Einige Jungs in der Oberschule, ein paar auf dem College und dann noch einige Männer, bevor ich Trent kennenlernte." Hörte sich das erbärmlich an? Es war nicht so, dass er unschuldig wäre. Er war nur nie an kurzen Affären interessiert gewesen. „Und dann natürlich du", fügte er lächelnd hinzu.

„Dieser Schnösel hat dir schon vor drei Monaten den Laufpass gegeben. Hast du seitdem wirklich mit niemandem gefickt? Außer mir?"

„Nein."

Nevin schüttelte den Kopf. „Also dann … zehn. In fünfzehn Jahren oder so? Colin, auf zehn Männer komme ich in einem Monat."

Das überraschte Colin nicht sonderlich. Er hatte Freunde, die ebenfalls oft den Partner wechselten. Solange sie auf sich aufpassten und ehrlich waren, verurteilte er sie nicht dafür. Trotzdem, es schmerzte ihn, was Nevin gesagt hatte. „Bin ich dir nicht erfahren genug?", fragte er verärgert.

Zu seiner Überraschung streichelte ihm Nevin übers Bein. „Du weißt doch, dass ich es nicht so gemeint habe. Außerdem waren wir verdammt gut zusammen."

„Und wie hast du es gemeint? Ich weiß wirklich nicht, was du mir damit sagen wolltest."

„Ich wollte dir damit sagen, dass ich nicht dein Typ bin."

Oh. „Heißt das, du willst Schluss machen? Ich glaube nicht, dass das überhaupt geht. Schließlich war es nie ernst zwischen uns."

„Nein." Nevin schloss die Augen, holte tief Luft und öffnete sie wieder. „Ich mag dich. Warum auch immer. An deinem Schwanz kann es nicht liegen, weil ich noch nie die Chance hatte, richtig mit ihm zu spielen. Weißt du was? Ich habe mit keinem anderen Mann – und auch keiner Frau – geschlafen, seit ich mit dir zusammen war."

Das schmerzte ihn schon wieder, aber dieses Mal auf eine ganz andere Art. „Warum nicht?"

„Wenn ich das nur wüsste … Die Sache ist aber, dass ich nicht der Mann bin, den du dir wünschst. Den du auch verdient hast. Also können wir zusammen Spaß haben, aber …"

„Und was ist damit, was du dir wünschst und verdient hast?"

Nevin schüttelte heftig den Kopf.

Die ersten Regentropfen fielen aufs Dach und die Fenster beschlugen. Colin ließ den Motor und das Gebläse an, um wieder klare Sicht zu haben, bevor er losfuhr. Er hatte noch ein anderes Ziel.

„Du kannst mich beim Büro absetzen", sagte Nevin müde.

„Nein, noch nicht."

Er verließ auf direktem Weg den Park und schlug die Burnside Street zur Innenstadt ein. Dann fuhr er über die Brücke nach Süden. Nevin konnte die Ungewissheit nicht mehr ertragen. „Wohin fährst du?", wollte er wissen.

„Ich will dir etwas zeigen."

Als sie sich dem Kino an der Clinton Street näherten, schnaubte Nevin. „Es ist Montagnachmittag. *Rocky Horror* läuft jetzt nicht."

„Ich weiß. Dorthin will ich nicht." Colin fuhr am Kino vorbei und war froh, als er einige Straßen weiter einen leeren Parkplatz vor einem hellblauen Haus mit einem spitzen Dach fand.

„Was ist das?"

„Ein Haus, das wir gerade gekauft haben. Es müssen nur noch einige Formalitäten erledigt werden. Aber es steht leer und ich habe den Schlüssel. Komm mit."

Nevin sah ihn misstrauisch ab, folgte ihm aber durch den verwilderten Vorgarten auf die breite Terrasse des Hauses. Die Holzdielen knirschten verdächtig unter ihren Füßen, aber sie hielten, bis sie das Haus betreten hatten. Colin hatte sich das Haus schon angesehen, bevor sein Vater er kaufte. Im Wohnzimmer hingen die Tapeten in Fetzen von den Wänden und es stank nach Katzenpisse. „Sieh dich um."

Nevin zog die Augenbrauen hoch. Dann zuckte er mit den Schultern und ging los. Colin blieb zurück. Er hörte Nevins Schritte und ein gelegentliches Fluchen. Er wusste schon, was Nevin zu sehen bekam. Das Haus hatte einige Mängel in der Bausubstanz, die Wasserrohre und die Stromleitungen waren veraltet, die Küche in den sechziger Jahren das letzte Mal renoviert worden und die Badezimmer noch älter. An den Decken und auf dem Boden gab es Wasserschäden. Fensterscheiben waren zerbrochen. Staub und Dreck und Mäuseköttel …

Nachdem Nevin sich auch das Obergeschoss angesehen und sich geweigert hatte, den Keller zu betreten, kehrte er zu Colin zurück. „Ich habe schon viele verlassene Gebäude erlebt, aber so schlimm war keines davon. Wer weiß, ob im Keller nicht noch eine Leiche liegt. Oder in dem alten Schrank an der Treppe oben."

„Ja", gab Colin ihm traurig recht. „Das Haus sieht furchtbar aus. Es braucht auch ein neues Dach und eine neue Heizung. Und die alte Farbe muss entfernt werden. Sie ist bleihaltig."

„Wenn du mir die Bruchbude verkaufen willst, stellst du dich nicht sehr geschickt an."

Nevin hatte einen Schmutzfleck im Gesicht. Colin lächelte und rieb ihn mit dem Daumen ab. „Ich will es nicht verkaufen. Was hältst du von dem Haus?"

„Es ist in einem furchtbaren Zustand, wie du selbst schon gesagt hast. Die Lage ist gut, aber es wieder instand zu setzen, wird vermutlich ein Vermögen kosten."

Colin ließ die Schultern hängen. „Ja, das stimmt leider."

Plötzlich grinste Nevin. „Aber hast du den Kamin gesehen?" Er zeigte ins Nachbarzimmer. „Ein altes Prachtstück. Wenn der erst gereinigt und repariert ist … Und die Fenster oben haben Bleiglas und die alte Badewanne ist so riesig, dass sogar Germy reinpasst. Oder wir beide." Er zwinkerte Colin zu.

„Sie ist sehr schön."

„Die große Terrasse vorm Haus gefällt mir auch. Sie ist so groß, dass man die ganze Nachbarschaft einladen und feiern kann. Oder feiern *könnte*, wenn der Boden nicht einbricht. Und dann die verschnörkelten Holzteile an den Türen und Fenstern. So was wird heute nicht mehr gemacht. Es ist wirklich schön." Er drehte sich langsam im Kreis und sah sich um. „Ja, es ist ein Groschengrab, aber es hat Charakter. Wenn es wieder renoviert würde, wäre es ein verdammt schönes Haus."

Colin freute sich so darüber, dass er von hinten die Arme um ihn warf. Nevin quiekte überrascht, aber Colin drückte ihn nur noch fester an sich. Dann schob er ihn mit dem Rücken zur Tür.

„Was …" Mehr brachte Nevin nicht über die Lippen.

Colin brachte ihn mit einem Kuss zum Schweigen.

Nevins Überraschung hatte sich schnell gelegt und er war jetzt voll dabei. Er schob die Hände unter Colins Mantel und legte sie auf seinen Hintern. Nevin küsste gut. Er küsste sogar mehr als gut. Trent war nie daran interessiert gewesen, sich mit Küssen aufzuhalten. Nevin küsste mit einer Hingabe, wie Colin sie noch nie erlebt hatte. Als gäbe es nichts Köstlicheres auf der Welt, als Colin zu küssen.

Dann knabberte Nevin an Colins Ohrläppchen und Colin stöhnte so laut, dass die leeren Wände das Echo zurückwarfen.

„Was war *das* denn?", fragte Nevin keuchend.

„Du hast es auch gesehen."

„Was habe ich gesehen?"

„Was dieses Haus wert ist. Was es wirklich wert ist, meine ich." Colin ließ sich an ihn fallen. „Dad will es abreißen lassen. Das Nachbarhaus auch, weil es genauso heruntergekommen ist. Dann will er Mehrfamilienhäuser auf den Grundstücken bauen lassen. Seine Häuser sind nicht schlecht. Er achtet auf Qualität. Aber … sie sind anders."

„Dann sag ihm doch, dass er es sich abschminken soll. Das ist doch dein Geschäft, oder?"

„Gewissermaßen." Sein Vater war der Eigentümer und Chef der Firma, aber Colin war immerhin sein Vizechef. Allerdings hörte sich das auf dem Papier eindrucksvoller an, als es wirklich war. Und obwohl Harold schon die meisten Routinegeschäfte auf Colin übertragen hatte, fällte er die wichtigsten Entscheidungen immer noch selbst. Und dazu gehörte auch, welche Immobilien sie kauften und was damit geschah.

„Er wird dich nicht gleich enterben, wenn du ihm widersprichst, Collie. Und wenn es dir wichtig ist, dann zeig Rückgrat und steh dazu. Ich weiß, dass du es kannst. Zeig es deinem Daddy und sag ihm, dass er seine Idee vergessen kann."

Ganz so einfach war die Sache zwar nicht, aber Colin hatte jetzt keine Lust, darüber zu diskutieren. Er drückte Nevin an sich. „Ich bin so froh, dass du es genauso siehst. Es geht nicht nur um Geld."

„Geld ist nicht so wichtig, wenn man genug davon hat", erwiderte Nevin. Er hörte sich müde an, aber nicht verärgert. Colin wurde daran erinnert, wie verloren er gewirkt hatte, als er vorhin bei ihm im Büro am Fenster stand und auf die graue Stadt hinausblickte.

„Worüber wir im Rosengarten gesprochen haben?", sagte er. „Vergiss es. Es ist vollkommen egal, wer schon wie oft mit wem Sex hatte und auf welchen Typ steht. Vergiss den ganzen Mist. Vergiss auch das Morgen. Ich könnte jeden Moment tot …" Fast hätte er zu viel verraten. „Ich könnte jeden Moment von einem Besoffenen umgefahren werden oder so. Du bist doch Bulle. Ich muss dir nicht erklären, wie schnell das passieren kann."

„Und weiter?"

„Lass uns einfach nur an Hier und Jetzt denken."

Er küsste Nevin wieder. Nevins Kopf schlug nach hinten an die Wand. Staub und Papier rieselte auf den Boden, aber davon merkte er nichts. Colin nahm nur noch Nevin wahr. Seine Sinne waren nur noch auf ihn ausgerichtet. Er spürte Nevins harten Körper, die Hände, mit denen Nevin ihn an sich drückte, die weichen Lippen und die warme, feuchte Zunge. Er schmeckte Nevin in ihrem Kuss, der so köstlich war, dass selbst der leichte Zwiebelgeschmack nicht störte. Er roch Nevins Seife, nicht teuer und edel, aber ganz Nevin. Und er hörte Nevins leises Wimmern und tiefes Stöhnen, das so sexy war. Colin vibrierte am ganzen Leib. Er öffnete die Augen, obwohl sie sich so nahe waren, dass alles verschwamm. Aber er sah die samtene Haut und die dichten schwarzen Haare, die mit Staub und Tapetenresten gesprenkelt waren.

Wenn sie sich nur lange genug küssten, würde er diesen wunderbaren, komplizierten Mann vielleicht irgendwann besser verstehen können.

Er rieb sich mit der Hüfte an Nevin und Nevin stieß zurück. Bald waren sie kurz davor, in ihren Hosen zu kommen. Und das wäre verdammt schade, weil es doch so viel Haut zu fühlen gab …

Colin saugte sich an Nevins Hals fest. Nevin fing, als er den Mund endlich frei hatte, zu stöhnen und zu betteln an. Es war komisch, wirklich. Normalerweise fluchte Nevin innerhalb von fünf Minuten mehr als ein ganzer Scorsese-Film in fast zwei Stunden. Aber wenn sie Sex hatten, hörte Nevin damit schlagartig auf und beschränkte sich auf Stöhnen und Keuchen. Colin genoss es. Es war gut für sein Ego.

Angespornt von seinen Hormonen und seinen lüsternen Gedanken, trat Colin einen Schritt zurück, zog den Mantel aus und legte ihn auf den Boden. Dann drehte er sich zu Nevin um. „Ausziehen."

Nevins Augen weiteten sich. Er schaute zum Fenster, aber die dünnen, verschlissenen Vorhänge waren zugezogen. Es war nicht perfekt, aber das Haus stand ein ganzes Stück von der Straße weg, daher sollte es ausreichen. Außerdem war es düster im Zimmer, sodass von draußen bestimmt nicht viel zu erkennen war.

„Du ruinierst deinen Mantel", sagte er zu Colin, während er sich die Jacke auszog.

„Dann kaufe ich mir eben einen neuen. Der hier ist sowieso schon ein Jahr alt und außer Mode." Colin zwinkerte ihm zu.

Es dauerte eine ganze Weile, bis Nevin sich aus mehreren Lagen Kleidung geschält hatte. Der Hauptgrund dafür waren seine zitternden Hände. Aber dann war er endlich nackt, und er war ein wunderschöner Anblick. Colin starrte ihn an und zeigte auf den Mantel.

„Leg dich hin."

Nevin legte sich auf den Rücken, stützte sich auf den Ellbogen ab und spreizte einladend die Beine.

„Oh Gott ...", stöhnte Colin und lehnte sich an die Wand. Es war früher Nachmittag, sie waren in einem Abbruchhaus, das ihm noch nicht gehörte, und vor ihm lag ein nackter Detective auf dem Boden.

Nevin grinste ihn von unten an. „Ja, das höre ich oft."

Colin musste lachen. Schnell zog er sich aus und warf die Kleidung auf den Boden. Es kümmerte ihn nicht, wie schmutzig sie wurde. Er trat sich einen Schuh von den Füßen, der wie eine Rakete an einen kleinen Tisch flog, der auf wackligen Beinen in der Zimmerecke stand. Der Tisch brach krachend zusammen und löste sich in seine Einzelteile auf. Colin kicherte immer noch, als er sich – etwas vorsichtiger – den anderen Schuh auszog. Dann zog er sich noch die Socken aus und legte sich auf Nevin.

„Warum lachst du?", fragte Nevin, als er Colin mit seinen schlanken Fingern durch die Arschritze fuhr.

Colin blies ihm ins Ohr. „Buffy."

„Was?"

„Als Buffy und Spike das erste Mal Sex hatten – es war auch in einem verlassenen Haus –, ist die ganze Bude zusammengefallen, so leidenschaftlich sind sie zur Sache gegangen."

Nevin musterte ihn aus zusammengekniffenen Augen. „Wovon zum Teufel sprichst du?"

„*Buffy the Vampire Slayer*. Die Fernsehserie. Kennst du die etwa nicht?"

„Nein."

Colin nahm sich fest vor, Nevin demnächst damit bekanntzumachen. Schließlich handelte es sich um amerikanisches Kulturgut. Dann hob Nevin den Kopf und küsste ihn und sämtliche Gedanken an Buffy, Spike und alles, was nicht mit Nevin zu tun hatte, lösten sich in Luft auf.

Sie hatten weder Kondome noch Gleitgel, aber das war kein Problem. Colin war auf Nevins Geschmack gekommen und wollte nichts mehr, als ihn von oben bis unten abzulecken. Und genau das tat er auch. Natürlich widmete er seine Aufmerksamkeit besonders Nevins harten, kleinen Nippeln und dem Bereich zwischen seinen Beinen, aber er saugte auch an Nevins Fingern, leckte ihm übers Schlüsselbein und hob seine Beine, um mit der Zunge an seine Kniekehlen zu kommen. Nevin wand sich bettelnd hin und her und griff blind nach Colin. Colin fuhr ihm mit den Zähnen über die Eier und leckte ihn sanft dahinter. Als er dann mit der Zungenspitze leicht gegen die enge Öffnung stieß und die Hand um Nevins Schwanz legte, heulte Nevin auf. Sekunden später kam er feucht und warm über Colins Hand.

Colin triumphierte innerlich. Es war fast so gut, als wäre er selbst gekommen. Aber eben nur fast. Sein Schwanz, unberührt und vernachlässigt, meldete sich unter Protest zurück und er wehrte sich nicht, als Nevin ihn nach oben zog. Colin legte sich auf ihn und rieb sich an Nevins Hüfte. Es war nicht viel, aber dann spielte Nevin wieder mit Colins Arsch und er konnte Nevins feuchten Schwanz fühlen, der langsam schlaff wurde. Das alles, kombiniert mit Nevins leisen Aufmunterungen – *Ja, Baby. Genau so. Wie gut ...* – reichte aus. Er verkrampfte sich am ganzen Leib und schrie auf, als er zum Orgasmus kam.

Kurz danach lag er neben Nevin, halb auf seinem Mantel und halb auf dem harten Fußboden. Sein überhitzter Körper kühlte langsam ab und ihm wurde kalt. Er musste lachen.

„Denkst du wieder an *Buffy*?", fragte Nevin grinsend und wuschelte ihm durch die Haare.

„Nein, dieses Mal nicht. Ich musste daran denken, dass ich noch nie so verrückten Sex hatte."

„Und? Ist das schlecht?"

„Nein, ganz im Gegenteil." Es war sogar verdammt gut.

14

SIE WUSCHEN sich notdürftig, bevor sie das alte Haus wieder verließen. Es half nicht viel, weil es nur kaltes Wasser gab und sie kein Handtuch hatten, mit dem sie sich abtrocknen konnten. Zitternd und immer noch ziemlich verklebt zogen sie sich wieder an. Colin fuhr sich mit den Fingern durch die Haare, um seine Frisur einigermaßen in Form zu bringen, aber auch das war nicht sehr erfolgreich. Und sein Mantel war hinüber. Er versuchte erst gar nicht, sich die Fliege umzulegen, sondern steckte sie einfach in die Hosentasche.

Nevin fühlte sich immer noch high. Er wollte Colin noch nicht verlassen. „Kaffee?", fragte er, als sie zum Auto gingen.

Colin grinste ihn an. Er sah aus wie ein ungezogener Schuljunge. „Klar doch."

„Ich kenne ein Café an der Belmont Street. Fahr uns dorthin."

Während der kurzen Fahrt stellte Nevin fest, dass es vielleicht keine gute Idee gewesen war, ins *P-Town* zu fahren. Jeremy war bei der Arbeit. Vor dem musste er keine Angst haben. Aber Rhoda war bestimmt da und er hatte keine Lust, sich von ihr nach Colin ausfragen zu lassen. Zumal Rhoda clever genug war, um sofort zu erkennen, was los war. Colins Gesicht war nämlich immer noch leicht gerötet und Nevins Lippen fühlten sich geschwollen an vom vielen Küssen. Aber bis er auf die Idee kam, Colin zu einem anderen Café zu lotsen, war es auch schon zu spät. Colin hatte einen Parkplatz gefunden. Direkt vorm *P-Town*. Jedes Ablenkungsmanöver würde sofort auffallen und ihn misstrauisch machen. Nevin riss sich zusammen und sie stiegen aus.

Es war nicht viel los und Rhoda glücklicherweise nirgends zu sehen. Nevin seufzte leise vor Erleichterung.

„Hallo, Ptolemy", rief er. „Ist Rhoda heute nicht da?"

Ptolemy sah mit seinem Augen-Make-up wie ein alter Ägypter aus. Falsch … natürlich war Ptolemy nicht *alt*. Er sah aus wie ein Ägypter aus alten Zeiten. Seine Jeans und das Flanellhemd erinnerten allerdings mehr an den Grunge-Look der neunziger Jahre. „Parker steckt in einer Existenzkrise. Mal wieder. Rhoda besucht ihn für einige Tage."

„Das tut mir leid." Und das stimmte, obwohl er verdammt froh war, sich nicht mit Rhoda und ihrer Neugier abgeben zu müssen. „Für mich das Übliche. Und was immer Colin will."

Ptolemys Osiris-Augen weiteten sich. War das der Schock, weil Nevin mit einem anderen Mann als Jeremy hier auftauchte? Die Überraschung über Colins postkopulativen Zustand? Oder gar Interesse an Colin selbst, der gut genug aussah, um ihn mit dem Löffel zu essen? Nevin konnte es nicht mit letzter Sicherheit sagen.

Colin sah sich um. Seinem Grinsen nach zu urteilen, gefiel es ihm hier. „Hast du Kräutertee?", fragte er Ptolemy.

„Aber sicher." Ptolemy gab ihm eine Liste und wartete geduldig ab, bis Colin sich entschieden hatte.

„Der Pfefferminztee ist doch koffeinfrei, oder?"

„Ja. Nevins Koffeinkonsum reicht für euch beide, wie?"

„Wahrscheinlich."

Nachdem Nevin seinen doppelten Espresso und Colin eine riesige Keramiktasse mit heißem Wasser und einem Teebeutel in den Händen hielt, setzten sie sich an einen Tisch in der Nähe der kleinen Bühne, die sich weiter hinten im Café befand.

„Bist du hier Stammgast?", erkundigte sich Colin.

„Ja. Es ist eigentlich Germys Stammcafé. Er wohnt hier in der Nähe. Deshalb treffen wir uns oft hier." Und wenn er ehrlich war, kam er gerne hierher. Das *P-Town* war gemütlich und skurril. Rhoda hatte eine Begabung dafür, interessante Gäste anzuziehen. Einige waren schwul, andere nicht. Einige waren noch sehr jung, andere schon im Seniorenalter. Einige hatte wahrscheinlich mehr Geld auf der Bank als Colin, andere lebten aus einem Einkaufswagen, der Rest war irgendwo dazwischen anzusiedeln. Viele von ihnen hatten dunkle Haut oder Gesichtszüge, die noch weniger europäisch waren als Nevins. Andere – wie beispielsweise der Musiker mit den langen, blonden Haaren, der oft hier auftrat – waren einfach nur … seltsam. Aber sie waren alle gute Menschen.

Colin passte genau hierher.

„Die Wandgemälde sind interessant", sagte Colin, während sein Pfefferminztee zog. „Das gefällt mir am besten." Er zeigte auf ein Einhorn, das mit einem Bigfoot, einem Wolf und einem Meermann Karten spielte.

„Es ist genau dein Stil", meinte Nevin.

„Und was ist *dein* Stil?"

Nevin dachte an die Zeichnungen, die er zuhause an den Wänden hängen hatte – Schlösser, Hütten und Autos. Nichts Besonderes. „Kunst ist nicht meine Sache." Er zuckte mit den Schultern.

„Hm."

„*Hm?* Was soll das heißen?"

„Nichts. Aber ich habe die Skizzen in deinem Notizblock gesehen. Und manchmal malst du mit den Fingerspitzen auf dem Tisch."

Nevin ballte seine verräterischen Hände zu Fäusten und legte sie auf den Schoß. „Nein, ich …"

„Oh doch. Du bist sehr aufmerksam und dir entgeht kein Detail, Detective."

„Arschloch", grummelte Nevin und verzog das Gesicht, als Colin lachte. „Was?"

„Schimpfnamen sind bei dir immer wie ein Kosewort."

Nevin hätte beinahe wieder geflucht. Er stopfte sich den Mund mit einem Schluck Espresso. Colin fischte zufrieden den Teebeutel aus seinem Becher, legte ihn auf den Unterteller und nippte an seinem Tee. „Hmm…"

„Warum trinkst du das Heu?"

„Es ist Pfefferminze."

„Ja, ich weiß. Aber warum trinkst du es?"

Das Grinsen verschwand aus Colins Gesicht. „Weil ich, äh … nicht so viel Koffein zu mir nehmen will. Ich trinke morgens eine Tasse Kaffee und gelegentlich Eistee, aber das ist auch schon alles."

„Warum?"

Colin antwortete ihm nicht auf seine Frage. Er trank einen Schluck Pfefferminztee und sah sich um. Sein Blick blieb an zwei Männern hängen, die einige Tische entfernt saßen. Einer von ihnen las ein Taschenbuch, der andere machte sich Notizen. Colin beugte sich vor. „Der eine von ihnen sieht aus wie Tab Hunter", flüsterte er Nevin zu.

„Wie *wer*?"

„Tab Hunter. Der Schauspieler."

„Von dem habe ich noch nie gehört."

Manchmal sah Colin ihn an, als wäre er ein Außerirdischer, der zum ersten Mal die Erde besuchte, aber jetzt machte er nur ein trauriges Gesicht. „Er war ein Star in den fünfziger Jahren. Meine Mom sagt, er wäre ihr erster Schwarm gewesen, als sie acht Jahre alt war. Wir können uns gelegentlich einen seiner Filme ansehen. *Damn Yankees* vielleicht."

„Colin, wir können nicht …"

Colin hob die Hand. „Nein. Ich weiß nicht, wie es dir gelungen ist, dich davon zu überzeugen, dass du keine feste Beziehung willst. Und ich erwarte auch keine. Ich bitte dich nicht, mir Versprechen zu machen, die du nicht einhalten kannst. Du kannst mit anderen schlafen, wenn du das willst. Aber erzähl mir nichts davon, ja? Wir haben viel Spaß zusammen. Warum können wir das nicht einfach genießen? Jedenfalls für eine Weile."

Es war ein verführerisches Angebot. Nevin hatte schon viele gute Ficks gehabt, aber er hatte sich noch nie so gefühlt wie mit Colin. Er wollte mit Colin sogar zusammen sein, wenn sie keinen Sex hatten. Obwohl der verdammt gut war. Und je mehr Zeit sie zusammen verbrachten, umso härter würde es sein, sich wieder von ihm zu trennen.

„Du solltest endlichen diesen Trent vergessen und versuchen, deine wahre Liebe zu finden."

„Zum Teufel mit der wahren Liebe!", rief Colin so laut, dass sich die beiden Männer nach ihnen umdrehten. Es schien ihm egal zu sein. „Lieber habe ich eine wilde Affäre oder … was weiß ich. Vielleicht einen Freund mit gewissen Vorzügen. Ich mag dich, Nevin. Sehr."

Niemand mochte ihn. Na gut, das stimmte nicht ganz. Jeremy Cox mochte ihn, aber der mochte jeden. Ford mochte ihn auch. Aber damals, als sie Welt noch grausam und leer war, brauchten sie sich, weil sie sonst allein gewesen wären. Solche Erfahrungen verbinden und bleiben bestehen. Es gab auch noch einige andere Menschen, die es mit Nevin – wenn auch nur für kurze Zeit – aushielten. Und jetzt war da dieser Colin Westwood mit seinen Fliegen, seinem BMW und dem ernsten Gesicht und wollte plötzlich mit Nevin zusammen sein.

Colin war verrückt.

Nevin kippte den Rest Espresso ab und knallte die Tasse auf den Tisch. „Ich habe Ford kennengelernt, als wir bei derselben Pflegefamilie untergebracht waren."

„Und?", fragte Colin vorsichtig.

„Es war unsere letzte Pflegefamilie, bevor wir achtzehn wurden. Und es war nicht schlecht. Gutes Bett und gutes Essen und niemand, der sich einmischte, solange wir uns an die Regeln hielten." Er machte eine kurze Pause. „Es war schon meine fünfzehnte Pflegefamilie." Es waren so viele gewesen, dass er sich vor einigen Jahren erst die alten Unterlagen beschaffen musste, um die genaue Zahl herauszufinden. Ein ganzes Wochenende lang war er die Akten durchgegangen und hatte die Berichte der Sozialarbeiter gelesen. Danach hatte er sich so fürchterlich betrunken, dass er sich am nächsten Montag krankmelden musste.

„Was ist mit deinen Eltern passiert?", erkundigte sich Colin.

„Mein Vater war nur ein Samenspender. Mutter … dieses Biest hat mich allein in einer beschissenen Wohnung zurückgelassen, als ich drei Jahre alt war. Vermutlich, um sich Crack zu besorgen oder einen Freier zu finden. Sie ist nie zurückgekommen."

Colin umarmte ihn nicht mitleidvoll. Er gab auch keine der üblichen Plattitüden von sich, fing nicht an zu weinen oder stellte dämliche Fragen. Er sah Nevin nur einige Sekunden schweigend an. „Das ist scheiße", sagte er dann.

Und irgendwie war das die perfekte Reaktion. Nevin warf den Kopf in den Nacken und brach in lautes Gelächter aus. „Du hast ja so recht, Fliege. Wirklich, du hast recht."

„Heißt das, wir können es versuchen?"

„Sieht so aus."

Und jetzt sprang Colin *doch* von seinem Stuhl auf und umarmte ihn.

Nevin verbrachte den Mittwochvormittag in einem Tagespflegeheim für Senioren. Offiziell war er hier, um sich mit dem Personal zu unterhalten, aber er kannte die Einrichtung und sie gehörte zu den besten, die er kannte. Also besuchte er die Alzheimerpatienten und spielte mit ihnen Karten. Als zwei Frauen mit Therapiehunden eintrafen, sah er noch eine Weile zu, wie sich die alten Menschen über den Besuch freuten und die beiden Retriever streichelten. Selbst die besonders Verwirrten unter ihnen beruhigten sich sofort. Nevin musste an Legolas denken.

Tiere konnten magisch sein – sie saugten den Schmerz in sich ein und ersetzten ihn durch Ruhe und Gelassenheit. Manche Menschen wirkten genauso.

Er wollte sich gerade ein Sandwich besorgen und danach ins Büro zurückfahren, als er einen Anruf bekam. Eine alte Frau brauchte Hilfe. Nevin fuhr zu der Adresse im Nordosten der Stadt. Eine junge Frau Ende zwanzig ließ ihn ins Haus. „Es ist Oma", sagte sie aufgeregt. „Sie glaubt, sie würde bestohlen, aber sie ist nur verwirrt." Die junge Frau trug Jeans und ein Sweatshirt und hatte die Haare zu einem Pferdeschwanz zusammengebunden.

„Ich möchte gerne mit ihr sprechen. Wie heißt sie?"

„Shirley Gerhard. Aber sie ist vollkommen durcheinander." Sie führte ihn in durch die Küche und das Wohnzimmer – wo ein kleines Kind vorm Fernseher saß – in einen dunklen Flur. Das Haus war mit alten Möbeln vollgestellt, aber verhältnismäßig sauber. Überall lag Spielzeug und an den Wänden waren hier und da Schmutzflecken, aber das war nicht anders zu erwarten mit einem kleinen Kind im Haus. Nevin fiel jedenfalls nichts auf, was ein Gesundheitsrisiko dargestellt hätte.

Mrs. Gerhard saß auf einem Polstersessel in ihrem Schlafzimmer. Auf einem kleinen Tisch standen ein Glas Wasser und ein Plastiktablett, auf dem einige Medikamente, eine Fernbedienung und eine Brille lagen. Sie trug einen flauschigen Bademantel und einen Schal um den Kopf gewickelt. „Wer bist du?", wollte sie wissen, ohne ihre Enkelin zur Kenntnis zu nehmen.

„Detective Ng von der Polizei."

„Du hast keine Uniform an."

Das kannte Nevin schon. Er musste sich oft wegen seiner Größe oder wegen seines Aussehens rechtfertigen. Oder aber wegen der fehlenden Uniform. Aber darauf gab es eine ganz einfache Antwort. Er zog seine Dienstmarke aus der Tasche und zeigte sie der Frau.

„Ich habe euch schon vor Stunden angerufen."

„Es tut mir leid, Mrs. Gerhard. Aber jetzt bin ich ja hier. Können Sie mir erklären, was passiert ist?" Und um zu zeigen, dass er es ernst meinte, zückte er seinen Notizblock und einen Kugelschreiber.

Mrs. Gerhard winkte ihrer Enkelin ungeduldig zu. „Du kannst jetzt gehen."

Die junge Frau warf Nevin einen resignierten Blick zu und verließ das Zimmer.

„Ich sage es ihr schon seit Monaten, aber sie hört mir nicht zu", fing Mrs. Gerard an. „Das Mädchen denkt, sie wüsste alles besser. Kommt ganz nach ihrem Vater, und der war strohdumm und doppelt so stur."

Nevin nickte und ließ sich sein Mitleid für die arme Enkelin nicht anmerken. Es konnte nicht einfach sein, gleichzeitig für ein Kind und eine alte Frau zu sorgen. Die meisten Menschen würden es erst gar nicht versuchen. „Was ist das Problem, Ma'am?"

„Jemand bestiehlt mich. *Das* ist das Problem!"

131

Es endete damit, dass er sich einen Stuhl aus der Küche holte und zwei Stunden lang geduldig zuhörte, wie sie ihm ihre Theorie über die Diebe erklärte, die sie um ihren Schmuck und andere Besitztümer brachten. Meistens waren Nachbarn oder Freunde ihrer Enkelin die Bösewichte. Sie schilderte ihm haarklein, was sie von diesen Leuten hielt und welche Angewohnheiten sie hatten. Dabei schweifte sie immer wieder ab und verglich sie mit ihrem verstorbenen Mann, der ein wahrer Heiliger gewesen sein musste.

Als ihr endlich der Atem – und die Worte – ausgingen, klappte Nevin seinen Notizblock zu und stand auf. „Vielen Dank für ihre ausführliche Aussage. Ich werde alles tun, um der Lage auf den Grund zu gehen."

Sie tätschelte ihm mit zitternder Hand den Arm. „Danke, Detective. Du bist ein guter Junge. Deine Mutter ist bestimmt sehr stolz auf dich."

„Ja, Ma'am", erwiderte er.

In der Küche war die Enkelin damit beschäftigt, Gemüse zu schneiden. Ihr Kind saß auf dem Boden und spielte mit Plastikgeschirr. „Niemand hat ihren Schmuck gestohlen", sagte die junge Frau müde. „Sie hat ihn schon vor Jahren verkauft."

„Ich verstehe."

„Und mein Großvater? War ein Säufer. Er hat Oma und meine Mutter immer geschlagen." Sie warf eine Handvoll Karotten in den Topf.

„Der Tod und die Zeit waschen viele Sünden rein."

Sie schnaubte. „Vermutlich. Sie war eine so starke, wunderbare Frau. Hat mich mehr oder weniger aufgezogen. Und jetzt …"

„Hat sie Demenz?"

„Nein. Sie hat viele gesundheitliche Probleme, aber das wäre mir neu."

Nevin zog einige Visitenkarten aus der Tasche und legte sie auf den Tisch. „Reden Sie mit ihrem Arzt. Vielleicht liegt es nur an ihren Medikamenten und bessert sich wieder, wenn sie umgestellt werden. Auf einer der Karten finden Sie die Adresse einer Hilfsorganisation, die Sie anrufen können, wenn Sie eine Pause brauchen. Dann wird jemand vorbeigeschickt, der Sie vertritt und auf Ihre Oma aufpasst."

Sie schaute von der Kartoffel auf, die sie gerade in kleine Stücke schnitt. „Ich gebe mir wirklich Mühe", sagte sie und lächelte ihn dankbar an.

„Das sehe ich. Sie sorgen gut für Ihre Familie. Aber Sie müssen ab und zu auch an sich selbst denken."

Sie nickte schniefend.

„Die Organisation kann Ihnen auch helfen, Gesellschaft für ihre Großmutter zu finden. Vermutlich fühlt sie sich oft einsam und es hilft ihr, wenn sie ein geduldiges Paar Ohren findet, das ihr zuhört."

„Sie geht kaum aus", sagte die junge Frau. „Und ihre Freunde sind alle schon gestorben."

Nevin musste an Roger Grey denken. „Diese Gruppe hilf Ihnen. Ich arbeite oft mit ihr zusammen. Und meine Visitenkarte lasse ich Ihnen auch da. Falls Sie mich brauchen, können Sie jederzeit anrufen."

Sie legte das Messer auf den Tisch und wischte sich die Hände an. „Vielen Dank, Detective. Ich weiß, Sie haben wichtigere Dinge zu tun und …"

„Ihre Großmutter und Sie *sind* wichtig. Es ist mein Job, Ihnen zu helfen."

Sie brachte ihn zur Tür, wo sie ihn – zu seiner Überraschung – umarmte. „Danke", sagte sie wieder und wischte sich mit dem Handrücken über die Augen. „Wirklich, ich bin Ihnen sehr dankbar."

„Passen Sie auf sich auf."

Als er wieder zu Julie kam und hinterm Steuer saß, machte er sich noch einige Notizen. *Richtige* Notizen, nicht die Sportwagen, die er gezeichnet hatte, während Mrs. Gerhard ihm ihre Geschichte erzählte. Er musste über seinen Besuch bei ihr nur einen kurzen Routinebericht schreiben und daran denken, in einer oder zwei Wochen bei der Enkelin anzurufen und sich zu erkundigen, wie die Dinge standen. Fälle wie dieser konnten frustrierend sein, aber sie waren auch befriedigend. Die alte Frau hatte für einige Stunden einen Zuhörer gehabt und sich dadurch vielleicht wieder etwas beruhigt. Ihrer Enkelin schien es jedenfalls geholfen zu haben. Und wenn sie die Hilfe der Gruppe in Anspruch nahm, würde die ganze Familie davon profitieren.

Trotzdem – ein glückliches Ende gab es für sie nicht. Mrs. Gerhard würde nicht auf wundersame Weise wieder genesen und zu ihrem alten Ich zurückfinden. Ihre Enkelin würde sich weiter für die Familie aufopfern und zusehen müssen, wie die geliebte Oma langsam mehr und mehr verkümmerte. Nur dieses Arschloch von Mr. Gerhard lag friedlich im Grab und war alle Sorgen los. Der Tod hatte ihn von der Schuld erlöst, die er im Leben auf sich geladen hatte.

Und dann drängte sich Nevin eine Frage auf, die er normalerweise weit von sich schob. Was würde aus *ihm* werden, wenn er alt und gebrechlich wurde? Er wollte nicht in irgendeinem Heim enden und langsam verfaulen. Eher würde er sich eine Kugel in den Kopf schießen. Würde er enden wie Roger Grey, der gelegentlich von mitleidvollen Menschen besucht wurde, die ihm ihre Freizeit opferten? Oder wie Mrs. Ruskin, die aus irgendeinem Grund ermordet wurde? Vielleicht hatte Colin recht. Vielleicht würde es gar nicht erst dazu kommen, weil er überfahren wurde oder ein anderes Unglück passierte.

Guter Gott. Jetzt fühlte er sich schon erleichtert bei der Vorstellung, ein Bus könnte ihn plattfahren, bevor er alt wurde. War das sein Leben?

Knurrend zog er das Handy aus der Tasche und schrieb eine Nachricht.

15

DINNER? HEUTE Abend?

Das Handy verriet nicht, von wem die Nachricht stammte. Es musste also jemand sein, dessen Nummer er noch nicht gespeichert hatte. Oder jemand hatte sich verwählt oder es war ein Scam. Trotzdem, als Colin auf den Bildschirm schaute, schlug sein Herz einen kleinen Purzelbaum.

Ist es ein Dinner mit Flirt?, schrieb er zurück.

Nein. Mit Speck und Kartoffeln. Bist du dabei, Fliege?

Colin grinste so breit, dass die Wangenmuskeln schmerzten.

Einige Minuten später klopfte er an die Bürotür seines Vaters. „Dad?", rief er. „Komm rein."

Sein Vater saß in einem der Ledersessel und schmökerte in einem Golf-Magazin. „Was ist los?"

Colin hätte fast gezappelt wie ein Schuljunge. „Ich gehe heute früher."

„Gut. Ich habe auch schon überlegt, ob ich früher aufhören soll, konnte mich aber noch nicht aufrappeln. Hast du was vor?"

„Dinner. Ein Date."

Sein Dad runzelte die Stirn. „Deine Mutter will dich doch nicht schon wieder verkuppeln, oder?"

„Ob du es glaubst oder nicht, aber diesen Mann habe ich selbst gefunden. Kannst du dich noch an den Detective erinnern?"

„Wirklich?" Sein Vater schmunzelte. „Eine polizeiliche Vernehmung, bei der es klickt. Auf *die* Idee wäre ich nicht gekommen, als ich noch jünger war."

Colin wurde rot, als er sich daran erinnerte, wie diese Vernehmung am Montag geendet hatte. Sein Mantel war immer noch in der Reinigung. „Ja. Nevin ist ... interessant." Was für eine lahme Art, einen so wunderbaren, komplizierten Mann zu beschreiben. „Aber eigentlich bin ich nicht gekommen, um mit dir über mein Liebesleben zu reden."

Sein Vater machte ein erleichtertes Gesicht. Als Colin neun Jahre alt war und anfing, Fragen zu stellen, war Dad es gewesen, der mit ihm das Gespräch über die Bienchen und Blümchen führte. Er hatte das erstaunlich gut gemacht, hatte sogar mehr getan als seine elterliche Pflicht, als er Colin nicht nur über heterosexuellen Sex aufklärte, sondern auch über homosexuellen. Aber es war trotzdem peinlich gewesen und als Colin alt genug war, um mit anderen Jungs auszugehen, hatte sein Vater immer so getan, als würde es ihm nicht auffallen. Bei Miranda war es genauso gewesen, hatte also nichts mit Colins sexueller Orientierung zu tun. Es war nur eine Sache, über die Dad nicht gerne redete.

Colin holte tief Luft. „Kennst du die Häuser an der Siebenundzwanzigsten?"

„Sicher."

„Ich denke, wir sollten sie nicht abreißen lassen."

„Wir haben doch darüber gesprochen und …"

„Nein, das haben wir nicht. Jedenfalls nicht richtig." Colin setzte sich in den anderen Sessel und beugte sich vor. „Ich habe es erwähnt, aber du hast nicht richtig zugehört. Ich weiß, mit Neubauten würden wir mehr Geld verdienen. Aber … Dad, damit würden wir den Charakter der Nachbarschaft zerstören."

Sein Vater legte das Golf-Magazin auf die Sessellehne. Das war ein gutes Zeichen. Es hieß, er hörte zu. „Zwei Häuser machen keinen großen Unterschied", sagte sein Dad.

„Zwei hier, ein anderes da … Wie viele haben wir schon abgerissen? Und wir sind nicht die Einzigen, die das tun. Ich kenne viele Baufirmen, die auch so arbeiten."

„Genau! Wir sind nur eine von vielen und können kaum etwas bewirken. Und wir müssen bei unseren Entscheidungen die finanziellen Auswirkungen nicht bedenken."

„Die Finanzen." Colin stand auf, ging zum Fenster und schaute auf die Stadt. „Was ist mit unserem Herzen? Wie wäre es, nicht nur an unser Bankkonto zu denken, sondern auch an das, was richtig ist?" Hm. Wenn man aus dem Fenster schaute, fiel es wesentlich leichter, schwierige Themen anzusprechen. Nevin hatte gute Ideen.

„Colin …"

Colin drehte sich zu ihm um. „Ich meine es ernst, Dad. Brauchen wir das zusätzliche Geld wirklich? Die meisten Menschen haben wesentlich weniger als wir und kommen trotzdem über die Runden. Ich brauche keine größere Wohnung, kein neues Auto oder … einfach mehr."

Sein Vater sah ihn lange an. Colin hatte schon oft gehört, sie würden sich ähnlichsehen. Er überlegte, ob er auch so aussah, wenn er sich ärgerte – eine steile Linie zwischen den Augenbrauen und rote Flecken im Gesicht. „Aber was passiert, wenn ich nicht mehr lebe, Colin?", sagte Dad gemessen.

Colin blinzelte. „Was?"

„Ich bin achtundsechzig Jahre alt. Und gesund. Jedenfalls sagen das die Ärzte. Vielleicht werde ich hundert. Oder ich wache eines Morgens auf und habe Krebs."

Colin verzog das Gesicht. Der Vater seines besten Freundes war vor drei Jahren an Magenkrebs gestorben. „Ich …"

„Ich will damit nur sagen, dass ich sterblich bin. Und deine Mutter auch, obwohl sie das niemals zugeben würde. Ich will sicher sein, dass du gut versorgt bist, wenn es uns nicht mehr gibt."

Colin schüttelte den Kopf, obwohl er es am liebsten Nevin nachgemacht und laut geflucht hätte. „Ich kann auf mich aufpassen."

„Jetzt ja. Aber was passiert, wenn du wieder … krank wirst? Die Versicherung reicht nur bis zu einem gewissen Punkt und Miranda muss an sich und Hannah denken."

„Ich bin nicht aus Glas! Und wenn …" Er suchte nach den richtigen Worten. „Mrs. Ruskin hatte noch nicht einmal eine Beerdigung und Roger Grey … Ich habe keine Ahnung, was mit ihm passiert, wenn die Gerichtsmedizin seine Leiche freigibt. Sie sind tot und schon fast vergessen. Es ist fast, als hätten sie nie gelebt."

Sein Dad stand auf und kam zu ihm ans Fenster. „Das kannst du nicht vergleichen", sagte er ruhig. „Wir lieben dich. Es gibt viele Menschen, die dich lieben."

„Ich weiß. Das habe ich nicht gemeint. Aber glaubst du, in hundert Jahren geht jemand durch eines unserer Häuser und denkt: *Wie schön, dass sie damals so gebaut haben?* Wird irgendjemand an einem unserer Häuser vorbeifahren und sagen: *Schau dir diese alte Schönheit an?*"

„Wir geben den Menschen *jetzt* guten Wohnraum."

„Sicher. Ab es gibt viele Wege, das zu tun. Ich war heute in einem der alten Häuser. Ja, es ist eine Ruine. Aber dort haben hundert Jahre lang Menschen gelebt. Sie haben in diesem Haus eine Familie gegründet und Kinder großgezogen." *Sich dort geliebt.* „Diese alten Häuser haben eine … Seele. Die Häuser, die wir bauen, haben keine Persönlichkeit. Aber wenn wir etwas Geld und Mühe investieren, können wir die Seele dieser alten Häuser am Leben erhalten." Seine Stimme brach.

Sein Dad sah ihn lange an. Dann legte er ihm die Hand auf die Schulter. „Ich wusste nicht, dass dir dieses Thema so viel bedeutet."

Colin lachte rau. „Ich auch nicht."

„Ich glaube, ich kann dich verstehen. Du willst etwas bewirken, willst etwas bedeuten."

Ja, so konnte man es mehr oder weniger sagen. Colin nickte.

„Deine Mutter und mir bedeutest du jetzt schon sehr viel. Miranda, Hannah und deinen Freunden auch."

„Ich weiß."

Jetzt war es sein Vater, der nickte. „Aber du willst mehr. Etwas Dauerhaftes. Du willst ein Zeichen setzen. Das kann ich auch verstehen." Er atmete tief durch. „Ich mache dir einen Vorschlag. Besorge uns Kostenvoranschläge und rechne das Projekt durch. Danach sehen wir, ob es realisierbar ist."

Colin umarmte seinen Vater. „Das wird es sein", versprach er.

LEGOLAS HATTE sich offensichtlich auf einen Schmuseabend auf dem Sofa eingestellt, denn er miaute protestierend, als Colin – anstatt der Jogginghose – eine Anzughose und ein schickes Hemd mit Blumenmuster anzog.

„Tut mir leid, Kumpel. Sexy Bulle schlägt Katze. Jedenfalls für die nächsten paar Stunden. Du kennst ihn doch. Kannst du es mir da wirklich übelnehmen?"

Er kippte etwas zusätzliches Trockenfutter in Legolas' Schälchen, um ihn wieder zu versöhnen.

Nevin hatte sich für ein interessantes Restaurant entschieden. Es war sehr edel, hatte Parkservice und Kellner im Frack. Schon vor der Geburt von Colins Vater hatten hier die gehobenen Kreise von Portland gespeist. Colins Großvater hatte auch zu den Stammgästen gehört und sie waren oft hier gewesen, um Geburtstage zu feiern. Colin hätte nie damit gerechnet, dass Nevin ihn hierher einladen würde.

Julie stand schon auf dem Parkplatz, als er vorfuhr. Colin konnte es kaum abwarten, Nevin zu sehen. Er warf dem Parkwärter den Schlüssel zu und lief zur Tür. Als er das Restaurant betrat, stellte er fest, dass seine Ungeduld sich gelohnt hatte. Nevin sah umwerfend aus in seinem schwarzen Anzug, dem blauen Hemd und dem gelben Schlips.

„Wow", sagte er und konnte den Blick nicht abwenden. Nevin versuchte erfolglos, sein zufriedenes Lächeln zu verbergen.

„Du siehst auch nicht schlecht aus", sagte er, als Colin sich setzte. „Aber ich vermisse die Fliege."

„Ich liebe gelegentlich etwas Abwechslung."

Sie studierten schweigend die Speisekarte. Der Kellner musste Gedanken lesen können, denn er kam genau im richtigen Moment an den Tisch, um ihre Bestellung aufzunehmen.

„Gibt es einen besonderen Anlass?", erkundigte sich Colin. Das Flackern der Kerze, die in der Mitte des Tischs stand, warf warme Schatten auf Nevins Gesicht.

„Ich hatte Hunger."

„Nun, dann habe _ich_ etwas zu feiern."

„Ja?"

Colin trank einen Schluck Wasser. „Ich habe heute Rückgrat gezeigt, wie du mir geraten hast. Ich habe Dad gesagt, wir sollten die alten Häuser renovieren."

„Wie hat er es aufgenommen?"

„Gut. Wir wollen es versuchen."

Nevin hob sein Wasserglas und prostete ihm zu. „Gut gemacht, Collie."

Sie stießen an. „Aber es ist noch mehr als das. Ich glaube, ich hatte heute eine Art Erleuchtung."

„Hat es wehgetan?"

Guter Gott, Colin konnte von diesem Lächeln einfach nicht genug bekommen. „Etwas. Aber es war ein guter Schmerz."

„Das kenne ich", erwiderte Nevin und grinste lüstern, damit Colin ihn nicht missverstehen konnte. Dann wurde er wieder ernst. „Und welche Erleuchtung haben die Götter dir beschert?"

„Ich weiß jetzt, was ich werden will, wenn ich groß werde. Ich will Häuser finden wie das, was wir besucht haben. Und ich will sie wieder bewohnbar machen. Ihren Charakter bewahren. Ihnen eine neue Seele einhauchen." Oh ja ... Es laut auszusprechen, bestätigte ihn in seinem Entschluss. Er war sich jetzt sicher, richtig entschieden zu haben. Es war zwar nicht das, wovon er als Teenager geträumt hatte, als er auf der Bühne stand und Lieder aus *Oklahoma!* schmetterte, aber schließlich war er kein Teenager mehr. Das Leben passiert und Träume ändern sich.

Er beugte sich über den Tisch. „Es ist unfair, nicht anerkannt und geschätzt zu werden. Ich will das ändern. Jeder sollte sich geliebt fühlen", flüsterte er.

Colin erwartete, dass Nevin wieder kratzbürstig reagierte und sich fluchend zurückzog. Stattdessen sah Nevin ihn erstaunt an und seine Gesichtszüge wurden weich. Er wirkte dadurch um Jahre jünger. „Du kannst das, nicht wahr?"

„Ja, das kann ich. Wenn man mich lässt."

Sie schwiegen, aber es war ein vertrautes Schweigen. Nevin sah ihn immer noch an, als könnte er seinen Augen nicht glauben. Colin fühlte sich ungewohnt stark. Ihm wurde warm ums Herz.

Sie hatten Pinot Noir bestellt, der mit dem ersten Gang – Zwiebelringen – serviert wurde. Colins Kardiologe würde vermutlich einen Herzinfarkt bekommen, wenn er das hörte. Andererseits hieß es aber auch, Rotwein wäre gut fürs Herz, oder?

„Die schmecken noch besser, als ich sie in Erinnerung hatte", sagte Nevin und schob sich einige Zwiebelringe in den Mund.

„Kommst du … oft hierher?"

Nevin schnaubte. „Wie subtil, Fliege. Nein, ich war seit Jahren nicht mehr hier." Er aß noch einige Zwiebelringe, schob den Rest Colin zu und wischte sich die Hände ab. „Ich habe irgendwo davon gehört und bin gelegentlich hier vorbeigekommen. Als Kind war es schon ein Feiertag für mich, bei *McDonald's* einen Hamburger zu essen. Von einem Restaurant wie diesem hätte ich nicht zu träumen gewagt. Ich wette, bei dir war das anders."

Colin zuckte mit den Schultern. „Wir waren manchmal hier."

„Dachte ich mir. Ich habe mir immer gesagt: *Wenn du dir hier das größte Steak bestellen kannst, hast du es wirklich geschafft.* Aber es war nur ein Traum und ich hätte damals nicht erwartet, dass er sich jemals erfüllt."

„Wie von einem Märchenprinzen aus dem Elfenbeinturm befreit zu werden", sagte Colin lächelnd.

„Ja. Als ich einundzwanzig wurde, habe ich mir mit Ford eine schäbige Wohnung in der Powell Street geteilt. Wir waren nicht oft zuhause, weil wir in mehreren schlecht bezahlten Jobs arbeiten mussten. Ich habe nebenbei noch studiert und meinen Abschluss gemacht, aber ich bin nicht zur Feier gegangen, weil … Ford musste arbeiten und sonst war niemand da, der sich dafür interessierte. Ich bin vor Selbstmitleid übergeflossen, Collie. Es war kein sehr schöner Anblick."

„Das bezweifle ich. Ich wette, du bist selbst dann noch attraktiv."

Nevin schüttelte abwesend den Kopf, erzählte aber weiter. „Ich habe stattdessen eine Zusatzschicht in der Fabrik eingeschoben und Maschinen zum Abfüllen von Kartoffelsalat gereinigt. Dann bin ich mit dem Bus nach Hause gefahren und habe unterwegs im Supermarkt einige Dosen Bier gekauft, die es im Angebot gab. Ich wollte mich betrinken." Er hob sein Weinglas und trank es aus.

„Und dann?", fragte Colin.

„Dann bin ich in unsere Wohnung gekommen. Ford trug einen Anzug und hat mich übers ganze Gesicht angegrinst. Es war unfassbar. *Zieh das an*, sagte er und zeigte auf einen zweiten Anzug, der überm Stuhl hing. Ich habe ihn gefragt, was mit ihm los wäre. Wir hatten beide nur Jeans, mehr brauchten wir nicht. Ford hat nur gemeint, wir würden jetzt essen gehen. Mehr war nicht aus ihm rauszuholen. Die Anzüge hatte er von zwei Kollegen ausgeliehen. Meiner hat nicht richtig gepasst, aber es ging gerade so. Und ein Auto hatte sich der hinterhältige Bastard auch ausgeliehen. Dann hat er uns hierhergefahren, hat Vorspeisen bestellt und eine halbe Kuh und … alles eben. Zwei Jahre hat er gespart, um an diesem Tag mit mir feiern zu können, dieser verdammte Hundesohn."

„Hat es geschmeckt?", wollte Colin wissen und tat so, als würden ihm die Tränen nicht auffallen, die Nevin in den Augen standen.

„Es war das Beste, was ich jemals gegessen habe."

„Dein Bruder liebt dich."

Nevin grinste. „Ja, das tut er. Dämlicher Idiot." Er spielte mit dem leeren Weinglas. „Ich kann mir solche Restaurants schon seit einer Weile leisten, bin aber seitdem nicht mehr hier gewesen."

„Es freut mich, dass du mich hierher eingeladen hast."

Danach gingen sie während des Essens zu leichteren Themen über. Nevin erzählte ihm, wie er Julie gefunden und sich in sie verliebt hatte. Colin sprach über einen ansässigen Architekten, der für seine innovative Arbeit bekannt war. „Ich frage mich, ob er wohl interessiert wäre, die Häuser für uns zu renovieren", überlegte er. „Natürlich nur, wenn wir sie nicht abreißen."

„Hört sich an, als hättest du deine Jobbeschreibung schon umdefiniert."

„Ich teste es noch aus." Es machte ihm Spaß, ließ sich aber nicht mit dem überwältigenden Gefühl vergleichen, das Nevins Lächeln in ihm auslöste.

Nach dem Essen bestellten sie noch Kaffee – entkoffeiniert für Colin, Espresso für Nevin. Colin griff nach Nevins Hand. „Kommst du noch mit zu mir?"

„Ja, das wäre schön."

Nevin kam natürlich vor ihm an und Colin musste grinsen, als er Julie in einer legalen Parklücke stehen sah. Nevin lehnte neben der Tür am Haus. „Du fährst wie eine alte Dame."

„Nicht jeder ist immun gegen Strafzettel."

Als sie in seine Wohnung kamen, ignorierte ihn Legolas und wand sich miauend um Nevins Beine, als hätte er eine lange verloren geglaubte Liebe wiedergefunden. „Pass auf deinen Anzug auf, er haart fürchterlich", warnte Colin.

Nevin bückte sich und kraulte Leg unterm Kinn. Als er wieder aufstand, machte er ein merkwürdiges Gesicht. Es erinnerte Colin an ein Kind, das gerade – wider besseres Wissen – versprochen hatte, freiwillig Spinat zu essen. „Wir fi… schlafen heute nicht zusammen."

„Äh, ja. Habe ich etwas falsch gemacht?"

„Du, Collie, hast alles richtig gemacht. Verdammt richtig sogar. Und deshalb sind wir heute so keusch wie zwei Mönche."

Es dauerte einen Moment, aber dann verstand Colin, was Nevin damit meinte. „Du willst es versuchen. Ein romantisches Date, sonst nichts."

Nevin nickte leicht. „Ich weiß, wir könnten im Schlafzimmer …"

„Oder auf dem Fußboden."

„… oder deinem verdammten Küchentisch ein Feuerwerk entzünden. Aber lass es uns einfach mit … Gesellschaft versuchen. Nur für einige Stunden."

Colin wusste schon, dass sie das konnten. Er lächelte trotzdem. „Du darfst dir den Film aussuchen."

Und wieder überraschte ihn Nevin. Colin hatte erwartet, dass er sich für etwas Düsteres oder einen Actionfilm entscheiden würde, aber Nevin überlegte kurz und reichte ihm dann ein Musical. „*Singin' in the Rain*?", fragte Colin ungläubig.

„Er sieht dir ähnlich", erklärte Nevin und zeigte auf das Foto von Gene Kelly.

Colin konnte es nicht verhindern. Er drückte Nevin einen Kuss auf die Wange. „War das unter den Regeln erlaubt?", fragte er.

Nevin überlegte sorgfältig. „Ja. Aber nur im Gesicht und keine Berührung unterhalb des Bauchnabels."

„Wow. Die armen Mönche."

Sie zogen ihre Jacken und Schuhe aus und Colin ging in die Küche, wo er für Nevin einen Espresso aufsetzte und sich eine Packung Kräutertee aus dem Kühlschrank holte. Dann setzten sie sich aufs Sofa und schauten sich den Film an. Leg machte es sich auf Nevins Schoß gemütlich. Nach dem Film schmusten sie noch, hielten sich aber dabei streng an die Regeln.

Es war der schönste Abend, den Colin seit Jahren erlebt hatte.

16

ES WAR der beste Abend seit Jahren, obwohl er und Colin nicht viel mehr getan hatten, als zu essen und zu schmusen. Und Nevin hatte die verdammte Katze gestreichelt. Er wäre gerne über Nacht geblieben, hätte Colins nackten Körper an seinem gespürt. Aber dann hätte er es nie geschafft, sich an sein – temporäres! – Keuschheitsgelübde zu halten. Also setzte er Legolas nach dem Film vorsichtig auf den Boden, stand auf und streckte sich.

Colin brachte ihn zur Tür. „Was machst du am Wochenende?", fragte er und biss sich auf die Lippen, während er auf Nevins Antwort wartete.

Nevin streichelte ihm mit dem Daumen übers Grübchen. „Noch nichts." Wer hätte das gedacht? Er war kurz davor, sich mehrere Tage im Voraus zu verabreden, ohne dass die Welt zusammenbrach.

„Gut. Dann rufe ich dich an und wir machen etwas aus. Danke für die Einladung und … das hier." Colin zeigte aufs Sofa.

„Wird vermutlich Zeit, dass ich auch Rückgrat zeige."

Sie küssten sich zärtlich zum Abschied.

Auf der Heimfahrt erwischte sich Nevin dabei, ein Lied aus dem verdammten Film vor sich hin zu summen.

Seine Hose und die Jacke waren mit weißen und orangefarbenen Katzenhaaren übersät. Er zog sich aus und legte ihn hinter die Tür. Den Rest seiner Kleidung warf er in den Wäschekorb. Es war schon spät und er sollte sich schlafen legen, weil er morgen einen langen Tag vor sich hatte. Aber Nevin konnte immer noch Colin auf den Lippen schmecken, ihn riechen und seine Haut an den Fingerspitzen fühlen. Als er schließlich ins Badezimmer ging, um sich die Zähne zu putzen, schaute er in den Spiegel.

Er fuhr sich mit dem Finger über die Brust und zeichnete Colins Narbe nach. Seine Nippel richteten sich auf, ein Schauer lief ihm über den Leib und sein Schwanz füllte sich so schnell mit Blut, dass ihm fast schwindelig wurde. Er verfolgte die Bewegung seiner Hand im Spiegel und stellte sich vor, es wäre Colins Hand – größer, heller und weicher.

Nevin stöhnte.

„Vergiss den Mist", sagte er und lief zum Handy.

Schluss mit Kloster, schrieb er. *Wir haben es uns bewiesen.*

Die Antwort kam Sekunden später. *Gott sei Dank.*

Als Bulle wusste er, dass es keine gute Idee war, sich verfängliche Bilder zu schicken, deshalb wollte er auch Colin nicht dazu überreden. Aber das war auch nicht nötig. Sie hatten ihre Fantasie. *Ausziehen.*

Schon erledigt.

Verdammt. Nevin stellte sich Colin vor, der nackt auf dem Bett lag. Seine helle Haut und seine goldblonden Haare glänzten im Licht der kleinen Nachttischlampe. Sein Schwanz lag dick und schwer auf seinem Bauch. Nevin konnte kaum noch schreiben, so sehr zitterten ihm die Hände. Er wählte Colins Nummer und rief ihn an. „Liegst du im Bett?", fragte er, als Colin sich meldete.

„Ja."

„Stell dein Handy auf Freisprechen."

Dann drückte er ebenfalls auf den Freisprechknopf. Er knipste das Licht aus, legte das Handy auf den Nachttisch und legte sich aufs Bett.

„Nev?"

„Ich bin hier." Er war so erregt, dass er wahrscheinlich allein von Colins Stimme gekommen wäre. Nevin war schon als Teenager geil gewesen und hatte jeden Tag sechs oder sieben Mal masturbiert. Auch jetzt griff er noch oft darauf zurück, vor allem dann, wenn er nicht regelmäßig Sex hatte. Aber es war damit nicht viel anders als mit den vielen Männern, die er in Bars aufschnappte – es diente nur der Befriedigung. Sex mit Colin war anders. Sex mit Colin war – ob direkt oder nur übers Handy – ein transzendentales Erlebnis. Wenn Nevin durch Colins Haut in ihn hineinkriechen könnte, er würde sich an Colins Herz schmiegen, um es schlagen zu hören. Ja, wirklich. Das würde er.

„Was ist nur mit mir los?", flüsterte er.

„Nevin?" Colin hörte sich alarmiert an. Das war nicht Nevins Absicht gewesen.

„Ich bin aufgeregt, das ist alles. Wo hast du deine Hand, Collie?"

„Wo immer du sie willst."

Das war schon besser. „Spiel mit deinen Nippeln. Zwick sie." Er befolgte seine eigenen Anweisungen. „Wie fühlt es sich an?"

„Hmm... gut. Ich hatte noch nie Telefonsex. Ich weiß nicht, ob ich das kann und ..."

„Du machst das genau richtig." Nevin meinte das ehrlich, aber andererseits hätte ihm Colin jetzt das Strafgesetzbuch vorlesen können und er wäre trotzdem gekommen. „Was machen wir mit unseren Händen als nächstes?"

„Deine Brust", krächzte Colin nach einer kurzen Pause. „Du hast so wunderbare Brustmuskeln. Ich ... ich kann sie fast fühlen."

Nevin rieb sich über die harten Muskeln. Colins fühlten sich weicher an. „Deine fühlen sich an wie warmer Samt", sagte er. Sein Mund war staubtrocken und er wünschte, er hätte ein Glas Wasser in Reichweite.

„Oh Gott, ich ... Fass dir an die Eier."

„Sie sind ziemlich voll." Nevin drückte leicht zu. Er hörte Colin keuchen und es fiel ihm selbst schwer, noch richtig zu atmen. „Deine Hand ist frei. Was machst du ..."

„Die Nippel. Sie sind so empfindlich."

Oh. Nevin fasste mit der linken Hand an seinen Schwanz, während er sich mit der rechten die Eier massierte. Er wollte Colin nicht zurücklassen. „Fass deinen Schwanz an. Bist du schon so weit?"

„Auf jeden Fall", erwiderte Colin mit erstickter Stimme.

„Fühlst du, wie groß er ist? Und wie hart?" Nevin zog sich die Vorhaut über die Eichel und ließ sie wieder los. Colins Schwanz fühlte sich anders an, war etwas länger und viel dicker.

„Nev? Mann, ich hätte nie gedacht, das jemals laut zu sagen ... Ich steckte mir jetzt zwei Finger in den Mund und sauge daran, damit sie schön feucht werden."

Nevin wollte etwas darauf erwidern, aber das einzige, was ihm über die Lippen kam, war ein erbärmliches Wimmern. Er schon sich die Finger in den Mund, um sich zum Schweigen zu bringen. Er hörte Colin saugen und es war so verdammt sexy, dass ihm der Schwanz zu pochen anfing. „Ich mache weiter ...", krächzte er heiser.

Colin lachte. Es war so sexy, dass Nevin fast die Luft wegblieb. Er sehnte sich danach, Colin in den Armen zu halten. Wann war das passiert? Seit wann sehnte er sich nicht nur nach einem Fick, sondern nach einem ganz bestimmten Mann? Aber so war es. Kein anderer Mensch – ob männlich oder weiblich – konnte dieses Verlangen erfüllen. Nur Colin konnte das.

Das ist mehr als körperliches Verlangen, sagte eine leise Stimme in seinem Kopf. Es war seine Bullenstimme und sie erlaubte keinen Widerspruch. *Collie Westwood hat sich in dein Herz geschlichen und dieses Herz ist lange nicht so hart und unerschütterlich, wie du es dir gerne einredest.*

Er zog fest an seinem Schwanz, um die Stimme zum Schweigen zu bringen. Auf Dauer würde es ihm allerdings nicht helfen, das ahnte er jetzt schon. Aber jetzt hatte er Besseres zu tun. „Schieb dir die Finger in den Arsch", drängte er. „Du bist so eng, Baby. So heiß."

„Oh Gott ..."

Gut. Jetzt fing Colin auch zu wimmern an.

Von da an brachten sie keinen vernünftigen Satz mehr über die Lippen. Nur noch Keuchen und Stöhnen war zu hören. „Gleich ...", krächzte Nevin atemlos. Sein Bett quietschte. Er stellte sich immer noch vor, es wäre Colin, den er unter den Händen spürte. Und es war verdammt gut. Weil das, was er spürte – obwohl es sein eigener Körper war – Colin gehörte.

„N-nix mehr mit ... keine Mönche."

„Okay", stimmte ihm Colin keuchend zu.

„N-nächstes Mal ... ich will dich ... ah..."Sein Verstand setzte langsam aus und er sah Sternchen. „Will dich ... in miiir..."

Colins Antwort hörte sich zustimmend an.

Einige Sekunden später war es vorbei und Colin war bei ihm, obwohl der Fluss zwischen ihnen und Colin in seinem eigenen Bett lag, anstatt in Nevins Armen, wo er hingehörte. Nevin kam langsam wieder zu sich. Seine Haut fühlte sich klebrig an und kribbelte immer noch, aber war sicher, dass Colin jetzt ein Teil von ihm war. Er würde ihn immer bei sich haben, was immer auch passierte.

„VIEL LOS gestern?" Frankl ließ sich in den Stuhl vor Nevins Schreibtisch fallen.

Nevin rieb sich übers Gesicht. „Bist du den ganzen Weg gekommen, um mich zu schikanieren? An einem Donnerstagmorgen? Bei einem alten Kerl wie dir hätte auch ein Anruf genügt."

Frankl biss nicht an, aber das tat er sowieso selten. Er war ein sehr nüchterner Mensch und hatte schon, als er noch Streife ging, immer freundlich abgelehnt, wenn ihm jemand einen Kaffee anbot. Nevins Spitzen prallten einfach von ihm ab. Es gab Kollegen, die ihn hinter seinem Rücken den *Sankt Frankl* nannten.

„Ob du es glaubst oder nicht, Detective Ng, aber ich verbringe nicht jede freie Sekunde damit, mir zu überlegen, wie ich dich am besten auf die Palme bringe." Er klopfte mit dem Finger auf den Schreibtisch. „Ich denke lieber darüber nach, wie wir die Ganoven fangen."

„Und? Warst du heute schon erfolgreich?"

„Gewissermaßen."

Zum ersten Mal konzentrierte sich Nevin ganz auf Frankl, anstatt auf seinen Bericht. „Wer?"

„Blake und ich haben die letzten drei Tage mit den Überwachungsvideos aus Boring verbracht. Es war höllisch spannend, wie du dir gut vorstellen kannst."

„Einen Oscar wert, wie?"

„Nun, wir wissen jetzt, wie Roger Greys Unterkiefer dorthin gekommen ist."

Frankl machte eine dramatische Pause und studierte seine Fingernägel, als würde er über eine Maniküre nachdenken. Dann lehnte er sich zurück und grinste wie ein Mann, dem der Verkaufsautomat gerade zwei Tüten Chips ausgespuckt hatte, obwohl er nur für eine bezahlt hatte. Nevin zog eine Grimasse, fest entschlossen, Frankls Spielchen auszusitzen. Frankl summte vor sich hin und betrachtete fasziniert die Poster der Sportwagen, die Nevin an die Wand geheftet hatte.

Nevin überlegte kurz, ob er seine Glock ziehen sollte. Er seufzte schwer. „Was habt ihr herausgefunden? War der Nachbar der Mörder?"

„Nein. Aber wir haben dem County Sheriff genug Hinweise gegeben, um ihn wegen Betreten fremden Eigentums und Diebstahl zu belangen. Der Typ war wirklich in den Schuppen eingebrochen und hat sich bedient."

„Und was ist mit dem Unterkiefer?"

„Der ist vom Himmel gefallen." Frankl machte eine passende Geste dazu.

„Komm schon, Frankl … Ich bin nicht in der Laune für Witzchen."

„Es ist kein Witz. Es ist auf dem Video deutlich zu sehen. Der Unterkiefer ist vom Himmel gefallen."

„Und jetzt? Hat Roger Grey auf einer Schäfchenwolke gesessen und ist von einem Engel ermordet worden?"

Frankl schüttelte den Kopf. „Wir haben uns mit einigen Leuten unterhalten. Einige Anrufe gemacht. Wir haben das Video sogar Kollegen gezeigt für den Fall, dass wir vielleicht etwas übersehen haben könnten. Und wir sind alle zum gleichen Ergebnis gekommen. Es war ein Vogel."

„Wie bitte?"

„Ein Vogel hat den Unterkiefer fallengelassen. Der Garten in Boring ist nur ungefähr zehn Kilometer vom Fundort der Leiche entfernt. Irgendein Aasfresser – vielleicht ein Truthahngeier – hat ihn dort aufgepickt, hat ihn mitgenommen und über dem Garten wieder fallengelassen."

Nevin starrte ihn an. Frankl machte nicht den Eindruck, als wollte er ihn auf den Arm nehmen. Die einzig vernünftige Spur in diesem Fall war ein gottverdammter Vogel. „Fick mich seitwärts", stöhnte er und ließ den Kopf auf die Arme sinken.

„Nein, danke. Ich bin ein verheirateter Mann."

NEVIN HÄTTE sich am liebsten sofort bei Colin gemeldet. Also verbrachte den Rest des Tages, sich in regelmäßigen Abständen daran zu erinnern, dass er kein erbärmlicher Schwächling war. Die Art von Schwächling, die öffentlich behauptete, keine Beziehung zu wollen, sich aber trotzdem an einen armen Mann wie Colin klammerte. Er hatte Dutzende Nachrichten geschrieben und wieder gelöscht, bevor er sie abschicken konnte. Als dann sein Handy piepte, hätte er vor Erleichterung fast geschluchzt.

Gut geschlafen?, wollte Colin wissen.

Wie ein Baby. Das war nicht gelogen. Nach dem Telefonsex hatte er sich gerade noch aufraffen können, ins Badezimmer zu gehen und sich zu waschen. Dann war er ins Bett gefallen und erst aufgewacht, als der Wecker klingelte. An seine Träume konnte er sich nicht erinnern.

Falle ich dir auf die Nerven?

Nein. Ich bin froh, dass du dich meldest. Nevin hätte beinahe noch geschrieben, dass er ihn vermisst hatte. Mist, Mist, Mist. Er musste das Thema wechseln. Dringend. *Wir wissen jetzt, was mit Rogers Unterkiefer passiert ist.*

Ein Verdächtiger?

Nein. Ein Geier hat ihn fallengelassen.

Colin antwortete nicht sofort. Nevin konnte es ihm nicht übelnehmen. Es war eine dieser Nachrichten, die man erst verdauen musste. Als Colin sich schließlich meldete, war es nur ein Emoji. *Wow.* Kurz darauf kam noch eine Nachricht: *Tut mir leid.*

Wir suchen weiter. Es tat gut, seine Frustration mit jemandem zu teilen, der kein Bulle war. Nevin fühlte sich besser.

Das weiß ich. Ich wette, Roger hätte über die Geschichte mit dem Geier gelacht.

???

Es ist, als hätte er ein letztes Abenteuer erlebt.

Für Colin war das Glas immer halb voll. Nevin lächelte. *Wir werden ihn hier so schnell nicht vergessen.*

Das würde ihn auch glücklich machen.

Nach einer kurzen Pause meldete Colin sich wieder. *Erschreckt es dich, wenn wir ein neues Date verabreden? Am Samstag?*

Nicht heute Abend? Nevin schickte ein Smiley mit einem Augenzwinkern nach, obwohl er es fast ernst gemeint hatte.

Schön wär's. Ich muss heute Ivan & Bob besuchen und morgen esse ich bei meinen Eltern. Mom hat Geburtstag. Du kannst mitkommen, wenn du willst.

Nevin schüttelte sich, antwortete aber nicht gleich. Nach einer Minute – und wahrscheinlich einem tiefen Seufzer – kam Colins nächste Nachricht an. *Okay dann. Samstag um 8. Ich hole dich ab.*

Nevin schickte ihm nach kurzem Zögern seine Adresse. Normalerweise war Ford der einzige, der ihn besuchte. Selbst Jeremy kam nie in seine Wohnung. Aber er konnte es Colin nicht verweigern, ohne als Idiot dazustehen. Sie konnten sich vor dem Haus treffen. Nevin schickte sogar noch eine Nachricht. *Ruf mich heute Abend an, wenn du willst. Du fällst mir nicht auf die Nerven.*

Colin antwortete mit einem roten Herz-Emoji.

Nevin revanchierte sich mit einer Aubergine und, um richtig verstanden zu werden, einem Finger, der auf die Aubergine zeigte.

LOL, antwortete Colin. Natürlich.

„Guter Gott", murmelte Nevin. „Wie zwei vierzehnjährige Mädchen." Aber sein breites Grinsen konnte er nicht verhindern.

17

BOB UND Ivan Thomas hatten ihr Haus im Nordwesten der Stadt schon in den 1960ern gekauft. Damals war diese Gegend im Zerfall begriffen. Wer genug Geld hatte, um sein altes viktorianisches Haus gegen einen Neubau in den Hügeln oder einem der Vororte aufzugeben, hatte das Viertel verlassen. Die alten Häuser wurden entweder in einzelne Mietwohnungen aufgeteilt oder einfach abgerissen. Bob und Ivan hatten diesem Trend widerstanden und im Laufe der Jahre viel Geld und Liebe in ihr Haus gesteckt. Sie hatten es in hellen Farben gestrichen und geschmackvoll mit restaurierten Antiquitäten eingerichtet. Die beiden Männer waren anfangs von ihren Nachbarn herablassend behandelt worden, weil sie in einer Zeit, in der das noch verpönt war, offen als schwule Männer zusammenlebten. Aber sie und ihr Haus hatten allen Unwillen widerstanden.

Das hatte sich mittlerweile geändert. Die modernisierten Nachbarhäuser waren jetzt Millionen wert, während ihr Haus in die Jahre kam. Die Farbe fiel langsam ab und auch der Rest hätte dringend renoviert werden müssen. Bob und Ivan waren schon über achtzig und hielten sich nur noch in den verstaubten Zimmern des Erdgeschosses auf. Sie schafften es nicht mehr, die Treppen in den ersten Stock oder den Keller zu bewältigen. Selbst die wenigen Stufen vor der Haustür waren zu viel für sie.

Manuel versuchte seit Jahren, die beiden zu überreden, in eine Mietwohnung oder ein Pflegeheim zu ziehen, aber sie weigerten sich strikt, ihr Haus zu verlassen. Nach über fünfzig Jahren und all den Herausforderungen, denen sie sich im Laufe ihres Lebens gestellt hatten, verbanden sie viele Erinnerungen mit dem Haus. Colin konnte das verstehen. Er hätte auch nicht ausziehen wollen.

Am Donnerstag musste er mehrere Male um den Block fahren, bis er endlich einen Parkplatz fand. Er lief durch den Regen und gab sein Bestes, die Tüte mit den Lebensmitteln trocken zu halten, bis er endlich unter dem kleinen Vordach vor der Haustür stand. Die Klingel funktionierte schon lange nicht mehr, also klopfte er an.

Colin war gewohnt, dass Ivan nicht sofort antwortete. Nach einer Weile wurde die Tür geöffnet. „Colin! Komm doch rein, mein Junge. Du holst dir sonst noch eine Lungenentzündung."

Es war feucht, aber nicht allzu kalt. Trotzdem grinste Colin, als er das Haus betrat. Ivan trug – wie immer – eine schicke dunkle Hose, ein weißes Hemd und eine Smokingjacke aus Samt und Satin. Colin hatte eine solche Jacke noch nie gesehen – bis er Bob und Ivan kennenlernte. Ivan war groß und hager und erinnerte mit seinem Schnurrbart an Vincent Price.

„Ich habe einige Sachen für euch mitgebracht", sagte Colin und reichte ihm die Einkaufstüte.

„Das wäre doch nicht nötig gewesen. Du weißt doch, wir haben einen Lieferdienst."

„Ja. Aber der bringt euch keine Leckereien."

Ivan schaute in die Tüte. „Du Spitzbube, du! Unser Arzt würde dich dafür ausschimpfen. Und deshalb lieben wir dich so." Er zwickte Colin in die Wange. „Komm, komm. Bob wird es mir nie verzeihen, wenn er deinen Anblick nicht auch genießen darf."

Vor langer Zeit – noch vor Colins Geburt – hatten Bob und Ivan einen Jazzclub im Stadtzentrum. Sie waren auch in der Theaterszene aktiv gewesen und Bob ließ sich manchmal dazu überreden, einige alte Lieder zu singen. Seine Stimme war jetzt schwach und rau, aber Colin hörte ihm gerne zu. Die beiden Männer hatten ihre extravaganten, auffallenden Eigenheiten nie aufgegeben und auch dafür liebte Colin sie.

„Mein Schätzchen! Wie schön, dass du gekommen bist." Bob brauchte eine Gehhilfe, deshalb blieb er meistens in dem großen Polstersessel im Wohnzimmer sitzen, so wie jetzt. Von hier aus regierte er seine kleine Welt. Er trug heute einen gestreiften Seidenpyjama und hatte eine purpurfarbene Decke auf dem Schoß liegen. Bob war kleiner und kräftiger als sein Partner und hatte ausdrucksstarke, höchst bewegliche Augenbrauen.

Colin ging zu ihm und küsste ihn auf die Wange. „Ihr wisst doch, wie sehr ich mich immer auf meinen Besuch bei euch freue." Das war nicht gelogen. Colin freute sich jedes Mal, die beiden zu sehen.

Bob winkte ab. „Du kleiner Dummkopf. Du solltest deine Nächte in einem Club verbringen und zu dieser grässlichen Musik tanzen, die sie heutzutage hören. Und du solltest mit einem Mann unter Sternen liegen und ihn leidenschaftlich lieben."

„Ich bin ein miserabler Tänzer und draußen regnet es."

Bob brummte nur. Während Ivan die Einkäufe in die Küche brachte, zog Colin seinen Mantel aus und hängte ihn auf den überladenen Kleiderständer. Dann setzte er sich auf seinen Stammplatz auf einem zierlichen, zerbrechlich wirkenden Sofa. Es war vermutlich älter als Colins Großeltern und nicht sehr bequem, aber glücklicherweise hielt es sein Gewicht aus.

„Wie geht es euch beiden?", erkundigte er sich.

„Wir langweilen uns. Wir sind alt und gebrechlich und nichts passiert."

„Das seid ihr nicht! Hey, wollen wir uns einige eurer alten Fotos ansehen?"

Bob klatschte strahlend in die Hände. „Natürlich! Und weißt du was? Ivan hat ein Album gefunden, das du noch nicht kennst."

Die beiden hatten in ihren Jazzclub-Zeiten viele Fotos geschossen – von Konzerten, die sie organisiert oder an denen sie mitgewirkt hatten, von Partys in ihrem Haus und Urlaubsreisen, die sie gemeinsam unternommen hatten. Colin erkannte sogar noch einige der Berühmtheiten, die in dem Club aufgetreten waren. Bob und Ivan konnten zu jedem Bild eine neue, interessante Geschichte erzählen. Die meisten ihrer Freunde waren zwar schon verstorben, aber sie hatten viele glückliche Erinnerungen, die sie gern mit ihm teilten.

„So", sagte Ivan, nachdem sie das Album durchgeblättert hatten. „Jetzt wollen wir wissen, was *du* in der letzten Woche getrieben hast. Erzähl uns alten Queens von deinen Abenteuern."

„Ich erlebe keine Abenteuer." Halt. Das stimmte nicht ganz. „Erinnert ihr euch an die alten Häuser, von denen ich euch erzählt habe? Die mein Dad abreißen lassen wollte?"

Ivan und Bob schnalzten nickend mit der Zunge. „Es ist eine Schande. Du hättest einige der prächtigen alten Häuser sehen sollen, die es früher hier gab. Jetzt sind sie alle weg und wir sind die einzigen, die sich noch daran erinnern."

„Ich weiß. Das ist es ja. Ich habe gestern mit meinem Dad gesprochen und ich glaube, ich habe ihn davon überzeugt, die Häuser nicht abzureißen, sondern zu restaurieren."

„Du wirst ihnen ihren alten Glanz zurückbringen!", rief Bob.

„Ich weiß nicht, ob man es als Glanz bezeichnen kann. Die Häuser waren nie so prachtvoll wie eures. Aber wir können sie wieder schön herrichten." Er war davon noch nie so überzeugt gewesen wie jetzt.

Bob und Ivan warfen sich einen merkwürdigen Blick zu. Dann nickte Bob und Ivan drehte sich zu Colin um. „Mein lieber Junge, wir müssen dir etwas mitteilen. Wir haben mit unserem Anwalt gesprochen."

„Ist alles in Ordnung?"

Ivan tätschelte ihm das Knie. „Ja. Es geht uns so gut, wie es zwei alten Herren gehen kann, die schon ziemlich in die Jahre gekommen sind. Aber Bobby und ich haben darüber nachgedacht, was wohl aus unserem Zuhause wird, wenn wir eines Tages nicht mehr leben."

„Oh, ihr seid doch noch nicht ..."

„Mein lieber Schatz", unterbrach ihn Bob. „Ich werde bald neunzig und Ivan ist auch nicht viel jünger. Wir haben uns schon lange damit abgefunden, dass unsere Uhr schon lange abgelaufen ist. Und – um ehrlich zu sein – wenn man von seinem Körper mehr und mehr im Stich gelassen wird, hängt man nicht mehr so sehr daran wie früher. Lass uns also akzeptieren, dass wir nicht ewig leben. Und lass uns offen darüber reden, ja?"

Colin biss sich auf die Lippen. Er musste daran denken, was er kürzlich zu Nevin gesagt hatte und ... ja. Auch er lebte nur noch dank der modernen Medizin. „Na gut."

„Du bist ein so lieber Junge", sagte Ivan und tätschelte ihm wieder das Knie. Und vielleicht griff er dabei sogar etwas fester zu. Die beiden Männer zwinkerten ihm zu. „Und noch sind wir nicht tot", fügte Ivan hinzu.

149

„Aber lass uns zum Thema zurückkommen", sagte Bob. „Wir haben also mit unserem Anwalt über das Haus gesprochen. Unsere Ersparnisse gehen langsam zur Neige. Schließlich hatten wir nicht damit gerechnet, so alt zu werden. Der Anwalt hat uns vorgeschlagen, das Haus zu verkaufen, aber bis zu unserem Tod ein Wohnrecht zu sichern. Und ich wage zu behaupten, dass wir es nicht mehr lange in Anspruch nehmen werden."

Colin kannte sich mit solchen Dingen nicht sehr gut aus, aber er hatte im Laufe der Zeit das eine oder andere aufgeschnappt. „Das hört sich vernünftig an."

„Richtig. Und wir würden das Haus gerne an *dich* verkaufen, mein Schatz."

„An *mich*?"

„Nun, an deine Firma natürlich. Ich bin sicher, wir können uns auf einen angemessenen Preis einigen. Ivan und ich haben keine Erben. Wir sind nur daran interessiert, unsere letzten Jahre hier in unserer vertrauten Umgebung zu verbringen."

Colin sah plötzlich ein Bild des Hauses vor seinem inneren Auge – es war vollkommen restauriert und erstrahlte in seiner alten Schönheit. Aber er schüttelte den Kopf. „Die Firma gehört meinem Vater. Ich kann euch nicht garantieren, dass er eure Wünsche berücksichtigt." *Westwood Development* könnte auf diesem Grundstück Eigentumswohnungen bauen, die wesentlich mehr Gewinn abwarfen.

„Aber wir vertrauen dir", sagte Ivan. „Wir wissen, dass du unser altes Haus zu schätzen weißt. Du wirst dein Bestes geben."

„Das stimmt, aber …"

„Nein. Das reicht für heute. Den Rest überlassen wir den Anwälten. Lass uns jetzt zu einem weniger anständigen Thema kommen."

Vielleicht lag es an dem Telefonsex mit Nevin – Colin war beim Masturbieren noch nie so hart gekommen – oder an der Smokingjacke und dem Seidenpyjama, die eine hypnotisierende Wirkung ausübten. Ihm wurde schwindelig. „Weniger anständig?"

„Ja", sagte Ivan und grinste anzüglich. „Zum Beispiel zu der Frage, wie wir dir einen heißen Mann besorgen. Benutzt du diese neuen Apps, mit denen man sich verabreden kann?"

Colin stieg die Röte ins Gesicht und er verfluchte seine helle Haut. Bob, dem natürlich nichts entging, lehnte sich in seinem Sessel vor. „Erzähl es uns, Colin. Bitte. Erzähl uns eine aufregende Geschichte. Mehr haben wir heutzutage nicht mehr. Es gab eine Zeit – oh, es ist erst einige Jahrzehnte her –, da hätten wir dich in unser Bett gelockt und dafür gesorgt, dass du dich nicht mehr an deinen Namen erinnern kannst."

Colin wurde noch röter, musste aber lachen. „Das kann ich mir gut vorstellen."

„Also … Wer ist der Glückliche, der dich zuletzt überreden konnte?"

Colin ging das Risiko ein. Er hatte schließlich auch mit seinem Vater über Nevin gesprochen und es unbeschadet überstanden. „Es ist noch … neu. Ich habe ihn schon vor einigen Monaten kennengelernt, aber es hat sich erst vor Kurzem zu, äh … mehr entwickelt."

„Und wozu hat es sich entwickelt?"

„Da bin ich mir noch nicht so sicher. Er ist ein wunderbarer Mann, wirklich. Er ist unglaublich. Aber er hatte eine schwierige Jugend und will keine Beziehungen eingehen. Ich denke, er redet sich das nur ein. Er hat eine sehr raue Schale, aber wenn sie Risse bekommt, sieht man, wie wunderbar und liebenswert er in Wirklichkeit ist."

Ivan legte sich die Hand aufs Herz und Bobs Augenbrauen tanzten. „Ah", sagte Bob. „Der Schurke mit dem Herz aus Gold. Wir kennen diesen Typ. Er ist unwiderstehlich."

„Er ist kein Schurke! Er ist Detective. Bei der Polizei."

„Das ist ja noch besser! Aber sei vorsichtig, mein Junge. Du musst ihn erst retten und sein wahres Ich zum Vorschein bringen. Das kann gefährlich werden. Manchmal führt es nur dazu, dass die Schale noch härter wird. Dann bleibt dir nichts, außer …"

„Bobby!" Colin und Bob starrten Ivan erschrocken an. Ivan zeigte auf seinen Partner und machte ein strenges Gesicht. „Hör sofort damit auf." Er drehte sich zu Colin um. „Als ich Bobby kennenlernte, hat er mich vollkommen überwältigt. Er war so unglaublich bezaubernd. Ich war immer noch nicht out. Ob du es glaubst oder nicht, aber er konnte nicht erkennen, was ich für ihn fühle. Drei Jahre hat es gedauert, bis ich endlich meinen Mut zusammengerissen und ihn angesprochen habe."

„Es war einer der glücklichsten Tage meines Lebens", sagte Bob und drückte Ivans Hand.

„Für mich auch. Und es war eine Entscheidung, die ich nie bereut habe. Nicht für eine Sekunde. Selbst damals nicht, als es … etwas schwierig war für uns."

Colin sah ihre ernsten Gesichter und fragte sich, ob sie wohl Schwierigkeiten mit ihrer Beziehung gehabt hatten oder ob die Probleme von außen gekommen waren, von Menschen, die sie nicht akzeptieren wollten. „Aber ihr habt durchgehalten", sagte er.

Ivan nickte. „Sechzig Jahre lang. Kannst du dir das vorstellen? Ich konnte es damals jedenfalls nicht. Aber es könnten schon dreiundsechzig Jahre sein. Ich habe keinen Tag mit Bobby bereut, aber ich trauere immer noch um diese tausend Tage, die ich *nicht* mit ihm verbracht habe. Also vergiss, was ich dir gesagt habe. Seit wann bringt es Freude, vorsichtig zu sein? Wenn du glaubst, dein Detective ist es wert, dann geh das Risiko ein. Auch, wenn es nicht funktionieren sollte. Sonst wirst du dir als alter Mann vorwerfen, es nicht wenigstens versucht zu haben."

Als Colin verließ das Haus mit feuchten Augen. Er hatte Bob und Ivan versprochen, mit seinem Vater über das Haus zu reden. Und er hatte sich vorgenommen, am Ende seines Lebens so wenig wie möglich zu bereuen.

AM DONNERSTAGABEND rief Colin bei Nevin an und sie hatten wieder Telefonsex. Es war genauso gut wie beim ersten Mal, aber danach unterhielten sie sich noch eine Weile. „Wir sind wie zwei Teenager", sagte Nevin lachend. Es war nett, auch wenn sie nur über unwichtige Kleinigkeiten redeten. Nevin beschrieb Colin die Reaktion seiner Kollegen, als die Neuigkeit über den Geier die Runde machte. Dann erzählte er ihm davon, wie er mit Ford – sie waren damals ungefähr zwanzig Jahre alt – im Council Crest Park von einem heftigen Regenguss überrascht wurde. Es war lustig. Colin berichtete ihm von seinem Besuch bei Bob und Ivan, unterschlug allerdings den Teil, in dem sie ihm Beziehungstipps gaben. Er musste mittlerweile ständig gähnen.

„Sie scheinen sehr interessant zu sein", meinte Nevin und gähnte ebenfalls.

„Sehr. Wenn du willst, kannst du mich gelegentlich begleiten und sie kennenlernen. Sie würden sich freuen."

Nevin lachte. „Vielleicht. Aber jetzt brauchst du deinen Schönheitsschlaf, Prinzessin."

„Du auch."

Am Freitagmorgen rief Colin bei *Bright Hope* an. „Hallo, Crystal. Hier ist Colin Westwood. Kannst du mich mit Manuel verbinden?"

„Er ist für einige Stunden außer Haus. Ist es wichtig?"

„Nein, eigentlich nicht. Kennst du Bob und Ivan Thomas?"

„Sicher."

Colin hätte lieber direkt mit Manuel gesprochen, aber er dachte sich, wenn er Crystal kurz über die Lage informierte, würde sich Manuel keine überflüssigen Sorgen machen. Außerdem würde Crystal sowieso früher oder später von Manuel alles erfahren. Sie wusste über alles Bescheid, was bei *Bright Hope* vor sich ging. „Sie wollen der Firma meines Vaters das Haus verkaufen, aber weiterhin dort wohnen. Ich wüsste gern, ob sich für mich dadurch ein Interessenskonflikt ergibt."

„Du meinst, weil du ehrenamtlich für uns arbeitest? Ich bin sicher, das ist kein Problem. Aber ich kann Manuel sicherheitshalber danach fragen."

„Danke, das wäre nett."

Eine Viertelstunde später meldete sie sich zurück. „Manuel meint, das ginge in Ordnung. Es hört sich an, als würden beide Seiten davon profitieren."

„Nun, das hoffe ich auch."

„Das Haus muss Millionen wert sein. Wenn ihr es kauft, wird ihr Konto wieder gut gefüllt sein, nicht wahr?"

„Das ist der Plan."

Kurz darauf saß Colin im Büro seines Vaters und unterbreitete ihm das Angebot der beiden alten Männer. Sein Dad hörte aufmerksam zu. „Hältst du es geschäftlich für eine gute Entscheidung?", fragte er Colin anschließend.

„Wenn wir einen guten Preis aushandelt, sollte es sich rentieren. Das Haus ist ein Vermögen wert, wenn es erst restauriert ist. Du kennst die Wohngegend und weißt, dass Neubauten in der Öffentlichkeit zurzeit nicht gut ankommen. Wir könnten durch die Restaurierung unser Image erheblich aufpolieren. Wir würden auf der Seite der Guten stehen, wenn wir uns mehr um die Erhaltung der alten

Gebäude kümmern und den Charakter der Wohngegend bewahren. Auf lange Sicht zahlt sich das bestimmt aus."

Sein Vater lächelte. „Du hast dir wirklich Gedanken gemacht."

„Das habe ich."

„Na gut, ich mache mit. Wir werden sehen, was die Anwälte aushandeln." Er schüttelte nachdenklich den Kopf. „Wenn es funktioniert, wird mir deine Mutter den Kopf abreißen. Sie sagt schon seit Jahren, ich sollte unsere Geschäftsstrategie ändern."

„Dann überlasse ich dir den Vortritt. Du kannst es als deine Idee ausgeben. Du brauchst das Kapital bei ihr mehr als ich."

„Wir können ja versuchen, halbe-halbe zu machen", erwiderte sein Dad augenzwinkernd.

Nach dem Abendessen wollte Colin seine Mutter davon überzeugen, es wäre die Idee seines Vaters gewesen, die Häuser nicht abzureißen, sondern zu renovieren. Sie nahm ihm kein Wort davon ab, umarmte ihn und drückte ihm einen Kuss auf die Wange. Dann klopfte sie Harold auf die Schulter. „Ich hoffe, du hast nicht nur deshalb auf Colin gehört, weil er ein Mann ist", neckte sie ihn.

„Nein. Ich habe auf ihn gehört, weil er kein verdammter Anwalt ist."

Sie schlug ihm scherzhaft an den Hinterkopf und alle lachten. Es war ein guter Abend. Colin liebte seine Familie.

Als er wieder zuhause war, rief Nevin an, was Colin als Fortschritt sah. Er erzählte Nevin von dem beabsichtigten Geschäft mit Bob und Ivan und dem Familientreffen. Dabei vermied er sorgfältig jede Anspielung darauf, Nevin könnte sie eines Tages selbst kennenlernen. Und Nevin flippte nicht aus, was Colin als weiteren Fortschritt verbuchte.

Heute hatten sie keinen Telefonsex. Sie sprachen noch nicht einmal über Sex, wenn man von Nevins üblichen Zweideutigkeiten absah. Aber Nevin hielt sich selbst damit zurück. Er hörte sich so entspannt an, dass Colin kurz mit dem Gedanken spielte, sich ins Auto zu setzen und ihn zu besuchen. Nur, um ihn zu sehen. Aber er wollte Nevin nicht allzu hart bedrängen, also widerstand er dem Impuls. „Wir sehen uns dann morgen", sagte er.

„Kleidung?"

„Normal. Ich habe keine großen Pläne. Nur … ausgehen eben."

„Ausgehen eben", wiederholte Nevin. „Na gut."

Colin verbrachte den Samstag im Fitnessstudio, putzte die Wohnung und dachte über Nevin nach. Ständig. Er rief sich immer wieder in Erinnerung, dass es sich nur um einen Versuchsballon handelte, um ein Experiment, das jederzeit schiefgehen konnte. „Es könnte sich als gewaltiger Fehler herausstellen", sagte er zu Legolas, der den Besen anfauchte, mit dem Colin den Boden fegte.

Legolas holte aus und schlug zu.

„Ich lasse mich mit einem Mann ein, der mich ausdrücklich davor gewarnt hat, es zu versuchen. Und ich war noch nie so verliebt. Trent war ganz in Ordnung, aber nach dem war ich nicht süchtig."

Leg schien Colins Dilemma nicht sonderlich zu beeindrucken. Er knabberte an den Borsten und miaute jämmerlich, als ihn eine davon ins Gesicht pikste. Colin zeigte mit dem Finger auf ihn. „Sei froh, dass du schon kastriert bist, du Bengel."

Was ihn wieder daran erinnerte, wie verdammt gut sich der Sex mit Nevin anfühlte. Gott sei Dank, dass er nicht auch kastriert war.

Als er kurz vor acht bei Nevin vorfuhr, stand der schon vor dem Haus. Es nieselte und er hatte die Schultern eingezogen. „Ich wollte nicht, dass du erst einen Parkplatz suchen musst", erklärte er. Colin vermutete mehr dahinter, fragte aber nicht nach. Nevin setzte sich ins Auto und umarmte ihn. Das war wichtiger als alle Probleme, die Nevin mit seiner Wohnung haben mochte.

Colin hatte nie Drogen genommen und nur einmal im Leben Gras geraucht, aber als er die Nase an Nevins Hals rieb, konnte er gut nachvollziehen, wie sich ein Junkie fühlen musste, der sich gerade einen Schuss gesetzt hatte.

„Was machst du nur mit mir?", fragte Nevin und stöhnte leise.

„Schnüffeln."

Nevin lachte. „Das habe ich nicht gemeint, Collie. Du … ich hänge sonst nicht so an Menschen. Das kann nicht sein."

Colin hob den Kopf und sah ihn ernst an. „Detective, du ignorierst die Beweislage. Du kannst es und du tust es."

„Ich muss ständig an dich denken. An *dich*. Nicht an deinen riesigen Schwanz oder deinen engen Arsch. An den verrückten Kerl mit seinen Fliegen und der DVD-Sammlung. Julie Andrews!" Er rollte mit den Augen.

„Deine Schuld", erwiderte Colin zärtlich. „Für mich sollte es auch nur eine Affäre sein, um Trent endgültig abzuhaken. Es war nie die Rede davon, dass ich mich in einen Bullen mit einem protzigen Auto und einem so unverschämten Mundwerk verliebe. Man sollte dir den Mund mit Seife auswaschen."

„Mein Mund braucht etwas ganz anderes", sagte Nevin und küsste ihn. Es war einer dieser wunderbaren Küsse, die Colins Verstand zum Aussetzen brachten und seinen Körper zum Singen.

„Ich will nicht in deinem BMW ficken", verkündete Nevin, als sie Luft holen mussten.

„Wäre Julie eine bessere Alternative?"

„Nur, wenn wir eine Decke auf die Ledersitze legen."

Colin fuhr ihm mit den Fingern durch die Haare. „Was hältst du davon, wenn wir erst etwas essen und danach ein ganz normales Bett benutzen? Ich glaube, ich habe von Montag immer noch Splitter im Hintern."

„Dinner jetzt, Dessert später."

Colin fuhr zu einem Restaurant in der Innenstadt. Es war eine Art Hipster-Diner mit übergroßen Sandwiches und köstlichen Milkshakes.

„Germy isst hier auch gerne", sagte Nevin. „Vor allem wegen der ungeheuerlichen Portionen."

„Ist Jeremy ein Ungeheuer?"

„Nein, dazu sieht er zu gut aus."

Colin entschied sich für Lachs mit Gouda. Nevin bestellte Rohkostsalat mit Huhn und Apfelmus als Beilage. Sie aßen bedächtig. Colin zeigte mit der Gabel auf Nevins Teller. „Das würde meiner Mutter besser gefallen als der Lachs, den ich mir bestellt habe."

„Muss sie dich immer noch überreden, mehr Grünzeug zu essen?"

Nevin hatte nie eine Mutter gehabt, die ihm Brokkoli oder Spinat vorsetzte und erklärte, wie gut das für ihn wäre. Der Gedanke machte Colin traurig. Er revanchierte sich mit seiner eigenen, schmerzhaften Wahrheit. „Ich darf nicht zu viel Cholesterol und Fett zu mir nehmen."

Nevin sah ihn durchdringend an. „Das Herz, wie?"

Colin verging der Appetit. Warum hatte er dieses verdammte Thema nur angesprochen? „Ja, ich … Können wir später darüber reden?"

„Wann immer du willst." Das war sehr verständnisvoll von einem Mann, der daran gewöhnt war, Menschen zu verhören.

Nachdem Colin die Rechnung bezahlt hatte, gingen sie Hand in Hand zum Auto zurück. Colin wollte ihn noch nicht loslassen, als sie bei dem BMW ankamen. „Was hältst du von einem Spaziergang?", schlug er vor.

Nevin murmelte etwas von *rührseligen Prinzessinnen* vor sich hin, ließ Colins Hand aber ebenfalls nicht los.

Sie gingen zum Flussufer, an dem nicht viel los war. Es war zu feucht und kühl für Spaziergänger. Wenn Colin allein gewesen wäre, hätte er sich vielleicht um seine Sicherheit gesorgt, aber er war mit Nevin hier. Nevin war ein Bulle und … verdammt, Nevin konnte jeden Bösewicht in Angst und Schrecken versetzen.

„Im Sommer wäre es hier romantischer", sagte Nevin und schaute auf den Fluss hinaus. Colin hatte ihm den Arm um die Schultern gelegt, aber es war trotzdem noch empfindlich kalt.

„Glaubst du, wir sind im nächsten Sommer noch zusammen? Sind wir das *jetzt* eigentlich? Zusammen, meine ich." Er sagte das nicht anklagend, aber er hätte gern eine ehrliche Antwort gehört.

„Wir sind zusammen", sagte Nevin nach einer kleinen Pause. „Mehr kann ich dir nicht versprechen. Halt … doch. Ich kann dir versprechen, dich nicht anzulügen. Und solange wir zusammen sind, gibt es nur dich."

„Das ist kein … leichtes Versprechen", sagte Colin mit zittriger Stimme. „Danke. Und ich verspreche dir, nicht mehr von dir zu verlangen, als du zu geben bereit ist, ja?"

Nevins Lachen hörte sich bitter an, aber er nickte. Sie beobachteten die Autos, die mit funkelnden Scheinwerfern über die Morrison Bridge fuhren. Nevin kuschelte sich näher an Colin.

„Fallot-Tetralogie", sagte Colin.

„Was?"

„Es ist ein angeborener Herzfehler. Genauer gesagt, es ist eine Kombination von vier Herzfehlern. Deshalb heißt es Tetralogie. Und Fallot ist ein französischer Mediziner, nach dem sie benannt ist. Niemand weiß, wodurch die Krankheit ausgelöst wird, aber sie hat vermutlich genetische Ursachen."

„Deshalb haben deine Eltern dir nie den kleinen Bruder zu Weihnachten geschenkt."

Colin seufzte. „Richtig."

„Es ist angeboren, aber du bist trotzdem hier."

„Weil die Krankheit sofort nach meiner Geburt entdeckt wurde. Ich war ganz blau und mein Herz hat merkwürdige Geräusche gemacht. Meine erste Operation hatte ich, als ich zwei Monate alt war."

Nevin versteifte sich. „Deine *erste?*"

„Als ich älter wurde, bin ich noch öfter operiert worden." Jetzt kam der schwierige Teil seines Geständnisses. „Und es ist möglich, dass ich in Zukunft wieder operiert werden muss."

Nevin ließ ihn los, trat einen Schritt zur Seite und sah ihn mit aufgerissenen Augen an. „Bist du krank?", krächzte er.

„Nein! Nein, nein. Es geht mir gut." Colin wollte nach seinem Arm greifen, aber Nevin zog ihn zurück. „Ich gehe regelmäßig zum Arzt und er sagt, es wäre alles in Ordnung. Ich kann Sport treiben und auch sonst so ziemlich alles, wozu ich Lust habe. Es kann sein, dass ich irgendwann Probleme mit den Herzklappen bekomme, aber das lässt sich leicht beheben."

„Hmm." Nevin kniff die Lippen zusammen und wandte sich ab.

„Ist … ist das ein Problem für dich?" Mist. Er hätte den Mund halten sollen. Aber Nevin hatte die Narbe schon gesehen und vermutlich einen Verdacht gehabt. Und nachdem Nevin ihm alles über seine schreckliche Kindheit erzählt hatte, schuldete Colin ihm auch Offenheit.

„Wie ernst ist die Geschichte?", wollte Nevin wissen.

Ehrlichkeit. „Wenn ich als Baby nicht operiert worden wäre, hatte ich das Kindergartenalter wahrscheinlich nicht erreicht. Auf jeden Fall hätte ich ernste Probleme gehabt – langsames Wachstum und solche Dinge. Aber ich *bin* operiert worden, habe es überstanden und führe ein normales Leben."

„Ich habe dich gerade erst gefunden. Ich habe gerade erst …" Nevin schüttelte den Kopf und drehte sich um.

Colin trat vor ihn und zog ihn an sich. „Ich kann dir nicht garantieren, nicht in den nächsten fünf Minuten tot umzufallen, Nev. Aber das kann niemand. Du bist bei der Polizei. Dich könnte jederzeit ein Drogenabhängiger mit seiner AK-47 niedermähen."

„Junkies benutzen keine AK-47", murmelte Nevin an Colins Brust.

„Wie auch immer."

„Stirb mir nicht unter den Händen weg, Colin. Ich meine das ernst."

„Ich gebe mein Bestes, um es zu vermeiden."

Nevin zog ihn so fest an sich, dass Colin kaum noch Luft bekam. „Ist deine Mutter deshalb ...?", fragte er, als er Colin wieder losließ.

„Ja. Ja, deshalb bin ich ein Muttersöhnchen. Vermutlich fällt es ihr schwer, mich nicht zu bemuttern. Sie hat mich beinahe sterben sehen. Du hättest sie hören sollen, als ich ausgezogen bin, Nevin. Guter Gott! Man sollte meinen, eine so kluge Frau hätte langsam kapiert, dass ich kein kränkliches Kleinkind mehr bin. Aber sie wird sich wohl nie ändern."

„Zeig ihr, dass du ein Mann bist."

„Ich arbeite daran."

Nevin hob den Kopf und sah ihm in die Augen. „Ja, das tust du."

18

Nevin hatte fürchterliche Angst. Er hatte noch nie solche Angst gehabt. Selbst damals nicht, als er noch ein Grünschnabel war und zu einer häuslichen Auseinandersetzung gerufen wurde, die damit endete, dass der liebevolle Ehemann ihn mit seiner Pistole bedrohte und die gleichermaßen liebevolle Ehefrau mit einem Küchenmesser auf ihn zukam. Jetzt ... hatte er sein Herz geöffnet. Für Colin. Und er hatte gerade erfahren, dass Colin beunruhigend sterblich war.

Er hätte beinahe einen Nervenzusammenbruch bekommen. In einer kalten Nacht am Ufer des Willamette. Verdammt.

„Ich habe so viele Probleme", gestand er flüsternd.

Colin lachte. „Wenn wir beide uns zusammentun, haben wir eine ganze Sammlung an Problemen. Wahrscheinlich könnten wir einem Paartherapeuten damit ein großzügiges Einkommen verschaffen."

Nevin schüttelte sich. „Paartherapie. Das dämlichste Wort, was ich jemals gehört habe." Er hatte genug von Seelendoktoren jeder Art, seit er vor seiner Einstellung bei der Polizei eine psychologische Begutachtung hinter sich bringen musste.

„Wir können es auch lassen. Willst du einen Kaffee trinken gehen? Vielleicht im *P-Town*? Es hat mir dort gefallen."

Nevins Magen hielt das für keine gute Idee. Heute Abend würden sie dort Rhoda treffen, vielleicht auch Jeremy. Er war noch nicht darauf vorbereitet, dass sie Colin kennenlernten. Er entschied sich für eine andere Lösung. Sie war zwar auch beängstigend, aber nicht ganz so schlimm wie die Vorstellung, mit Colin ins *P-Town* zu gehen. „Willst du mit mir nach Hause kommen, Collie?"

„Oh ja." Colin drückte sich mit dem Gesicht an seinen Hals. Er machte das so oft, dass Nevin schon langsam eine Obsession dafür entwickelte. Als ob er das nötig hätte! Aber ... guter Gott, diese warmen Lippen an seiner Haut. Ihm wurde schwindelig vor Verlangen. Er wollte Colin die Kleider vom Leib reißen und ... ihn für sich in Besitz nehmen. So nannte man das doch, oder?

„Lass uns gehen", sagte er heiser und ließ Colin los.

Als sie vor der Schranke zum Parkplatz standen, bereute er seine Entscheidung schon wieder. Sie hätten auch zu Colin fahren können. Der verdammte Kater hätte sich bestimmt gefreut, sie zu sehen. Aber er gab den Sicherheitscode ein und die Schranke öffnete sich. Nevin dirigierte Colin zu einem Gästeparkplatz.

„Das Haus gehört doch nicht zufällig euch?", fragte er, als sie zur Tür kamen.

„Nein. Wir sind mehr auf Eigentumswohnung und größere Häuser spezialisiert."

„Und Mrs. Ruskin?"

„Einige Mietshäuser haben wir auch, aber es sind nur sehr wenige. Dad hat damit angefangen und Mrs. Ruskin gehört zu unseren Langzeitmietern." Er seufzte. „Sie haben den Mörder immer noch nicht erwischt."

„Noch nicht", sagte Nevin mit falscher Zuversicht. Die Mordkommission hatte immer noch keine heiße Spur. Seine Kollegen gingen – mangels anderer Hinweise – von einem Einbruch aus, konnten sich aber nicht erklären, warum der Einbrecher nichts aus der Wohnung mitgenommen hatte.

Er schloss die Tür zu seiner Wohnung auf und hielt die Luft an, als Colin sich umsah.

Es gab nicht viel zu sehen. Es war eine kleine Einzimmerwohnung mit billigen Möbeln. Sie war sauber und immer aufgeräumt, was vor allem daran lag, dass Nevin nicht genug besaß, was er herumliegen lassen konnte. Selbst seine Küche wirkte unbenutzt und leer, weil er kaum kochte. Einige Pfannen und Töpfe reichten ihm aus.

„Minimalist", kommentierte Colin.

„Ich habe mir nie angewöhnt, allen möglichen Mist anzusammeln." Als Kind war er so oft umgezogen, dass alles in eine Mülltüte passen musste. Und dann, als er mit Ford zusammenzog, hatten sie nicht viel Geld und konnten sich nur das Nötigste leisten. Seitdem … warum? Nevin brauchte nicht viel und kaufte nicht gerne ein. Es verschaffte ihm keine Befriedigung.

Colin blieb stehen und sah sich die Skizze eines Hauses an, die Nevin vor einigen Tagen an die Wand gehängt hatte. Als er Colin vor der Zeichnung stehen sah, kam er angerannt und wollte sie abreißen.

Colin packte ihn am Arm und hielt ihn zurück. Nicht!"

„Es ist nur eine beschissene …"

„Es ist unser Haus. Das Haus, in dem wir uns auf dem Boden …"

„In dem wir auf dem Boden gefickt haben. Na und?" Er verschränkte die Arme vor der Brust und hoffte, dass man nicht erkennen konnte, wie rot er wurde.

Colin lächelte schief. „Es ist schön." Er hob die Hand, um Nevins Proteste zu unterbinden. Dann schaute er sich in aller Ruhe jede verdammte Zeichnung an, die Nevin an die Wand gehängt hatte. Er löcherte Nevin mit Fragen und wenn Nevin mit der Antwort zögerte, musterte er ihn eindringlich, bis Nevin aufgab und den Mund aufmachte.

„Deshalb bringe ich niemanden mit nach Hause", sagte Nevin schließlich.

„Lass das, Nevin. Sie gefallen mir. Ich bin kein Kunstkritiker oder so, aber ich finde, sie sind wirklich gut. Und sie haben Charakter. Das hier zum Beispiel." Er zeigte auf eine Zeichnung von Julie, die Nevin mit Flügeln versehen hatte.

„Das ist doch nur eine dumme Kritzelei."

„Nein, ist es nicht. Und du hältst die Bilder auch nicht für dumm. Sonst hättest du sie nicht aufgehängt. Muss ich dich erst darauf hinweisen, dass du nur Häuser und Autos malst?"

„Du hast mir versprochen, wir bräuchten keine Therapie."

„Ja, stimmt." Colin stellte sich vor ihn und verschränkte die Hände hinter Nevins Kopf. Sie standen Brust an Brust, atmeten nur leise. Nevin gefiel es, dass Colin größer war als er, aber ihn trotzdem nie zu überragen schien.

Er holte tief Luft und legte die Hand an Colins Brust. Wenn er leicht zudrückte, konnte er Colins Herzschlag spüren.

„Fühlst du es?", flüsterte Colin. „Es schlägt noch."

„Wusstest du als Kind, wie krank du bist? Wusstest du, dass du daran sterben könntest?"

„Ja. Mom und Dad waren immer ehrlich. Als ich noch sehr klein war, haben sie das Problem natürlich beschönigt, weil sie mir keine Angst machen wollten. Aber danach haben sie kein Blatt mehr vor den Mund genommen. Ich hätte es mir sowieso denken können, als ich älter wurde. Auch wenn die Ärzte und Krankenschwestern es vor einem Kind nicht aussprechen, sieht man ihnen an, wenn die Lage ernst ist."

„Du hattest Angst." Nevin konnte sich noch daran erinnern, plötzlich in ein fremdes Auto gesetzt zu werden und die Nacht in einem fremden Haus zu verbringen, in dem er niemanden kannte. Es gab niemanden, der ihn auffing und … verdammt, es war frustrierend und beängstigend, keine Kontrolle über sein Leben zu haben.

„Jetzt habe ich keine Angst." Colin küsste ihn, erst süß und zärtlich, nur ein Hauch von Kuss. Dann fester. Er leckte Nevins Lippen, bevor er die Zunge in seinem Mund schob. Nevin seufzte wie eine Debütantin auf ihrem ersten Ball.

Die Sache – nun, *eine* der Sachen – bei Colin war, dass er nicht immer stark sein musste. Nevin hatte so hohe Mauern um sich errichtet, dass er sich schon nicht mehr erinnern konnte, wann er den ersten Stein dazu gelegt hatte. Und sie waren stabil und widerstandsfähig. Aber wenn Colin in der Nähe war, konnte er sich leisten, die Tore zu öffnen und … na ja, vielleicht nicht ins Freie zu gehen, aber Colin einzulassen.

Zu seinem Schrecken entfuhr ihm ein leiser Seufzer. Aber nur einer.

Seine Augen blieben trocken, was Colin nicht daran hinderte, ihm die Augenlider zu küssen und an seinem Ohrläppchen zu knabbern. „Willst du dich nicht ausziehen?", fragte er.

Ja. Ja, das war eine gute Idee.

Colin zog den Mantel aus und warf ihn aufs Sofa. Dann zog er lächelnd die Augenbrauen hoch und wartete. Offensichtlich erwartete er eine Show von Nevin. Na gut. Kein Problem.

Nevin fing ganz langsam an, öffnete bedächtig jeden einzelnen Knopf. Als sein Hemd auf dem Boden lag und seine Schuhe und Socken in einer Zimmerecke, wurde er ungeduldig. Er zog sich hastig Hose und Unterhose aus, stützte die Hände in die Hüften und ließ sich von Colin begutachten.

„Dreh dich mit dem Gesicht zur Wand", sagte Colin.

„Das ist mein Text."

„Heute nicht."

Verdammt. Nevin lief eine Gänsehaut über den Rücken, obwohl es wirklich nicht kalt war. Er stützte sich mit den Händen an die Wand und spreizte die Beine.

Colin schien heute alle Zeit der Welt zu haben. Er kam näher geschlichen – das musste er dem verdammten Kater abgeschaut haben – und blieb direkt hinter Nevin stehen. Sein Atem kitzelte ihn im Nacken. Dann legte Colin die Hände auf Nevins Hüften und leckte ihn am Hals.

Es dauerte nicht lange und Nevin musste sich an die Wand lehnen. Sein Atem ging keuchend. Colin ließ den Mund über seinen ganzen Rücken wandern – Schulterblätter, Wirbelsäule und Rippen. Wann immer Nevin sich umdrehen und ihn berühren wollte, legte Colin ihm die Hand auf den Rücken und hielt ihn fest. Ja, Nevin war stark. Er hatte zu kämpfen und sich zu wehren gelernt. Aber diese eine zärtliche Hand auf dem Rücken reichte, um ihn gefangen zu nehmen.

Als Nevin kurz davor war zu betteln, ließ Colin sich auf die Knie sinken und leckte ihm über den Hintern. Er massierte die harten Muskeln, bis Nevin die Beine stöhnend noch weiter spreizte und Colin die Zunge durch die Spalte gleiten ließ.

„Gooott…"

„Willst du das, Nevin?"

„Ja! Bitte." Und obwohl er jetzt eindeutig bettelte, flossen ihm die Worte wie Wasser über die Lippen. „Hör nicht auf. Bitte."

Und Colin hörte nicht auf. Er leckte und knabberte und spielte mit den Fingern. Nevin lehnte sich mit der Stirn an die Wand und streckte den Arsch nach hinten. Es war geil – Nevin war nackt und der Schweiß lief ihm über die Haut. Colin stand, immer noch bekleidet, hinter ihm und streichelte ihn mit einer Hand, während er die Finger der anderen in Nevin hineinschob.

Nevin schloss die Augen und konzentrierte sich darauf, sich auf den Beinen zu halten.

Als Colin aufstand und wegging, hätte Nevin fast geschrien. Dann hörte er einige unmissverständliche Geräusche – ein Reißverschluss wurde aufgezogen und Plastik aufgerissen. „Oh ja …", stöhnte er.

Colin war verdammt vorsichtig. Er leckte Nevin zärtlich, bis sich der Schließmuskel entspannte. Dann rieb er ihn mit so viel Gel ein, dass Nevin es fast schmecken konnte. Er musste all seine Geduld zusammenreißen, um nicht zu fluchen oder zu betteln, nicht seinen Schwanz in die Hand zu nehmen und zu wichsen anzufangen. Seine Geduld wurde belohnt, als Colin schließlich – endlich! – seinen harten Schwanz in ihn hineinschob.

Trotz aller Vorbereitung dauerte es einige Momente, bis Nevin sich an Colins dicken Schwanz gewöhnt hatte. Es war gerade unangenehm genug, um die Bodenhaftung nicht ganz zu verlieren. Colin hielt still, keuchte Nevin leise ins Ohr und streichelte ihn an der Seite. Er hatte sich die Jeans nur über bis über die

Hüften nach unten gezogen. Das Gefühl des Stoffes an Nevins nackter Haut war atemberaubend sexy.

„Beweg dich", krächzte er.

Colin legte die Hand um Nevins Schwanz und gehorchte. Er bewegte sich erst langsam und zurückhaltend, aber seine Stöße kamen bald schneller und tiefer. Nevin ermutigte ihn, indem er seinen Arsch noch mehr nach hinten streckte. Bald darauf war er so überwältigt von dem Gefühl, dass er nicht mehr klar denken konnte.

„Jetzt", sagte Colin keuchend. „Gleich."

Nevin ging es ähnlich und er wollte Colin auffordern, noch einen Gang zuzulegen, aber er brachte kein vernünftiges Wort über die Lippen. Er wimmerte nur und hoffte inständig, Colin würde ihn verstehen.

Nur ein bisschen schneller, ein bisschen *mehr* … nicht viel, nur ein kleines bisschen … Als Colin ihm mit den Zähnen über die Schulter fuhr, war es aus. Ohne die Wand und Colin, der ihn mit beiden Händen festhielt, hätte er sich nicht auf den Beinen halten können, so hart kam er.

„Oh, fuuuck …!", heulte Colin. Er erstarrte für einen Moment, sein Schwanz so tief in Nevin, wie es nur ging. Dann sackte er seufzend hinter Nevin zusammen. Sie ließen sich auf den Boden gleiten und hielten sich eng umschlungen, bis sich ihr Puls wieder normalisiert hatte. Dann entfernte Colin vorsichtig das Kondom und sah sich suchend um. Nevin nahm es ihm ab, verknotete es und warf es zur Seite.

Colin kicherte. „Siehst du? Mein Herz hält einiges aus."

„Aber du hast mein Vokabular aufgeschnappt. Warst du bei deinem Ex auch so?"

„Bei Trent? Nein. Unser Sex war immer stinknormal nach Vorschrift. Keine Kreativität."

Das hörte Nevin gerne. „Ja? Du kommst mir nämlich verdammt kreativ vor."

Colin küsste ihn an die Schläfe. „Bei dir, ja. Trent wusste meinen dicken Schwanz zu schätzen und als wir uns trennten, meinte er, ich wäre ein netter Kerl. Uff. Für ihn war ich nur unkompliziert und ein guter Fick. Um ehrlich zu sein, ging es mir mit ihm genauso. Du bist anders."

„Und? Ist das gut?"

„Wir liegen schon zum zweiten Mal in dieser Woche nackt auf dem Boden, Nev. Ich denke, das spricht für sich."

„Ich kann ziemlich unausstehlich sein. Hast du mich deshalb beim Ficken so rumkommandiert?" Nevin wusste, dass das nicht der Grund war, aber er konnte es nicht lassen. Es war wie ein entzündeter Zahn, den man besser in Ruhe ließ, aber an dem man trotzdem immer wieder mit der Zunge spielte.

Colin küsste ihn nur und rieb ihm mit der Hand über den Kopf. „Du bist nicht unausstehlich, du bist nur kompliziert. Und ich habe dich rumkommandiert, weil wir es beide geil finden. Wenn jemand schon so lange für sein Leben – und das anderer Menschen – verantwortlich ist wie du, kann es schön sein, gelegentlich eine Pause zu machen und die Verantwortung einem anderen zu überlassen."

Ja, so war es. Wirklich. Natürlich sagte Nevin das nicht laut, aber er legte Colin die Hand an die Wange und drückte sich mit der Stirn an ihn.

Es endete damit, dass Colin die Nacht bei ihm verbrachte. Er war der einzige Mensch – außer Ford –, dem Nevin das jemals erlaubt hatte. Seine Anwesenheit hauchte Nevins trister Wohnung Leben ein. Es war, als würden Colins Farben auf die weißen Wände abfärben. Nevin schlief lächelnd ein. Zum Waschen war morgen noch Zeit. Er hielt Colin in den Armen. Mehr brauchte er heute nicht mehr.

Es WAR ein ungewohntes Gefühl, mit einem nackten Mann im Bett aufzuwachen. Irgendwie merkwürdig, aber verdammt schön. Colin sah so süß aus mit seinen verstrubbelten Haaren und dem verschlafenen Lächeln. Und als Colin ihm mit dem Finger an die Nasenspitze stieß, biss Nevin nicht zu.

„Legolas ist bestimmt stocksauer auf mich", sagte Colin.

„Mag er es nicht, wenn du nicht zuhause schläfst?"

„Ich schlafe nie woanders. Und er vermisst sein Frühstück. Es ist schon spät."

„Wie war es mit deinem Ex? Hast du nie bei dem übernachtet?"

Colin setzte sich gähnend auf und streckte sich. „Er ist immer zu mir gekommen."

„Hat er bei sich zuhause irgendwelche Geheimnisse gehabt?" Nevin kniff die Augen zusammen und stellte sich vor, wie befriedigend es wäre, den Kerl hinter Gitter zu bringen.

„Nein, das glaube ich nicht. Wir sind nur immer bei mir gelandet."

„Es war einfacher so."

Colin zuckte mit den Schultern. „So ungefähr." Er stand auf und streckte sich wieder. Es war ein bezaubernder Anblick. Dann ging er durchs Zimmer und sammelte seine Kleidung ein. Seine Bewegungen waren elegant und er machte ein zufriedenes Gesicht – wie ein Mann, der vor wenigen Stunden sehr guten Sex gehabt hatte.

Während Colin sich anzog, musterte Nevin die rosa Narbe, die sich über seine Brust zog. „War dein Herz der Grund, warum dieser Idiot mit dir Schluss gemacht hat?"

Colin hielt kurz inne und sah ihn an. „Teilweise, ja. Unsere Eltern waren befreundet und er wusste schon vorher davon. Aber es gibt Dinge, mit denen muss ich vorsichtig sein. Ich fahre nicht Ski. Ich fühle mich nicht wohl, wenn ich zu weit von zuhause – meinen Ärzten – bin. Deshalb mache ich keine großen Reisen und habe ihn nicht begleitet, als er in einer Skihütte in den Alpen Urlaub machte. Er dachte wohl, unsere Beziehung würde ihn einschränken."

„Arschloch."

„Na ja, es steckt noch mehr dahinter." Colin zog das Hemd an und knöpfte es zu. „Er ist Vizechef eines Technologiekonzerns."

„Du bist auch Vizechef eurer Firma. Jedenfalls steht das an deiner Bürotür."

„Aber Trent arbeitet nicht für seinen Daddy. Er ist einflussreich. Er setzt viel in Bewegung. Ich nicht."

Nevin sprang aus dem Bett und zog Colin an sich. „Ich finde, du setzt eine ganze Menge in Bewegung."

Colin lachte. „Ich dachte mir schon, dass du das sagst. Lass uns Trent jetzt vergessen. Er ist Geschichte. Und ich bin verdammt froh, dass er mich verlassen hat. Weil ich jetzt *dich* habe", sagte er und fügte dann hastig hinzu: „Jedenfalls für den Moment. Ich habe damit nicht sagen wollen, dass …"

„Ich weiß."

„Wie auch immer. Ich würde jederzeit ein ganzes Leben mit Trent für einige Monate mit dir eintauschen."

„Süßholzraspler. Du willst mir nur in die Hose."

Colin fuhr ihm mit beiden Händen über den nackten Hintern. „Du hast keine an."

Kurz danach zog er sich ebenfalls wieder aus. Auf der anderen Seite der Stadt wartete Legolas immer noch auf sein Frühstück.

19

SIE WAREN ein Paar. Wie zwei verliebte Teenager in einem von Colins alten Filmen. Nevin hatte die beunruhigende Bezeichnung *mein Freund* gemieden und das Wort *Liebe* war ihm erst recht nicht über die Lippen gekommen, aber die Tatsache, dass sie ein Paar waren, ließ sich nicht mehr leugnen. Sie verbrachten – wenn Colin keine familiären Verpflichtungen hatte – die Wochenenden zusammen. Manchmal sogar einen ganz normalen Wochentag. Und wenn sie sich nicht sahen, schickten sie sich Nachrichten oder telefonierten miteinander. Sie hatten Sex und schauten sich Filme an. Nevin verbrachte Stunden damit, den verdammten Kater zu streicheln. Sie gingen zusammen essen und einmal waren sie sogar an die Küste gefahren. Und Colin hatte ihm kürzlich Blumen mitgebracht. Gottverdammte *Blumen*!

Es war warm und wunderbar und weil er so glücklich war, wurde er im Büro mittlerweile gefragt, was mit ihm los wäre.

Und natürlich hatte er eine Scheißangst. Ständig.

In der ersten Novemberwoche, es war ein feuchter Samstagnachmittag, lagen sie auf Colins Sofa und erholten sich vom Sex. Sie lagen nackt unter einer warmen Decke und Legolas hatte sich zu ihren Füßen zusammengerollt. „Wenn mein Herz jemals nachgeben sollte, wünschte ich, es wäre in einem Moment wie diesem", sagte Colin.

„Mach keine Witze über den Mist."

„Ich meine es ernst. Es ist gut, Nevin. So gut, wie es eben sein kann."

Nevin musste seinen ganzen Mut zusammennehmen. „Wie es eben sein kann?", fragte er nach einer Weile.

Colin seufzte. „Ich kenne niemanden von den Menschen, die in deinem Leben eine Rolle spielen. Und umgekehrt ist es genauso."

Colin hatte ihn im Verlauf der letzten Wochen einigen Freunden vorgestellt, die sie in einer Kneipe getroffen hatten. Es war nett gewesen, aber sie waren natürlich nicht Colins Familie. Colin hatte seiner Familie schon von Nevin erzählt. Sie wollte ihn – so sagte er – gerne kennenlernen und seine Begegnung mit Colins Vater zählte nicht richtig, weil sie nur oberflächlich gewesen war. Allein der Gedanke daran versetzte Nevin in Panik.

„Sorry", sagte Colin. „Ich wollte das Thema nicht ansprechen, aber früher oder später lässt es sich nicht mehr vermeiden. Falls es ein *später* für uns gibt."

Colin hatte mehr verdient als Nevins halbherzige Versprechen. Nevin wollte ihn beruhigen, aber er konnte es einfach nicht.

Unter ihm streckte sich Colin. „Ich muss pinkeln."

„Ich will aber nicht aufstehen. Es ist so bequem hier."

„Wenn ich es nicht mehr einhalten kann, ist es mit der Bequemlichkeit schnell vorbei."

Nevin griff grummelnd nach der Decke und stand auf. Er sah Colin nach, der zum Badezimmer lief und – wie immer – ein wunderschöner Anblick war. Dann setzte er sich wieder und griff zum Handy, um eine Nachricht zu schicken.

„Was ist los?", fragte Colin, als er wieder zurückkam. Von vorne sah er genauso umwerfend aus wie von hinten.

„Wie wäre es, wenn wir eine Dusche nehmen und uns anziehen?"

„Hast du etwas Bestimmtes vor?"

„Ein frühes Dinner."

Colins Miene nach zu urteilen, hatte er den Verdacht, dass es um mehr ging als das. Aber Colin wusste auch, wann er Nevin noch Zeit lassen musste. Also nickte er nur. „In Ordnung."

Colins Dusche war groß genug, um sie zu zweit zu benutzen. Er nannte das *Wasser sparen*, aber meistens nutzten sie die Gelegenheit zu mehr. Heute beeilten sie sich – wenn man davon absah, dass Colin nicht lassen konnte, ihm einige Male den Hintern zu drücken.

Irgendwie hatte Nevin in letzter Zeit nicht nur eine Zahnbürste, sondern auch mehr und mehr seiner Klamotten bei Colin gelassen. Colin beschwerte sich nicht darüber, dass sie gelegentlich in seinem Wäschekorb landeten. Nevin zog eine seiner bequemen Jeans an und kombinierte sie mit einem von Colins T-Shirt.

„Sweeney Todd?", fragte Colin grinsend.

„Mein Lieblings-Musical." Sie hatten den Film schon dreimal zusammen gesehen. Colin, der jedes Lied mitsang, hatte schüchtern vorgeschlagen, sie könnten eine Live-Aufführung besuchen, die im Juni stattfinden sollte. Und Nevin? Hatte die Möglichkeit nicht ausgeschlossen.

Colin entschied sich für ein *Captain America*-T-Shirt. Nach dem Anziehen fütterte er Legolas, während Nevin das Wasserschälchen des Katers auffüllte. Dann gingen sie nach draußen zu Julie, die auf einem respektablen, legalen Parkplatz auf sie wartete.

Colin summte leise vor sich hin, als sie nach Osten fuhren und den Fluss überquerten. Es war ein Lied aus einem seiner Disney-Filme, das Nevin – zu seiner Überraschung – sofort erkannte. Er konnte sich sogar an einige Textzeilen erinnern. Guter Gott. Wer hätte das gedacht, als er vor fünf Monaten Mrs. Ruskins Vermieter mit seiner merkwürdigen Fliege um den Hals kennenlernte? Jetzt saßen sie zusammen im Auto und fuhren Nevins sicherem Untergang entgegen.

Na gut, das war wahrscheinlich leicht übertrieben. Nevin lockerte die Finger, mit denen er sich ans Lenkrad klammerte. „Was machen deine Projekte?", fragte er und hoffte, Colin würde ihm die Anspannung nicht anmerken.

„Laufen bestens. Die Arbeiten an den Häusern in der Clinton Street haben schon begonnen. Durch das Wetter und die Feiertage gehen sie noch etwas langsam voran, aber das ist nicht weiter schlimm. Im Frühjahr ist der Markt sowieso besser und wir können sie leichter verkaufen. Wenn du willst, kann ich sie dir zeigen."

Nevin warf ihm einen kurzen Seitenblick zu. „Hoffst du auf eine Wiederholung unseres letzten Besuchs, Collie?"

„Möglich ist alles. Obwohl mir das Bett lieber ist. Die anschließenden Reinigungskosten sind nicht so hoch." Er streichelte Nevin übers Bein.

„Was ist mit dem Haus im Nordwesten?"

„Das Thomas-Haus? Wir wollen nächste Woche den Vertrag unterzeichnen. Bob und Ivan wollen sogar eine kleine Party geben. Einige der Mitarbeiter von *Bright Hope* sind auch eingeladen. Kommst du mit?" Es schmerzte, die Unsicherheit in Colins Stimme zu hören.

„Ich ... vielleicht. Vielleicht schaffe ich es bis dahin, mich nicht mehr wie ein Angsthase unterm Tisch zu verstecken."

„Du bist kein Angsthase", versicherte ihm Colin. „Du bist eher ein kratzbürstiger Kater. Und außerdem hast du noch Zeit. Bob will mit der Party bis nach Thanksgiving warten. Meine Mission ist bis dahin, sie davon zu überzeugen, einige Renovierungen schon jetzt vornehmen zu lassen. Es geht nur um die Teile des Hauses, die sie aktuell nicht mehr bewohnen. Außerdem sind die Heizkosten astronomisch und ich mache mir Sorgen ums Dach. Ich glaube, ich kann Bob und Ivan mit der Aussicht auf die heißen Handwerker ködern, die sie dann jeden Tag bei der Arbeit beobachten können."

Sie schwiegen. Colins Hand lag warm auf Nevins Bein. Nach einigen Minuten fing Colin zu kichern an. „Wo fahren wir eigentlich hin? Nach Idaho?"

„Wir sind gleich da."

„Du hättest über die Banfield Road fahren können. Das wäre schneller gegangen. Oh ... du wolltest nicht schneller ankommen."

„Wir sind gleich da."

Colin tätschelte sein Bein. „Aber bis Troutdale fahren wir nicht, oder? Wenn das Wetter besser wird, könnten wir irgendwann übers Wochenende an den Hood River fahren. Ich kenne dort eine nette kleine Pension."

Nevin hatte noch nie in einer Pension übernachtet, aber zu seiner Überraschung gefiel ihm die Idee. Es stellte sich vor, mit Colin in einem altmodischen Bett zu liegen, zu kuscheln und so zu tun, als würde der Rest der Welt nicht mehr existieren. „Was ist mit Legolas?"

„Der ist kein Problem", sagte Colin lachend. „Leg hält es gut eine Nacht ohne uns aus. Und wenn wir länger bleiben wollen, können Miranda und Hannah ihn für uns füttern."

Es hörte sich fast an, als würde Legolas nicht nur Colin vermissen, sondern auch Nevin. „Germy geht dort gerne wandern. Ich könnte ihn fragen, was die besten Routen sind. Wenn das für dich nicht zu …"

„Nein, es ist für mich nicht zu anstrengend. Ich gehe gerne wandern", unterbrach ihn Colin.

„Dann frage ich ihn."

„Als ich noch ein Kind war, sind wir oft zum Picknick nach Troutdale gefahren. Kennst du die Fischtreppe am Bonneville Damm?"

Als Nevin den Kopf schüttelte, drückte ihm Colin das Bein.

Es war erst kurz nach fünf und sie fanden sofort einen Parkplatz, als sie an dem Restaurant ankamen. „Mexikanisch?", fragte Colin, als Nevin den Motor abstellte.

„Was dagegen?"

„Nein. Ich liebe die mexikanische Küche."

„Es ist nicht besonders schick, aber das Essen schmeckt köstlich. Und es ist billig. Ich habe hier in meiner Studienzeit für die Solorios als Tellerwäscher gearbeitet und bekomme seitdem Rabatt." Die Solorios hatten sich schon vor einigen Jahren zur Ruhe gesetzt, aber ihre Tochter und ihr Schwiegersohn hatten das Restaurant übernommen. Nevin aß immer noch hier, wenn er in dieser Gegend zu tun hatte.

Als sie das Restaurant betraten, wurden sie von Gabi Reyes, die gerade einen Tisch deckte, freudig begrüßt. „Nevin! Du warst eine Ewigkeit nicht hier."

„Sorry. Ich hatte in letzter Zeit viel auf der Westseite zu tun."

Sie entdeckte Colin und musterte ihn. „Das ist aber nicht Ford", stellte sie grinsend fest.

„Mein Freund Colin." *Freund.* Das war doch akzeptabel, oder? Zutreffend, nicht allzu erschreckend, aber auch nicht allzu distanzierend.

Colin schien jedenfalls damit zufrieden zu sein. „Hallo", sagte er zu Gabi.

„Sucht euch einen Tisch", sagte sie lächelnd. „Soll ich nur deinem Freund die Speisekarte bringen oder willst du auch eine, Nevin?"

„Bring uns drei davon."

Colin öffnete den Mund und wollte vermutlich fragen, wer noch kommen würde, als sich die Tür öffnete. Es war Ford. Er winkte Gabi zu, gab sich aber nicht die Mühe, Nevin zu begrüßen. Sein Blick blieb sofort an Colin hängen und er lächelte leicht.

Nevin holte tief Luft und sprang ins kalte Wasser. „Collie, dieser Idiot ist Ford Ott. Ford, das ist Colin."

Colin grinste breit und warf sich Ford mit einer Begeisterung an den Hals, die Ford fast von den Füßen gerissen hätte. „Mein Gott", sagte Colin und drückte ihn an sich. „Es ist so schön, dich endlich kennenzulernen."

Ford erwiderte seine Umarmung und lachte. Er lachte immer noch, als sie sich an ihren Tisch setzten – Colin neben Nevin gegenüber von Ford. Gabi brachte ihnen die Speisekarten, aber Colin und Ford ignorierten sie. Sie musterten sich wortlos und Nevin fragte sich, was sie wohl sahen. Ein Mann mit teurer Jacke und Fliege und ein tätowierter Glatzkopf, der wie ein Schläger aussah.

„Du bist nicht das, was ich erwartet habe", sagte Ford nach einer Weile.

Colin ließ sich dadurch nicht einschüchtern. „Und was hast du erwartet? Hat er dir überhaupt von mir erzählt?"

„Ja. Aber erst, nachdem ich ihn beschuldigt habe, heimlich Drogen zu nehmen. Er war in letzter Zeit so auffallend locker."

Colin schnaubte. „Ja, so ist er. Mr. Cool-und-gelassen."

Ford brach in Gelächter aus und erzählte Colin sofort eine Geschichte über Nevins berüchtigte Temperamentsausbrüche. In diesem Moment erkannte Nevin erleichtert, dass die beiden sich verstanden. Sicher, sie würden sich gegen ihn verbünden. Aber damit wurde er leicht fertig. Vielleicht konnte er Katie auf seine Seite ziehen. Mann, das wäre ein Spaß! Nevin hatte genug peinliche Geschichten über Ford auf Lager. Auf jeden Fall behandelte Colin Ford nicht wie einen Dienstboten und Ford verhielt sich jetzt schon, als wären er und Colin die besten Freunde.

Verdammt. Die beiden waren gute Kerle. Warum nur hatte Nevin schon wieder mit dem Schlimmsten gerechnet? Der Einzige, der Mist gebaut hatte, war er selbst. Er hatte Colin versteckt und Ford über ihn im Dunkeln gelassen.

Sie aßen Burritos, Tacos und Carne Asada und unterhielten sich dabei lebhaft. Nevin hatte Ford nicht viel über Colin erzählt – nur, dass er dreißig Jahre alt war und im Baugewerbe tätig – und Ford war fasziniert von Colins Idee, die alten Häuser wieder zu renovieren. Colin wiederum bombardierte Ford mit Fragen über Gartengestaltung. „Meinst du, du könntest gelegentlich einen Auftrag von uns übernehmen? Viele unserer Projekte könnten eine komplette Umgestaltung der Gärten vor und hinter den Häusern vertragen."

Ford schüttelte den Kopf. „Du musst mir keine Aufträge vermitteln, weil ich Nevins Bruder bin."

„Wir Westwoods sind strenggläubige Nepotisten. Ich arbeite schließlich auch für meinen Vater. Aber wir suchen wirklich nach jemandem, der mit den Gärten mehr macht, als nur Wacholder zu pflanzen und Rindenmulch zu streuen. Du musst dich nicht gleich entscheiden. Denk drüber nach und melde dich, dann können wir darüber reden."

Ford schien sich zu freuen. Er konnte – besonders im Winter – zusätzliche Aufträge immer brauchen. Nevin fragte sich allerdings, was passieren würde, wenn Colin und er sich wieder trennten. Würden die beiden dann auch noch zusammenarbeiten können? Andererseits waren sie erwachsene Menschen. Sie würden eine Lösung finden. Verdammt.

Nach dem Essen blieben sie nicht mehr lange, da Ford noch mit Katie verabredet war. Auf dem Parkplatz verabschiedete sich Ford mit einer Umarmung von Colin. Nevin war baff. Ford war normalerweise nicht der Typ für solche überschwänglichen Gesten. „Ich weiß nicht, wie es mit euch beiden so weit gekommen ist", sagte Ford zu Colin und sah ihm in die Augen. „Aber ich bin verdammt froh. Nevin braucht jemanden, der ihn zähmt."

„Ich will ihn nicht zähmen", protestierte Colin. „Ich mag seine Stacheln."

Ford lachte. „Stimmt. Ohne die wäre er nicht Nevin. Sentimental und weich passt nicht zu ihm. Aber er könnte etwas mehr Ruhe brauchen. Das wäre gut."

Colin lächelte und sah Nevin an. „Er ist sehr nett zu meiner Katze. Ansonsten wollen wir uns einfach nur glücklich machen."

„Eine glückliche Kratzbürste. Das hört sich doch gut an."

„Scher dich endlich zum Teufel", grummelte Nevin.

Als Colin und er in Julie saßen, fuhr Nevin nicht sofort los. Colin legte ihm nach einigen Sekunden die Hand aufs Bein. „Danke. Das war das Netteste, was du für mich tun konntest."

„Dir Tacos spendieren?"

„Du weißt genau, was ich meine."

Nevin schaute auf Colins Hand. Sie war in dem dunklen Auto nur schemenhaft zu erkennen. „Ich habe dich meinem Bruder vorgestellt und es überlebt."

„Nein. Wir alle haben es überlebt. Ich mag ihn und kann verstehen, warum ihr euch so nahesteht. Er ist nett, lustig und … solide."

„Er ist ein verdammter Fels in der Brandung."

Nevin hatte die Luft zu lange angehalten. Er atmete prustend aus. „Meinst du, dein Dad ist sauer, weil du mit Ford über die Gartengestaltung gesprochen hast?"

„Nein. Er wird verstehen, dass es sein Geld wert ist, die Gärten nicht so langweilig zu gestalten. Es erhöht den Wert der Häuser. Weißt du was? Er hat sich sogar schon an die Idee mit den Renovierungen gewöhnt. Als er gestern die Pläne für die Häuser in der Clinton Street gesehen hat, haben sie ihm gefallen und er meinte, ich hätte recht gehabt."

Nevin lächelte nur. Sie saßen schweigend in dem dunklen Auto und sahen zu, wie die Scheiben langsam beschlugen.

„Ich glaube, ich könnte jetzt auch überleben, deine Familie kennenzulernen", sagte Nevin nach einigen Minuten.

Colin fasste nach seiner Hand. „Meinst du wirklich?"

„Vermutlich."

„Und wie würdest du den Showdown gerne arrangieren? Eher beiläufig oder …" Er biss sich auf die Lippen. Es fiel ihm schwer, seinen Vorschlag laut auszusprechen.

„Oder?", hakte Nevin nach.

„Demnächst ist Thanksgiving."

Dieser Feiertag hatte in Nevins Kindheit keine Rolle gespielt. Er hatte ihn meistens in seinem Zimmer verbracht und sich von seinen vielen Pflegeeltern und ihren Familien ferngehalten. Einige Male, als er in Heimen untergebracht war, gab es an Thanksgiving kalten Truthahn, Dosenbohnen, alte Brötchen und Apfelkuchen,

170

der wie Pappe schmeckte. Es war wirklich kein Grund, um dankbar zu sein. In den letzten Jahren hatte er Thanksgiving meistens mit Ford verbracht, aber sie hatten nie selbst gekocht, sondern waren immer in ein gutes Restaurant gegangen. Rhoda hatte ihn auch schon einige Male eingeladen, mit ihr und ihren vielen Freunden und Verwandten zu feiern. Ford wollte dieses Jahr mit Katie zu ihrer Familie gehen und Nevin hatte noch nicht darüber nachgedacht, wie er den Tag verbringen würde.

„Ich weiß nicht, was schlimmer ist – Thanksgiving oder der Sonntagsbrunch."

Colins Antwort kam wie aus der Pistole geschossen. „Thanksgiving. Beim Sonntagstreffen streiten wir uns immer, aber an Thanksgiving sind sie zu sehr mit Essen beschäftigt, um zu diskutieren. Und … mein Gott! Mom und Dad kochen hervorragend."

„Keine Köchin?"

Colin stieß ihm den Finger in die Seite. „Arschloch."

Nevin lachte. „Na gut. Dann also Thanksgiving. Falls ich nicht vorher noch einen Nervenzusammenbruch bekomme."

Eine Woche vor Thanksgiving kam Nevin zufällig an Frankls Büro vorbei und hörte Jeremys Namen. Frankl, der normalerweise nicht zu Büroklatsch neigte, hörte sich nicht sehr glücklich an. Nevin ging, ohne vorher anzuklopfen, in das Büro, wo Frankl gerade den Hörer auflegte. „Worüber zum Teufel hast du gerade gesprochen?", fragte er grimmig.

„Nicht dein Fall."

„Welcher Fall?" Nevin stapfte auf ihn zu. „Was ist mit Jeremy los?"

Frankl war einer der wenigen, die Nevin nicht einschüchtern konnte. Er hob den Kopf und sah Nevin traurig an. „Er hat ein Problem."

Sofort bekam Nevin – was für ihn ungewöhnlich war – Schuldgefühle, weil er in letzter Zeit nur an Colin gedacht und Jeremy vernachlässigt hatte. Es war schon lange her, seit sie das letzte Mal zusammen einen Kaffee getrunken hatten oder zum Joggen gegangen waren. Nevin verzog das Gesicht, nahm sich einen Stuhl und setzte sich zu Frankl an den Schreibtisch. „Was ist passiert?", fragte er.

Frankl nahm einen Kugelschreiber vom Tisch und klickte damit. Nevin hätte ihm das Ding am liebsten aus der Hand gerissen und ihn damit erstochen, so nervös war er. Dann seufzte Frankl und legte den Stift wieder weg. „Du kannst dich doch noch an seinen Ex erinnern, nicht wahr?"

„Donny? Ja, an das Stück Scheiße erinnere ich mich nur zu gut. Was hat er jetzt schon wieder …"

„Er ist tot."

Nevin blinzelte. Die Nachricht sollte ihn nicht überraschen. Frankl war schließlich bei der Mordkommission. Trotzdem – Nevin hatte den Kerl gekannt. Er wusste auch, dass Jeremy ihn aufrichtig geliebt hatte, obwohl Donny das nicht verdiente. Donny war ein Säufer und ein beschissener Bulle. Und er hatte Jeremy betrogen. „Guter Gott. Weiß Jeremy schon Bescheid?"

Frankl schnaubte. „Ja, weiß er. Weil der Mörder – wer immer es auch gewesen sein mag – auch Jeremys Wohnung in Trümmer gelegt hat."

„Warum das denn?"

„Donny hat ihm am Tag vor seinem Tod einen Besuch abgestattet."

„Dieser Schweinehund! Wie lange ist es her? Fünf Jahre oder sechs? Verdammt … sag mir jetzt nicht, dass Germy ernsthaft darüber nachgedacht hat, ihn zurückzunehmen." Und wenn, dann würde sich Nevin darum kümmern und ihm Verstand einprügeln. Na ja, natürlich erst, nachdem Jeremy nicht mehr um das nutzlose Arschloch trauerte.

Aber Frankl schüttelte den Kopf. „Nein. Donny muss fürchterlich ausgesehen haben. Jemand hatte ihn zusammengeschlagen. Jeremy hat sich um seine Verletzungen gekümmert, ihm etwas Geld gegeben und ihn wieder weggeschickt. Am nächsten Tag ist Donnys Leiche im Fluss geschwommen. Ein Schuss in den Rücken. Wir vermuten, dass der – oder die – Mörder denken, Donny hätte etwas in Jeremys Wohnung zurückgelassen."

„Und was?"

„Wissen wir nicht." Frankl sah aus, als wollte er wieder mit seinem Kugelschreiber spielen, zog aber stattdessen eine Packung Pfefferminzbonbons aus der Schublade und schob sich eines in den Mund. Er bot Nevin auch ein Bonbon ab, aber der schüttelte nur ungeduldig mit dem Kopf. Frankl seufzte und legte die Bonbons wieder in die Schublade zurück. „Wer immer es auch war, er hat ganze Arbeit geleistet. Jeremy Wohnung ist ein einziges Trümmerfeld. Er muss für eine Weile woanders unterkommen."

„Mist." Nevin überlegte, ob er Jeremy seine Wohnung anbieten sollte, aber er hatte nur ein Schlafzimmer und das Sofa war nicht sonderlich bequem. Außerdem hatte Jeremy noch andere Freunde – Rhoda beispielsweise. „Habt ihr schon Spuren?"

„Wir haben einige Vermutungen, aber nichts Konkretes. Ich habe Jeremy gesagt, er soll vorsichtig sein." Frankl lachte humorlos. „Ich dachte erst, sein neuer Freund könnte mit der Sache zu tun haben. Aber jetzt bin ich mir sicher, dass es nicht sein kann."

Frankl war heute voller Überraschungen. „Germy Cox hat einen neuen Freund?"

„Jawohl."

„Doch nicht wieder so ein Arschloch wie Donny?" Donny mochte tot sein, aber Nevin hatte keinen Respekt für einen Mann, der Jeremy selbst nach seinem Tod noch in die Scheiße ritt.

„Ich glaube nicht."

Mehr war von Frankl nicht zu erfahren, obwohl Nevin sich Mühe gab. Er beschloss also, sich direkt an die Quelle zu wenden. Außerdem wollte er sich davon überzeugen, dass mit Jeremy alles in Ordnung war. Wenn jemand eine solche Pechsträhne bewältigen konnte, dann war das Jeremy. Trotzdem – Nevin wollte sich mit eigenen Augen davon überzeugen. Er rief seinen Freund sofort an und erfuhr, dass Jeremy sich ein Zimmer im *Marriott* genommen hatte. Sie verabredeten sich für sechs Uhr.

Nach der Arbeit zog Nevin sich um und joggte den knappen Kilometer bis zum Hotel. Auf dem Bürgersteig vor der Lobby wartete Jeremy schon auf ihn. Er war groß, sah gut aus und grinste, als wäre alles in bester Ordnung. Ein guter Dauerlauf würde ihm wahrscheinlich mehr helfen als ein Verhör. Ohne lange Vorrede liefen sie los.

Es war schon dunkel gewesen, als Nevin das Büro verließ, sodass sie ihre Umgebung kaum erkennen konnten. Trotzdem fiel Nevin nach ungefähr fünf Kilometern auf, dass er immer wieder dasselbe Auto sah – einen grauen Toyota. Der Toyota war zwar manchmal gar nicht zu sehen, tauchte aber immer wieder auf. Da sie im Zickzack durch die Stadt liefen, gab es dafür nur eine Erklärung: Sie wurden verfolgt.

Als sie wieder vor dem Hotel standen und Luft holten, fuhr der Toyota an ihnen vorbei. „Ist dir aufgefallen, dass …", fing Nevin an.

„Der graue Toyota? Ja. Vergiss nicht, dass ich auch mal Bulle war."

„Er folgt uns schon, seit …"

„… wir losgelaufen sind. Ich weiß. Er ist mir gestern schon aufgefallen. Stellt sich nicht sonderlich geschickt an."

Jeremy zuckte nur mit den Schultern, als wäre das alles kein Problem. Nevin konnte nicht viel unternehmen. Er hatte noch nicht einmal seine Waffe dabei. Jeremy wechselte grinsend das Thema und drückte ihm die Schulter.

„Danke fürs Mitkommen. Sehen wir uns nächste Woche bei Rhoda?"

Mist. Damit hätte Nevin rechnen müssen. „Nein, ich, äh … habe schon andere Pläne."

„Sag mir jetzt nicht, dass du arbeiten musst. Du bist nicht mehr im Außendienst. Feiertagsschichten gibt es im Büro nicht."

Nevin studierte interessiert die Beschriftung über dem Eingang zum Hotel. „Ich gehe woanders hin."

„Wohin?"

„Dinner." Als Jeremy nur abwartend die Augenbrauen hochzog, fauchte Nevin ihn an. „Weißt du eigentlich, dass du ein neugieriges Arschloch bist? Ich bin zu einem Dinner in einer der noblen Villen in den Hügeln eingeladen. Ich muss sogar einen gottverdammten Anzug tragen. Und so tun, als wäre ich zivilisiert, weil es seine Eltern sind. Bist du jetzt zufrieden, du Arschloch?"

Jeremy strahlte, als hätte er im Lotto gewonnen. „Wessen Eltern?"

Guter Gott. Wenn er es laut aussprach, wurde es wahr. Er hatte Jeremy extra nicht nach seinem neuen Freund gefragt, um diese Diskussion zu vermeiden. Nevin kickte ein imaginäres Steinchen vom Bürgersteig. „Von … diesem Mann. Colin. Er ist so stockschwul und tänzelt mit seinem hochgestochenen Studienabschluss und seinem edlen Sonstwas durch die Gegend und der einzige Grund, warum ich ihn ertrage, ist sein umwerfend knackiger Arsch. Und sein Monsterschwanz. Pegasus ist nichts dagegen." Er sah zu Jeremy auf, verzog dann das Gesicht und schaute auf den Boden. „Und er ist ein verdammt guter Kerl."

„Gut gemacht, Nev. Glückwunsch!"

Es war schon komisch. Jeremys Ex war gerade ermordet worden, seine Wohnung war in Trümmern und er wurde von einem verdächtigen Auto verfolgt. Und trotzdem freute er sich ehrlich über Nevins verkorkstes Eingeständnis, einen festen Freund zu haben. Dabei war die Sache mit Colin wirklich vollkommen verrückt und passte so überhaupt nicht zu Nevin. Aber Jeremy freute sich für ihn und war glücklich darüber. Und Nevin? Mist, verdammter. Der war darüber auch glücklich. Vielleicht. *Unglücklich* war er jedenfalls nicht.

20

„Und vergiss nicht …“

„Ja, Mom. Ja, ich denke an den Kuchen und den Wein." Kuchen und Wein waren Colins übliche Beiträge zum Thanksgiving-Dinner und er hatte sie noch nie vergessen. Trotzdem erinnerte ihn seine Mutter immer wieder daran. Er nahm es nicht persönlich. Sie erinnerte Miranda auch jeden Mal wieder an die Süßkartoffeln und Dad an den Truthahn im Ofen, der alle halbe Stunde begossen werden musste. Dad hatte ihr vor Jahren zu Weihnachten ein T-Shirt geschenkt, auf dem in rotglitzernden Buchstaben zu lesen stand: *Control Freak*. Seine Mutter hatte es sofort angezogen. Sie war stolz darauf.

„Ich freue mich wirklich, ihn endlich kennenzulernen", sagte sie jetzt.

Colin schaute zum Sofa, wo Nevin saß und Legolas streichelte, der es sich auf seinem Schoß gemütlich gemacht hatte. „Er ist ein ganz besonderer Mann", sagte Colin laut. Nevin winkte ab, ohne von seiner anstrengenden Arbeit aufzuschauen. Colin lachte. „Ich muss jetzt Schluss machen. Bis morgen, Mom."

„Diese Frau hält dich wirklich an der kurzen Leine", sagte Nevin, als Colin sich wieder zu ihm setzte.

„Ja. Aber es stört mich eigentlich nicht." Es war nur Moms Art, ihm ihre Zuneigung zu zeigen. „Hey, Nev?"

Nevin brummte. Im Fernsehen lief eine alte Folge von *Law & Order*, über die er sich gerne lustig machte. Colin fand seine Reaktionen unterhaltsamer als die Sendung selbst.

Vielleicht war jetzt der falsche Zeitpunkt, um das Thema anzusprechen, das Colin unter den Nägeln brannte. Nevin war wegen dem Dinner morgen schon nervös genug. Andererseits gab es für bestimmte Themen nie den richtigen Zeitpunkt. „Hast du jemals versucht, zu erfahren, was aus deiner Mutter geworden ist?"

„Nein", sagte Nevin und sah ihn ausdruckslos an.

„Aber das könntest du doch tun, oder? Du bist bei der Polizei und hast Zugang zu solchen Informationen."

„Es ist mir scheißegal, was aus dieser dummen Kuh geworden ist. Sie ist verschwunden und Schluss. Sie spielt keine Rolle mehr. Ist irrelevant."

Sie wussten beide, dass das nicht stimmte. Die Frau hatte bei Nevin Narben hinterlassen, die tiefer waren als die Narbe auf Colins Brust. Colin hatte in den letzten Wochen oft über sie nachgedacht. „Könnte sie dich nicht verlassen haben, weil sie dich liebte?"

„Sicher doch. Genau das würde jede liebende Mutter tun."

„Ihr Leben war ziemlich verpfuscht, nicht wahr? Drogen und so?"

„Und so", wiederholte Nevin grimmig.

„Könnte sie nicht erkannt haben, dass sie ihrem Leben nicht entkommen kann und dich mit runterzieht? Vielleicht hat sie versucht, dir eine gute Mutter zu sein. Sie hat dich immerhin drei Jahre lang behalten. Als sie gegangen ist, muss sie gewusst haben, dass sich jemand um dich kümmern wird."

Nevin knirschte mit den Zähnen. „Na toll. Ich bin vom Regen in die Traufe gekommen."

„Ja, ich weiß." Colin legte die Hand auf Legolas' Rücken und streichelte ihn. Nevins Anspannung ließ sofort nach. Es war fast, als würde er selbst gestreichelt werden. „Ich weiß, dass es beschissen war. Ich weiß auch, dass du hart kämpfen musstest, um überhaupt zu überleben. Aber wäre es wirklich besser ausgegangen, wenn sie bei dir geblieben wäre?"

Es dauert lange, bis Nevin ihm antwortete. „Keine Ahnung. Aber … verdammt, das macht noch lange nicht richtig, was sie getan hat!"

„Nein, das tut es nicht. Ich will damit nur sagen, dass du nicht automatisch davon ausgehen kannst, sie hätte dich nicht geliebt. Du … du bist ein verdammt liebenswerter Kerl, Nev." Nevin sah ihn an, als würde er an seinem Verstand zweifeln. Colin lächelte. „Wirklich, das bist du. Ford liebt dich. Und ich liebe dich, Nev." Er hielt die Luft an und wartete auf die unvermeidliche Explosion.

Aber sie kam nicht. Nevin schüttelte nur den Kopf. „Ich weiß wirklich nicht, wie du es mit mir aushältst, Collie. Ich habe keine Ahnung, was du in mir siehst."

„Du bist stark. Guter Gott, was bist du stark! Aber wenn wir zusammen sind, hast du keine Angst, mich auch stark sein zu lassen. Du bist leidenschaftlich – nicht nur beim Sex, obwohl der auch fantastisch ist. Du bist amüsant. Du denkst, ich sollte das tun, was mir Spaß macht – nicht das, womit ich am meisten Geld verdiene. Du gibst dich nicht mit bequemen Lösungen zufrieden. Du strahlst Energie aus und wenn ich bei dir bin, steckst du mich damit an. Du gibst mir das Gefühl, alles erreichen zu können, was ich will."

Colin hatte diese Rede nicht vorbereitet, aber jedes Wort davon stimmte. Und da war noch mehr. Colin vertraute Nevin bedingungslos. Nevin machte die langweiligsten Dinge interessant. Colins Herz schlug schneller, wenn er nur an Nevin dachte. „Legolas mag dich auch", fügte er hinzu. „Und Legolas hat einen exzellenten Geschmack."

Nevin schloss die Augen und senkte den Kopf. Aus er wieder aufschaute, wirkte er gefasst. „Ich kann es nicht sagen. Ich weiß nicht, ob ich es jemals …"

„Schon gut. Es sind doch nur Worte. Taten sprechen lauter, nicht wahr? Du bist hier bei mir. Du verbringst seit Wochen den größten Teil deiner freien Zeit mit mir. Du hast mich deinem Bruder vorgestellt und bist bereit, dich meiner Familie zu stellen. Trent hat diese drei Worte oft genug benutzt, aber sie haben ihm nie etwas bedeutet."

„Arschloch", entfuhr es Nevin.

„Ja. Wie auch immer … ich bin keine Prinzessin in ihrem Elfenbeinturm. Ich verzehre mich nicht aus Sehnsucht nach drei magischen Worten, die du nicht sagen kannst."

„War es nicht der Prinz, der diese Worte brauchte? Bevor seine verdammte Blume verdorrt ist? Das Biest, meine ich."

Colin lachte. „Und ich *liebe* es, dass du jetzt alle Disney-Filme kennst."

„Mein Gott … Ja, ich kenne sie. Ich kenne sogar den Unterschied zwischen *Raumschiff Enterprise* und *Krieg der Sterne*. Und ich weiß, wie Harry Potter diesen Voldemort losgeworden ist. Dank dir weiß ich, was ein Hobbit ist und dass es nicht gut ausgeht, einen Ring zu tragen, der unsichtbar macht. Du bringst Freude in mein Leben, ja? Und das ist alles, was …" Seine Stimme brach und er wandte sich ab.

Sie schafften es noch bis ins Bett, bevor sie sich liebten. Colin lag hinter Nevin und streichelte ihn zärtlich. Die Erde wurde nicht aus ihrer Bahn geworfen und es gab auch kein Feuerwerk, aber Colin hätte diese Momente für keinen Schatz der Welt eintauschen wollen.

AM DONNERSTAGNACHMITTAG zog Colin ernsthaft in Erwägung, Nevin den zweiten Blowjob des Tages zu geben. Mit dem ersten hatte er Nevin geweckt, bevor sie gemeinsam zum Joggen gegangen waren. Nevin war extra langsamer gelaufen, damit Colin mithalten konnte. Nach ihrer Rückkehr hatten sie geduscht und einige Stunden auf dem Sofa gelegen und gedöst. Nach einigen Stunden war Nevin allerdings zunehmend nervös geworden. Mittlerweile lief er im Zimmer auf und ab wie ein Tier im Käfig.

„Du musst nicht mitkommen", sagte Colin zum x-ten Mal. „Wir wollen dich nicht quälen."

„Aber du hast es deinen Eltern versprochen."

„Ich kann ihnen sagen, dass du dich nicht gut fühlst und wir nicht kommen können. Sie werden es verstehen. Wir machen uns Popcorn und sehen uns *Cabaret* an."

„Ich bin kein feiger Hosenscheißer, der seine Versprechen wieder zurücknimmt. Nur … Mist." Nevin stapfte ins Schlafzimmer und zog sich aus. Bevor Colin über ihn herfallen und ihn mit Sex beruhigen konnte, zog Nevin seinen Anzug aus dem Schrank und fing an, sich schick zu machen. Colin zuckte mit den Schultern und machte es ihm nach.

Nevin hatte gerade die Jacke zugeknöpft, als sein Handy klingelte. „Ng", bellte er. Nachdem er kurz zugehört hatte, machte er ein grimmiges Gesicht und wurde bleich. „Ja. Ja, okay. Ich mache mich sofort auf den Weg."

Er beendete das Gespräch und starrte Colin erschrocken an.

„Oh Gott, was ist denn los?", fragte Colin. War Ford etwas passiert?

„Germ … Jeremy Cox. Er ist entführt worden."

Colin blinzelte wortlos.

Nevin lief an ihm vorbei, blieb dann wieder stehen und drehte sich zu ihm um. „Ich muss gehen. Frankl sagt, dass Jeremys neuer Freund – er hat die Entführung gemeldet – kurz davor ist, den Verstand zu verlieren. Ich muss zu ihm und …"

„Alles in Ordnung. Geh schon."

„Thanksgiving …"

„Ist nicht so wichtig."

Nevin nickte ruckartig, zog ihn an sich und drückte ihm einen harten Kuss auf den Mund. „Es tut mir leid, Collie. Danke für dein Verständnis."

„Halte mich auf dem Laufenden und … pass auf dich auf."

Nevin nickte wieder und ging zur Tür.

Colin hatte tausend Fragen, angefangen damit, wer Jeremy gekidnappt hatte und warum. Vor allem sorgte er sich um Nevin Sicherheit, wusste aber, dass Nevin das jetzt nicht hören wollte. Also sah er schweigend zu, wie Nevin sich die Schuhe und den Mantel anzog. Dann packte er ihn am Arm, bevor er die Wohnung verlassen konnte. „Sei vorsichtig."

„Es tut mir so leid, Collie. Ich wollte …"

„Schhh." Colin legte ihm einen Finger auf die Lippen und wiederholte, was ihm wichtig war. „Sei nur vorsichtig."

COLIN DACHTE an den Kuchen und den Wein, aber als er bei seinen Eltern ankam, hatte er trotzdem das Gefühl, als würde ihm das Wichtigste fehlen. Und so war es auch. Miranda begrüßte ihn und nahm ihm die Weinflaschen ab. „Mom und Dad sind …" Sie verstummte. „Wo ist er?"

„Er konnte nicht kommen."

„Colin Oscar Westwood, du siehst beschissen aus! Hat dieser Kerl dich etwa sitzengelassen? An Thanksgiving? Dann werde ich ihm …"

„Nein, hat er nicht. Er … Lass uns zu Mom und Dad gehen. Ich will die Geschichte nicht zweimal erzählen."

Grummelnd folgte sie ihm in die Küche, wo ihr Dad in der Cranberrysauce rührte, während ihre Mom einen Korb mit Brötchen füllte. Aus dem Wohnzimmer klangen Stimmen – Tanten, Onkels und Cousins, die vor dem Fernseher saßen und Football sahen. Colin hörte Hannah und einen ihrer jüngeren Cousins lachen. Er setzte sein tapferstes Lächeln auf und stellte sich seiner Familie. „Nevin kann nicht kommen", verkündete er. Dann, bevor die anderen Nevin grundlos beschuldigen konnten, fuhr er mit seiner Erklärung fort. „Er wurde zu einem Einsatz gerufen. Einer seiner Freunde ist entführt worden."

„Entführt!", rief sein Dad. „Von wem?"

„Das weiß ich nicht. Es ist noch nicht viel bekannt. Ich werde sicherheitshalber mein Handy eingeschaltet lassen, wenn wir essen."

Seine Mom kam und sah ihm ins Gesicht. „Ist alles in Ordnung mit dir, mein Schatz?"

„Ich bin nicht derjenige, der entführt worden ist, Mom. Mir geht es gut. Ich mache mir nur Sorgen und es tut mir leid, dass ihr ihn nicht kennenlernen könnt. Das ist alles."

Sie wollte offensichtlich mehr sagen, hielt sich aber zurück. Colin verbuchte das als Gewinn.

Kurz danach versammelten sie sich im Esszimmer. Einige der weniger informierten Verwandten fragte nach Trent, aber Miranda griff ein und steuerte die Unterhaltung geschickt in die stürmischen Gewässer der Politik. Sofort ließen sie Colin in Ruhe und fingen an, darüber zu diskutieren, wer wohl im nächsten Jahr als Präsidentschaftskandidat nominiert werden würde.

Als sein Dad gerade den Truthahn tranchierte, klingelte in Colins Tasche das Handy. Er warf Dad einen entschuldigenden Blick zu und ging in die Küche, um die Nachricht zu lesen.

Nichts Neues über J. Bin bei Freund, trinke Tee. Alles okay.

Kann ich helfen?, schickte Colin zurück.

Nein. Mist. Der Freund, Qay? Fix & fertig. Kann ich verstehen.

Das konnte Colin auch. Er war merkwürdig stolz darauf, dass *sein* Freund jetzt dort war und versuchte, ihm moralisch Beistand zu leisten. *Ich liebe dich immer noch.*

Spinner, schrieb Nevin zurück. Colin grinste.

Obwohl es köstlich duftete und noch besser schmeckte, hatte Colin keinen rechten Appetit. Er machte sich zwar keine Sorgen mehr um Nevins Sicherheit, aber die Sache ging ihm doch an die Nieren. Was, wenn Jeremy etwas passierte? Nevin hatte nicht viele Freunde. Er wäre am Boden zerstört, wenn er Jeremy verlieren würde.

Einige Stunden später, als sie sie alle träge im Wohnzimmer saßen und verdauten, klingelte Colins Handy wieder. Dieses Mal war es ein Anruf, also lief er in sein altes Zimmer, um ihn anzunehmen. „Was gibt's Neues?", fragte er.

„Sie haben ihn gefunden. Er lebt, ist aber recht übel zugerichtet. Diese Arschlöcher haben ihn gefoltert!" Trotz seiner Wut hörte Nevin sich erschöpft an.

„Warum?", wollte Colin wissen.

„Irgendein dämlicher Mist, der mit Jeremys Ex zu tun hat. Keine Ahnung. Ist auch egal. Für so was gibt es keine Entschuldigung."

„Kommt er wieder auf die Reihe?"

„Weiß ich nicht. Er wird gerade operiert."

Mist. „Wie geht es seinem Freund?"

„Qay?" Nevin schnaufte. „Der war früher drogensüchtig und kann deshalb noch nicht einmal ein Beruhigungsmittel nehmen. Aber er hält sich erstaunlich gut. Wenn dir so etwas passieren würde, dann …"

„Das wird es aber nicht."

Sie schwiegen, aber das war okay. Nevin brauchte wahrscheinlich nur die Gewissheit, dass er noch da war. Colin lief durchs Zimmer. Seine alten Poster waren von den Wänden verschwunden, aber das Bett, der Schrank und der Schreibtisch mit dem Stuhl waren noch da. Das Haus hatte mehr Schlafzimmer, als seine Eltern brauchten. Es war also keine große Überraschung, dass sie sein altes Zimmer nicht umgewidmet hatten. Trotzdem kam es Colin vor, als würde Absicht dahinterstecken. Es war, als wollten sie das Zimmer so für ihn bewahren für den Fall, dass er vielleicht eines Tages zu ihnen zurückkam. Der Gedanke gefiel ihm nicht sonderlich, aber er beruhigte ihn auch. Es war merkwürdig.

„Ich lasse dich dann zu deiner Familie zurückgehen", sagte Nevin schließlich. „Ich habe Zeit."

„Nein. Pass auf. Ich bleibe noch hier, bis wir mehr wissen. Dann rufe ich dich wieder an."

„Gut. Und ... Nev? Kommst du danach zu mir nach Hause? Bitte?"

Wieder einen Augenblick Stille. „Okay", sagte Nevin dann.

Als Colin wieder ins Wohnzimmer kam, zog seine Mom ihn zur Seite. „Was ist los, mein Schatz?"

„Sie haben Nevins Freund gefunden, aber er ist in sehr schlechtem Zustand." „Oh nein!"

„Ja. Ich habe nicht nach Details gefragt. Er wird gerade operiert und Nevin kümmert sich um Qay, Jeremys Freund."

Sie streichelte ihm über die Wange. „Geht es dir gut?"

„Mom, ich kenne Jeremy noch nicht einmal. Ich wünschte nur, ich wäre dort, um ... na ja, um Nevin dabei zu helfen ihm zu helfen. Aber er schafft das schon. Und ich bin für ihn da, wenn er wieder nach Hause kommt." Der letzte Satz kam ihm über die Lippen, bevor er über die Konsequenzen nachdenken konnte. Er verzog das Gesicht.

„Ihr seht euch recht oft. Er bedeutet dir viel."

„Ja, das tut er."

Sie sah ihm in die Augen. „Aber er scheut Menschen?"

„Er hat seine Probleme. Guter Gott ... jeder hat seine Probleme. Ich auch. Sie sind nur etwas anders."

„Ich will nur nicht, dass du wieder verletzt wirst, mein Schatz."

„Ich weiß, Mom. Aber die Sache ist so – er war immer ehrlich und hat mir gesagt, womit er zurechtkommt und womit nicht. Er führt mich nicht hinters Licht. Und er gibt sein Bestes. Bis zu dem Anruf wollte er mich begleiten und euch kennenlernen. Für ihn ist das ... als würde jemand auf ihn schießen oder so. Aber er wollte kommen."

Bei dem Footballspiel musste jemand ein Tor geschossen haben, den hinter ihnen brach lauter Jubel aus. Seine Mom ignorierte den Lärm und konzentrierte sich ganz auf Colin. „Ich will ihn nicht kritisieren. Damit warte ich, bis ich ihn besser kennengelernt habe." Sie grinste leicht. „Aber unabhängig davon, wie viel Mühe er sich gibt und wie viel Verständnis du aufbringst, sind wir für dich da, falls ..."

„Ich weiß, dass ich ein Risiko eingehe, Mom. Aber es wird Zeit, dass ich es versuche. Meinst du nicht auch? Ich riskiere lieber ein gebrochenes Herz, als mich für den Rest meines Lebens in Watte packen zu lassen und allein zu bleiben."

Nach einer kurzen Pause nickte sie. „Du hast recht. Und ich weiß sehr gut, dass du keine vierzehn mehr bist. Aber das heißt noch lange nicht, dass ich mir keine Sorgen mehr um dich mache. Ich bin immer noch deine Mutter."

Er drückte sie an sich. „Ich weiß, dass du mich liebst. Wie wäre es, wenn du mir jetzt hilfst, einige Reste einzupacken, damit Nevin nachher etwas zu essen hat?"

„Wird gemacht."

ES WAR spät in der Nacht, als ein erschöpfter Nevin endlich in Colins Wohnung eintraf. Er hatte sich vorher mit einer kurzen Nachricht angekündigt, also wusste Colin schon, dass es Jeremy besser ging und Qay sich auch wieder etwas gefangen hatte.

„Sind alle gefasst worden?", fragte er, als er Nevin aus dem Mantel half.

„Ja. Zwei der Goldstückchen sind tot, die anderen werden den Rest ihres erbärmlichen Lebens hinter Gittern verbringen." Er stand bewegungslos im Flur und ließ sich von Colin Jacke und Hemd ausziehen. „Qay hat mehr Mumm bewiesen, als ich ihm zugetraut hätte. Germy hat normalerweise einen beschissenen Geschmack, was Männer angeht. Aber dieses Mal hat er Glück gehabt. Qay ist vielleicht etwas anstrengend, aber er ist es wert."

„Das ist gut." Colin öffnete Nevins Gürtel und Hose und schob sie nach unten. Sie verheddderte sich mit Nevins Beinen, bis es Colin schließlich gelang, ihm die Schuhe auszuziehen. Jetzt trug Nevin nur noch Unterhose und Socken. Colin zog ihn zum Sofa, drückte ihn nach unten und wickelte ihn in eine Decke.

„Ich wärme dir dein Essen auf."

Nevin ließ sich gähnend an die Lehne fallen. „Parker hat mir etwas besorgt. Er ist Rhodas Sohn."

Colin war froh, das zu hören. „Wann war das?"

„Keine Ahnung." Nevin gähnte wieder. „Ist schon eine Weile her."

„Hast du wieder Hunger? Es ist Thanksgiving und dazu gehört, dass man zu viel isst."

Nevin lächelte müde. „Ja. Danke."

Da er schon dabei war, wärmte sich Colin auch noch etwas von den Resten auf. Während des Essens brummte Nevin zufrieden. „Prima", sagte er mit vollem Mund.

„Frisch schmeckt es noch besser."

„Tut mir leid, dass ich nicht …"

„Lass das."

„Du bist mir nicht böse?" Nevin runzelte die Stirn.

„Warum sollte ich dir böse sein? *Du* hast Jeremy schließlich nicht entführt. Du bist ein guter Freund, Nev. Ein Freund, auf den man sich verlassen kann."

Nevin blinzelte verwirrt und machte ein Gesicht, als hätte er darüber noch nie nachgedacht. Colin schmunzelte. „Iss auf, damit wir endlich ins Bett kommen."

„Ich bin viel zu müde, um noch über dich herzufallen. Verdammt, ich werde langsam alt. Ich hätte nie gedacht, jemals zu müde zu sein, um noch zu ficken."

Zwanzig Minuten später lagen sie im Bett. Legolas rollte sich neben Nevins Kopf auf dem Kissen zusammen. Nevin bewegte sich unruhig hin und her, bis Colin den Arm um ihn legte. Sofort wurde er ruhiger.

„Hast du noch genug Reste für morgen?", fragte er.

„Ja. Morgen Mittag gibt es Sandwich mit Truthahn und Cranberrysauce."

„Mmm. War es schön bei deiner Familie?"

„Klar."

„Collie?"

Colin brummte fragend und gähnte.

„Ich bin dankbar für dich."

21

Dezember 2015

COLIN WAR ein gottverdammter Heiliger. Kein Genörgel über das verpasste Dinner, keine Wiedergutmachungsforderungen. Nichts. Nevin musste noch nicht einmal einen neuen Termin für das Treffen mit Colins Eltern vorschlagen – obwohl es bestimmt nicht lange auf sich warten lassen würde. Und dann, als alles wieder bestens lief, kam ein panischer Anruf von Jeremy. Qay hatte offensichtlich einen Rückfall erlitten und war spurlos verschwunden.

„Ich sage unseren Gorillas, sie sollen nach ihm Ausschau halten", versprach Nevin. Er wollte sie auch warnen, sich zurückzuhalten und Qay nicht zu erschrecken. Soweit er wusste, hatte Qay keinerlei Gesetze gebrochen. Andererseits war Nevin aber auch nicht sonderlich optimistisch, was die Suche anging. Er wusste aus persönlicher Erfahrung, wie einfach es war, komplett vom Radar zu verschwinden.

Die folgenden Tage verbrachte er damit, sich in Bars umzusehen und mit Junkies und Dealern zu reden, fand aber keine Spur von Qay. Zwischendurch versuchte er mit Rhodas Hilfe, Jeremy zu beruhigen, der krank war vor Sorge. Von Colin sah Nevin in dieser Zeit wenig. Aber Colin beschwerte sich nicht.

An einem Sonntag, ungefähr zwei Wochen vor Weihnachten, hatte Nevin endlich einige Stunden Zeit, um Colin zu besuchen. Colin und Legolas begrüßten ihn begeistert.

Als sie beim Essen saßen – es gab Thai-Küche aus einem nahe gelegenen Restaurant –, sagte Nevin: „Du musst mir versprechen, es Qay niemals nachzumachen und einfach zu verschwinden."

„Komm schon … glaubst du wirklich, ich würde einfach von zuhause weglaufen?"

„Trotzdem. Ohne dich …"

„Ich verlasse dich nicht." Colin griff über den Tisch nach Nevins Hand.

Nevin musste an Colins Ex, dieses Arschloch, denken. „Aber was ist, wenn du es nicht mehr mit mir aushältst? Bleibst du dann einfach bei mir, weil du meine Gefühle nicht verletzen willst? Obwohl du mich nicht mehr ertragen kannst?"

„Ich bin kein Fußabtreter. Solange du nicht etwas katastrophal Dämliches anstellst, werde ich dich nie verlassen wollen. Und glücklicherweise bist du ein ziemlich kluger Kerl."

„Hm." Nevin hoffte, er würde seine Unsicherheit irgendwann überwinden, aber noch war es nicht so weit. Colin schien sich daran nicht zu stören. Er würde Nevins Ego wahrscheinlich auch dann noch aufpolieren, wenn draußen die

Apokalypse ausbrach. Vielleicht tat es ihm ja gut, in ihrer Beziehung gelegentlich der Stärkere zu sein. Beim Sex schien er es jedenfalls zu genießen, die Initiative zu ergreifen. Und Nevin hatte nichts dagegen, im Gegenteil – er genoss es auch.

Colin lächelte ihn strahlend an. „Bald ist Weihnachten."

„Ja." Mist. Nevin musste sich um ein Geschenk für Colin kümmern, eine Sache, mit der er so gut wie keine Erfahrung hatte. Ford und er luden sich nur gegenseitig zum Essen ein, wenn es einen Grund zum Feiern gab, und außer Ford gab es niemanden, der ihm nahe genug stand, um über ein Geschenk nachzudenken. Was zum Teufel schenkte man einem Mann, mit dem man in einer Beziehung war, der viel reicher und – was verschärfend hinzukam – nicht an materiellen Dingen interessiert war?

„Meine Eltern geben einen Empfang."

„Was?"

„Einen Empfang."

„Worüber redest du da?" Nevin wusste, was ein Empfang war. Er wusste nur nicht, was das mit Colins Eltern zu tun haben sollte.

„Sie mieten Räumlichkeiten – dieses Jahr ist es eine Galerie nicht weit von hier –, lassen Essen servieren und Musiker auftreten. Sie laden dazu ihre Freunde ein und jeden, den sie beruflich kennen. Alle ziehen sich schick an und es macht viel Spaß. Das Beste daran ist, dass sie für eine Wohltätigkeitsorganisation sammeln." Er lächelte. „Dieses Jahr geht das Geld an *Bright Hope*."

„Manny kann immer zusätzliches Geld brauchen."

„Letztes Jahr haben sie hunderttausend Dollar für ein Tierheim gesammelt."

„Heiliges Kanonenrohr!" Nevin kniff die Augen zusammen. „Aber was hat das alles mit mir zu tun?"

„Ich kann es nicht abwarten, dich im Frack zu sehen."

EINIGE TAGE später flog Jeremy nach Kansas und war wieder mit Qay vereint. Offensichtlich war bei den beiden endlich der Groschen gefallen, denn als sie zurückkamen, verschwanden sie in Jeremys Wohnung und wurden in den nächsten Tagen nur gesehen, wenn sie ihre Lebensmittelvorräte wieder ergänzen mussten.

„Ich freue mich so für die beiden", verkündete Colin, als sie am Sonntagmorgen in seinem Bett lagen.

„Du kennst sie doch kaum. Und es ist nicht einer deiner dämlichen Filme, die immer glücklich ausgehen. Qay hat immer noch Probleme mit seiner Sucht. Im Vergleich zu ihm bin ich vermutlich das Paradebeispiel für eine gelungene Sozialisierung. Von Germys Heldenkomplex will ich erst gar reden."

„Aber sie haben die Krise gemeinsam überstanden und halten zusammen. Ich finde das richtig süß. Manchmal gibt es auch im richtigen Leben ein Happy End."

„Ich gebe dir dein Happy End", sagte Nevin und streichelte Colin über den Schwanz. Er hatte in letzter Zeit oft überlegt, wie es wohl wäre, dieses Ding ganz ohne Gummi in sich zu spüren. Oder Colin ohne Gummi zu ficken. Nevin hatte das noch nie gemacht, nicht ein einziges Mal. Vielleicht sollten sie nach den Feiertagen darüber reden, sich testen zu lassen. *Hey!* Nevin musste grinsen. Das wäre das perfekte Weihnachtsgeschenk für Colin – ho, ho, ho.

Colin presste sich wimmernd an Nevins Hand, zog sich dann aber wieder zurück. „Was ist mit den Pfannkuchen, die du zum Frühstück machen wolltest?"

„Pfannkuchen? Du denkst an Pfannkuchen, wenn du das hier haben kannst?" Nevin packte Colins Hand und drückte sie an seinen Schwanz. Er war vielleicht nicht so groß wie Colins, aber er machte seine Arbeit recht gut.

„Hmm... aber den hatte ich doch letzte Nacht erst. Pfannkuchen habe ich seit ..." Er quiekte, als Nevin sich auf ihn rollte. Ein Kuss brachte ihn schnell zum Schweigen. Er legte beide Hände auf Nevins Arsch und drückte ihn an sich. Nevin kitzelte ihn unter den Armen. Sofort ging das Quieken wieder los. Colin war so wunderbar kitzelig.

Sie fingen an zu raufen und ihr Lachen ging gerade in Stöhnen über, als Nevins Handy klingelte.

„Wenn das Germy oder Qay sind, bekommen sie was zu hören", grummelte Nevin.

Aber es war Frankl. „Doppelmord", sagte er ohne lange Vorrede.

„Heilige Mutter Gottes ... und deshalb rufst du mich an?"

„Ja. Weil du die Opfer kennst."

Nevins riss erschrocken den Mund auf. Entsetzliche Bilder schossen ihm durch den Kopf – Jeremy und Qay, Ford und Katie, Rhoda und Parker ... „Wer?", krächzte er.

„Bob und Ivan Thomas."

WENIGSTENS BESTAND Frankl nicht darauf, dass sie in die Polizeistation kamen. Sie trafen ihn in einem Starbucks, ohne Blake. Frankl saß ihnen gegenüber am Tisch und sah sie mit ernstem Blick an. Colin war kreidebleich. Nur seine Augen waren rot und verweint.

„Was ist passiert?", wollte Nevin wissen.

Frankl schüttelte den Kopf. „Ich brauche erst Mr. Westwoods Aussage."

„Lass das. Ich habe Colin seit Freitagabend nur aus den Augen gelassen, wenn einer von uns auf die Toilette musste."

Frankl rutschte auf seinem Stuhl hin und her. „Es geht nicht um ein Alibi, Ng. Mr. Westwood wird derzeit nicht verdächtigt."

„Aber ..."

„Schon gut", unterbrach ihn Colin. „Stellen Sie mir Ihre Fragen, Detective."

Frankl nickte kurz und zog sein Notizbuch aus der Tasche. „Sie kannten Bob und Ivan Thomas?"

Es dauerte eine halbe Stunde, bis Colin ihm alle Fragen beantwortet hatte, obwohl er keine entscheidenden Informationen liefern konnte. Frankl stocherte im Dunkel und das hieß, sie hatten nicht den Hauch einer Ahnung, was oder wer hinter den Morden stecken konnte.

Nevin hatte schon zwei Tassen Kaffee getrunken, als Frankl sein Notizbuch endlich wegsteckte. „Jetzt du. Was ist passiert?", fragte Nevin wieder.

„Eine Freundin wollte ihnen heute Frühstück bringen und wurde misstrauisch, als niemand an die Tür kam. Sie rief die Polizei. Die Haustür war nicht abgeschlossen. Die Leichen wurden in der Küche gefunden. Der Todeszeitpunkt kann anhand der Totenstarre ungefähr auf gestern Nachmittag geschätzt werden."

Colin wurde noch blasser. „Wie sind sie gestorben?", fragte er.

„Jemand hat versucht, es nach Mord mit anschließendem Selbstmord aussehen zu lassen. Der größere Mann wurde erwürgt und der kleinere hatte eine Plastiktüte über dem Kopf. Er ist erstickt."

„Das würden sie niemals tun! Sie haben das Leben geliebt und Ivan würde niemals …"

„Ich habe von einem *Versuch* gesprochen. Wer immer es war, er hat miserable Arbeit geleistet."

„Inwiefern?", erkundigte sich Nevin.

„Weil das Essen noch halb aufgegessen auf dem Tisch stand. Niemand tut so etwas mitten in einer Mahlzeit. Außerdem hatte der eine Mann schwere Arthritis an den Händen. Ich bezweifle sehr, dass er die Kraft hatte, jemanden zu erwürgen."

Colin ließ den Kopf hängen und Nevin drückte ihm die Schulter. „Was wisst ihr noch?"

„Nicht viel. Kein gewaltsames Eindringen. Die Spurensicherung ist noch nicht abgeschlossen. Blake ist ebenfalls noch im Haus. Die vorläufigen Ergebnisse der Autopsie sollten bis morgen früh vorliegen."

„Das ist alles?"

„Ja. Die Freundin erwähnte, dass die Männer eine Putzkraft beschäftigten. Der Name kam mir bekannt vor und ich habe nachgesehen. Es ist derselbe Mann, der für Mrs. Ruskin geputzt hat." Er zog wieder sein Notizbuch hervor und schaute nach. „Ein gewisser Jerry Griffin. Kennen Sie den Namen, Mr. Westwood?"

Colin schüttelte den Kopf. „Mrs. Ruskin hat mir von einem Reinigungsdienst erzählt, aber nur nebenbei." Er runzelte die Stirn. „Normalerweise habe ich sie besucht, nachdem die Wohnung gereinigt wurde. Meine Besuche waren für sie … ein besonderer Anlass."

„Vermutlich ist es nur ein Zufall", meinte Frankl nachdenklich. „Aber dieser Griffin hat einige Vorstrafen – Drogendelikte aus den neunziger Jahren. Wir sehen ihn uns genauer an."

„Kannst du mich auf dem Laufenden halten?", bat Nevin.

Frankl nickte nach kurzem Zögern. „Du auch", sagte er und warf einen vielsagenden Blick auf Colin.

Nachdem Frankl gegangen war, nahm Colin seine kalte Kaffeetasse zwischen die Hände. „Sie waren so liebe Menschen", flüsterte er.

„Ich weiß." Nevin hatte die beiden Männer nur einmal getroffen, als er Colin bei einem seiner Besuche begleitete. Bob und Ivan hatten ihn angehimmelt wie zwei Teenager, die zum ersten Mal ihren Lieblingspopstar persönlich trafen. Sie hatten sich zusammen alte Fotos angesehen – Dragqueens, Frisuren aus den Sechzigern und Clubs, die es schon lange nicht mehr gab. Die beiden Männer mochten sich etwas exaltiert aufgeführt haben, aber sie waren Nevin sympathisch gewesen. Sie mochten Colin offensichtlich sehr gern und Nevin war darüber glücklich gewesen.

„Sie konnten noch nicht einmal mehr den Verkauf ihres Hauses feiern. Warum tut jemand so etwas?"

„Wir werden es herausfinden."

Colin sagte nichts dazu, aber sein Blick sprach Bände. *So, wie wir die Mörder von Mrs. Ruskin und Roger Grey gefunden haben?*

„Du solltest jetzt nach Hause gehen", sagte Nevin, der daran denken musste, wie beruhigend es auf ihn wirkte, mit Legolas auf dem Sofa zu sitzen und ihn zu streicheln.

„Ich kannte sie. Ich kannte auch Mrs. Ruskin und … mein Gott. Meinst du, es ist *meine* Schuld?"

„Wie sollte es deine Schuld sein? Du hast dich um diese Menschen gekümmert, Collie. Du hast ihnen etwas Glück in ihr Leben gebracht. Du hast nichts damit zu tun, dass sie ermordet wurden."

Colin schüttelte unglücklich den Kopf. „Aber es ist doch ein merkwürdiger Zufall, nicht wahr? Sie waren alle schon sehr alt und hatten gesundheitliche Probleme. Wenn sie eines natürlichen Todes gestorben wären, könnte ich das verstehen. Aber sie wurden ermordet."

Nevin hätte ihn gerne beruhigt, wusste aber nicht wie. Er wollte Colin nicht anlügen. Sicher, Morde passierten. Aber ältere weiße Menschen gehörten selten zu den Opfern und wenn, dann war ihr Tod nicht so geheimnisvoll. Normalerweise kannten die Mörder ihre Opfer. Das war hier anders. Unter den Bekannten der Ermordeten gab es keine Verdächtigen.

Außer … es gab Bekannte, von denen die Polizei nichts wusste. Das war sogar höchstwahrscheinlich. In allen drei Fällen gab es keine Anzeichen darauf, dass der oder die Mörder sich gewaltsam Zutritt verschafft hätten. Und in Greys Fall gab es den Arm eines Unbekannten auf dem Überwachungsvideo der Bank. Dann war da noch die Putzhilfe, aber die fiel im Fall von Roger Grey aus. Nevin konnte sich nicht vorstellen, dass Greys Wohnung regelmäßig geputzt worden war,

Es war durchaus möglich, dass derselbe Täter für alle vier Morde verantwortlich war. Es war keine schöne Vorstellung, aber … verdammt! Der Einzige, der mit allen Opfern in Verbindung stand, war Colin.

„Collie?"

„Hmm."

Nevin hatte eine Idee, konnte sie aber noch nicht recht fassen. „Wie bist du zu *Bright Hope* gekommen?"

Zu seiner Überraschung lachte Colin leise. „Durch Mrs. Ruskin."

„Was?"

„Einige Monate vor ihrem Tod hat sie mir erzählt, dass sie sich immer zu Frauen hingezogen gefühlt, aber nie danach gehandelt hätte. Ich war der einzige Mensch, dem sie es jemals erzählt hat. Es ist so traurig. Über achtzig Jahre lang hat sie sich vor der Welt versteckt."

Ja, es war traurig. Aber das war im Moment nicht wichtig. „Und weiter?", fragte Nevin.

„Da sie so einsam war, dachte ich mir, sie würde sich vielleicht freuen, anderen Menschen kennenzulernen, denen es genauso ging."

„Lesbische Frauen über achtzig."

Wieder lachte Colin leise. „Richtig. Es ist nicht gerade eine Bevölkerungsgruppe, die leicht aufzuspüren ist. Aber ich kannte *Bright Hope* dem Namen nach, weil unsere Firma der Gruppe gelegentlich Geld spendet. Ich habe also Mrs. Ruskin davon erzählt, weiß aber nicht, ob sie mit Manny Kontakt aufgenommen hat. Das Thema war ihr nicht sehr angenehm. Nach ihrem Tod habe ich angefangen, ehrenamtlich für *Bright Hope* zu arbeiten."

Dann war Colin also nicht das einzige Bindeglied zwischen den Mordfällen. Nevin war erleichtert. Es sah ganz danach aus, als müsste er sich mit Manny über die Sache unterhalten.

Aber nicht jetzt. Den Toten konnte er nicht mehr helfen, aber Colin brauchte ihn.

„Komm nach Hause", sagte Nevin, nahm ihn am Arm und zog ihn sanft auf die Füße.

ALS SIE in Colins Wohnung zurückkamen, fanden sie Legolas zusammengerollt vor der Heizung liegen. Er warf ihnen einen bösen Blick zu, weil sie es gewagt hatten, seinen Schlummer zu stören. Dann schloss er die Augen wieder und ignorierte sie.

„Leg dich ins Bett", befahl Nevin.

„Es ist er zwei Uhr nachmittags und ich muss noch …"

„Ins Bett."

Colin ließ sich ausnahmsweise von ihm herumkommandieren. Er warf seine Klamotten auf den Boden, ließ nur die Unterhose an und kroch unter die Decke. Er legte sich auf die Seite, rollte sich zusammen und starrte ins Leere. Nevin überlegte kurz, ob er Colins Eltern anrufen sollte. Seine Mutter würde ihn bestimmt gerne trösten, aber … nein. Nein, verdammt! Colin war *sein* Freund, *sein* Geliebter und *seine* Verantwortung.

„Ich bin gleich zurück."

Colin gab keine Antwort.

188

Nevin ging in die Küche und sah sich hilflos um. Er hatte nie gelernt, etwas zu kochen. Dazu war seine Kindheit zu chaotisch verlaufen. Und als er später allein lebte, war das Geld so knapp, dass er sich von Fertignudeln und belegten Broten ernährte. Mittlerweile ließ er sich das Essen liefern. Aber Colin hatte den ganzen Tag noch nichts Vernünftiges gegessen und es kam für Nevin nicht infrage, in ein Restaurant oder einen Imbiss zu gehen, um Essen zu besorgen. Er wollte Colin nicht allein lassen.

Na gut. Er konnte das schaffen. Irgendwie. Schließlich hatte er Colin Pfannkuchen versprochen.

Er fand eine Fertigmischung in einem der Schränke, eine Schüssel und eine Pfanne in einem anderen. Milch, Butter und Eier waren im Kühlschrank. Nevin nahm die Packung und las sich leise die Anweisungen vor.

Beim ersten Versuch fielen ihm die Eierschalen in die Schüssel. Er versuchte, sie wieder herauszufischen, richtete dabei eine fürchterliche Schweinerei an und kippte schließlich frustriert alles in den Müll. Dann wischte er Arbeitsplatte ab und fing von vorne an. Dieses Mal kippte er die Mischung zu schnell in die Schüssel. Es gab eine mächtige Staubwolke, die Arbeitsplatte und Fußboden weiß färbte. Legolas, der mittlerweile aufgewacht war, kam in die Küche stolziert und sah ihm aus sicherer Entfernung amüsiert zu.

„Was ist? Willst du es selbst versuchen, du Stinker? Vielleicht kannst du es ja besser."

Legolas leckte sich die Pfote.

Beim dritten Versuch bekam der Teig endlich die richtige Konsistenz. Hoffte Nevin jedenfalls. Aber sein Triumph war nur von kurzer Dauer, den die Mistdinger mussten gewendet werden. Nevin stellte fest, dass es sich dabei offensichtlich um einen Lehrberuf handelte. Das Ergebnis war ein zerrupfter, unappetitlicher Teighaufen, halb roh und halb angebrannt.

Und er hatte keine Eier mehr für einen vierten Versuch.

„Alles Scheißkram", sagte er zu Legolas. Colin konnte auch Toast essen.

Als er ins Schlafzimmer kam, sah Colin ihn mit großen Augen an und brach in lautes Kichern aus.

„Was ist?", fragte Nevin und setzte sich zu ihm aufs Bett. Wenigstens hatte er Colin zum Lachen gebracht.

Colin zog ihm etwas aus den Haaren, legte es auf die Hand und inspizierte es. Es war ein kleines Bröckchen ausgetrockneter Pfannkuchenteig. Schnell fuhr sich Nevin mit der Hand über den Kopf und stellte fest, dass ein Bröckchen selten allein kam. Er war bedeckt damit.

„Und du hast Mehl hier." Colin stieß ihm sanft mit dem Finger an die Nasenspitze. „Und hier." Dieses Mal fuhr er ihm mit dem Finger über die Wange. „Du siehst aus, als hättest du dich mit dem dänischen Koch duelliert."

„Mit wem?"

„Smørrebrød, Smørrebrød røm, pøm, pøm, pøm?"

„Was?"

„Vergiss es", sagte Colin. „Du hast mir etwas zu essen gemacht?"

Nevin schaute skeptisch auf den Teller, der auf seinem Schoß stand. Das Toastbrot war leicht angebrannt. „So ähnlich."

Colin setzte sich auf und nahm sich eine Scheibe Brot und biss zu. Es dauerte nicht lange, da hatte er alles aufgegessen und nahm sich eine neue Scheibe. „Was ist mit dir?"

„Ich habe schon gegessen."

Colin war anzusehen, dass er Nevins Lüge durchschaute, aber er sagte nichts dazu, sondern kaute weiter vor sich hin, ohne Nevin aus den Augen zu lassen. Guter Gott. Was würde Nevin dafür geben, wenn er diese Traurigkeit aus Colins Blick vertreiben könnte. Er wartete ab, bis Colin aufgegessen hatte. Dann stellte er den Teller zur Seite und küsste ihn. Colins Lippen schmeckten nach Butter.

Nevin hatte schon vor langer Zeit gelernt – je näher der Tod kam, umso mehr schätzte man das Leben. Wieder und wieder feierten Menschen ihr Überleben und den Sieg über die Sterblichkeit mit dem lebensbejahendsten Akt, den es für sie gab. Sex.

Er hatte es im Laufe der Jahre oft genug selbst getan. Nach einem Tag, an dem er mit heulenden Sirenen durch die Stadt gefahren war oder gehofft hatte, dass ein zugedröhnter Junkie es nicht schaffte, rechtzeitig den Abzug zu betätigen. Dann hatte er die Nacht nackt und verschwitzt mit einem Menschen verbracht, um den Schmerz des Tages durch Lust zu vertreiben. Einmal war es sogar eine Kollegin gewesen, was er normalerweise zu vermeiden suchte. Sie waren damals beide noch neu in ihrem Job und kamen von einem Brand, der in einem Bordell ausgebrochen war und viele Opfer gefordert hatte. Als sie in der kleinen Wohnung der Kollegin ankamen, stanken sie immer noch nach Rauch. Sie betranken sich und fickten, bis ihnen die Kraft ausging.

Nevin kannte die Sehnsucht nach menschlichem Kontakt, wenn der Sensenmann an die Tür geklopft hatte.

Er hob den Kopf. Colin atmete schwer und seine Pupillen waren erweitert.

„Nev…", keuchte er.

„Schhh."

Nevin stand auf und zog sich langsam aus. Er wollte Colin nicht erregen – das war nicht mehr nötig –, sondern seine Aufmerksamkeit ablenken und ganz auf sich ziehen wie ein Angler, der einen sich wehrenden Fisch an Land zog. Und er hatte Erfolg damit. Als er schließlich nackt war, streckte Colin die Hand nach ihm aus. Nevin griff danach.

Es war mehr als nur ein Fick. Es waren zärtliche Hände und suchende Zungen, bebende Leiber und inständiges Stöhnen. Es war Colins Geruch in Nevins Nase – Toast und Schweiß und Sex und Shampoo – und der Geschmack nach Colin auf seiner Zunge. Es war, wie Colin die Welt um sie herum zu vergessen schien, als er den Kopf in den Nacken warf und Nevins Namen schrie. Und danach, als sie eng umschlungen im Bett lagen, war es das wunderbare Gefühl von nackter Haut an nackter Haut. „Wir haben uns geliebt", sagte Nevin.

„Hä?" Colin war offensichtlich schon eingedöst.

Mist. „Ich liebe dich. So, es ist raus. Bist du jetzt glücklich?"

Colin riss die Augen auf und lächelte so strahlend und breit, dass Nevin schon befürchtete, das Lächeln würde sich um Colins Kopf wickeln.

„Glücklich, ja", flüsterte Colin und drückte ihn fest an sich. „Und was deine Angst angeht, verlassen zu werden … Ich glaube, ich habe mich getäuscht."

„Ja, Sigmund?" Nevins Herz raste, aber es war stark. Es konnte den Druck aushalten.

„Ich glaube, es ist umgekehrt. Du hast viel mehr Angst davor, dass du selbst die Menschen im Stich lässt."

Nevin zuckte zusammen. Er wollte sich umdrehen, aber Colin hielt ihn fest.

„Du musst nicht gehen, Nev. Du bist weder deine Mutter noch einer dieser anderen Menschen, die dich als Kind im Stich gelassen haben. Du bist besser als sie, viel besser. Du bist stark und zuverlässig. Du bist ein guter Mensch."

Colin glaubte offensichtlich an das, was er sagte. Wo andere nur einen Ölfleck sahen, sah Colin einen Regenbogen. Aber er war auch klug. Und vielleicht hatte er sogar recht.

Nevin nickte. „Ich bleibe hier, bis wir die Mörder gefunden haben."

„In meinen Armen?"

„In deiner Wohnung, du Spinner. Wir müssen zwar beide zur Arbeit, aber für die Nacht komme ich zu dir zurück." Natürlich war das keine Garantie. Der Tod konnte überall und jederzeit zuschlagen. Mörder. Stadtbusse. Ein Herz, das seinen Besitzer betrog. Nevin konnte nur versuchen, sein Bestes zu geben. „Ich brauche einen sicheren Parkplatz für Julie."

„Das Haus gehört uns. Ich denke, wir finden eine Lösung für sie."

Gut. Und es war gar nicht so schlimm gewesen. Nevins Kopf war nicht explodiert. Doch dann öffnete Colin den Mund und Nevin wusste genau, was als nächstes kommen würde. Es war wie einer dieser Albträume, in denen man weiterging, obwohl man genau wusste, dass hinter der nächsten Ecke ein Ungeheuer wartete.

„Warum ziehst du nicht hier ein?", fragte Colin.

Bingo! Das war's.

Aber das Ungeheuer hatte kein geiferndes Maul und keine blutgetränkten Klauen. Es hatte verstrubbelte blonde Locken, blaue Augen und ein zögerndes Lächeln auf den Lippen. Nicht sehr grauenerregend, oder? Das Ungeheuer war sogar … wunderschön. Und lieb. Und liebenswert.

Mist.

„Okay."

„Okay?"

„Ich werde mich jetzt nicht wiederholen."

An Colins Augenwinkeln bildeten sich kleine Lachfältchen. „Erst schlafen. Danach kannst du mir helfen, im Schrank Platz für deine Klamotten zu schaffen."

Und so geschah es dann auch.

22

COLIN HATTE recht behalten. Der Frack stand Nevin vorzüglich. Er sah so unglaublich gut aus, dass Colin ihn am liebsten gleich wieder ausgezogen und abgeleckt hätte wie einen Lutscher. Nevin hätte sich vermutlich nicht dagegen gewehrt, aber sie wurden erwartet. Colins Mom ging langsam die Geduld aus. Sie wollte endlich den Mann kennenlernen, mit dem Colin sich häuslich niedergelassen hatte.

„Ich möchte jetzt nicht wissen, was du gerade denkst." Nevin kniff die Augen zusammen.

„Ich dachte nur, wir sollten gehen, bevor Legolas uns mit Haaren bedeckt." Das mochte stimmen, war aber vermutlich nicht das, was Nevin gemeint hatte. Colin hatte nämlich überlegt, wie er Nevin öfter in einen Frack stecken konnte. Er brauchte nur die passenden Anlässe. Eine Hochzeit beispielsweise.

Aber langsam. Ein Schritt nach dem anderen. Nevin war schon weit gekommen – weiter, als er sich jemals zugetraut hätte. Colin musste ihm nur Zeit lassen.

„Lass uns gehen", sagte Nevin und als er den langen Wollmantel anzog, schaffte er das Unmögliche – er sah *noch* umwerfender aus. Bis auf sein grimmiges Gesicht. Nevin sah aus wie ein Mann, der vor einem Exekutionskommando stand.

„Du kannst heute Abend so viel Alkohol trinken, wie du willst", sagte Colin. „Ich fahre uns nach Hause."

„Meinst du, wenn ich betrunken bin, würde ich mich anständiger verhalten?"

„Ich meine, dass du ein perfekter Gentleman bist. Immer. Komm jetzt."

Der Empfang war nicht weit von hier entfernt, aber es goss in Strömen. Trotz ihrer Regenschirme waren sie nass geworden, als sie bei Julie ankamen. „Warum wohnst du nicht in einem Haus mit Tiefgarage?", grummelte Nevin, als er den Motor anließ.

„Wenn du willst, können wir umziehen. Wir …"

„Nein."

Colin lächelte. Obwohl Nevin erst vor einigen Tagen bei ihm eingezogen war, hatte er sich schon in die Wohnung verliebt. Und er konnte es nur schlecht verbergen.

Vor der Galerie warteten zwei junge Männer. Sie standen unter einem Zelt, das von der Straße zum Eingang führte. Sobald Nevin am Straßenrand anhielt, kam einer der beiden grinsend auf sie zu. Nevin und Colin stiegen aus. Nevin reichte dem jungen Mann seinen Autoschlüssel und einen Zwanziger. „Wenn ich sie auch nur *einen* Kratzer oder gar eine Beule bekommt, bringe ich dich persönlich hinter Gitter. Dann kannst du Weihnachten mit Tiny Tuiasosopo und Pitbull Jones verbringen."

Der junge Mann streichelte lächelnd über Julies Karosserie. „Ich werde gut auf sie aufpassen, Sir."

Nevin verzog das Gesicht, als sie zur Tür gingen. „Ich werde zu weich. Der kleine Punk hatte noch nicht einmal Angst vor mir."

„Er war zu Tode erschrocken", beruhigte ihn Colin und drückte seine Hand. „Äh, wer ist eigentlich Tiny Tu… Tui…?"

„Tuiasosopo. Den habe ich vor Jahren wegen Diebstahls festgenommen. Der Kerl war so groß, dass er nicht hinten in den Dienstwagen passte. Wir mussten einen SUV bestellen, um ihn abzutransportieren. Ich frage mich, was wohl aus ihm geworden ist."

„Ah, die gute alte Zeit!"

Eine freundlich lächelnde junge Frau nahm ihnen im Foyer die Mäntel ab und gab ihnen Garderobenmarken. Einige Gäste in Ballkleidern und Frack standen im Foyer, aber sie nahmen Nevin und Colin kaum zur Kenntnis. Hinter den Doppeltüren war Weihnachtsmusik zu hören.

Colin legte die Hand auf Nevins Arm. „Nur Mut."

„Heute ist ein guter Tag zum Sterben", murmelte Nevin, der in letzter Zeit zu viele *Enterprise*-Filme gesehen hatte. Er hatte eine spezielle Vorliebe für Worf entwickelt. Colin hatte ihm für Weihnachten einen Kaffeebecher mit einem Klingonen-Emblem gekauft, der schon fertig eingepackt in seinem Büro auf Nevin wartete.

Sobald sie den Hauptraum betraten, kam Colins Mutter auf sie zu. Sie musste schon auf Lauer gelegen haben. „Du siehst wunderschön aus, M…", fing Colin an, aber sie lief einfach an ihm vorbei und zog den überraschten Nevin in die Arme.

„Wie schön, dich endlich kennenzulernen!", rief sie. In ihren Stöckelschuhen war sie genauso groß wie Nevin.

Nevin löste sich verlegen aus ihren Armen. „Ich freue mich auch, Mrs. West…"

„Oh, bitte! Ich heiße Paula." Sie trat einen Schritt zurück und musterte die beiden. „Und ihr seid ja so ein schönes Paar!"

Colin nahm nicht an, dass Nevin die Flucht ergreifen würde, fasste ihn aber sicherheitshalber trotzdem an der Hand. „Der Empfang ist in diesem Jahr gut besucht."

„Das ist er. Wir haben schon Zusagen über vierzigtausend Dollar für *Bright Hope* und der Abend hat erst begonnen. Mr. Ceja wird sich freuen, wenn er zurückkommt."

Nevin murmelte etwas Unverständliches vor sich hin. Er versuchte schon seit dem Mord an Bob und Ivan mit Manuel zu reden, aber Manuel und sein Mann befanden sich auf einer Kreuzfahrt und waren nicht erreichbar.

Paula legte Nevin die Hand auf die Schulter. „Wirklich, ich freue mich sehr, dass du gekommen bist. Und noch mehr freue ich mich darauf, dich besser kennenzulernen. Fizzy hat uns kaum etwas über dich verraten wollen."

Nevins Augenbrauen schossen in die Höhe. „Fizzy?", fragte er und grinste. Oh Gott.

Colin wollte ihn wegziehen, aber Nevin rührte sich nicht vom Fleck. „Fizzy?", wiederholte er.

Paula grinste ebenfalls. Sie machte das absichtlich, davon war Colin fest überzeugt. Konnte ein erwachsener Mann seine Mutter verstoßen? „Colin war so begeistert von dem *My Little Pony*-Film und …"

„Ich war damals erst vier Jahre alt!"

„… Fizzy liebte er besonders. Sie war ein Einhorn. Wir haben immer …" Auf der Bühne brach Unruhe aus. Sie drehte sich um und runzelte die Stirn. Dann tätschelte sie Nevins Arm. „Besorgt euch etwas zu essen, bevor ihr verhungert, Jungs. Wir reden später weiter." Und damit war sie verschwunden.

Nevin versuchte erfolglos, ein unschuldiges Gesicht zu machen. „Fizzy?", fragte er zum dritten Mal.

„Vier. Ich war *vier*."

„Aber du hast dich mit einem glitzernden Einhorn namens Fizzy identifiziert."

„Ich habe dir doch schon gesagt, dass sich niemand darüber gewundert hat, dass ich schwul bin."

Nevin folgte ihm kichernd zum Büffet.

Das Essen schmeckte köstlich und Colin aß mehr als üblich. Er freute sich, dass Nevin sich auch nicht zurückhielt. Sie tranken beide keinen Alkohol, obwohl er sein Angebot wiederholte, sie nach Hause zu fahren. Colin wurde von einigen Mitarbeitern und Geschäftspartnern der Firma begrüßt und stelle sie Nevin vor. Nevin war schon viel entspannter als zu Beginn. Das änderte sich erst wieder, als Colins Vater auf sie zukam. Aber Harold war bester Laune und erzählte einen Daddy-Witz nach dem anderen, bis Nevin sich vor Lachen fast krümmte.

Das nächste Familienmitglied, das zu ihnen kam, war Miranda. Aber die war schon zu beschwipst, um sie ernst zu nehmen. Offensichtlich hatte Hannah dieses Jahr vorgezogen, nicht mitzukommen und bei ihrem Vater zu bleiben, sodass Miranda ihren Kummer in Martini mit Grenadine ertränken musste.

„Glaubst du, sie wird sich morgen noch an mich erinnern?", fragte Nevin, als Miranda zu den Toiletten torkelte.

„Das bezweifle ich. Sie ist normalerweise nicht …"

„Schon gut. Deine Familie ist lustig."

Er schien das positiv zu meinen, also lächelte Colin. „Und du hast beschlossen, dass dieser Empfang nicht ganz so beängstigend ist wie ein Knast voller Ganoven."

„Mag sein."

Als die Musiker auf der Bühne *Merry Christmas, Baby* anstimmten, sah Nevin ihn an. „Willst du tanzen?"

„Ja."

„Aber ich führe.".

„Na gut."

Colin war kein sonderlich guter Tänzer, aber das war egal. Es war schön, sich einfach nur an Nevin zu lehnen, sich von seinen starken Armen halten zu lassen und sein Aftershave zu riechen. Sie blieben für einige Lieder auf der Tanzfläche, dann überraschte ihn Nevin, indem er Paula zu Tanzen aufforderte. Colin blieb grinsend zurück.

Colins Vater tauchte an seiner Seite auf. „Er ist ein guter Mann", sagte er. „Und er sieht gut aus. Ich bin froh, dass ich mir keine Sorgen machen muss, er könnte mir deine Mutter abspenstig machen."

Colin schnaubte. „Freu dich nicht zu früh, Dad. Er ist bi."

„Ah, dann muss ich wohl hoffen, dass du sein Herz gestohlen hast, wenn ich mich vor ihm sicher fühlen will."

„Ich glaube, das habe ich." Und es war ein verdammt gutes Gefühl, das zu sagen.

Es hatte sich herumgesprochen, dass Nevin bei der Polizei war. In einem Saal voller Immobilienentwickler und Anwälte machte ihn das natürlich zu einem interessanten Gesprächspartner. Sie wollten seine Geschichten hören und Nevin schien das Publikum zu genießen. Obwohl Colin ihm versprochen hatte, sie müssten nicht lange bleiben, gehörten sie zu den letzten Gästen. Miranda war mit einer Freundin nach Hause gefahren und sah einem veritablen Kater entgegen. Die Musiker hatten ihre Instrumente eingepackt und die Caterer räumten das Büffet ab. Colins Eltern spendeten die Reste immer an Obdachlosenunterkünfte oder Pflegeheime.

Colin legte den Arm um Nevin, der sich an ihn schmiegte. Harold und Paula standen bei ihnen. Harold hatte den Arm um Paulas Taille gelegt.

„Der Empfang war in diesem Jahr ein schöner Erfolg", sagte Paula zufrieden.

„Hunderttausend sind verdammt …", Nevin stolperte über seine Worte. „Hm, sorry."

„Ich bin Anwältin, Nevin. Ich höre solche Wörter öfters."

Er lachte. „Das glaube ich dir gern." Er und Paula verstanden sich hervorragend. Sie hatten einige Male zusammen getanzt und dabei vermutlich ausgiebig über Colin getratscht. Colin wollte sich gar nicht ausmalen müssen, was seine Mutter Nevin alles verraten hatte. Guter Gott … sie hatte sogar schon angedroht, Nevin alte Babyfotos zu zeigen. Für Colin zählte nur, dass Nevin sich wohlfühlte und seine Eltern ihn offensichtlich mochten. Dafür nahm er kleinere Peinlichkeiten – oder auch größere – gern in Kauf. Er gähnte herzhaft.

„Schlafenszeit", verkündete Nevin. „Lass uns gehen und nachsehen, ob der Jungspund meine Julie gut behandelt hat."

Paula nickte zustimmend – wahrscheinlich über den Teil mit der Schlafenszeit. „Danke, dass du auf unseren Colin aufpasst."

Nevin sah Colin an. „Bei allem Respekt, aber ich glaube, Fizzy kann recht gut selbst auf sich aufpassen", sagte er zu Paula. „Und er macht das verdammt gut."

„Ja, das tut er. Aber es kann nie schaden, wenn man noch jemanden hat, der einem dabei hilft." Sie warf Harold einen liebevollen Blick zu. Harold neigte den Kopf und küsste sie.

Colin schüttelte den Kopf. „Igitt. Das ist unser Stichwort. Wir sollten jetzt gehen."

Paula hielt Nevin die Hand hin. „Nevin? Ich bin auch froh darüber, dass du unseren Colin hast, der auf dich aufpasst."

Nevin schaute betreten zu Boden. Als er den Kopf wieder hob, glänzten seine Augen feucht. „Ich auch."

Nachdem sie noch kurz ihre Pläne für Weihnachten besprochen – es gab ein festliches Dinner bei Paula und Harold – und sich ausgiebig umarmt hatten, machten Nevin und Colin sich endlich auf den Weg zur Tür.

„Ich mag sie", sagte Nevin leise. „Ich dachte, sie wären arrogante Arschlöcher, aber sie sind …"

„Gelegentlich nervend, manchmal peinlich, aber immer wunderbar. Und … Nev? Wenn du willst, sind sie auch deine Familie."

Anstatt schleunigst die Flucht zu ergreifen, lächelte Nevin ihn nur glücklich an.

AM WEIHNACHTSTAG machte Paula ihre Drohung wahr und grub die alten Fotoalben aus. Sie enthielten hunderte von Bilder Colins als Baby, als Kleinkind, als Schulkind und als schlaksiger Teenager. Falls die Bilder Nevin traurig machen sollten – er hatte schließlich kein einziges Foto aus seiner Kindheit und Jugend –, so ließ er sich davon nichts anmerken. Er fand die Bilder von Colin in Windeln sogar niedlich. Über ein Bild – es zeigte den schlafenden Colin mit breiverschmiertem Gesicht in seinem Kinderstuhl – lachte er sogar lauthals. Er kritisierte Colins mangelndes Modebewusstsein und als sie zu einem Foto kamen, das ihn mit Trent auf einem früheren Weihnachtsempfang zeigte, sagte er nur: „Arschloch."

„Genau.", stimmte Paula ihm zu.

Nur die Fotos aus dem Krankenhaus machten ihn traurig. Und davon gab es viel zu viele. In einigen der Bilder war Colin noch ein Baby, hatte die kleinen Händchen geballt und war an hunderte von Kanülen und Drähte angeschlossen. In einigen war er schon älter, saß im Bett und spielte mit seiner Eisenbahn oder Stofftieren. Manchmal las er auch einen Comic. Ein anderes zeigte ihn als Teenager, das Gesicht mit Pickeln übersät und eine frische Narbe auf der Brust.

„Das ist eine verdammte Quälerei für ein Kind."

Colin zuckte mit den Schultern. So war das eben gewesen. „Viele Menschen haben eine leidvolle Kindheit", sagte er. Er hatte seinen Eltern noch nicht viel über

Nevins Vergangenheit erzählt, weil er Nevin entscheiden lassen wollte, was sie erfahren durften und was nicht. Aber Harold und Paula waren nicht auf den Kopf gefallen. Sie konnten sich vermutlich schon denken, dass Nevin es nicht immer leicht gehabt hatte. „Aber ich glaube, es macht sie manchmal zu umso stärkeren Erwachsenen."

Nevin konnte auch überraschend gut mit Teenagern umgehen. Hannah saß nicht, wie üblich, mit ihrem Handy in einer Ecke. Sie lauschte jedem Wort, das Nevin über die Lippen kam. Colin wusste nicht, was ihr besser gefiel – seine Geschichten oder sein Gefluche. Miranda schien auch hingerissen zu sein. Vermutlich vor allem, weil er Hannah so gut unterhielt.

Als Colin in die Küche ging, um sich ein Glas Wasser zu holen, folgte sie ihm. „Hannah war seit meiner Trennung von Russell nicht mehr so fröhlich", sagte sie.

„Nun, es ist Weihnachten."

„Nein, es ist dein Freund. Er ist bezaubernd."

Colin grinste. „Jedenfalls zaubert er mich immer aus der Hose."

„Er ist ganz anders als Trent. Oder als ... wie hieß noch der junge Mann, mit dem du vor Trent zusammen warst?"

Cameron zog eine Grimasse. „Cameron." Auch so einer aus einer reichen Familie. Cameron war jetzt Schönheitschirurg in Seattle.

„Ja, der. Nevin ist *sui generis*."

„Ist das Lateinisch für unglaublich sexy?", fragte Colin neckend.

Miranda versetzte ihm einen Klaps an den Hinterkopf. „Einzigartig. Eine Klasse für sich."

Aus dem Wohnzimmer war lautes Lachen zu hören – Nevin, Hannah, Harold und Paula. Alle lachten sie. „Das ist er", stimmte Colin seiner Schwester zu.

„Aber er ist auch unglaublich sexy. Ich weiß allerdings nicht, wie man das auf Lateinisch sagt."

Bei den Westwoods war es Familientradition, die Geschenke schon am Weihnachtsabend zu öffnen. Niemand konnte sich mehr erinnern, warum das so war. Normalerweise gab es keine extravaganten Geschenke, aber hier und da wurde eine Ausnahme gemacht. Deshalb quiekte Hannah begeistert, als sie ihr neues iPhone auspackte. Es hatte, ganz im Gegensatz zu ihrem alten, ein intaktes Display. Colin bekam von seiner Familie einige neue DVDs geschenkt und von Nevin ein gerahmtes Foto von Orlando Bloom als Legolas – mit Autogramm des Schauspielers.

„Nein!", rief er überrascht und drückte sich das Foto an die Brust. „Wo hast du *das* denn her?"

„Meine Quelle ist streng geheim."

Colin schenkte ihm – außer der Worf-Tasse – noch eine Fliege. Der Stoff war mit dem gelben Absperrband der Polizei bedruckt. Nevin bekam einen Lachanfall und musste einen Schluck Wasser trinken, um sich wieder zu beruhigen.

Colins Eltern hatten auch ein Geschenk für Nevin. Es war nichts Besonderes, nur ein Set Zeichenstifte. Nevin lächelte erfreut und senkte den Kopf wie ein schüchternes Kind. Es war ein schöner Weihnachtsabend – voller Liebe und Freude.

Und durch Colins Dummheit wäre es fast ihr letzter geworden.

23

WÄHREND DER Feiertage war im Immobiliengeschäft nicht viel los, aber für die Polizei herrschte Hochbetrieb. Nevin erklärte das damit, dass viele Familien zu viel Zeit miteinander verbrachten, kombiniert mit zusätzlichem Stress und Alkoholgenuss. Die Folge waren Streitigkeiten und Gewalt. Deshalb musste Nevin oft länger arbeiten und kam erschöpft nach Hause, während Colin nichts zu tun hatte.

Den Mittwoch nach Weihnachten verbrachte er damit, die Wohnung zu putzen. Die vielen Katzenhaare reichten wahrscheinlich für ein zweites Fell aus, wenn er sie zusammenklebte. Während er im Wohnzimmer Staub wischte, warf er versehentlich einen Stapel Papiere zu Boden und entdeckte dabei eine Zeichnung, die Nevin vor Kurzem fertiggestellt hatte. Nevin zeichnete oft, wenn sie vorm Fernseher saßen und sich alte Filme ansahen. Dieses Bild zeigte Legolas, der auf dem Sessel vorm Bücherregal lag und vor sich hindöste. Das Wohnzimmer und die Möbel waren in kräftigen Linien dargestellt, während man Legolas ansah, dass Nevin sich offensichtlich erst zögernd an das Subjekt herangetastet hatte. Und es war richtig niedlich. Normalerweise zeichnete Nevin nur Autos und Gebäude. Colin hatte noch nie ein Bild von ihm gesehen, auf dem ein Lebewesen abgebildet war.

„Das gehört an die Wand", sagte er zu Legolas, der zustimmend gähnte.

Nach einigem Suchen fand er ein Papprohr, um Poster aufzubewahren. Er rollte die Zeichnung vorsichtig zusammen und steckte sie in das Rohr. Dann zog er Stiefel und Jacke an und machte sich auf den Weg.

Der kleine Laden war nur einige Blocks entfernt, aber vor der Theke hatte sich eine Schlange gebildet. Durch die Weihnachtsfeiertage mussten offensichtlich viele Bilder gerahmt werden. Die Dame vor ihm bezahlte gerade, als Colins Handy klingelte. Er klemmte das Papprohr unter den Arm und fischte das Handy aus der Tasche. „Hallo?"

„Hey, Colin. Hier ist Crystal von *Bright Hope*. Schöne Feiertage!"

„Danke. Dir auch."

„Ich halte hier die Stellung, während Manuel sich irgendwo in der Karibik über das Schokoladen-Büffet hermacht. Deshalb wollte ich dich um einen Gefallen bitten."

„Oh. Okay." Die Dame vor ihm zückte gerade ihre Kreditkarte.

„Wir haben einen neuen Kunden, der besucht werden müsste. Ich gebe dir seine Adresse und …"

„Ich kann im Moment nicht, tut mir leid." Er fühlte sich schuldig und ließ die Schultern hängen.

„Ja, ich weiß. Es ist eine verrückte Zeit und viel los. Aber der alte Mann ist über die Feiertage ganz allein. Es wäre wirklich schön, wenn du kurz bei ihm vorbeischauen könntest."

„Ich wünschte, das wäre möglich. Aber solange diese Morde nicht aufgeklärt sind, wollte ich mich lieber zurückhalten." Er hatte extra leise gesprochen, aber die Dame vor ihm drehte sich um und starrte ihn an. Colin lächelte verlegen. Sie lächelte nicht zurück.

Crystal schien zu überlegen, was sie sagen sollte. „Heißt das, du willst nicht mehr für uns arbeiten?", fragte sie schließlich niedergeschlagen.

„Ich hoffe nicht. Aber für den Moment möchte ich pausieren."

Die Dame packte ihre Sachen ein, warf ihm noch einen grimmigen Blick zu und ging zur Tür. Colin ging zur Theke und warf dem Verkäufer einen entschuldigenden Blick zu. „Sorry, Crystal. Ich muss jetzt auflegen."

„Wenn du aufhören willst, müssen wir hier noch einige Formalitäten erledigen."

Nein, er wollte nicht aufhören. Er wollte nur abwarten, bis er sicher sein konnte, dass er niemandem den Tod brachte. In der Schlange hinter ihm brach langsam Unruhe aus und der Verkäufer wartete ebenfalls darauf, dass Colin seinen Wunsch äußerte. Er wollte nicht länger mit Crystal diskutieren. „Na gut. Ich …"

„Ich schicke dir alles."

„Gut. Jetzt muss ich aber Schluss machen. Tschüss."

Sie sagte ebenfalls Tschüss und legte auf.

„Tut mir leid", sagte Colin zu dem Verkäufer, einem hageren Mann mit runder Brille und einem gewachsten Schnurrbart.

„Kein Problem, Mann. Was kann ich für dich tun?"

Es dauerte eine Weile, bis sich Colin für den passenden Rahmen und das Passepartout entschieden hatte, aber er war mit seiner Wahl zufrieden. Er bezahlte, ließ das Bild zurück und machte sich auf den Heimweg. Es war fast Zeit fürs Abendessen. Die Sonne ging schon unter und auf den Straßen staute sich der Berufsverkehr. Colin hatte noch nichts von Nevin gehört, der normalerweise eine kurze Nachricht schickte, bevor er das Büro verließ. Wahrscheinlich musste er wieder Überstunden machen. Colin beschloss, ihn mit einem guten Essen zu entschädigen. Er machte einen Umweg zu einem ihrer Lieblingsrestaurants, einem Libanesen, und bestellte ein kleines Festmahl.

„Wird heute gefeiert?", fragte die Besitzerin lächelnd.

„Nein. Nur ein hungriger Freund, der gefüttert werden muss."

Sie lachte. „Der Weg zum Herzen eines Mannes führt immer über den Magen. Ich packe dir noch etwas Baklava und Kunafa dazu. Ein süßer, klebriger Nachtisch kann nie schaden."

Colin grinste, als er sich vorstellte, was Nevin und er mit dem Nachtisch alles anstellen könnten. Natürlich müssten sie danach duschen, aber das machte die Sache nur noch schöner.

Als er wieder zu Hause war, stellte er das Essen in den Kühlschrank. Legolas erinnerte ihn daran, dass für ihn auch Essenszeit war, also füllte Colin ihm das Schälchen, bevor er ins Schlafzimmer ging, um sich umzuziehen. Er hatte zum Putzen nur seine Jogginghose und ein T-Shirt getragen, aber wenn es nur aufgewärmtes Essen gab, wollte er wenigsten schick aussehen. Er entschied sich für die Jeans, die – wie Nevin sagte – seinen Hintern hervorragend zur Geltung brachten, und kombinierte sie mit einem rosa Hemd und einer blaukarierten Fliege.

Als er ins Wohnzimmer ging und gerade den Fernseher einschalten wollte, klingelte es an der Tür. Überrascht ging er zur Gegensprechanlage. „Hallo?"

„Mr. Westwood?"

„Ja."

„Hier ist Darren. Crystals Freund. Von *Bright Hope*. Ich habe einige Unterlagen, die Sie unterzeichnen müssen."

Colin war davon ausgegangen, dass sie ihm die Unterlagen per Post schicken würde. Entweder war sie sauer und wollte ihn schnell loswerden oder sie wollte vor dem neuen Jahr ihren Schreibtisch freiräumen. Wie dem auch sein mochte – er hatte keine Lust mehr, lange darüber zu diskutieren. „Okay. Kommen Sie hoch." Er drückte auf den Knopf, um die Haustür zu öffnen.

Weniger als eine Minute später klopfte es. Darren erinnerte ihn sofort an Ford. Er war muskulös, hatte einen kahl geschorenen Kopf und war tätowiert. Aber während Fords braune Augen immer amüsiert funkelten, machte Darren einen wachsamen, misstrauischen Eindruck. Er schaute über Colins Schulter in die Wohnung. „Äh, sorry, wenn ich Sie störe."

„Schon gut. Treten Sie ein."

Colin führte ihn zum Esstisch, weil er eine feste Unterlage zum Schreiben brauchte. „Einen Moment, bitte. Ich hole nur kurz einen Stift." Er ging in die Küche und wühlte kurz in einer Schublade nach einem Stift. Dann kehrte er zu Darren zurück.

Darren griff in seine Jackentasche nach den Papieren und … zog stattdessen eine Pistole heraus.

Er richtete die Waffe auf Colins Brust. Colin war so verblüfft, dass er sie nur mit offenem Mund anstarrte. Sein Herz fing an zu rasen und seine Knie hätten fast nachgegeben. Er stützte sich auf einem Stuhl ab.

„Keine Bewegung!", brüllte Darren ihn an.

Und plötzlich ergab alles einen Sinn. Colin stöhnte über seine Dummheit. „Du hast sie ermordet und …"

„Wo ist er? Der Bulle?"

„Ich habe keine Ahnung …"

Darren wedelte mit der Pistole. „Crystal hat gestern das Bild in der Zeitung gesehen. Ihr wart zusammen auf dieser Party. Ihr seid zwei gottverdammte Schwuchteln. Also … wo steckt er?"

Colin versuchte, die aufsteigende Panik zu unterdrücken. Welche Optionen hatte er? Er konnte den Mund halten, doch dann würde Darren ihn vermutlich einfach abknallen. Das allein war schon schlimm genug. Dazu kam aber noch, dass Nevin bald nach Hause kommen und nicht damit rechnen würde, dass er von einem Mörder erwartet wurde. Und wenn Nevin nicht schnell genug reagierte ... nein. Nein, das durfte nicht sein.

„Er arbeitet."

„Ruf ihn an. Sag ihm, er soll kommen. Und wenn du auch nur ein falsches Wort sagst, schieße ich dir eine Kugel in den Bauch und sehe zu, wie du langsam krepierst."

911. Er konnte 911 anrufen. Aber als er das Handy aus der Tasche zog, kam Darren zu ihm und schaute auf den Bildschirm. Colin konnte den Lauf der Waffe spüren. „Zeig her. Ich will sehen, wie du seine Nummer wählst."

Mist. Colin suchte mit zitternden Fingern nach Nevins Nummer. Als er sie fand, tippte er auf *Wählen*. Darren trat zufrieden einen Schritt zurück. Er hielt die Pistole immer noch auf Colin gerichtet, sah sich dabei aber in der Wohnung um. Colin trat vorsichtig einen Schritt zurück, um mehr Abstand zwischen sie zu bringen.

„Was ist los, Collie?"

Colin konnte Nevin kaum hören, so laut rauschte das Blut in seinen Ohren. „Bist du auf dem Heimweg?"

„Ich ... was ist los?"

Hier ist ein Kerl mit einer Waffe. Er hat schon vier Menschen ermordet und wartet jetzt auf dich. Sie hatten alle möglichen Doppeldeutigkeiten auf Lager, aber für diese Situation hatten sie keinen Code.

„Colin?" Nevin hörte sich jetzt beunruhigt an.

Darren hatte Colins Brieftasche auf der Kommode entdeckt und mit einer Hand geöffnet, um sie zu durchsuchen. Er sah Colin drohend an.

„Kommst du jetzt nach Hause, Nevin?"

„Herrgott aber auch, Col. Was zum Teufel ist mit dir ... ist es dein Herz?"

„Nein. Fahr vorsichtig." Etwas Besseres fiel ihm nicht ein, um Nevin misstrauisch zu machen. Nevin war heute früh nicht mit dem Auto zur Arbeit gefahren. Da sein Büro nur drei Kilometer von hier entfernt war, ging er bei gutem Wetter immer zu Fuß. Colin musste ihn irgendwie warnen. Ihm sprang fast das Herz aus der Brust und sein Verstand war wie eingefroren. Er war nur ein armseliger Schwächling, der nicht auf sich aufpassen konnte und noch nie etwas wirklich Bedeutendes erreicht hatte. Er ...

Nein.

„Colin!" Nevin schrie jetzt ins Telefon. Colin konnte sich gut vorstellen, wie er jetzt aussah – seine Augen funkelten, seine Zähne glänzten weiß und er hatte die Hand zur Faust geballt. Und ... oh Gott, Colin liebte ihn so sehr. Nevin war so ... *sui generis*. Das war er. Er war ein Mensch, der es wert war, gerettet zu werden.

„Ich liebe dich", sagte Colin ruhig. „Und du bist es wert."

Darren knurrte ungeduldig, ließ die Brieftasche fallen und wedelte wieder mit der Pistole. Nevin schrie Colins Namen. Und Colin sagte: „Crystals Freund will uns umbringen."

Das Echo des Schusses war ohrenbetäubend. Colin stolperte nach hinten, als ihn die Kugel traf. Merkwürdigerweise spürte er keinen Schmerz. Er fühlte den Einschlag und das Brennen, aber nicht den scharfen, ziehenden Schmerz wie von der Wunde eines Skalpells. Vielleicht war es gar nicht so schlimm, das Sterben. Vielleicht war es nur, als ob man ein Betäubungsmittel bekam und einfach einschlief.

Das Handy fiel ihm aus den Fingern und schlug auf dem Boden auf. Er hörte Nevin rufen, aber das konnte auch ein Echo sein.

Darren musste ein zweites Mal geschossen haben, den hinter Colin zersprang eine Lampe. Glassplitter trafen ihn am Rücken und das ... *das* tat wirklich weh. Es fühlte sich an wie viele kleine Stiche. Er torkelte nach vorne und Darren rannte auf ihn zu. Colins Herz schlug laut genug, um das Haus zum Einsturz zu bringen. Welcher Herzschlag würde der letzte sein?

Ein orange-weißer Blitz schoss unter dem Sofa hervor und krallte sich an Darrens Bein fest. Darren jaulte auf, Colin stieß mit ihm zusammen und sie fielen zu Boden. Darren ließ die Pistole los. Sie schlitterte über den Holzfußboden. Darren und Colin griffen nach ihr. Darren hatte den Vorteil, dass er nicht am Sterben war, aber Colin lag auf ihm. Und Legolas – der tapfere Legolas – schlug mit ausgefahrenen Krallen nach Darrens Gesicht.

Colin krabbelte auf die Pistole zu und erreichte sie als Erster. Darren wollte sie ihm abnehmen, aber Colins blutverschmierte Hand ließ nicht los. Er spürte jetzt den Schmerz in seiner Brust, aber es kümmerte ihn nicht mehr. Er tastete mit dem Finger nach dem Abzug, richtete die Pistole so gut wie möglich in Darrens Richtung und schoss.

24

NEVIN ÜBERNAHM den nächsten Einsatzwagen und raste mit heulender Sirene und blinkenden Lichtern los. Colin hätte sich bei seinem Fahrstil wahrscheinlich vor Angst unterm Sitz verkrochen. Als er sich der Innenstadt näherte und der Verkehr zunahm, musste er langsamer fahren und wünschte, er hätte einen Panzer, mit dem er die Idioten vor sich einfach platt walzen könnte.

Um ihn herum waren mehr und mehr Sirenen zu hören. Nevin konnte nur hoffen, dass er seinen Kollegen die richtige Adresse gegeben hatte.

Er kam mit quietschenden Reifen zum Stehen – genau dort, wo er nicht parken durfte, ohne von Colin zurechtgewiesen zu werden. Auf dem Bürgersteig hatte sich schon eine kleine Menschenmenge versammelt. Auch einige Polizisten waren schon eingetroffen und sorgten für Ordnung. Nevin drängte sich durch sie hindurch zur Tür, betrat die Lobby und gab mit zitternden Händen die Nummer für die Sicherheitstür ein. Seine Kollegen folgten ihm. Er war noch nie so froh gewesen, von einem Meer blauer Uniformen umgeben zu sein.

Sie nahmen nicht den Aufzug, sondern liefen die Treppe hoch. Gott sei Dank war Nevin gut in Form. Er hörte hinter sich das Schnaufen seiner weniger fitten Kollegen.

Colins Tür – *ihre* Tür – war verschlossen. Bis auf Nevin und seine Kollegen war der Flur menschenleer. Die Nachbarn waren entweder nicht zu Hause oder hatten sich in ihren Wohnungen eingeschlossen. Der Vorschrift nach hätten sie sich der Tür vorsichtig nähern müssen, aber darum kümmerte sich Nevin nicht.

Er zog seine Pistole, öffnete die Tür und sah sich in der Wohnung um.

Auf dem Boden lagen zwei blutende Körper. Einer von ihnen … oh Gott. Dem einen von ihnen war der halbe Kopf weggeschossen worden. Aber der zählte nicht. Nein, *der* zählte nicht. Der Einzige, der zählte, war noch intakt. Obwohl er mit dem Gesicht nach unten lag und sich nicht rührte.

„Colin!" Nevin fiel neben ihm auf die Knie. Sein erster Gedanke war vollkommen irrational – *jetzt muss ich mich nicht mehr testen lassen, weil ich sowieso in seinem Blut bade –*, aber dann meldete sich sein Verstand zurück. Er rollte Colin vorsichtig auf den Rücken. Überall war Blut, literweise Blut. Aber Colin atmete noch. Dem Himmel sei Dank, er atmete noch!

„Sanitäter!", schrie er und riss Colins Hemd auf. Aus einem kleinen Loch in Colin Brust quoll noch mehr Blut. Es war direkt neben der Narbe. Nevin drückte die Hand auf die Wunde, damit das Leben nicht entweichen konnte.

HAROLD HATTE ihm Kaffee gebracht. Das sagte alles. Es war so verdammt beschissen.

Colin wurde noch operiert. Sein Leben hing am seidenen Faden und sein Vater musste Nevin Kaffee bringen. Nevin wollte einen Schluck trinken, aber er konnte kaum schlucken. Er saß nur auf dem verdammten Stuhl und versuchte, halbwegs die Nerven zu behalten. Harold und Paula saßen ebenfalls im Wartezimmer.

Gottverdammt. Wie konnten sie Menschen ins Weltall schicken, wenn es ihnen noch nicht einmal gelang, einen Stuhl zu entwickeln, der kein Folterinstrument war?

Jemand klopfte ihm auf die Schulter. Nevin erschrak und wollte nach seiner Pistole greifen. „Scheiße!", brüllte er, als er in Frankls ungerührtes Gesicht sah. Wenigstens schimpfte niemand mit ihm.

„Ich muss mit dir reden."

„Das kannst du auch hier. Weil ich mich keinen Meter von hier wegbewege." Frankl nickte und setzte sich. „Wie geht es ihm?", fragte er leise.

„Wird noch operiert. Aber er schafft es. Ich habe der Ärztin gesagt, wenn er es nicht schafft, erwürge ich sie höchstpersönlich."

„Morddrohungen sind normalerweise nicht geeignet, die beste ärztliche Versorgung zu garantieren."

Nevin sackte in sich zusammen. „Ganz so schlimm habe ich es nicht formuliert." Er konnte sich nur noch verschwommen erinnern. Er war dem Notarztwagen zum Krankenhaus hinterhergerast, hatte Colins Eltern angerufen und gewartet. Einfach nur gewartet. So verdammt lange. Irgendwann hatte er sich das Blut von den Händen gewaschen und jemand hatte ihm ein sauberes T-Shirt gegeben. Aber auch daran konnte er sich nicht mehr richtig erinnern.

„Der Täter lebt nicht mehr und wir haben in der Wohnung des Opfers alle Spuren gesichert", sagte Frankl.

„Es ist auch meine Wohnung."

„Okay. Sie muss gereinigt werden und ..."

Nevin schüttelte den Kopf. Es war ihm scheißegal.

Frankl räusperte sich. „Die Kollegen haben mich informiert, der Täter wäre ..."

„Crystal. Sie arbeitet für *Bright Hope*. Dieser Hurensohn war ihr Freund."

„Ja, ich weiß. Sie ist schon festgenommen worden. Blake verhört sie noch."

Na toll. Nevin rieb sich die Schläfen und versuchte, seine Gedanken zu sortieren. Er war Bulle, und zwar ein verdammt guter. Er wusste, wie solche Sachen funktionierten. „Ruskin, Grey, Bob und Ivan Thomas ... das war er auch." Er erinnerte sich daran, dass Manny ihm erzählt hatte, Crystal hätte finanzielle Probleme. „Ich wette, er war hinter dem Geld der Opfer her. Wenn es nichts mehr zu holen gab oder sie ihm mit Anzeige drohten, hat er sie beseitigt."

„Das passt zu dem, was uns seine Freundin erzählt hat. Sie schiebt die Schuld auf ihn, weil er sich nicht mehr wehren kann. Aber die Informationen muss er von ihr bekommen haben."

Mord aus Habsucht. Nevin hatte wirkliche Armut am eigenen Leib erlebt. Er hatte nichts zu essen gehabt und kein Dach überm Kopf, aber er wäre nie auf die Idee gekommen, deswegen jemanden umzubringen. „Warum war er hinter Colin her? Meinetwegen? Warum?" Er sollte eigentlich mittlerweile wissen, dass diese Art von Gewalt keine Logik folgte.

„Das wissen wir noch nicht. Crystal hat schon gestanden, dass sie heute mit Colin gesprochen hat. Sie behauptet, sie hätte ihn nur überreden wollen, einen Hausbesuch zu übernehmen, aber er hätte keine Zeit gehabt. Aber das ist Unsinn. Es muss noch um etwas anderes gegangen sein."

„Er hat abgelehnt", überlegte Nevin. „Und sie hat vielleicht geahnt, dass wir ihnen auf der Spur sind. Sie hat Panik bekommen." Vielleicht würde am Ende noch eine andere Geschichte ans Licht kommen, aber er hatte das Gefühl, dass er mit seiner Vermutung richtig lag.

Frankl zog sich am Ohrläppchen. „Du warst der erste, der am Tatort eingetroffen ist. Eigentlich bräuchte ich deine Aussage. Aber die Kollegen waren direkt hinter dir und ich denke nicht, dass ihnen etwas entgangen ist. Wir können uns später darüber unterhalten. Nachdem es ihm wieder bessergeht." Er zeigte mit dem Kinn zur Tür. „Und ... Ng? Pass auf dich auf. Soll ich Jeremy Cox anrufen?"

„Nein, es geht schon." Jeremy war immer noch bei Qay. Ford machte mit Katie Urlaub – sein erster Urlaub seit Jahren und der erste, den die beiden gemeinsam verbrachten. Nevin wollte sie nicht stören, weil er eine Schulter brauchte, an der er sich ausweinen konnte.

Frankl stand auf, klopfte ihm auf den Rücken und ging.

Einige Minuten später setzte sich Paula zu ihm. Ihre Augen waren trocken und sie machte ein grimmiges Gesicht. Nevin musste daran denken, dass sie nicht das erste Mal im Krankenhaus saß und um Colins Leben bangte.

„Er ist so verdammt tapfer", sagte er. „Er hat mir das Leben gerettet. Er wusste genau, dass dieses Arschloch mich umbringen wollte und er ..."

„Ich weiß. Er ist ein starker Mann, Nevin. Er ist der stärkste Mensch, den ich kenne."

„Ja."

„Er weiß auch, dass du es wert bist." Sie lächelte. „Und ich denke das auch, mein Liebster. Außerdem warst du es, der mit Verstärkung angerückt ist und einen stärkeren Blutverlust verhindert hat. Du hast ihm auch das Leben gerettet."

Sie hasste ihn nicht. Harold hasste ihn auch nicht. Ihr Baby würde vielleicht sterben, aber sie trösteten ihn. Und noch etwas fiel Nevin auf. Als die Kacke am Dampfen war, hatte Colin ihn nicht im Stich gelassen. Er hatte sein eigenes Leben riskiert, um Nevin zu retten. Und Nevin? War auch nicht weggelaufen.

Und obwohl er immer noch eine Scheißangst hatte – von den Kopfschmerzen gar nicht zu reden –, entdeckte Nevin ein vollkommen neues Gefühl an sich. Es war warm und tröstend und so schön. Heilige Mutter Gottes. Es war Optimismus.

Jetzt lag alles an Colin. Genauer gesagt, es lag an Colins Herz. Weil Colin jetzt nur noch überleben musste.

DIE CHIRURGIN war sichtlich erschöpft, aber sie lächelte die Westwoods und Nevin an. „Es ist alles gut gelaufen. Er kommt wieder auf die Beine."

Die drei atmeten erleichtert aus.

„Was ist mit der Kugel?", fragte Nevin.

„Die ist zwar in seinen Brustkorb eingedrungen, hat aber überraschend wenig Schaden verursacht. Er braucht jetzt Ruhe und etwas Zeit, bis alles wieder verheilt ist."

„Und sein Herz?", wollte Paula wissen.

Die Ärztin grinste. „Stark und unverletzt." Sie schaute Nevin an. „Habe ich Sie nicht kürzlich erst gesehen? Sie wollten Mr. Cox besuchen, einen anderen meiner Patienten?"

„Ich habe gerade eine Pechsträhne."

„Oder eine Glückssträhne. Schließlich haben beide überlebt. Wie geht es Mr. Cox?"

„Wie können ihn nicht lange genug von seinem Freund weglocken, um ihn danach zu fragen."

Sie lachte. Die Westwoods hatten noch einige Fragen, aber Nevin hatte alles gehört, was er hören musste. Der Rest würde sich irgendwie regeln.

Nachdem die Ärztin wieder gegangen war, drehte sich Paula zu ihm um. „Geh jetzt nach Hause und schlaf dich aus."

„Aber Collie …"

„Es dauert noch, bis er aus der Narkose aufwacht. Ruh dich aus, dann bist du morgen früh frisch und wach, wenn du ihn besuchen kommst." Sie schürzte die Lippen. „Wenn er entlassen wird, braucht er jemanden, der sich um ihn kümmert. Wir könnten ihn zu uns bringen lassen und …"

„Nein. Er kommt nach Hause."

„Gut." Sie legte ihm die Hand auf den Arm. „Bei dir wird er glücklicher sein."

NEVIN SCHULDETE seinen Kollegen – entweder dem Team der Spurensicherung oder den Gorillas – Dank. Als er in die Wohnung zurückkam, war sie schon gereinigt worden. Jemand hatte die Glasscherben aufgefegt, das Blut grob aufgewischt und auch den restlichen Müll entsorgt, den die Spurensicherung normalerweise hinterließ. Und im Kühlschrank fand er sogar Sandwiches und einige libanesische Köstlichkeiten vor. Letztere verdankte er vermutlich Colin.

Legolas kam miauend auf ihn zu. Nevin hob ihn auf und kraulte ihn hinter den Ohren. „Er wird wieder gesund, Stinker. Es dauert nur ein paar Tage, bis er nach Hause kommt. Dann könnt ihr euch nach Herzenslust auf dem Sofa rekeln und euch sämtliche Filme von Judy Garland ansehen." Er wollte Legolas frisches Futter geben, als ihm Blutflecken im Fell des Katers auffielen. Besorgt untersuchte er ihn, fand aber keinerlei Anzeichen für eine Verletzung.

„Gut. Collie würde uns nie verzeihen, wenn dir etwas passiert wäre."

Nevin aß Taboulé und Falafel, obwohl er nicht sonderlich hungrig war. Dann duschte er und wusch sich den Angstschweiß und die letzten Reste von Colins Blut ab. Als er unter die Decke kroch, roch das Bett nach Colin. Er zog sich Colins Kissen an die Brust und schlief überraschend schnell ein.

COLIN WAR so bleich wie das Laken, aber sein Griff um Nevins Hand war beruhigend fest und stark. Nevin saß schon seit einigen Tagen an seinem Bett und hatte es nur gelegentlich kurz verlassen, um sich Essen zu besorgen oder eine Dusche zu nehmen und sich umzuziehen. Und um Legolas zu füttern. Heute war der erste Tag, an dem Colin wieder richtig bei sich war. Er wirkte sogar ruhelos. „Die Ärztin meint, wenn alles gut läuft, könnte ich übermorgen schon nach Hause kommen."

„Bist du sicher?", fragte Nevin. „Du bist noch …"

„Ja, ich bin sicher. Ich hasse Krankenhäuser, Nev. Sie riechen komisch, diese Kittel sehen lächerlich aus und man wird jede Nacht tausendmal geweckt. Warum auch immer."

„Na gut."

Colin lächelte. „Meinst du das ernst? Du willst dich nicht mit mir streiten oder wenigsten fluchen? Das kann nicht normal sein. Vielleicht sollte ich jemanden bitten, dich zu untersuchen."

„Arschloch."

„Da ist er wieder, der Nevin den ich kenne und liebe." Er machte plötzlich ein besorgtes Gesicht. „Mist! Legolas! Guter Gott, den habe ich ganz vergessen."

„Es geht ihm bestens. Ich glaube allerdings, dass er dich vermisst. Ich habe ihm heute früh extra eine Dose Thunfisch aufgemacht, damit er seine Sorgen ertränken kann."

„Gut." Colin schüttelte den Kopf. „Er ist ein Held."

„Wieso denn das?"

„Als Darren mich angreifen wollte, hat Leg sich auf ihn gestürzt. Ich habe schon gehört, dass Hunde ihre Menschen verteidigen, aber von einer Katze hätte ich das nicht erwartet."

„Mein Gott …" Nevin strich ihm über die gerunzelte Stirn. „Was soll ich dazu sagen, Fizzy? Du weckst eben in jedem das Gute, ob Mensch oder Tier. Und jetzt will wissen, wie es dir geht."

„Das habe ich dir doch schon gesagt. Die Ärztin sagt …"

„Das habe ich nicht gemeint." Mist. Er wollte nicht darüber reden, aber es ließ sich nicht vermeiden. Und Colin sah ihn so vertrauensvoll an. „Collie, wenn einer meiner Kollegen jemanden erschießt, wird er für einige Zeit vom Dienst freigestellt und muss einen Seelenklempner konsultieren."

„Hast du schon mal einen Menschen getötet?"

„Nein."

Ein kleines Grinsen huschte über Colins Lippen. „Wer hätte gedacht, dass ich dir damit zuvorkomme? Es tut mir leid, dass der Kerl nicht mehr lebt, aber ich bedauere nicht, dass ich auf ihn geschossen habe. Guter Gott … er war ein mehrfacher Mörder. Und er hätte dich auch umgebracht. Ich brauche keine Therapie, um damit zurechtzukommen. Ich bin vollkommen im Einklang mit mir und dem, was ich an diesem Tag getan habe."

Nevin wusste es besser, aber darüber konnten sie später noch reden. Er schloss kurz die Augen. „Danke", sagte er dann.

„Wofür?"

„Das du dich für mich in Gefahr gebracht hast."

„Das hättest du für mich auch getan", erwiderte Colin zuversichtlich.

Und er hatte recht. Nevin sah seinen Geliebten an. Wenn man bereit war, für einen Mann zu sterben, dann … dann sollte man auch bereit sein, für ihn zu leben, oder? „Besser als eine verdammte Kugel", murmelte er.

„Was?"

Colin sah so unglaublich süß aus, wenn er ein verwirrtes Gesicht machte. Und vielleicht sollte Nevin endlich ins kalte Wasser springen. Es stand ihm sowieso schon bis zum Hals.

„Für immer", sagte er. „Vollkommen neu für mich. Und Verbindlichkeit und Hingabe und, äh … Beständigkeit."

„Ich stehe noch unter Drogen, Nev. Ich habe nicht den Hauch einer Ahnung, wovon du sprichst."

Nevin, der immer noch Colins Hand hielt, stand von seinem Stuhl auf und kniete sich ans Bett. „Vielleicht bist du es, der mich aus meinem Elfenbeinturm befreit hat. Ich glaube, es ist jetzt an der Zeit für unser *auf immer und ewig*."

„Auf immer und ewig?", wiederholte Colin mit glänzenden Augen.

„Auf immer und ewig."

„Unter deinen Stacheln steckt ein wahrer Romantiker, weißt du das? Ein richtiger …"

Nevin brachte ihn mit einem Kuss zum Schweigen.

EPILOG

SIE STANDEN unter der Dusche. „Waren die Handschellen zu eng?" Colin inspizierte Nevins Handgelenke.

„Nein. Sie waren gerade richtig."

„Mein Gott, wie du ausgesehen hast, angekettet und bettelnd ..." Colin drückte sich Nevins Hand an die Brust, direkt auf die alte Narbe und die neuen. „Wie hat mein Herz das nur ausgehalten?"

„Dein Herz hält alles aus. Es ist unglaublich stark."

Colin zog ihn an sich und legte ihm die Hände auf den Hintern. Nevin war dort hinten etwas wund, aber es fühlte sich gut an. Es erinnerte ihn daran, was Colin und er den ganzen Nachmittag getrieben hatten. Und was sie gleich wieder treiben würden, wenn sie sich nicht endlich aufs Duschen und Anziehen konzentrierten.

„Wie verspäten uns", warnte Nevin.

„Dann müssen sie auf uns warten."

„Und wenn wir dann kommen, werden sie sich genau denken können, warum wir zu spät sind." Nicht, dass Nevin sich darum scherte, oh nein. Er hätte kein Problem damit, es über sämtliche Dächer der Stadt zu schreien. Oder sich auf den Hintern tätowieren zu lassen. *Colin war hier.*

Colin seufzte. „Ja, gut. Wir sollten uns beeilen. Morgen ist auch noch ein Tag. Schließlich haben wir alle Zeit der Welt, nicht wahr?"

„Für immer und ewig", stimmte Nevin ihm zu. Anstatt in Panik auszubrechen, fühlte er sich nach diesem Geständnis beruhigt. Diese Sache mit Colin? Sie war real. War gut und solide.

Sie trockneten sich ab und zogen sich an. Colin füllte Legolas' Schälchen, während Nevin ihn streichelte und ihm zum tausendsten Mal versicherte, er wäre der tapferste und beste Kater auf der ganzen Welt. Seiner Reaktion nach zu urteilen, schien Leg diese Meinung zu teilen.

Heute war ein schöner Tag und es war fast schade, ihn im Haus verbracht zu haben. Aber Nevin bedauerte es nicht. Auf dem Weg zum Parkplatz genoss er die warme Sonne und als sie bei Julie ankamen, warf er Colin die Schlüssel zu und ging auf die Beifahrerseite.

„Du lässt mich dein Auto fahren?", fragte Colin sicherheitshalber nach.

„Sei nett zu ihr." Nevin war immer noch high von den Endorphinen, die sein Gehirn freigesetzt hatte. Er wollte sich nur noch zurücklehnen und entspannen.

Als sie über die Burnside Bridge krochen, verzog er das Gesicht. „Ich habe gesagt, du sollst nett zu ihr sein. Das heißt noch lange nicht, dass du sie behandeln musst wie deine Großmutter. Das Gaspedal ist ganz außen rechts."

Colin tätschelte ihm grinsend das Knie.

Als sie ankamen, diskutierten sie über den Parkplatz. Direkt vor dem *P-Town* war ein leerer Lieferantenparkplatz und jeder wusste, dass an einem Samstagabend keine Lieferanten mehr kommen würden. Colin weigerte sich standhaft, Julie dort abzustellen. Er fuhr einige Male um den Block, bis er einen freien Parkplatz in einer der Seitenstraßen fand. Als sie ausstiegen, blieb er stehen und starrte eines der Häuser an.

„Was denkst du?", erkundigte sich Nevin, obwohl er die Antwort schon wusste.

„Dieses Haus könnte etwas Liebe und Zuwendung gebrauchen."

In der Tat, das konnte es. Die graue Farbe bröckelte von den Wänden, das Dach war gewellt und die Fenster im oberen Stockwerk gesprungen. Die Veranda war gleichermaßen vernachlässigt. Teile des Geländers fehlten und die Bodenbretter waren krumm und schief. Im Vorgarten wuchs mehr Unkraut als Gras.

„Es sieht nicht aus, als ob die Eigentümer verkaufen wollten", meinte Nevin.

„Ich weiß. Aber die Immobilienpreise steigen. Es könnte durchaus sein, dass sie über ein Angebot nachdenken. Auch wenn es aus dem Blauen heraus kommt. Das Haus könnte sehr schön werden und wäre den Versuch wert." Er machte ein Foto und steckte sein Handy wieder weg.

Sie gingen Hand in Hand zum P-Town. Nevin lächelte. Colin hatte in letzter Zeit viel gearbeitet, aber sogar seinen Eltern war aufgefallen, wie motiviert er war und wie viel Spaß es ihm machte. Er machte sich morgens singend auf den Weg ins Büro und kam abends singend zurück. Sein Glück und seine Zufriedenheit waren Balsam auf Nevins Nerven, wenn er einen anstrengenden Tag hinter sich hatte. Und das passierte verdammt oft.

Samstagabends war im *P-Town* immer viel los, aber heute hatte Rhoda das komplette Café nur für sie reserviert. Sie kannten jeden einzelnen Gast. Und natürlich wussten ihre Gäste, warum sie sich verspätet hatten. Kaum kamen Colin und Nevin durch die Tür, brachen ihre Freunde in lauten Jubel und Gelächter aus. Colin wurde rot – wie süß! – und Nevin grinste anzüglich.

Zwei Gitarristen saßen auf der kleinen Bühne und spielten leise Musik. Der Duft nach Kaffee und Gebackenem hing in der Luft. Ptolemy stand hinter der Theke und winkte ihnen zu. Sie saß niedlich aus in ihrem geblümten Kleid und den Pferdeschwänzen.

Rhoda kam auf sie zu und umarmte sie. Sie hatte Colin schon im Januar kennengelernt, kurz nach seiner Entlassung aus dem Krankenhaus. Es war unvermeidlich, dass sie ihn sofort ins Herz geschlossen hatte. Nevin hatte den Verdacht, dass sie sich sehr zurückhalten musste, um Colin nicht in die Wange zu kneifen. „Ich kann immer noch nicht glauben, dass du ihn dir geangelt hast", sagte sie zu ihm.

„Geangelt habe ich ihn mir vielleicht, aber zähmen will ich ihn nicht", sagte Colin.

„Ich bin doch kein gottverdammter Tiger", grummelte Nevin, aber insgeheim freute er sich über die beiden. Er fühlte sich geliebt und begehrt. Und prompt schweifte seine Fantasie ab und er dachte über ein neues Spiel fürs Bett nach. Ob man in Portland wohl Tropenhelme kaufen konnte?

Rhoda zog ihn wieder an sich. „Mazel tov, mein Schatz. Ich freue mich so für euch." Dann trat sie zur Seite und überließ Colin und Nevin die anderen Gratulanten, die schon hinter ihr warteten.

Während eines ruhigen Moments – er war auf dem Weg zur Toilette – drehte er sich um und warf einen Blick durch den Raum. Die Tische waren zur Seite geschoben worden und einige Leute tanzten. Ford hielt Katie in den Armen und schwenkte sie langsam im Kreis. Sie sah noch nicht aus wie ein aufgeblasener Wasserball, aber ihr Babybauch war schon deutlich erkennbar. Sie strahlte glücklich und Ford hatte seit Monaten nicht mehr aufgehört zu grinsen. Neben ihnen tanzte Hannah mit einem Cousin und Harold und Paula hielten sich an den bewährten Twostepp.

Parker saß an einem der Ecktische und war in Gespräch mit Manny und Mannys Mann vertieft. An einem anderen Tischen saßen Jeremy und Qay mit Frankl und dessen Frau. Sie lachten herzlich über eine Bemerkung von Qay. Der Rest des Cafés war mit Bekannten, Familienangehörigen und Kollegen gefüllt. Es war eine fröhliche Gesellschaft. Alle freuten sich darüber, mit Colin und Nevin feiern zu können.

Und dann war da noch Colin selbst, der ein Glas Eistee in der Hand hielt und sich mit seiner Tante und Miranda unterhielt. Er sah jungenhaft hübsch aus in seinen kurzen Chinos mit Hosenträgern, dem hellblauen Hemd und – natürlich – einer roten Fliege. Und er mochte zwar seiner Tante zuhören, aber sein Blick war liebevoll auf Nevin gerichtet. Seine Augen verkündeten, was Nevin in seinem Herzen spürte: *Hey! Der Mann dort? Das ist* meiner!

Obwohl sie sich alle am nächsten Tag wiedersehen würden, dauerte die Party bis tief in die Nacht. Colin gähnte, als er sich von Rhoda verabschiedete. „Mein Gott, wir müssen jetzt noch packen", beschwerte er sich bei Nevin, als sie in die Seitenstraße abbogen. Sie wollten nach der Zeremonie einige Koffer in Julies Kofferraum werden und gemütlich auf der Küstenstraße nach Süden fahren, in Newport und Mendocino übernachten und dann einige Wochen in San Francisco verbringen.

„Mach dir nicht zu viel Mühe. Wir brauchen nicht viel. Du bist mir nackt sowieso lieber."

Colin schob ihn mit dem Rücken an ein Backsteinhaus und drückte sich an ihn. „Weißt du was? Wir könnten einfach durchbrennen und heimlich heiraten." Sein Atem kitzelte Nevin am Ohr.

Nevin lachte. „Und deine Mutter enttäuschen? Ich glaube nicht." Sie erwarteten über dreihundert Gäste, wenn sie sich morgen Nachmittag in Harolds Golfclub das Jawort gaben.

„Ich erkläre ihr, uns wäre was dazwischengekommen und es täte uns leid. Schließlich ist es nicht ihre Hochzeit."

„Ich habe extra den neuen Frack gekauft, auf dem du bestanden hast!"

„Den kannst du auch noch an Weihnachten anziehen. Jedes Jahr. Oder ..." Seine Stimme wurde leiser und er schob die Hüften vor. „Du könntest ihn nur für mich tragen."

Ah, dieses Spiel kannte Nevin. Und er war ein Profi. Er massierte Colins Hintern und knabberte ihm am Ohr. Colin lief ein Schauer über den Rücken. „Aber ich will dich doch nicht enttäuschen. Hast du es schon vergessen? Erdbeeren in Schokolade, Etta James und B-52. So, wie du es dir schon immer gewünscht hast."

„Ja. Und es wird wunderschön. Die Sache ist die, Nevin ... Ich habe als Kind immer davon geträumt, eines Tages eine große Hochzeit zu feiern. Aber jetzt ist es für mich nur noch eine Party unter vielen. Was wirklich zählt, ist doch, verheiratet zu sein. Mit *dir*. Du hast meinen Traum wahr gemacht."

Nevin war ein verlassenes Kind gewesen, ein Punk mit nichts als seinen Fäusten und seinem Widerspruchsgeist. Er hatte das alles hinter sich gelassen und war erwachsen geworden. War ein Mann geworden, der anderen Menschen half und für sie da war, wenn sie seine Hilfe brauchten. Aber jetzt, mit Colin, war er mehr als das. Jetzt war er auch ein glücklicher Mann, ein Mann, der liebte und geliebt wurde. Und morgen würde er den Mann mit dem stärksten Herzen der Welt heiraten. Er war ein Mann, dessen Träume Wirklichkeit wurden.

„Nev? Warum stöhnst du?"

„Ich komme mir vor wie in einem Lied von Judy Garland. Das ist nur deine Schuld."

Colin küsste ihn lachend auf die Wange. „Dann komm jetzt. Ich singe es dir auf dem Heimweg vor."

„Vergiss es. Ab jetzt singen wir zusammen."

Liebe hat keinen Plan

Von Kim Fielding

Buch 3 in der Serie *Liebe ist …*

September 2024

Scanne bitte den QR Code, um auf Deutsch zu bestellen

KIM FIELDING freut sich jedes Mal, wenn sie als Eklektikerin bezeichnet wird, denn sie liebt es, aus Altbekanntem etwas Neues zu schaffen. Ihre Bücher befassen sich mit sehr unterschiedlichen Themen und haben schon mehrere Rainbow Awards gewonnen. Sie hat schon überall in den westlichen zwei Dritteln der Vereinigten Staaten gelebt und ist derzeit in Kalifornien zuhause. Aber auch dort geht ihr schon wieder der Platz in den Bücherregalen aus. Kim unterrichtet an einer Universität und träumt davon, ihre Zeit nur noch mit Reisen und Schreiben zu verbringen. Außerdem träumt sie von zwei wohlerzogenen Kindern, einem Ehemann, der nicht vom Football besessen ist, und einem Haus, das sich von selbst sauber hält. Einige dieser Träume lassen sich leichter erfüllen als andere.

Blogs:
kfieldingwrites.com
www.goodreads.com/author/show/4105707.Kim_Fielding/blog
Facebook: www.facebook.com/KFieldingWrites
E-mail: kim@kfieldingwrites.com
Twitter: @KFieldingWrites

Von Kim Fielding

Die Blechdose
Brutus, der Dorftrottel
Rattlesnake
Sprachlos

LIEBE IST …
Liebe ist nicht allmächtig
Liebe ist herzlos

Veröffentlicht von DREAMSPINNER PRESS
www.dreamspinner-de.com

LIEBE
IST NICHT
ALLMÄCHTIG

KIM FIELDING

Buch 1 in der Serie *Liebe ist ...*

Jeremy Cox hatte keine sehr glückliche Kindheit. Er wuchs in einer Kleinstadt in Kansas auf, wurde in der Schule schikaniert und von seinen Eltern vernachlässigt. Aber er entkam dieser Enge und ging nach Portland, Oregon, wo er jetzt als Park Ranger arbeitet und versucht, Ausreißern und Obdachlosen zu helfen. Er ist mittlerweile schon über vierzig und hat sich mit seinem Leben arrangiert, da steht eines Tages sein ehemaliger Freund Donny, den er vor sechs Jahren an die Alkohol- und Drogensucht verlor, vor der Tür und zieht Jeremy unweigerlich mit in seine Probleme hinein. Und als ob das noch nicht genug wäre, trifft Jeremy einen faszinierenden, rätselhaften Mann, der seinerseits auch sein Bündel zu tragen hat.

Qayin Hill hat den Keller voller Leichen und den Kopf voller Dämonen. Er war früher drogensüchtig und kämpft auch jetzt noch mit Depressionen und Panikanfällen. Qay weiß nicht, ob er Jeremy seine Geheimnisse anvertrauen kann oder wie er darauf reagieren soll, dass Jeremy immer wieder versucht, ihn vor sich selbst zu retten.

Doch obwohl sie beide von ihrer Vergangenheit heimgesucht werden, finden Jeremy und Qay zusammen Leidenschaft, Freundschaft und die Hoffnung auf eine bessere Zukunft. Jetzt müssen sie nur noch entscheiden, ob ihre Liebe wirklich die Macht hat, um – wie ein altes Sprichwort besagt – alles zu überwinden. Oder ob manche Hindernisse so hoch sind, dass selbst die größte Liebe vor ihnen kapituliert.

Scanne bitte den QR Code, um auf Deutsch zu bestellen

BRUTUS, der DORFTROTTEL

Kim Fielding

Brutus führt ein einsames Leben in einer Welt, in der Magie nichts Ungewöhnliches ist. Er ist über zwei Meter groß, hässlich, und stammt aus einer Familie von schlechtem Ruf. Niemand, er selbst eingeschlossen, hält ihn für gut genug, mehr als nur Knochenarbeit zu verrichten. Aber Heldentum kommt in allen Formen und Größen. Als er bei der Rettung eines Prinzen schwer verletzt wird, ändert sich sein Leben schlagartig. Er wird in den Palast von Tellomer gerufen, um als Wärter für einen Gefangenen zu dienen. Das hört sich recht einfach an, stellt sich aber als die größte Bewährungsprobe seines bisherigen Lebens heraus.

Wenn man den Gerüchten Glauben schenken darf, ist Gray Leynham ein Hexer und Verräter. Sicher ist nur, dass er Jahre im Elend verbracht hat: blind, in Ketten gelegt und nahezu stumm durch sein fürchterliches Stottern. Und er träumt vom Tod anderer Menschen. Träume, die sich bewahrheiten.

Brutus gewöhnt sich an das Leben im Palast und lernt Gray kennen. Er entdeckt dabei seinen eigenen Wert – erst als Freund, dann als Mann, und schließlich als Geliebter. Brutus lernt auch, dass Helden manchmal vor schwierige Entscheidungen gestellt werden und dass es nicht ungefährlich ist, die richtige Entscheidung zu treffen.

Scanne bitte den QR Code, um auf Deutsch zu bestellen

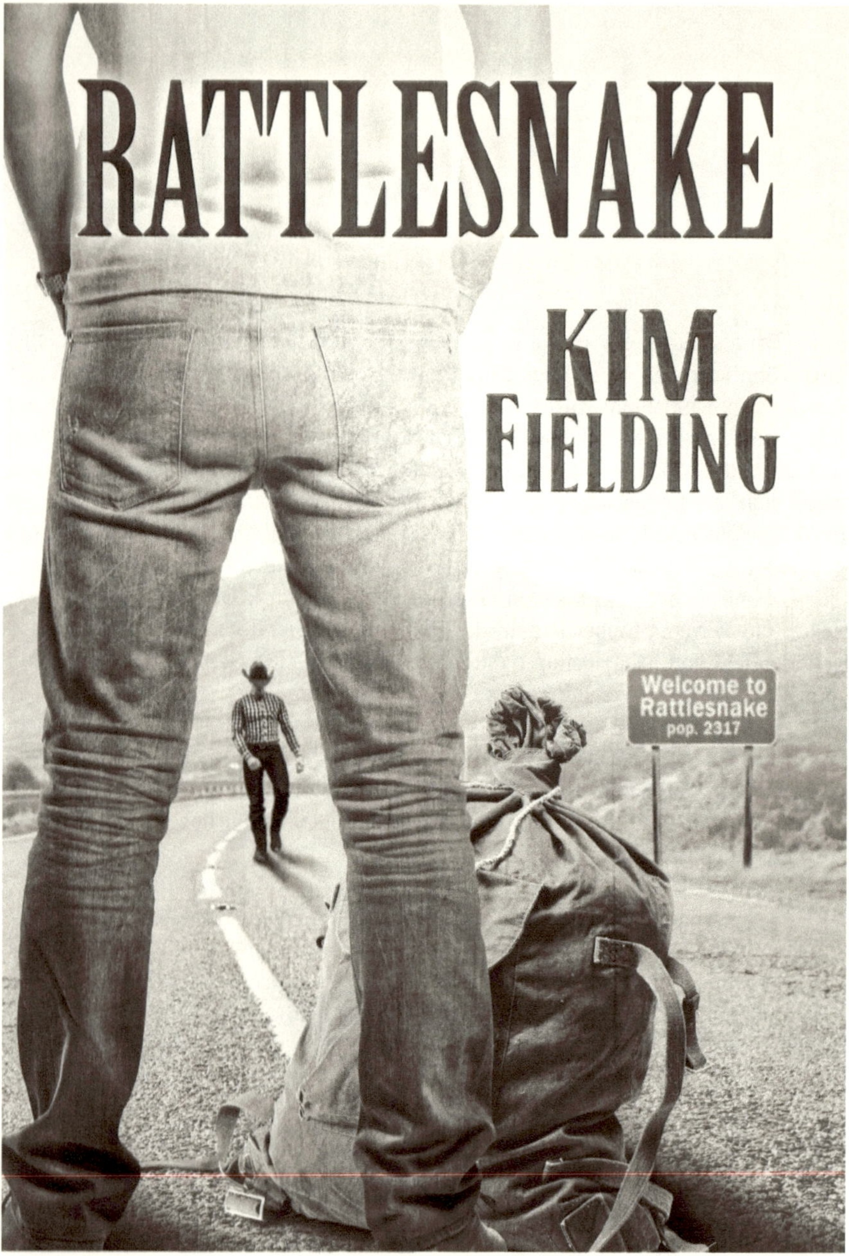
RATTLESNAKE
KIM
FIELDING
Welcome to
Rattlesnake
pop. 2317

Zwischen dem Landstreicher Jimmy und dem Barmann Shane fliegen die Funken. Aber wird Jimmy um Shanes Willen dem Ruf der Straße widerstehen können?

Jimmy Dorsett ist schon seit seiner Jugend auf der Straße unterwegs, ohne Heim und ohne Hoffnung. Er besitzt nicht viel: eine Reisetasche, ungezählte Geschichten aus einem unsteten Leben und eine alte Rostschüssel von Auto. In einer kalten Nacht nimmt er in der Wüste einen Anhalter mit, der ihm etwas Unverhofftes hinterlässt – nämlich den Brief eines sterbenden Mannes an den Sohn, den er seit Jahren nicht mehr gesehen hat.

Jimmy will den Brief bei seinem Adressaten abliefern und landet in Rattlesnake, einer kleinen Stadt in den Hügeln der kalifornischen Sierra. Im Zentrum der Stadt befindet sich das Rattlesnake Inn, wo der frühere Cowboy Shane Little als Barmann arbeitet. Zwischen den beiden Männern fliegen die Funken, und als Jimmys Auto den Geist aufgibt, besorgt ihm Shane im Rattlesnake Inn einen Job als Handwerker.

In der Gemeinschaft der kleinen Stadt und in Shanes Armen findet Jimmy eine ungewohnte Ruhe. Aber das kann nicht von Dauer sein. Die Straße ruft und Shane – ein starker, stolzer Mann mit einer leidvollen Vergangenheit und einer komplizierten Gegenwart – hat mehr verdient als einen verlogenen Landstreicher, der es nirgends lange aushält.

Scanne bitte den QR Code, um auf Deutsch zu bestellen

SPRACHLOS

KIM FIELDING

Travis Miller arbeitet als Mechaniker. Er hat eine Katze namens Elwood und ein nicht vorhandenes Liebesleben. Der einzige Lichtblick in dieser Tristesse ist der gutaussehende Gitarrist, an dem er manchmal nach der Arbeit auf seinem Heimweg vorbeikommt. Als er schließlich den Mut aufbringt, den Mann anzusprechen, erfährt er, dass der frühere Romanautor Drew Clifton an Aphasie leidet. Drew kann jedes Wort verstehen, das Travis sagt; aber er kann nicht mehr reden oder schreiben.

Aus der anfänglichen Freundschaft der beiden einsamen Männer wird eine Liebesbeziehung. Aber ihre Kommunikationsschwierigkeiten sind nicht das einzige Hindernis, das sie überwinden müssen. Travis ist unerfahren in der Liebe und hat finanzielle Probleme. Und wenn es Worte sind, die zwischen den Menschen Brücken bauen – was soll Travis und Drew dann zusammenhalten?

Scanne bitte den QR Code, um auf Deutsch zu bestellen

KIM FIELDING

Die
Blechdose

William Lyons Vergangenheit hat ihn in eine Rolle gezwängt, die nicht seiner Persönlichkeit entspricht. Als er die Fassade nicht mehr aufrechterhalten kann, trennt er sich von seiner Frau und nimmt eine Stelle als Hausmeister für ein altes Gebäude an, das schon seit Jahren leer steht. Über mehr als hundert Jahre war die psychiatrische Anstalt von Jelley's Valley die größte Einrichtung ihrer Art in Kalifornien. William hofft, dass er hier die Zeit und Ruhe findet, endlich seine Dissertation zum Abschluss zu bringen und seine Scheidung abzuwarten. Als er in der kleinen Stadt ankommt, lernt er Colby Anderson kennen, der den örtlichen Lebensmittelladen betreibt und sich um das Postamt kümmert. Colby ist, ganz im Gegensatz zu William, ein lebensfroher und liebenswerter junger Mann. Und er ist unverkennbar schwul. Obwohl William sich durch Colbys extravagantes Verhalten zunächst abgestoßen fühlt, lernt er ihre neue Freundschaft mit der Zeit doch zu schätzen, und er nimmt Colbys Angebot an, sich von ihm in die Freuden des schwulen Sex einführen zu lassen.

Williams Selbstverständnis wird auf den Kopf gestellt, als er eine Blechdose findet, die seit den 1940er Jahren in einer Wand des Asyls verborgen war. Die Dose enthält Briefe, die im Geheimen von einem Patienten namens Bill verfasst wurden, der wegen seiner Homosexualität hier eingeliefert wurde. William fühlt sich durch die Briefe unmittelbar angesprochen und beginnt, sich für Bills Schicksal zu interessieren. William hofft, dass die über siebzig Jahre alten Briefe und Colbys Unterstützung ihm dabei helfen können, sein wahres Ich zu finden.

Scanne bitte den QR Code, um auf Deutsch zu bestellen